安魂

AN HUN

Zhou Daxin

周大新

谷川毅 訳

河出書房新社

安魂　目次

安魂

最も英気みなぎるときに早世した私の息子周寧に捧げる
病気や災害で子どもを失った世の中のすべての父母に捧げる

己《つちのと》未《ひつじ》（一九七九）

寧《ねい》、私は思いもしなかった。二〇〇八年八月三日のこの日からおまえにもう二度と会うことができなくなるとは。八月三日は我が家にとって最も暗黒の日だ。

　この日、おまえと私たちは徹底的に離ればなれになってしまった。父さんと母さんはもう二度とおまえがランニングシャツを着てコートでバスケットボールをしているところも、セーターを着てパソコンの前でインターネットをしているところも、ダウンを着て雪の上ではしゃいでいるのを見ることも、ベッドの端に背をもたせかけて本を読んでいるのを見ることもできない……。

　私たちとおまえは本当に同じ世界にはいなくなってしまったのだ。

　八月三日、これは私とおまえの母さんにとって心を切り裂かれた日だ。

　この日から、私たちは二度とおまえの声を聞くことはできなくなった。おまえが台所の入口で私に「父さん、御飯！」と叫ぶのも、おまえが書斎で「父さんはほんとだめだなあ。パソコンで字を打つしかできないんだから」と私に文句を言うのも、おまえが私たちに冗談で「お父さん、お母さん、もう少し資金援助をお願いできませんでしょうか」と言うのも聞くことはできない。

八月三日、これは私とおまえの母さんの絶望の日だ。

この日から、私たちは二度とおまえの汗の臭いを嗅《か》ぐことも、おまえが洗顔フォームで顔を洗った後の匂いを嗅ぐことも、おまえ特有のあのお茶のような体臭を嗅ぐこともできない。おまえの頭をくしゃくしゃにすることも、おまえの肩を抱くことも、おまえの背中を叩くこともできない。おまえにソファーを運ぶのを手伝ってもらうことも、米を買ってもらうことも、植木鉢を動かすことも、スーツケースを提《さ》げてもらうことも……。

生死の境が、永遠に私たちを分けたのだ。

神はなぜ一人の二十九歳の命を決然と持って行ってしまったのか？

私たちには罰せられるようなことは何一つないというのに。

なぜ私たちにこのような仕打ちをするのか？

順番が逆ではないか！

不公平だ！

父さん、落ち着いて、事実を受け入れようよ。僕はもう人間界を離れ、父さんや母さんのそばに戻ることはできないし、起こったことを変えることはできないんだから。できるだけ早くこの事実を受け入れないと。父さんだったら、僕がいない現実に適応できるはずだよ。父さんも母さんも僕のことばっかり考えてないで元の生活に戻らなきゃ。これからの人生の計画には、僕のことは考えないようにしてくれなくちゃ。悲しんだり、恨《うら》んだり、辛《つら》がったりしちゃだめだよ。父さんと母さんの体にとって何一ついいことはないんだから。医学ももう証明してるじゃないか、あまりにも悲しむのは心臓病や心筋梗塞《こうそく》の危険があるって。父さんも母さんも要注意だな。人生とは死ぬまでの過程、僕の場合、その人生の過程がちょっと短くなっただけさ。短くなったのはそんなに悪いことでもないよ。考えてみてよ、もし僕がもう数十年生きたとしたら、父さんが味わった生きるためのプレッシャーや家をなんとか維持しようとする苦しみ、人生のために奮闘する苦しみをひとつひとつ味わわなくちゃならない。味わわされそうな人生の苦しみが減るんだったら、そんなに悪いことじゃないだろ？　こうも考えられるよ。もう一つの世界でも若者が必要で、僕を早めに天国に行かせたのは神の配慮だと。こう考えれば父さんの気持ちも少しは楽になるんじゃないかな。自分の身内が死んで辛くない人なんて、いやしない。納得できる人もいやしないし、逆に神を恨む人はたくさんいる。でも結局みんな心を落ち着かせるしかないんだ。みんな最後には認めるんだ。神は死というこの問題について真に公平であって、賄賂《わいろ》は決して受け取らないし、一切私情を持ち込まないし、特別扱いもしないし、誰のものであろうとテロメアが短くなるのを止めることもしないし、誰であれ死を免れることはできず、最後は誰もが同じなんだ。違うのは終点にたどり着くのが早いか遅いかだけなんだ。何世代かあとになれば誰も昔の人の終点が早かったか遅かったかなんて気にもとめない。だからあきらめるんだ、父さん。父さんは自分が野心家でもないし、権力のある男でもないし、金持ちでもないって言っていたよね。父さんは強い人だ。今こそ気持ちを強く持って家を支えて欲しいんだ。僕がまだ小さかった頃、父さんは僕に「またね」という言葉の使い方を覚えるように教えてくれたけど、今度は僕が父さんに「またね」と言うように言い聞かせなきゃならないね。父さん、またね。母さんにも僕に「またね」って言うように伝えてね。じゃまたね、さよなら。

寧、なにが「またね」だ。どこに行ったらおまえにまた会えるというのだ？ 河南省鄭州《ていしゅう》の家か？ 南陽、西安、鄭州のおまえが通っていた学校か？ 私たちが住んだことのある山東省済南の軍区の宿舎か？ それとも北京の万寿路か？ 違う、父さんも母さんも永遠におまえには会えなくなったのだ、会えないんだ！

私たちは永久に離ればなれなんだ！

誰も私たちを再会させることなんてできないんだ……。

父さん、そんな絶望的なこと言わないでよ。絶望はいつも絶望する人が自分で作り出すものなんだ。僕と父さんたちは今の人間界では会うことはできなくなった。僕が二人に会いに行っても、二人には感じることはできない。でも僕たちが出会う空間はそこだけじゃないんだ。科学は宇宙には次元が十一あることを発見しているじゃないか。三つの空間の次元と時間の次元の他に七つの次元があるんだ。有名な理論物理学者が話していたけど、ひとつの場を作り出して、その回転速度を光速よりもずっと速くしたら、過去に戻ることができる、時間のトンネルは存在するんだと。いつかそんな場が本当にできたら、僕たちまた会えるんじゃない？　それから天国のことだけど、父さんと母さんは天国や西方浄土が存在すると聞いたことがあるんじゃないかな？　天国と西方浄土は言い方が違うだけで、実際は同じ空間のことを指しているんだ。いつの日か二人も人間界と違うその空間に来たら、僕たち会えないわけないでしょ？　父さん信じて、僕と父さんと母さんはとりあえずさよならしただけ、離れているのは僕が出張に出かけたからとでも思ってよ、北アメリカかアフリカへの出張で、大きな仕事を任されてすぐに帰って来られないし、特殊な環境で電話もかけられないって。そう考えれば辛くないはずだよ。

信じて。僕たちいつかまた会えるから……。

寧、私はつらつら考えるのだが、もしおまえのおじいちゃんやおばあちゃんが私を産まない方が良いと思って私を産まず、私が人にならず、この世に来ることもなく、この世界に存在せず、意識もなく、愛することもできず、母さんを嫁にもらうこともなく、おまえを産むこともなかったら、私がおまえを失うことはなかったし、子どもを失う痛みを経験することもなかったのだ！　我が子を失う苦しみがどれほどのものか誰にもわかりはしない。胸元が苦しいだけではないのだ。言葉にできない、我慢できない果てしなく空しい痛みで、今でも私の五《ご》臓六腑《ぞうろっぷ》はかき回されているのだ！

私はこの世に来たことを後悔している。もし誰かがあらかじめ私に、この世に来る代価が我が子を失う痛みだと言ってくれたら、きっと彼に言うだろう。申し訳ないが、私はこの世に来たくない！　嫌《いや》だ！と。

この世に来ることを自分で選んだわけではないのに、ここにいるしかなく、しかもこんな苦しみを味わわなくてはならないなんて、これは一体どうしてなのだ？

父さん、よく考えてみてよ、天は僕たちに厳しいだけってわけじゃないよ。天はたくさんの歓びを与えてくれてるじゃない。僕が小さい頃、父さんはよく僕を肩車して部屋の中を走り回って、僕たち二人楽しくて思いっきり笑ってたよね。年越しのときには僕たち一家三人でおじいちゃんおばあちゃんのところへ帰って、爆竹を鳴らし、黄酒《ホワンチユウ》を飲み、ギョウザを食べ、家中が歓びでいっぱいだったじゃない。僕がバスケットボールの試合で得点を挙げると、父さんは拍手して喜んでくれた……一人の人間、一組の父と子、一つの家族が得ることの歓びはそんなに多いわけじゃない。僕たちはその少しを得ることができたんだから、満足しなくちゃ。人生は三つの状態が順番に訪れるっていう人もいる。一つは笑う、一つは泣く、一つは泣くに泣けず、笑うに笑えずだ。僕たちは笑って、泣くに泣けず笑うに笑えずもあったから、今は泣く番なんだ。順番なんだから仕方ないって。どうすることができるって言うの？

　父さん、僕は小さい頃、白い頭巾をかぶった女の人が枕元に立って、なにも言わず、また自分の顔をはっきり僕に見させないようにして、ただ手招きしている夢をよく見てたでしょ。何度も繰り返して見るもんだから、僕は覚えてしまって、父さんや母さんにもそれを話して、これ一体どういうことってきいたよね。二人はあのとき笑って言ったね。人の夢はどれも不思議でおかしなものばかりだ、どんなことでも夢に見るんだから気にすることはないと。大きくなってから、もう一度彼女の夢を見たとき、僕はフロイトの夢解釈の理論で自分を慰めていた。自分の潜在意識の深いところで、女の人が自分の枕元に立つことを望んでいたんだと。でも思いも寄らなかったのは、二人から遠く離れて旅立たなければならなくなったとき、彼女がまた出てきたんだ。彼女は僕の枕元に立って、手招きして、彼女についてくるように促すんだ。もう一つの世界へ行く途中、ずっと彼女は僕のそばに付き添ってくれたんだ。彼女が冥土《めいど》の川まで連れて行ってくれたことでやっとわかったんだ。この世を離れる魂にはどれにも白い頭巾をかぶった女性がいるんだ、と。彼女は天国の神からの使者だったんだ……彼女がとっくに僕の夢に出てきていたのは、僕が小さい頃、ぼくの名前が決まった頃には天国からの使者は僕のそばにいて、すぐにでも僕を別の世界に連れて行こうとしていたんだとは思わない？　二十九歳まで生きて、二〇〇八年の八月三日までそれを遅らせることができたんだとしたら、これはもうひとつの勝利だよ。

　こう考えたら少しは楽になるでしょ?!

　自分を慰めるすべを覚えなくちゃ……。

　息子よ、たとえ誰もが生まれたその日から、死が寄り添っているとしても、大多数の状況は、天国の神が年齢の順に使者を派遣し連れて行く、年の上の者が先に逝《ゆ》き、年の若い者が後に逝く。だから私には思いも寄らなかったんだ、私のこの人生で味わう最初の死がおまえだなんて。おまえが逝く前に、私はこの目で身近な人の死を見たことがなかった。おまえのおじいちゃんやおばあちゃんが死んだときは、私はまだ小さくてそのときの情景をよく覚えていないんだ。おまえが逝く前、私は死にたいと思ったことはほとんどなかったし、死は自分からはとても遠い存在のように思っていた。たまさか死について考えてもそれは自分が死ぬことではなかった。あと何年生きたら死ねるんだろう？　どんな病気で死ぬんだろう？　死んだあと、遺灰はどこに埋葬するのか？　それに私は自分の死を考えたときには別に気持ちがどうということもなかったが、いつも思っていたのは、私には息子がいて、私が死んだときには、息子が私の代わりにすべてを仕切ってくれるだろうということだった。しかし突然、神は私が思いも寄らなかったことを私の目の前に突きつけたんだ。物事の順番が逆で、先に死ぬべきはずの私がおまえの死に対面することになったんだ。どうしてこんな順番になってしまう？　天帝よ、アラーよ、キリストよ、創始者よ、仏よ、神よ、造物主よ、天国の神よ、頼むから理由をくれないか？

父さん、世の中の出来事のすべてに、理由を探すことなんてできないよ。一九七六年七月二十八日の唐山や二〇〇八年五月十二日の汶川《ぶんせん》では、何万人という多くの人が地震で亡くなったけど、理由は何？　インドネシアや日本でもあんなにも多くの人が、突然津波で命を亡くしたけど、これも理由は何？　どうして一度にこんなにも多くの命が奪われたの？　その中にはたくさんの赤ちゃんや小学生、この世界にやって来たばかりで、なにもまだできていない命が、なぜ突然奪われなくちゃならなかったの？　彼らがどうしてそんな報いを受けなくちゃならないの？　道理がある？　理由がある？　生きている人を唯一慰めることのできる答えはこれだよ。神様が彼らを必要とした、もう一つの世界が彼らを必要としたんだ。この世の中に突然、偶然、意外な出来事は山ほどある。そうでなきゃ霊魂や宗教を誰が信じるの？　誰が神に敬意を持ち続けるの？　人の死なんてたいていが突然で、その突発性が僕たちに運命を信じさせ、運命に対して確信のない恐怖心を持たせるんだ。父さんは文学をやってるから、恐怖感が人類に与える影響についてはよく知ってるじゃないか。もし人類が恐怖を知らなければ、たぶんとても恐ろしい結末が起こっていたはずだ。もういいよ、父さん、もう僕が逝った理由を追求するのはやめてよ、誰も父さんに答えてはくれないんだから。父さんは自分で自分に言わなきゃ、私の息子が逝ったのには理由があって、その一つは彼が若かったからで、あの世には若い霊魂を必要とする事情があったんだと……。

庚申《かのえさる》（一九八〇）

寧、病気になってからのおまえが般若心経を唱えるのをよりどころに病魔と闘い、仏様と縁を結んだことを考えて、おまえが逝ってから私と母さんは相談して、仏門に帰依して家で居士《こじ》をしているおばあさんに豊台から来てもらっておまえのためにお経を上げて済度してもらった。彼女はやって来るとおまえがいつも座っていたソファーに座り、窓の外の空を見ながら、まずは無言で経文を読み、続いて低い声で唱えはじめた。

すべての得たものを手放しなさい
すべての期待を引っ込めなさい
すべての失ったものを忘れなさい
すべての不快なものを捨て去りなさい

あなたを愛した人を記憶に留《とど》め
あなたを助けた隣人に感謝し
あなたの友人に頭を下げ
あなたを育てた土地に跪《ひざまず》きなさい

安息とは、捨てないことを投げ出すこと
安息とは、甘んじないことを捨て去ること
安息とは、不満を消し去ること
安息とは、不安をぬぐい去ること

寧、聞こえたかい？　聞こえたらこのおばあさんが唱えたようにして、遠く離れて成仏《じょうぶつ》してくれ。

寧、おまえがこの世にやって来るのはたいへんだったのに、こんなに急に逝ってしまうなんて！　おまえが一九七九年の十一月四日の早朝にこの世にやって来たときは時が悪かったのだ。

そのとき中国の中原はすでに初冬だった。あの日の天気は曇《くも》りで強い風も吹いていて少し寒かった。

私とおまえの母さんがその月におまえをこの世に来させたのはあまり妥当とは言えなかった。しかし父さんたちはあの頃わかっていなかったのだ。あの頃は誰も私たちに子どもを産み育てることの知識を教えてくれず、優生など少しも知らなかったし、いつ産むようにしたら良いかもわからず、当時は誰も生育の細かいことについて話したり、関心を持ったりせず、誰もが〝恥知らずのチンピラ〟だったのだ。

おまえがこの世にやって来た埠頭《ふとう》は中原の南陽だった。南陽市の病院の小さな分娩室で、おまえの母さんはあまりの痛みに叫び始めた——難産だったのだ。

それでもまだよかった。おまえはついに目を開けてこの世の風景を見たのだから。おそらくこの世の騒々しさがおまえを驚かせたのだろう、おばあちゃんの話によると、おまえはあのときひどく泣いて、他の子どもより長く、声もひときわ大きかったそうだ。

おまえが辛い思いをしてこちらの岸に上がったとき、父さんはおまえを迎えてやれなかった。そのとき父さんはじりじりしながら山東省済南から家に帰る汽車の中にいた。半月しか休みを申請しなかったので、早く部隊を出たくなかった。早く出るということは、そのぶん早く戻ってこなければならないということだからだ。父さんは家に着くその日に母さんを病院に連れて行くつもりだった。しかし思いがけずおまえを乗せた船はその前に到着してしまったのだ。私を乗せた汽車が南陽駅に着いたとき、それは朝の四時過ぎだったと思うが、汽車を降りると人力車を雇って家へと急ぎ、家に着いて扉を叩いても応答がないので、どきっとして、おまえの母さんはもう病院へ行ったのだと思った。その日は暗く、風がひどく吹いていて、隣近所はまだ誰も起きていなかったが、うまい具合にある家の家政婦がちょうど起き出して食事を作っているところで、私は大慌てで彼女のところに荷物を放り出して、急いで病院に向かって走った。分娩室を探し当てた頃には外はぼんやり明るくなっていた。父さんはおまえの母さんが三人部屋の一つのベッドに横になっていて、おまえのおばあちゃんがベッドの横で母さんに何か飲ませているのを見た。父さんはもうすでに生まれたことがわかって、興奮して近づいて行き、男の子だったか女の子だったかきこうと思ったとたん、おまえのおばあちゃんが先に大喜びで言ってくれた。「まるまるとした男の子だよ、三千グラム、一時間前に生まれたんだよ」

　あの頃の病院の規則では嬰児《えいじ》を母親のそばに置くことはできず、授乳のときが来ると看護師が抱いてきた。私はおまえの母さんの手を握って、帰って来るのが遅れた理由を照れながら説明した。母さんは苦笑いして何も言わず、恨みがましいことも言わなかった。数日してから、私が遅れたので母さんの職場の人が病院へ送ってくれたこと、おまえの頭が大きくて、産むのがたいへんで、長い時間かかってもおまえは生まれて来ることができず、おまえのおばあちゃんが農村の女性がこういう状況になったときの例にならって、おまえの母さんに精を付けさせるため、五、六個のゆで卵を続けて食べさせたが、母さんはそれを受け付けず、すぐに胃が空っぽになるまで吐き出してしまって、体中の力がなくなってしまった。これがおまえを産むための更なる難所になった。仕方がないので、先生は鉗子《かんし》でおまえの頭を挟《はさ》んで引っ張り出したのだ。たぶん、これがおまえの頭を傷つけたのではないか？　あとになって出てきた病気はこの最初のときに埋め込まれたのではないか？　先生はあのとき、おまえを傷つけるのが心配で抗生物質を打った。あの頃の父さんたちにそれらの処置がどんな結果をもたらすかなんてわかりようもなかった。私はどうしてもっと長く休みを取ってもっと早く家に帰らなかったんだろう。もしもっと早く家に着いていたら、自分で母さんを病院に送って行って、難産だったら帝王切開を頼んで、自然分娩にこだわらず、あんな風におまえに鉗子を使うこともなかったのだ！

　私は本当に後悔しているよ！

　一九七九年は本当にいろいろあった年だった。年の初め、中国軍は南の国境で自衛戦を行い、ある国と戦い、我々には数万の軍人の犠牲が出た。年の中頃には革命するかしないかで学術界で紛争が起こった。年末、経済の状況は良くならず、庶民の衣食住は相変わらず穀物切符、油切符、卵切符、布切符に頼っていた。この年におまえにこの世に来させるべきではなかった。今日思い返してもしもう二年遅く、七〇年代末ではなく、八〇年代初めに生まれていたら少しは良かったのだ。人間が生まれた年、月、時間はその人の運命に大きく影響する。

私が初めておまえを見ることができたのは朝の授乳時間だった。看護師がおまえを抱いてやって来たとき、おまえはまだ目をつむって眠っていた。頭が大きく顔がとても大きかった。おまえの母さんが胸に抱いたとき、おまえは目を覚まし、本能的に乳首を探した。おまえが静かに乳を吸うのを見て、私の心の中は歓びでいっぱいになった。私に息子ができた！　その分娩室の三人の妊婦が産んだのはみんな男の子で、私がそのとき一番心配したのは看護師が三人の赤ちゃんを取り違えておまえを別の人の息子にすることだった。それで看護師に取り違えることがないかきくと、看護師は笑いながら答えてくれた。「ご安心下さい、それぞれの赤ちゃんにちゃんと名札をくくりつけてありますから。間違えっこありませんよ」

その日お乳を飲み終わって最初におまえを抱きかかえるとき、私は抱きかかえることができず、もう少しで両手で差し上げてしまうところだった。おまえの柔らかい顔を見ていると、生命の不思議を感じ、突然無から有が生じた。おまえを見ていると、父さんの心の中になんとも言えないどっしり落ち着いた感じと幸福感が生まれた。私に跡継ぎができたのだ！　それと同時に肩にずっしりと責任感がのしかかるのを感じた。もっとたくさん稼いで、息子をしっかり育ててやらなければと。

その日の朝から、私は東関《とうかん》の市場にフナを買いに行き始めた。買って帰っておまえの母さんに魚のスープを作って飲ませ、お乳をしっかり出してもらっておまえに飲ませるためだ。あの頃、自由市場がやっと少しずつ回復してきたばかりで、市場で売っている魚は多くなかったので、遅いとフナは買えなかった。だから毎日朝早く行った。残念だったのは、あのときの給料はとても少なくて、たくさん買うことができず、なんとしても母さんに十分食べさせることもできず、本当に母さんとおまえには申し訳なかった。もしあのときもう少したくさん買って、母さんにもっとしっかり食べさせ、おまえにしっかり栄養を取らせていたら、おまえの体も病魔に抵抗できるようになっていたかも知れない。

おまえと母さんが病院にいたその数日、私は魚を買って母さんにスープを届ける以外にも、おまえたちに気持ちよく帰ってきてもらうため、気合いを入れて部屋を片付け、掃除した。

あの年、私たちの家には一部屋と入口のそばに建てた小さな台所があるだけだったので、おまえたちが家に帰って来ると私は地面に寝るしかなかった。でも地面に寝るのも嬉《うれ》しかった。おまえがいることが辛さを乗り越える力になった。家に帰ってしばらく、おまえは夜泣きがひどかった。私と母さんはずっと原因がわからなかったが、あとになってわかった。母さんの母乳は水のように薄くて、一見おまえは毎日お乳をたくさん飲んでいたが、おなかがすいてたまらなかったのだ。おまえの夜泣きの原因は空腹を我慢できなかったのだ。私たちはそのときそんなこととは知らなかった。粉ミルクを足してやるべきだったのだ。おまえは栄養が最も必要なときに損をしたのだ。たぶんそれがおまえが後で病気になる原因の一つだったのではないか？　あのときしっかり栄養を与えていれば、免疫力もついて、その後の問題はなかったのではないか？　私は当時どうしてもっと人にきいたり本を読んだりしなかったのだ？　こんなこともはっきりさせなかったなんて、なんてバカだったんだ！

　半月の休暇はあっという間に過ぎ、部隊へ帰らなくてはならなくなった。おまえの母さんは部隊の隊長に電報を打って延長願いを私に出させようとしたが、しかしあのとき部隊では、管理上の問題で個人の利益を犠牲にすることを再び提唱していたし、私はあのとき部隊で一番若く、それに一番手柄を立てたかったときなので、休暇を延長して個人の利益を計ったと思われ上官の不興を買い、その後の昇進に影響が出るのが嫌で、延長したくなかった。ただ母さんの、一日だけ延ばして欲しいという頼みには同意して、その一日で家に必要なものを買いそろえた。借りてきた三輪車を漕いで練炭売り場に行って練炭を買い、小麦粉を買い、野菜とフナを買い、それから駅へ行った。私は部隊に戻るのが一日遅れるくらいは大きな問題ではないと思っていた。上官もわかってくれるだろうと。しかし軍区に戻ると、思いがけずそれを理由に強制的に調査された。数か月後やっと部隊に帰ると、すぐおまえが病気になったことを知ったのだ。同じ棟のお隣の李《り》さんが夜に三輪車でおまえとおばあちゃんを病院へ送ってくれたという。今考えてみると、絶対にあと半月の休暇を願い出るべきだった。おまえが満一か月のお祝いを迎えてから戻るべきだった。父さんは本当にバカだった。生まれてからのひと月が赤ちゃんにとってどれほど大切かわかっていなかったのだ。私が休みを延長しなかったのもおまえが後に病気になった一つの原因なのかも知れない。

父さん、聞こえたよ、あのおばあさんが唱える念仏、聞こえたよ。父さん、安心して、僕は現世が僕にくれたすべてを喜んで捨てて身軽になって人間界から離れるから。父さん、もう自分を責めるのはやめて、心を落ち着けてくれよ。もう泣かないで、あんまり泣いていると目を悪くするよ。人間界を離れるのは父さんたちが思っているほど辛くないんだ。死ぬのは本当に怖くないんだ。怖いのは死に瀕《ひん》することなんだ。僕が病気になってから繰り返し苦しんだのは、死に瀕するからで、その段階がいちばん辛いんだ。僕はあのとき、両手も両足も動かすことができず、静かにベッドに横たわっているしかできず、頭は割れるように痛いし、手と足には管がいっぱい繋《つな》がれ、心拍と血圧と血中酸素を監視する装置は本当にうっとうしかった。とりわけ血中酸素を監視する機械の音はうるさく響いて耳障りで、酸素を吸入する管で鼻はむずむずしてたまらなかったし、高熱のせいで一日中朦朧《もうろう》としていて、食べるのも水を飲むのも鼻からの流動食だし、トイレにも行けず、大きい方も小さい方も父さんたちにやってもらって、まったく一日が一年みたいだったよ。でも神が僕を逝かせると決めたとき、僕は口を閉じて呼吸を止め、すぐにふわっと自分の体から離れた。僕は数メートル離れたところで自分の体を見ながら、本当にそこから離れたことを喜んだ。これまで経験したことのない軽快感だった。もう注射もしなくていいし、薬も飲まなくていいし、他の病人のうめき声も聞かなくていいし、先生の嘘《うそ》や看護師の小言を聞かなくてすむし、MRIにも行かなくていいし、血液検査もしなくていいし、頭蓋骨を切り開く激痛を味わわなくてもいいし、放射線治療の辛さを味わわなくてもいいし、恐ろしい化学療法の薬を入れなくてもいいし、父さんたちに寝返りを打たせてもらわなくてもいいし、消毒液の臭いを嗅がなくてもいいし、僕は自由になったんだ……。

父さん、それは本当に一種の解放された感覚なんだ。

もちろん、僕が逝くことが父さんたちに生きていけないほどの痛みを与えることはわかってたよ。普通の人生だったら、僕はまだ退場するときじゃなかった。父さんたちが年老いたら二人のそばにいて、二人の慰めと頼りになるべきだったんだ。これが僕にとって唯一申し訳ないと思っていることで、父さんたちは僕を育ててくれたのに、何もお返しできずに先に逝ってしまうのは、ほんとにあるべきことじゃない。これだけは二人に許して欲しい。この苦しみは本当にたまらない！　神が僕たち家族が逝く順番を普通の通りにしなかったのは、僕のせいじゃない、でもどう言ったところで、僕は父さんと母さんには申し訳ないことをしたと思っている。父さんたちが病気になっても水も食べ物も運んであげられないなんて、悔しくて仕方がない。

　父さん、もう僕が生まれたときのことは言わないでくれ。そのときのことなんて僕の記憶にはないんだから。それに僕が生まれるときに分娩室のすぐ外にいたとしても、父さんに一体何ができた？　父さん、あのときまだ二十歳過ぎだったんだろ？　あの頃そういう方面の本はなかったんだから、父さんが出産についてなんて知りようがなかっただろ？　門外漢の父さんがお医者さんに代わって何かを決めることなんてできるかい？　自分を責めないで、運命を受け入れようよ、すべてを運命だと思えば辛くないよ、そうだろ？……。

寧、おまえが初めて遠出をしたのはおまえが六か月を過ぎた頃だった。私は、おまえと母さんに山東の済南に来て欲しくて手紙を書いて母さんに相談した。母さんはしばらく迷ってから同意してくれた。今思い起こしてみると、私の決定は賢いとは言えなかった。良い環境で子どもを育てるには、子どもがまだ満一歳にならないうちに遠出はさせるべきではなかった。まだ体がちゃんと発育していないから、環境の急激な変化に対応できないのだ。でもあのときはそんなこと知りようがなかったのだ。

　それは春の終わり、夏の初めの季節だった。おまえの母さんは片手でおまえを抱き、片手に荷物を提げて出発した。あの頃はまだ寝台の切符が買えなかったので、母さんとおまえは人でぎゅうぎゅうの二等座席に座り、二日の辛い旅行をして済南にやって来た。道中のたいへんさは見ていないが、おまえの母さんが列車から降りてきたときの、しんどそうな様子を見ると想像はついた。済南の父さんの１ＤＫの宿舎で、私はおまえと母さんのために、あのときとしては最高の食事を準備した。そうすることで母さんはよりたくさんのお乳をおまえにやることができるからだ。私は軍区の有名なカメラマン記者の李士文《りしぶん》を連れて来て、すばらしい写真を一枚撮ってもらった。あのときおまえはまだ座ることができなくて、父さんが片側からおまえを支えて撮ってもらったんだが、よく見てみると、父さんの指が何本かはっきり写っていた。李さんの写真の腕前は本当に噂通りで、おまえの一瞬の表情を正確に捉え、おまえの天真爛漫《らんまん》な目の中には不安とからかいがあった。〝不安〟は理解できる。気候の温暖な南陽から空っ風の済南に来て、おまえはすぐには適応できなかったんだ。私が不思議だったのは、この子は一体何を〝からかって〟いるのだろうということだった。私と母さんがおまえの遠出を決めたことなのか、それともこの賑やかで知らない町のことなのか。

　最初の済南行きで私と母さんはおまえを抱いて大明湖に趵突泉《ひょうとつせん》を見に行った。大明湖の畔《ほとり》で私はおまえに、我らが故郷の鉄鉉《てつげん》のこと、明朝のときに山東で布政使と兵部尚書をやった鄭州人で、靖難の変のときにどれほど彼が忠義を尽くし、不屈の精神で投降しなかったかを話して聞かせた。趵突泉では私の好きな詩人、李《り》清照《せいしょう》の詩について話して聞かせた。おまえには小さい頃から気概と才気を持って欲しかったからだ。しかし残念ながらおまえはまだあまりにも小さくて、訳がわからない様子でうるさがり、湖を走る遊覧船や、泉の畔で動き回る赤い鯉《こい》に興味を示し、声をかけているだけだった……。

　おまえのこのときの済南行きは快適なことばかりでもなかった。私たち親子に初めて衝突が発生したのだ。あれは午前だった。父さんは機関から任務を一つ受け取った。それは国が広東《カントン》の深圳《しんせん》、珠海《じゅかい》、汕頭《スワトウ》と福建《ふっけん》の廈門《アモイ》を経済特区にすることを許可したことに対する、部隊の幹部・兵士の反応を集めるというものだった。部隊の中にはこの件について様々な意見があって、これは改革開放の大切な一歩だという者もいれば、これは資本主義に向かって退却することのはじまりだという者もいた。若かった私はどれに道理があるのかわからず、状況報告が間違って受け取られ厄介なことになるのが怖かった。あの年の初めは政治的な厄介ごとがいつでも降りかかってくる可能性があった。私はとてもいらいらしていて、昼に家に帰って来たとき、ちょうどおまえが私のインク壺《つぼ》を机の上でひっくり返し、天板と壁に黒い点が飛び散ったのを見て、カッとなって腹を立て、手のひらを振り上げるとおまえのお尻を一発叩いたのだ。おまえはわっと泣き出した。母さんは様子を見て腹を立て泣きながら言った。「子どもはまだこんなに小さいのよ、なにもわからないのよ、インク壺をひっくり返したといってこの子をぶつの？」おまえをぶったのはあれが初めてだった。ぶってからすぐに後悔した。まったく、自分はどうして自分の息子に怒りをぶつけたんだ？

　この一発で、おまえは私を怖がるようになり、私に面倒をかけ恨むようになった。ずいぶん長い間、おまえは私にだっこされるのを拒絶し、一人で寝転がっていて退屈そうに自分の指をくわえていても、私には抱かせようとしなかった。もし私が手を伸ばそうものなら、わあわあ声を上げて泣いて抗議の意を示した。おまえの母さんは人の不幸を喜ぶように私に言ったよ。

「自業自得よ！」

　私はため息をついた。「この子の気性はなかなかきついな」

　おまえはあのときあんなに小さかったのに、父さんは自分の怒りをおまえにぶつけ、手を上げたんだ。これが父親のやることか？

　今思い出しても後悔するばかりだ！

　父さん、最初に僕をぶったことをそんなに気にしてどうするの？　手のひらで叩くくらいでは傷もつきゃしないよ。小さい頃、母さんと何度も済南に行ったことがあるけど、今までで一番印象に残っているのは、洛陽《らくよう》の駅で乗り換えるところのいくつかの場面だ。母さんは荷物を提げて前を歩いて、僕は後をついて走ってる。地下道を通るとき、母さんは汽車に乗り遅れるのを心配して、スピードがどんどん速くなってついには走り出し、僕はついて行けない。人はとても多くて、僕は母さんとはぐれるのが怖くて、慌てて叫んだ。「ママ、待って、ママ待ってよ！」母さんは僕の叫び声が聞こえて、足を止めると振り向いて僕を抱きかかえるとまた前に向かって走り出した。荷物の重さに僕の重さが加わり、母さんはスピードが遅くなり、とてもしんどくて、ハアハア息を弾ませている。今その情景を思い出すと、あのハアハアいう息づかいが聞こえるみたいだよ。人の幼い頃の記憶って最もはっきりしていて最も深くて、いったん一つのことを記憶すると、一生忘れられないんだ。俗に言うだろ？「子どもの記憶は筆跡に勝《まさ》る」って。おそらくこれはそのことを言ってるんだね。

あの頃、僕が最も怖かったのは汽車に乗ることだった。済南へ行こうが、西安へ行こうが、大学のある鄭州へ行こうが、いつも切符を買うのは難しいし、列車は人だらけだし、混み方はひどいし、車内はあらゆる臭いで充満していて、頭が痛くなるほどだった。汽車に乗るのは地獄だった。今の僕はヒラヒラ飛んで、行きたいところならどこへだって行ける、どこへ行こうが簡単だ、ひとっ飛びで到着だ。人の肉体ってほんとに厄介だ。肉体があるから寒かったり暑かったり、痛かったり、腫れたり、疲れたり苦しかったり、喉《のど》が渇いたりおなかがすいたり、甘かったり苦かったり。肉体がなくなったらそんなものは全部なしだ、あるのは軽さと気持ちよさと満足感だ……。

肉体の存在はもちろん人間に一種の快楽はもたらすけど、それも霊魂が自由を楽しむことへの制約にしかならないんだ！

よく考えてみてよ、死ぬ直前になっても権力やお金や名声を心配する人たちは、その肉体が彼らを煉獄《れんごく》に放り込んでいるんじゃないのかな？


息子よ、今いつも済南の千仏山で撮ったおまえの写真を見ている。おまえ本人に会えないのだから写真を見るしかない。あれが一番好きな写真だ。その写真を見るたびに、あの初秋に一家で千仏山に登ったときの情景が思い浮かぶ。

千仏山はあの日秋の太陽が降り注ぎ、私と母さんは代わる代わるおまえを抱いて山に登った。山に登って仏様を拝んでから、東側の木の下で休んだ。このとき、そばに小さなザクロの木があるのを見つけ、そのザクロの木の下で撮ったあの写真だ。あの日人に借りたカメラで撮ったのか、山の上の写真屋に頼んで撮ってもらったのかはっきり覚えていないが、ともかくあの頃カメラはまだ珍しいもので、フィルム一本で十二枚しか撮れず、しかも一枚撮ってもらうのにかなりのお金がかかった。この写真はとてもよく撮れている。おまえは木の幹に手を添え、木の向こうから顔を出してカメラを見ていて、おまえの黒い目には好奇心と不思議そうな感じがいっぱいに満ちている。おまえはあのときまだ歩けず、長い間立っていることもできなかったが、この写真を撮るときだけはまるで軍人のようにすっくと立っていた。私はあとでこの写真を大きく引き延ばして枕元と机と窓ぎわに飾った。

今も、あのまだ生まれて半年のおまえを母さんに済南へ連れて来させたほかにも、おまえに対して申し訳ないと思っていることがある。毎朝早朝五時になると、おまえはどうしても目が覚めて、泣きながら起き上がって座り、ビスケットを持たせてやると大きな口を開けて食べ、そのときだけは泣きやんだ。私にはおまえがどうしてあんなに朝早く起きるのかわからず、おまえのその習慣に腹を立てていた。というのもそれがちょうど私が最も眠たいときだったからだ。そのため私はおまえにビスケットを持たせるたびに、いつもおまえを叱《しか》りつけていた。おまえはまだ口がきけなかったが、とても不満そうで、いつも目に涙をためてビスケットをかじっていた。ずっとあとになってやっと私と母さんにはその原因がわかった。おまえに食べさせる量が少なかったので、おまえはおなかがすいて目を覚ましていたんだ。私も母さんもほんとバカだった。おまえがわざと困らせていると思って、おまえがおなかをすかせているなど思いもしなかったのだから。

父親として不合格だった！

おまえが四歳の年に済南に来たとき、私はおまえたち母子を連れて百貨店に遊びに行った。おもちゃ売り場の前を通ったとき、おまえは立ち止まって動かなくなり、同じ年くらいの子どもがトランスフォーマーのおもちゃで遊んでいるのを見ていた。当時トランスフォーマーは一番人気で、おまえは興味津々《しんしん》でしばらく見たあと、一つ買って欲しいと言った。私は安くはないだろうと思い、母さんとおまえを引っ張ってカウンターできいてみると、なんと、トランスフォーマーを買うには二、三十元は必要だった。あのとき、私の給料はひと月に六十元しかなく、買うことができず、おまえを引っ張って行こうとしたが、おまえは動こうとせず、私と母さんがどんなに言ってもだめで、無理矢理店から表の道路に引っ張り出したが、おまえはどうしても身をよじらせて動こうとしなかった。私は怒って、まだ困らせるんなら、おまえなんかいらないと脅かし、母さんと一緒におまえを見ないでまっすぐ進み、本当におまえのことがいらない振りをした。これはおまえを驚かせ、始めはその場で泣いていたが、私たちが振り返らないのを見て、泣くのをやめて慌《あわ》てて私たちを追いかけてきた。今思い出しても後悔するばかりだ。二、三十元のお金が惜しかったのか？ どうしてそんなにけちったのか？　トランスフォーマーひとつでうちがどれほど貧乏になるというのか？　子どもを脅かすなんて何様だったんだ?!
寧、私は本当に出来損ないだ！

父さん、もうそんな昔の些細なことは持ち出さないでよ、自分がわがままだったのはわかってるよ。もし何もかも父さんが僕の言う通りやってたらそれでよかったのかい？　千仏山はほとんど印象に残ってなくて、済南で覚えているのは動物園だな。動物園のパンダとサルとレッサーパンダを見に連れて行ってくれたんだ。済南の動物園にはレッサーパンダがとても多くて、僕たちは高いところに立って、レッサーパンダたちが窪地に立って人間が投げた餌《えさ》を不器用に食べるのを見た。あいつらほんとに食いしんぼで、受け取ったものは何でも口の中に押し込むんだ。最初バナナの実を投げると、一匹がすばやく摑んで食べた。僕の手にはバナナの実がなくなったので、バナナの皮を投げると、それも丁重に拾い上げて口に放り込むもんだから、とても面白くて、ずっと笑っていた。あの頃のたくさんのことははっきり覚えてなくて、輪郭みたいなものとぼんやりした断片が頭の中に残っているだけだけど、それらは全部僕にとってとても大切なもので、思い出すととりわけ美しく感じる。人は子どものときに得る苦しみは最も少ない。神はこの時期には人間に対して遠慮したんだ。いったん少年期に入ると、苦しみの安売りを始め、青年時代には何倍にも増やすんだ。父さん、自分を責めないで。父さんと母さんはそれこそ一生懸命僕に子ども時代を与えてくれたよ。人間界には食べるものも着るものもなく、恐怖に震え、当てなく彷徨《さまよ》う子どもが多くいる。父さんが僕にくれた子ども時代はすばらしいよ、自分を責めちゃだめだ。

父さん、男が父親になって一番やらなきゃいけないことは、子どもに愛と温かさを与えることだと僕は思う。この点については父さんは成し遂げたよ。まれに乱暴なときもあったけど。父さんが直さなきゃいけないのは、その短気なところだな……。

そうだ、息子よ、私の短気はほんとにひどい。あんなに小さかったおまえに手を上げるなんて本当に情けない。おまえは知っているかどうか。うちが二つの場所に別々に住んでいるとき一番嬉しかったのは、南陽に里帰りすることだった。血の繋がりとは不思議なもので、たとえどんなに長い時間おまえに会っていなくて、その上おまえに小言を言ったり、おまえをぶったことがあったとしても、会えば数分もしないうちに、おまえは私の胸に飛び込んできて、一生懸命、家のあれこれを話してくれた。おばあちゃんがおまえにゆで卵を作ってくれた、母さんがおまえにキャンデーを買ってくれた、子猫を見た、隣の子犬が遊びに来た……。私はもう嬉しくてたまらず、ずっと長い間おまえを抱きしめキスしていた。

　里帰りの数日、おまえの母さんが仕事に行ったあと、私たち二人は前になったり後ろになったりしながら町へ遊びに行った。私が遊びに行くのは本屋と本の屋台、おまえが遊びに行くのは豆腐脳《とうふのう》の屋台を探すため、おまえは豆腐脳売りを見つけるや、すぐに私に向かって叫んだ。「父さん、見て！」私はおまえが豆腐脳をとても食べたがっているとわかっている。私を呼んだのは豆腐脳を食べさせてもらいたいからだ。父さんはおまえをからかって、わざと見えない振りをして、おまえにきいた。「何を?」するとおまえはいつもぶつくさ言う。「ほんとばかだなあ」すると私の手を引いて、そのまま豆腐脳の屋台まで行くと叫ぶ。「おじさん、一杯ちょうだい！」

　屋台の主《あるじ》はその様子を見ていつも笑いながら答えた。

「いいよ、坊主、そら」

　おまえは本当に美味《おい》しそうに食べた。食べ終わると自分でお碗《わん》を返して言った。「ありがと」私はそのときになると小銭を探り始める。一杯一毛だ。いつもお金を渡すとき、私の心は自分が食べたときよりずっと気持ちが良かった。そのときは知らなかったのだが、実際にはその砂糖を加えた豆腐脳は、おまえの胃袋に良くなくて、たくさん食べ過ぎると胃酸が出過ぎるのだ。

　里帰りのとき、私は自転車のフレームの前のところに子ども用の椅子を据え付けると、おまえを座らせ、おまえを連れて、臥龍崗《がりゅうこう》へ諸葛孔明《しょかつこうめい》の草葺《くさぶ》きの家を見に行き、漢画像館を見た。おまえを連れて医聖祠へ張《ちょう》仲景《ちゅうけい》の塑像を見に行った。おまえを連れて玉器廠《ぎょっきしょう》へ美しい玉の工芸品を見に行った。おまえを連れて烙画廠《ろくがしょう》へ画仙紙や絹の布の上に焼き付けられた人物や花鳥や山水を見に行った。おまえにはまだ早すぎて、見たものを理解できないとはわかっていたが、そういう美しいものに対して興味を持って欲しいと思ったのだ。

　さらに私と母さんはおまえを連れて東方紅影劇院へ映画も観に行った。残念ながらおまえの注意力は短い時間しかスクリーンに集中できず、すぐに外へ出て焼き芋を買って食べたいとわめきだすのだった。映画を観るのが特別好きだった私は不機嫌になって、いつもおまえに小言を言うと、おまえはすぐに大きな泣き声を上げて抗議するので、仕方なしに私は折れるしかなく、おまえを抱いて後ろ髪を引かれながら映画館の外へ出て行くのだった。

　おまえが一番好きなのはテレビだった。私が里帰りの前にした最大のことは、上海製の十四インチのモノクロテレビを買ったことだった。このテレビは当時五百元もした。その頃のひと月の給料は六十元、私は爪の先に火を灯してお金を貯め、済南軍区の文化工作站《たん》の技師に頼んで店に来て選んでもらった。これは私が我が家に置いた最初の大型家電だった。済南から二等座席で南陽に戻る途中、父さんは誰かに壊されないようにずっとそれを両足の間に挟んでいた。テレビに埃が付かないようにと、さらに赤いカバーまで買った。うちのテーブルの上に置いてスイッチを入れて、テレビの画面が映ったときにはなんとも言えず、誇らしく自慢に感じたものだ。おまえはといえば、すぐに大喜びで叫び出すと、家を飛び出して友達を連れてきた。そのときからおまえは毎日おばあちゃんと一緒にテレビを見たがった。私はもっとたくさんの時間、本を読んでいたかったので、邪魔しに来ないのならと、おまえがテレビに夢中になるのを喜んだ。でも私はあのとき知らなかった。テレビを見る時間が長いほど子どもの視力に悪影響があることを。おまえの目に近視の兆候があるのがわかってから、私と母さんは慌てて原因を分析し、そうしてやっとおまえがテレビを見る時間を制限したのだった。私たちの世代の親は、科学技術が急速に発展し、育児についてもおじいちゃんやおばあちゃんの世代に比べるとずっといろいろなことを知っていた。しかし残念ながらそのときは意識できていなかった。

　里帰りのとき、時間はいつも飛ぶように過ぎていった。戻らなければならない時間は瞬《またた》く間にやって来た。日めくりが抜けてるんじゃないかと疑ったくらいだ。あるとき、別れのときが来て、おまえと母さんともう一人お隣さんが駅まで私が部隊に戻るのを見送りに来てくれた。私が列車に乗ってから、おまえはどうしても私と一緒に行くと言ってきかなかった。これは意外だった。おまえの母さんがどんなになだめても、おまえは言うことをきかず、母さんの腕の中で泣いて声が出ないほど何度もしゃくりあげた。列車の窓ぎわに座っている私の心はおまえの泣き声にかき乱された。鼻の奥がツンとして心が痛くて、あれが父子が別れる辛さを初めて経験したときだった。それ以前、私の頭の中では、おまえの存在は驚きと好奇心と歓びだけで、まだ心身共に繋がった愛情というのは感じていなかった。しかしあのとき、経験したのだ。もともと父と子二人の心は見えない糸でしっかり繋がれているので、別れとはその二つの心の糸が引っ張られるので鋭い痛みを感じるものなのだ。私の乗った汽車が動くと、おまえの泣き声はだんだん遠く小さくなり、私の目は涙であふれるのだった。

　父さん、僕が小さい頃、おばあちゃんと一緒にテレビを見ていたのは今でもよく覚えてるよ。父さんが部隊に戻っていって、母さんも仕事に出かけると、僕はおばあちゃんにせがんでテレビをつけてもらった。おばあちゃんはときどき僕を町へ買い物に連れて行きたくて、テレビをつけたくなかったんだけど、それには構わずすぐに、僕が泣くと、おばあちゃんは折れてテレビをつけてくれた。おばあちゃんは僕のことが大好きだったから、僕の要求を呑んでテレビをつけるしかなかった。おばあちゃんがテレビをつけたらチャンネル選択権は僕のものだ。僕はでたらめにボタンを押して僕の見たい番組を選んだ。おばあちゃんは字が読めず、僕もあの頃は知っている字は少なかった。しかしいくつかは母さんが僕に教えてくれた。おばあちゃんは言った。「寧や、テレビで何を話しているのかおばあちゃんに教えておくれ」僕は僕の知っている少しばかりの字を元に、テレビの内容を推測して、あとで説明してあげた。ちゃんと説明できていたかどうかはわからない。おばあちゃんはいつも真面目に聞いてくれて、僕が説明し終わるといつも褒《ほ》めてくれた。「やっぱりわしの寧はかしこいよ。なんでもわかっている。おばあちゃんよりずっとすごいよ」おばあちゃんが褒めるのを聞くと僕は嬉しくて、自分がたいしたものだと思って、将来大きなことを成し遂げるんだと感じた。

　でも残念なのは、父さんと母さんは僕をあまり褒めなかった。二人は僕を見るといつも僕の悪いところばかり探していた。「どうしたのそれは、また汚して」でなければ、「どうしてまた小さい子を泣かせるの？」あるいは「どうして字をちゃんと書かないの？」いつもこれはだめ、あれはよくないと僕の間違いばっかり指摘していた。いつも叱ってばかり、ときにはかなりきついこともあった。叱るのは僕をよりよくするとも考えられるけど、実際はそうじゃなかった。二人が叱ると僕は機嫌を損ねて、気が滅入り、気持ちが不安定になった。僕はあの頃、おばあちゃんの方が父さんたちよりえらいと思っていた。おばあちゃんはどうやったら僕がしっかり勉強するかわかってた。あとではっきりしたのは、二人もおばあちゃんも同じように僕を愛していた、愛しすぎるくらい愛していた、でも二人は褒めるのが嫌い、褒めることができなかった。子どもを褒めることが子どもの自信になることを知らなかったんだ。これも仕方のないことだよ。二人とも若かったんだし、父親母親になったばかりだったんだし、わかるわけないよ。

　父親母親になっても学ぶことは必要だって言うよ……。

辛酉《かのととり》（一九八一）

　息子よ、私と母さんは確かに叱ってばかりで、褒めることは少なかった。いつもおまえの間違いや足らないところが先に目について、ここがだめだ、あそこがだめだといつも言っていたのは、心の中では、〝厳しさ〟がおまえにとって良いのだと思っていたからだ。人が成長する過程で褒めることがどれほど大きな威力を持っているか、親にとっては手に持っている最も大切な武器であるなどとは、意識したことがなかった。おまえは小さいとき、野菜が嫌いで、私がどんなに食べさせようとしても食べず、いらいらした私は、いつもバカだ、わがままだと叱ってばかりで、怒って茶碗を投げつけたこともあった。別の日おばあちゃんがおまえに御飯を食べさせる前に、野菜を箸でつまんで持ち上げて、まず「わしの寧はいちばんいい子だ、食べておくれと言ったら、いつも食べてくれるよね」と褒めた。今日おばあちゃんはおまえに野菜を食べさせようとしている、これならおまえがきっと食べるだろうと私は思った。果たしておまえはいさぎよく口を大きく開けると野菜を食べ始めた。これは私の心を動かし、おばあちゃんには技があると思った。しかしそれが褒めることが及ぼす作用だというところまでは考えられなかったし、おばあちゃんに学んで褒めることを武器にしようとも考えなかった。おまえが大きくなってから何かするときにいつも心配してうまくできず、先頭に立つのが嫌いなのは、たぶん私たちの教育の仕方と関係がある。まったく、父親になるということの授業で私は欠席だらけでわかっていないことが多すぎる！

　寧、一九八五年私は命令で雲南老山の前線に取材に行ったとき、おまえに遺書を残した。当時おまえはまだ満六歳になっていなかった。前線の戦場の状況は一進一退で、味方が敵の陣地を奪ったかと思ったら、敵がこちらの陣地を奪い返すといった状況だった戦場は極めて複雑な環境で、山は高いし、森は深く、草は生い茂って、敵の特攻隊の活動は活発で、いつどこから出てくるか誰にもわからず、そのため、我々取材の者も、常に敵に遭遇することに備えなくてはならなかった。おまけに我々が車に乗って通った道は、敵が直接砲撃した封鎖地区で、味方の車両が立て続けに八五キャノン砲で攻撃された。そのため、私は万が一のときのためにおまえにあの遺書を残したのだ。

　私のあの遺書には三つのことが書いてあった。一、私は戦場に行く。戦場に行って死ぬのは国に我が身を捧げることだ。私がおまえたち母子を捨てたと恨み言を言ってはならない。誰が私を戦場に行かせたんだと恨み言を言ってもならない。二、私は長男でおまえも長男だ。しっかり勉強して、大きくなったら周の家を支えることができなければならない。周家のボロボロの屋台骨を直し、私の代わりに母さんとおじいちゃんとおばあちゃんを養わなくてはならない。三、毎年清《せい》明節《めいせつ》には私のために紙銭を燃やして供養して、私が向こうでお金に困らないようにしてくれ。

　私は遺書をおまえの母さんに送ってから、山東を経由してそのまま雲南の戦場に行った。

　幸いなことに私は死なず、生きて後方部隊に戻って来たので、その遺書はおまえには見せなかった。しかし思いも寄らず私たち父子の状況はひっくり返ってしまい、おまえが臨終の前に私に遺言を残すことになったのだ。おまえが私に言い聞かせることになるのだ。父さん、僕が死んだらどんな状況になっても母さんの面倒を見なくちゃだめだ、しっかり面倒を見てあげてよ、父さん、僕が死んだことはおじいちゃんとおばあちゃんには知らせないで、二人とも年だから、衝撃に耐えられないかも知れない、海外に出たとでも言えばいいよ、父さん、ごめん、父さんが年を取ったとき僕は父さんを病院に連れて行ったり面倒を見てあげることができない、事前にお手伝いさんを探した方がいいよ、と……。

なぜおまえが私に言い聞かせるのだ？

神よ、あまりな決定ではありませんか？

父さん、父さんがあの年、僕のために遺書を残してくれたことは、母さんがあとで僕に話してくれた。母さんは遺書の内容について細かいことまでは話さなかったけど、このことは僕をびっくりさせ、僕たち一家があるとき別れ別れにさせられることがあることを意識させたんだ。それまで僕たちはずっと家族で一緒に生きていくのだと思っていたから。

年齢が上がるにつれ、僕はだんだんと生きること、老いること、病気になること、死ぬことという人生の決まりを理解していった。でも死は僕たち家族からはまだ遥か遠い彼方のことで、それに対してきちんと準備する必要からも遠く離れていると思っていた。死が不意を衝いて僕たち一家を襲うなんて、しかもその対象が一番若くて元気な僕だなんて思いも寄らなかった。今になってやっとわかるよ、僕の修行がはなはだ足らなかったんだ。もともと無病息災には縁がなかったしね。

事があまりに突然だったんで、僕は遺書さえ残すことができなかった。ただし実際に書いたとしても、僕に書ける内容なんてほんのわずかだ。僕は仕事を始めてから数か月分も給料はもらってないし、なんの蓄えもないし、父さんたちに老後のためのお金も残していない。それどころか、病気の治療で二人の蓄えを使い尽くさせた。僕は結婚できなかったから、息子も娘もいないし、何か言い残す相手もいない。僕の研究もあれ以上先に進めるには間に合わなかった。始めたばかりで誰にも引き継がせていない。僕に遺書を書く機会を与えなかったのは正しいよ。

僕が唯一心残りなのは父さんと母さんだ。僕は平日家に帰るのが遅くなっていつも母さんをやきもきさせた。今や家に帰ることは永遠になくなってしまって、母さんをどんなに苦しめていることだろう。父さんは母さんよりは強い。父さんには創作があるし、小説の中に潜り込めば、とりあえず僕を失った苦痛を忘れることはできるだろうけど、母さんはどうすればいいんだ？　父さん、僕の写真、僕の残したものは全部片付けて。母さんに僕のことを思い出させちゃだめだ。服も物も全部焼くのがいいよ。母さんをできるだけ連れ出して、母さんに早く僕のことを忘れさせてあげて。彼女は般若心経を唱えるのが好きだったでしょ？　父さんも一緒に唱えて、母さんの心の支えになってあげて。そうだ、もう一人子どもを引き取って育てるんだ。女の子がいいよ、女の子が家の中を走り回れば、たぶん母さんも痛みを忘れることができる……。

二人ともなんとかして引っ越ししてよ。

引っ越して……。

寧、私たちは引っ越した。同じ区画の中の別の棟に引っ越した。引っ越したあと、母さんはおまえが万が一家に戻って来たとき私たちが見つからないといけないと、紙に新しい棟の番号と部屋番号を書いて、元の家の前で焼いたよ。母さんはそうやっておまえに知らせたかったんだ。おまえに届いているといいのだが。

寧、私はおまえが小学生のときのことをよく思い出す。昔を思い出すと一時《いっとき》心が和《なご》むのだ。

おまえは六歳半で小学校に上がった。

私と母さんはおまえを一番良い小学校へ入れようと決めていた。南陽で一番良い小学校は十五小学校で、町のほとんどの家が自分の子どもをこの小学校に入れたがっていた。私と母さんはあちこち手を尽くして、出せるだけの力を出してなんとかおまえを入れることができた。しかし入学してから知ったのだが、生徒が多すぎて、一年生は新しくクラスをひとつ増やしても一クラス七十人以上で、国の教育部門の規定を遥かに超えていて、二人がけの机に三、四人で座らなくてはならず、子どもたちは体を斜めにして授業を受けるしかなかった。このせいで、おまえは体を傾けて机に座る習慣ができてしまい、字を書くときは鉛筆の先が斜めになって、字が少し歪《ゆが》んでいた。ずいぶんあとになってからわかったが、私は大衆心理に支配されてそんなことをしたのだ。実際、南陽にあるいくつかの小学校にどれほど違いがあったというのだ？　どうしてあの学校に詰め込まなくてはならなかったのだ？　良い学校にもレベルの低い先生はいるし、悪い学校にもレベルの高い先生はいる。とはいえ、おまえの小学時代は楽しさと笑い声に満ちていた。涙も付き添っていたが。

私が覚えているおまえが初めて流した涙は、おまえが勝手に友達にごちそうしたときだった。その日朝御飯が終わって学校に行くとき、おまえは学校に五元持って行かなくてはならないと言った。母さんはお金を探したが細かいのがなく、おまえに十元札を渡した。あの頃はまだ五十元札も百元札もなかった。母さんはおまえに言い聞かせた。十元札を渡すけど、先生にもらった五元のお札はお昼休みに持って帰ってくるのよ。おまえは「はい！」と答えた。私はこのとき休暇で家に帰っていたので、私もお金をちゃんとしまうように言った。お金は当時うちで最も足りなくて大切なものだった。

しかしお昼休みにおまえは帰ってこなかった。私と母さんはおかしいと思った。どうしてちゃんと時間通りに帰ってこないのか？　学校で先生が終わる時間を遅らせたのか？　私たちはしばらく待ってもおまえが帰って来ないので、隣部屋の子にきいた。隣の子は学校は時間通りに終わった、おまえが帰ってこないのは学校の隣の食堂で友達に食事をごちそうしているからだと言った。私と母さんはそれを聞いて仰天した。こんな小さな子が食堂で友達に食事をごちそうするなんて、そんなことが？　私はすぐに下へ降りると自転車に乗って学校へ向かった。学校に着いて隣の小さな食堂を見ると、間違いなく、小さなテーブルにおまえと友達三人が座っていた。四人はもっともらしく座って、それぞれの前には飲み物とうどん、机の真ん中には卵《たまご》炒《いた》めも置いてあった。父さんはそのとき怒り心頭だった。あの頃の五元は小さな額ではなかった。私の給料は七十元に上がったばかりにすぎず、毎月の出費はたいへんだったときに、おまえがなんと堂々と友達にごちそうしてやっているだと？　こんな小さいときからこんなに派手に浪費するなんて、一体将来はどうなるんだ？　ドラ息子になるのか？　私は怒りをこらえながら外でおまえたちが食べ終わるのを待ち、頃合いを見計らい暗い顔をしておまえたちのテーブルの前に歩いて行った。おまえは私が近づいて来るのを見て、慌てて不安そうに立ち上がると一言、「父さん」と言った。他の友達も慌てて、「おじさん、こんにちは」と挨拶《あいさつ》した。私は他には何も言わずただ「行くぞ、父さんと一緒に帰るんだ！」とだけ言った。おまえはおとなしく私の自転車の後ろに乗って家へ帰った。途中、おまえは私が怒っているのがわかっていて、わざと私を楽しませようと話しかけてきたが、私は一切相手をしなかった。家に着いて部屋に入ると、私はおまえに命令した。「土下座しろ！」おまえは不満そうにきき返した。「どうして土下座させるの？」私は有無を言わせずおまえのお尻を叩いた。「土下座してからだ！」おまえは涙を流しながら土下座するしかなかった。

「言いなさい、なぜおまえが友達におごったりしたんだ？」私は大声できいた。

「あの友達が普段僕にアイスキャンデーとか油餅《ヨウビン》とか食べ物をくれるからだよ。僕はみんなにあげるものがなくて、今日は先生からもらったおつりの五元があったから、みんなにごちそうしてあげたかったんだ。義理を欠きたくなかったんだ」おまえは自信たっぷりに答えた。

「まったく、なんて厚かましいんだ、私や母さんに相談もなく一度に五元も使ってしまうなんて、無《む》駄《だ》遣《づか》いだとわからなかったのか？」

「じゃあ、父さんたちいつもどうしてごちそうしてるの？　父さんたちがお客さんにごちそうするとき僕に相談なんかしないじゃないか！」おまえは理屈を並べ立てて私に反抗した。

　おまえが反抗したのが私の怒りの火にさらに油を注ぎ、私はまたおまえに一発食らわして叫んだ。「おまえはまだ口答えする気か？　父さんがいつも汽車に乗るとき、一元の御飯を買うのも我慢しているのを知らないのか？　おなかが減ってもパンをかじってまで一元を惜しんだのは、節約しておまえに勉強してもらうためで、こんな無駄遣いをさせるためじゃないんだ！」このとき母さんがおまえに言った。「早く父さんにごめんなさいって言いなさい、もうこんな無駄遣いはしませんって」おまえはまだ不服そうだったが、叩かれるのが怖くて、涙を流しながら言うしかなかった。

「僕間違えてました、これからはこんな無駄遣いはしません……」

　これが私が二度目におまえに手を上げたときだった。たった五元のお金じゃないか、手を上げたり土下座させたりすることはなかったんじゃないか？　これがしつけか？　まだこんなに小さいのに、友達がおごってくれたことへの恩義を感じていたということは、報いるとはどういうことか息子がわかっていることを証明したのではないか？　何をそんなにひどく怒る必要があったのだ？　どうしてあんなひどいやり方をしたのだ？　こんなやり方は子どもの心に大きな傷を残すのではないか？　寧、このことは覚えているか？　私はおまえに申し訳ないと思っている。

　おまえが小学生のとき、二回目に涙を流したのはゲームにのめり込んだことが原因だった。いつ頃からか、南陽の町に突然あまたのゲームセンターが出現し、学校に通っているたくさんの子どもたちがその目新しさにのめり込み、自制力の強い子どもは放課後にしばらく遊ぶだけだったが、自制力のない子どもは、勉強を忘れてゲームに心のすべてを奪われてしまった。そしておまえは、おそらく私たちがおまえの自制力を養うのを忘れていたためだろう、完全にゲームにはまってしまった。学校に行く途中なのにゲームセンターに寄り遊ぶこともあった。放課後はゲームセンターで家に帰るのも忘れて遊んだ。先生は私と母さんに警告を出した。おまえの学力がすごいスピードで落ちていると。私たちはおまえとその都度話し合って、おまえはもうやめると言ったが、ゲームセンターの横を通りかかると、ふらふらと入っていくのだった。私は当時とても焦った。私と母さんはおまえに大きな期待を持っていた。私たちは清華大学、北京大学へ行くチャンスを生涯失ってしまった。おまえに将来北京大学か清華大学の学生になって欲しいと思っていたのに。おまえはゲームに自分の将来を潰されようとしている。ある日の夜、外が暗くなってもおまえが帰ってこないので、おそらくまたゲームをしているのだろうと思い、自転車に乗ってあちこちを探した。最後にあるゲームセンターでおまえを見つけた。案の定おまえはゲーム機の前で楽しそうに遊んでいて、私がおまえのすぐ横に立っても気がつかなかった。私が咳《せき》をするとおまえはやっと私を見て、そろそろと手を引っ込めると、外へ向かって歩き出した。あのとき、私は怒りを抑えられなくて、おまえを脅かそうと決心していた。おまえを抱えて自転車の後ろに乗せると、家には帰らず、町の外の白河《はくが》の川縁《かわべり》に連れて行った。おまえは私の様子が変なのを見て、おそるおそる尋ねた。「父さん、どこ行くの？」「ねえ、どこへ行くの？」「何するの？」「どうするの？」そう言っているうちに、自転車は川縁に着いた。そのときもう来た道は真っ暗で、町の外の川縁はもっと真っ暗だった。私は有無を言わせずおまえを地面に下ろすと、きびすを返して立ち去った。驚いたおまえはわっと泣き出して、慌てて走ってくると、自転車の後ろを摑んで言った。「父さん、もうゲームはやらないから、連れて行ってよ、もうやらないから」

今思い返してみても、私があのとき使った手段はなんて卑劣なやり方だったんだろう。私を父親と呼べるだろうか?! 寧、あの夜は怖かっただろう?……。

父さん、小学生のときのあの二つのことは今でもよく覚えてるよ。まずあのごちそう事件。あのとき僕は家が苦しいとは感じていなかったし、父さんが家を支えるのに苦労しているとも感じていなかったので、お金が手に入ったので、なぜか全部使いたくなってしまったんだ。父さんたちは僕に土下座させ、僕は心の中では不満たらたらだったけど、大きくなってからあれは間違いだったと知った。僕の金遣いが荒いのは、長い間なかなか直らず、大学に入ってからも金遣いは同級生よりも荒かった。これはたぶん僕がしょっちゅう原稿料の伝票が家に届いているのを見ていたことと関係があると思う。原稿料の伝票の額はとても少なかったけど、それらが次から次へと来ているような気がしていた。これが僕がお金を使うよりどころとなっていて、あの一枚一枚の伝票が父さんの血と汗の結晶だというところにまで考えが及ばなかったんだ。この点については父さんに許しを請わなくてはならない。それから二つ目、ゲームにはまった件。最初に見たとき、とても面白そうで、あっという間にはまってしまって何もかも忘れてしまい、遊んでいると勉強は言うに及ばず、御飯も食べたくなくなったんだ。ゲームはたくさんの子どもの勉強を破壊し、たくさんの子どもの人生も破壊すると言うべきものだ。若者たちの中には学校をやめてゲームセンターを流浪している者もいるけど、これもそのためだ。あまりに長い間続けてゲームで遊んでいたため、疲れてゲーム機の前で死んでしまう子どももいる。発明した人の動機はたぶん良いものだったと思うけど、その負の作用は実際人を驚かせるほどのものだった。どうやら人類の発明にはどれにも正の作用と負の作用があって、我々人類の発明は歓迎もされるけど、ある程度の警戒心も持たれなくてはならない。僕は新しいものにすぐに惑わされやすいので、はまってしまうと抜け出せなくなって、父さんが止《や》めさせようとすると無茶苦茶腹が立って、心の中に本当に恨みの気持ちまで生じて、頭の中には僕の本当の父さんじゃないんじゃないかなんていう疑問まで浮かんだんだ。何が世代間の溝と矛盾なのか？ たぶんこれがそうだ。父さんはゲームは洪水のごとく襲ってくる猛獣のように思っているけど、僕のゲームへの感じは不思議なことこの上なくて、父さんが僕からそれを遠ざけようとすればするほど、近づきたくなるんだ。この溝のせいで父さんの僕に対する愛情を理解できなかったし、僕はあのとき、父さんがただ僕を楽しませたくないんだと思っていたんだ……。

壬戌《みずのえいぬ》（一九八二）

寧、おまえが四年生になった年のある日の晩テレビを見ていると、テレビの画面ではちょうど葬儀の様子を映していた。おまえは父さんにきいた。「父さん、これは何してるの？」「お葬式を行っているところだよ」「どうしてお葬式をするの？」「死んだ人を記念するため、死んだ人に敬意を表すためだよ」おまえはまたきいた。「人はいつお葬式ができるの？」「死んだら」おまえは続けてきいた。「父さんはいつ死ぬの？」私はちょっとあっけにとられてから言った。「数十年後かな、でもわからない、もっと早いかも知れない」おまえは続けて言った。「父さん、父さんが死んだら僕が父さんのためにお葬式をするよ！」そのとき、私は驚くと同時に嬉しくなり、おまえを胸に抱きしめると言った。「ありがとう、ありがとうよ」父親が死んで息子が葬儀を行うのは、筋道の通った道理にかなったことだ。しかしそれが自分には現実にならず、それどころか、私がおまえの葬式を出すことになろうとは！ おまえではなくて私が墓地を選び、骨壺を選び、墓碑銘を選ぶとは。

そういったことをしていると、私の心には血が滴《したた》った。神に聞こえていないはずはない。私の血がポタポタ落ちる音が聞こえているはずだ。

父さん、父さんが心が引き裂かれるような気持ちで僕のために骨壺と墓地と墓碑銘を選ぶところを僕見てたよ。ずっと父さんのそばにいたんだ。父さんは一番芸術的なデザインの骨壺を選んでくれた。父さんと母さんは近くから遠くまで、ほとんどすべての共同墓地を回り、ついに景色の美しい管理の行き届いた天寿園を選んで僕の骨を安置してくれた。父さんは墓碑のデザインにも苦心した。二人が僕の葬儀を行っているとき、僕は前に進み出て父さんと母さんを支えてあげたかった。本当にごめん。父さんに息子の葬儀をさせるなんて、なんて残酷なんだ。でも父さんの代わりは誰もいない。本当なら僕の息子か娘がやるべきことだけど、天は僕にその幸せを与えてはくれなかった。だめ、だめ、だめだ、やっぱりすべて受け入れないと。すべてを運命だと思って受け入れるべきなんだ。運命がくれたものなんだ。そうすることで心の痛みや不満や怒りはだんだんと消えていくんだ。でなきゃどうするの？　父さんは自分の小説の中で、比べることを学べと読者に教えたよね。今度は父さんが比べることを学ぶ番だ。子どもがちゃんと男女揃っている人と比べちゃだめだよ。そんな人たちと比べたら父さんの心の均衡はますます崩れて、もっと辛くなる。こんな風に比べるんだ。自分が息子を亡くしたとき、神は精神的に準備する時間を与えてくれ、息子に自分の気持ちを伝えさせてくれた。父親の中にはその一時間前には息子と一緒に遊んでいたのに、一時間後には交通事故で永遠に息子と離ればなれになった人もいる。ほら、あの高速道路でのバスの追突事故では、バスに乗っていた十数人の大学生が一瞬でこの世を去ってしまった。あの学生たちの親に比べたら、神は父さんにはまだ配慮してくれてるんじゃない？　父さん、そんな風に考えようよ。僕には他に父さんを慰める方法を思い付かないよ……。

寧、おまえが小学生のとき、うちには大きな損害をもたらす事件があった。たいへんな訴訟に巻き込まれたのだ。

　この事件に対応するため、私も母さんもおまえの勉強や身の回りのことに時間や精力を割いてやることができなかったが、あの数年はちょうどおまえの体の成長にとって大切な時期だった。私はずっと、この時期がおまえの体に害を与えたのではないかと疑っている。あの訴訟に巻き込まれたばかりのとき、おまえを驚かせてはいけないと、秦《しん》おばさんと賈《か》おじさんがわざわざ南陽までおまえを迎えに来て北京へ連れて行った。賈おじさんと秦おばさんはおまえに至れり尽くせりだったが、それでもおまえにとっては初めて両親と離れ、家から離れたわけで、おまえはどんな気持ちだったか、私には話してくれなかったが、きっと辛かったに違いない。おまえはとりわけ敏感な子どもだったから、家に持ち上がったことも、うすうすはわかっていただろうに、私たちを心配させてはならないと自分の辛い気持ちを口にしなかっただけなのだ。ちょうど裁判が行われているとき、おまえは突然咳をし始め、いろいろな薬を飲んでも効果がなく、親友は肺結核を患ったのではと言った。その話を聞いてすぐに大きな病院で精密検査を受けさせ病状をはっきりさせるべきだったのだ。しかし私も母さんも裁判で忙殺されて、おまえに構っている余裕も時間もなくて、親友に頼んで小さな病院に連れて行って診てもらっただけだった。病院ははっきりした答えを出さず、肺結核のようだと言い、おまえに肺結核の薬を飲ませ始めたのだ。肺結核の治療薬は胃と肝臓に悪く、おまえの体はどんどん痩《や》せていった。間違いなくこれがおまえの体の免疫力を破壊したのだ。もっと悪かったのは、おまえの肺の状況を観察するために、病院の放射線科の友人が不定期にレントゲンを当てた。好意からだったろうが、あんなに頻繁に放射線を当てたのだからおまえの体を傷つけていないわけがない。そして訴訟は勝って終わったものの、おまえの体はもう痩せ衰えていた。今思い返してみても、私と母さんは愚かだった。訴訟とおまえの体のどちらが大切だというのだ？　どうして訴訟を先に片付けようとしたのか？　どうしておまえの病気の治療を先にしなかったのか？　今、当時のことをよくよく見てみると、私の頭の中では自分の名声や家庭の栄誉がおまえの健康よりも先にあったのだ。おまえが病気にさえならなければ、たとえうちの者が悪く言われてもたいしたことはない。私たちが何年か監獄に放り込まれるだけだ。私はあのとき、その覚悟をすることができなかった。

私はおまえのことが最も大切だと考えていなかったんだ。

私は自分を恨むよ！

父さん、家が裁判に巻き込まれたのは僕もよく覚えてるよ。僕はあのときまだ小さかったけど、事の重大性はわかってた。物事を理解するのは子どもの環境によって違うって言うけど、その通りだね。大事件に遭遇した家の子どもは、物事を理解するのが、平安な日々を送っている子どもよりも早いんだ。あの日の夜、突然何人かの人が家にやって来た。その日の昼に、おじいちゃんとおばあちゃんが声を押し殺して泣いていたのも覚えてる。その日の午後、父さんは僕を秦おばさんと賈おじさんに北京に連れて行かせようって決めたんだ。この北京行きは、僕にとっては初めて家を離れ、父さんや母さんと別れ、しかも長い時間離れることだった。秦おばさんと賈おじさんがついていてくれているとはいっても、僕にはこれが避難であって、お客さんとして行くわけではないというのがわかっていたんだ。だから辛いとは言い出せなかった。とりわけ夜になると、気の弱い僕は一人ベッドに横になって、ひたすら父さんや母さんに会いたいと思っていた。おしっこしにトイレに行ったとき、うっかりズボンを濡らしてしまったことがあったんだけど、秦おばさんたちにこれ以上迷惑をかけるのが嫌で、恥ずかしくて言い出せず、ズボンを穿《は》き替えず、ずっと体温で温めて乾かしたんだ……。

　この裁判の一件は、僕がもともと持っていた心理的優越感を一気になくして、ひどい劣等感を持ち始めた。これが僕の性格が内向的になった原因だった。明るい性格の形成には、その子の存在を軽視しないことと、いつも励ますゆったりした環境が必要で、あのとき、南陽での生活の中には、そういった環境は存在していなかった。僕は子どもだったけど、人の顔色を注意深く観察するようになって、何をするにも何を話すにもびくびくしていて、ただただ誰かの注意を引くことを怖がっていた。この内向的な性格は抑圧感になって、長い期間の抑圧は体に良くない作用を及ぼす。父さん、これは恨み言じゃないし、裁判沙汰になるべきじゃなかったなんて言ってるわけでもないよ、僕の性格が変わった原因について説明しているだけなんだ。うん、もうこれについて話すのはやめようよ、いまさら話して何の意味がある？

　人生で起きるどんなことも、理由のないことなんてあるはずがないんだ。

　それが僕の運命で、受け入れなきゃいけないものなんだ。

　寧、おまえが小さいとき、おまえと母さんがいつも不満だったのは、私がめったにおまえたちと外に遊びに出かけなかったことだ。私は認めるよ、私は他の父親と比べ、この件については一番だめだった。いつも時間が足らないと思っていて、暇な時間があれば本を読んだりものを書いたりしたくて、時間を遊びに使うなんて価値のないことだと思っていた。おまえを外に連れ出したり旅行に行こうと思わなかったのは、私の責任の一つだ。旅行がおまえに楽しさをもたらし、おまえの視野を広げるということがわかっていなかった。休むことも人生にとって大切なものであるということをわかっていなかった。私はいつも、そのうち時間はできる、時間ができたらおまえたちを遊びに連れ出そうと思っていた。息子と過ごす時間がこんなに短くなるなんて、あのときは知りもしなかった。今となってはもうおまえを外に連れ出してやることもできなくなってしまった！　おまえが小さいときにおまえと母さんをちゃんと外に連れ出したのはたった二回だけだ。

　一回は西安だった。あのとき私は西安政治学院で勉強していて、おまえたち母子や母さんのおじいちゃんと一緒に古都西安を見せた。おまえたちを連れて、半《はん》坂《ぱ》遺跡を見、大雁塔《だいがんとう》と小雁塔を見、兵馬俑坑《へいばようこう》を見、楊《よう》貴妃《きひ》がお風呂に入った華清池《かせいち》を見た。華清池のそばで、おまえはガイドの説明を聞いたあと、大声で質問した。「楊貴妃はどこにいるの？」私と母さんは顔を見合わせて笑った。華清池の水は昔と変わらず澄んでいるが、豊満で美しい楊貴妃はもう水中に出現するはずはなく、時間とはかくも恐ろしいもので、あらゆる美しいものを歴史の痕跡に変えてしまうのだ。驪山《りざん》に登る山道で、私たち三人は競争をして、おまえはいちばんに登り、私たちの笑い声が山にこだまし、鳥たちが驚いて飛んでいった。当時の玄宗と楊貴妃もこの道を通ったに違いないし、蔣介石と衛士たちもこの道を行ったに違いない。私たち一家がこの道に足跡を残したのも記念すべき意義があったと言えるだろう。

　もう一回は泰山だ。私たちはまず車に乗って中天門まで行ったが、車が山道を登っていくとき、おまえはずっと窓の外の崖や深い谷や川の水や変わった形をした木を指さしては、驚きの声を上げ、平地で生活しているおまえにとって、東岳泰山との初めての親密な接触はもの珍しいものばかりだった。私たちは観覧車で山頂まで登るつもりでいたが、観光客があまりに多くて、長い時間待っても切符が買えず、おじいちゃんが疲れたこともあって、頂上まで登るのはあきらめた。私は中天門に立って、遠くの頂を指さしておまえに説明した。あれが南天門、あれが天街、あれが百丈崖、おまえは真剣に眺めてから言った。「父さん、次に来たときは僕たち絶対上に登ろうね」私は言った。「いいよ、今度は観覧車の切符が買えなくても歩いて登ろう」

この安請け合いは実現しなかった。私はいつも忙しくて、小説でなければ散文を書くことに追われて忙しく、おまえの願いを実現することはできなかった。私は本当に後悔している。

父さん、西安へ遊びに行ったときのただ一つの情景は、三人で驪山に登る前に、父さんが日本の飲み物を買ったことだよ。父さんは僕と母さんに一本ずつと考えていたんだけど、飲みながら山を登っていると、喉が渇いていたので、僕は二本とも手に持っていた。父さんは言った。「こら、寧、母さんにも一本あげなさい」僕はあげなかった。僕は言った。「二本とも僕のだよ」母さんはなにも言わず、ただちょっと笑っただけだった。父さんは僕に怒って言った。「なんてわがままな子だ！」僕はそのとき無茶苦茶不機嫌になって口答えして言った。「もう一本母さんに買ってあげたらいいじゃないか！」今思い出しても恥ずかしくてたまらないよ。親はいつだって子どもを一番に考えるもんだ。子どもの父親母親への愛情の程度は、父親母親の子どもに対する愛情の半分にも及ばない。それもあとになってからわかったことだ。僕が病気になってから、母さんはいつも空腹のまま、四方八方僕のために免疫力の付く食べ物や薬を探し回っていた。母さん、親孝行しなくてはならないとわかったときには、母さんから永遠に離れてしまい、もうこれっぽっちの親孝行もできなくなってしまって、ごめんなさい……。

寧、おまえが小学校に上がったとき、おまえの母さんがあたふたと職員室から帰って来て私に言った。「市の体育学校の人が十五小学校に来て生徒を選んでいて、寧を見て、彼を市の競技場に連れて行って、跳躍能力を試したいと言ってるんだけど、行かせてもいいかしら？」私はそれを聞いて眉を顰《ひそ》めて言った。「うちの子どもにスポーツをやらせるつもりはない。スポーツ選手は三十歳を過ぎればもう年寄り扱いだ。そのとき一体どうするんだ？　私はあいつに将来科学者になって欲しいんだ」そう言い終わると、私は自転車に乗って市の競技場へ行った。着いてみると、体育学校の先生がちょうど走り幅跳びの砂場の前で、跳躍力をテストしているところで、おまえはそのテストを受ける列に並んでいた。先頭の生徒が跳び終わってから、私はその体育の先生のそばまで行くと言った。「うちの息子の周寧は体育学校には行きたがっておりません。十五小学校に帰して授業を受けさせて下さい」その先生は父さんを見据えて言った。「これはあなたの息子さんにとってもいいチャンスですよ、行きたくても行けない学校なんですから。我々は厳格な基準を持っています」私は首を振って言った。「うちにはこのチャンスはいらないんです、ありがとう」先生は残念そうにため息をついて、おまえの足を指さして言った。「お父さん、この子の両足見てご覧なさいよ、他の子どもの誰より長くて発育もいい、もし体育学校に入って、走り幅跳びをやったら、間違いなくすばらしい素質ですから、きっとすばらしい成績を上げることができますよ、お宅にすばらしい栄光をもたらすかも知れませんよ、もう一度考えてみていただけませんか？」私はもう一度首を振って断固として答えた。「考えたくありません、スポーツ選手にはなりません！」その先生はそのときおまえに言った。「周寧、一度跳んでごらん」おまえはその言葉を聞くと、助走ラインまで行き、腕を回し足を蹴って準備運動をすると、すごいスピードで助走してジャンプし、他のどの子よりも遠くへ跳んだ。私はあっけにとられておまえを見つめた。おまえが本当にあんなに遠くへ跳ぶなんて思いもしなかったのだ。その体育学校の先生がまた私に言った。「周寧のお父さん、あなたのお子さんがどんなに遠くへ跳んだかご覧になったでしょう？　お子さんをスポーツ選手にしないのはもったいない話です」このとき、私はおまえの考えも聞かず、断固として言った。「もう話すことはありません。スポーツ選手にはなりません！」そう言い終わると、おまえの手を引っ張って競技場の外へ出て行った。その体育学校の先生の残念そうなため息が背中で聞こえた。帰り道、おまえは父さんにきいた。「父さん、僕はどうしてスポーツ選手にはなれないの？」私は答えた。「スポーツ選手は若いうちだけだ、普通の人は六十歳で年寄りだが、スポーツ選手は三十歳でもう年寄りだ、そのときになって仕事を変えようと思っても難しいんだ」おまえは言った。「三十歳になったら仕事を変えて走り幅跳びの先生になったらだめ？」父さんはおまえの質問に不意を衝かれたが、首を振って言った。「走り幅跳びの先生がなんだ？　この社会で誰がそんなものを尊敬する？」おまえはもう言葉を返さず、不機嫌そうに私の後をパタパタついて歩いた。今思い返すと、おまえに走り幅跳びをやらせなかったのは、私の心の中にスポーツを軽蔑《けいべつ》し、走り幅跳びなど本当の才能ではないという考えがあって、私が重視していたのは身体能力の競争ではなく、政治的知恵だったのだ。私はずっと文学をやって、人の心理を研究してきたので、この中国という土地では、人生の価値は人格や文明の発展への貢献ではなく、官僚の地位次第だとわかっていた。私は清廉を保ち、政界とは距離を置き、政界のある部分については軽視していたが、内心ではそれを認め、政治家になることこそ男の本当の仕事だと思っていたのだ。おまえが大きくなったら政治家にしたかったし、おまえには我が家のためにその栄誉を勝ち取って欲しかった。私は中国官僚主義の伝統にどっぷり浸かった俗人だったのだ！

　最初からおまえの希望をきいて体育学校へ行かせ、毎日運動で心身共に鍛えていたら、体も丈夫になって病気にはならなかったかも知れない。ああ、私はどうしてあんなに強権的だったんだろう？　どうしておまえの人生の大事なチャンスを無理矢理捨てさせたんだろう？

　私のこの干渉がなければ、おまえの命には別の道があったかも知れない。ある意味、おまえの運命を無理矢理変えたのだ。

　父親だからというだけで、そんな権力がどこにあるんだ？

　人の指向は千差万別、結局その人の心理と密接に関連していて、無理矢理それを変えさせることは、人の体と心の平衡を失わせ、病気に侵入させる隙《すき》を与えてしまうのだ……。

　父さん、僕がどっちにするか決めるのを助けてくれたんだから、後悔しないで。父さんも僕のためを思ってしたことなんだから。今考えてみても、父さんが勉強することを選ばせてくれたから、本の大きな世界の風景を知ったんだ。西安通信学院に行ってあんなにたくさんのすばらしい先生や友達とも知り合えたし、鄭州情報エンジニアリング学院に行って、あんなにもたくさんの情報セキュリティに関する知識と触れ合うこともできた。実際もし僕がスポーツの方に行っていたら、プレッシャーを感じないでいられたと思う？　スポーツ選手は試合の前、良い成績を出せるかどうかあれこれ考えるとゆっくり寝ることもできない。試合でいったんミスをしてしまうと一生後悔だ。試合でいい成績を取ることができたとしても、試合のあとは、それを続けることができるかどうか心配する。プロのスポーツ選手は一生涯、少しも気が抜けない。いずれにせよ、試合に出ることを生業《なりわい》とするプロのスポーツ選手に求められる運動能力は極めて高く、訓練では常に体の正常な受容能力を超えることを要求され、極限の運動はいとも簡単に体を傷つける。僕がもし本当にスポーツ選手になっていたとして、それが僕の体にとって良かったと思う？　僕が病気にならなかったと保証できる？　とてもそうは思えないよ。父さん、人生の選択に得失はつきものだよ、いいこともあれば悪いこともあるんだ。百パーセントいいなんてないんだ。あきらめようよ。

父さんが自分のことを俗だというけど、僕を官僚にさせたがったってことも、その気持ちは理解できるから、自分を責めることないよ。この社会に一体何人完璧に達観した方がいらっしゃることやら。中国で官僚になりたくないと本当に思っている人が何人いる？　出世できなかったのは、その人にももちろん責任があるけど、すべてその人の責任ということじゃないよ……。

寧、おまえの小学校の卒業試験の前に、私と母さんはおまえのために受験する中学校を決めた。南陽で最も良い二つの中学校のうちのひとつ、十三中だ。

十三中は優秀な教師が多いだけでなく、教育の質も良く、その上家からも近かった。

おまえは少しビクビクして言った。「父さん、母さん、十三中の合格ラインはとても高いから、僕の今の成績じゃ、合格するのはちょっと難しいよ」

おまえがそう言うのを聞いて、私たちはおまえがどこを受けたいと思っているのか、しっかりおまえの意見をきくべきだったのに、そうすることもなく、ただ少し腹を立てて、きついことを言った。「おまえはそれくらいの根性も持ってないのか？　世の中たいへんでないことなんてないんだ。十三中を受けるのが怖い？　そんなことじゃ将来たいしたことはできやしない。意気地なしと人から馬鹿にされたいのか？　いい中学校に合格したら三年後にいい高校に入れるし、そうしたら将来いい大学に入れることになるんだ。高い目標を持たないでどうする！　十三中に合格できないなんて恥ずかしくないのか？　まったく、父さんは恥ずかしいよ！」

　十三中に行けないことのどこが恥ずかしいというんだ。南陽にはたくさん中学校があるのに、その学校の子どもたち全員が両親に恥を掻《か》かせているとでもいうのか？　おまえはさぞかし父さんを言い負かせたかっただろう。

「いい学校に入ってこその栄光だ！　おまえはどうして私や母さんのように強い向上心がないんだ？　おまえのように上を目指そうとせず今のレベルに甘んじている態度を見ていると、私は産院でおまえを取り違えたんじゃないかと疑うよ！　もしかしておまえは他の家の子だったんじゃないかと！　うちの子じゃないと！」

　それを見た母さんは慌てて私を遮って言った。「あなた、なんてバカなこと言うの！」

　おまえは私にひどいことを言われて顔も首も真っ赤だった。

　ところが私のそのきつい言い方に、おまえはもう何も言えなくなって、ただうなずいて言った。「わかったよ。がんばって、十三中に受かってみせるよ」

　あのときのことはおまえに大きなプレッシャーを与え、卒業試験前の数日おまえは夜も寝られず、いつも私たちが寝るように言っても寝られず、仕方がないので母さんはおまえに安定剤を飲ませるしかなかった。まだあんなに小さな子どもに安定剤を飲んで眠らせるなんて、心中穏やかでなかったが、おまえの将来のためによかれと、痛む気持ちを抑えて、おまえの目標を下げさせなかった。

　おまえは急激に痩せていった。

　入学試験の結果が出て、おまえは十三中に合格した。父さんと母さんは大喜びだった。父さんは母さんに自慢げに言った。「見てみろ、やっぱりあの子にプレッシャーを与えてよかったんだ、人間、プレッシャーがなくちゃだめだ、プレッシャーがなかったら十三中には受かっちゃいなかったよ！」しかしおまえはそんなに嬉しそうな顔もせず、「僕眠りたいよ」と言っただけだった。

その後おまえはあの病気になった。お医者さんは、この病気の原因ははっきりしていないが、短期間に患うものではなく、進行する過程があって、長期にわたる精神的抑圧が関係しているはずだと言った。今思い返してみても、私がおまえに十三中を受けるように迫ったのは、その原因の一つだろう。

原因の一つに間違いない！

私はどうしておまえをあんなにひどく追い込んだんだろう？　どうして自分の子どもを死に追いやろうとしたんだろう？　その中にはもちろんおまえの将来を考えてのこともあっただろうが、結局は自分の虚栄心と功名心が禍《わざわ》いしたのだ！　私はおまえが重点校に失敗して恥を掻くのが怖かったんだ！

おまえが中学校に入ってから、父さんはおまえが時折よく痰《たん》を吐いているのに気がついた。一回の量は多いわけでなく、ほんの少しだけだったが、吐くときには思うように体を動かせず、よく痰壺に行く前に地面に吐いてしまっていた。痰はべっとりしていた。私はそのときこれはちょっとした癖で悪い習慣だと思い、むやみに痰を吐くんじゃないと小言を言った。おまえがよく痰を吐く原因を考えようともしなかったし、漢方医に診てもらおうともしなかった。南陽は張仲景の故郷で、たくさんの有名な漢方医がいた。あのとき漢方医の誰かに脈を診てもらい、漢方を調合してもらって飲ませていたら、痰の問題は解決していたかも知れない。いい加減な私はおまえに西洋医学の薬を飲ませるだけで根本的なところを治そうとはしなかった。おまえが病気になってから漢方医の先生にきいて初めて、若いのに痰が絡むのは、血行不良を招き、最終的には頭の中の悪血が固まり、それが腫瘍《しゅよう》の初期の形態であることを知ったのだ。私は本当にバカだった。おまえが大病になる芽を見逃していたのだ。

その上、自分を責任感の強い父親だと思い、心の中で自分をすばらしい父親だと評価していたのだ。まったく！……。

父さん、十三中に入るのは間違いなく僕にとって挑戦だった。勉強のできる生徒が一つの学校に集中するのは良くない考え方だけど、勉強ができる生徒が一カ所に集まればその中でまた上中下ができるけど、ここの下の成績の生徒でも他の学校の上の生徒の成績よりいい。しかし彼らも同じように劣等感を抱き、恥じ、憂鬱《ゆううつ》で、心理的屈折に遭遇し、その後の人物形成に影響が出るんだ。十三中に入ったばかりで課長〔科目の代表。先生からの連絡を伝えたり、課題を集めて先生のところに持って行ったりする〕になることができたけど、一学年が終わってみると、成績は悪くなっていた。このとき、精神的プレッシャーもそれに付いてきた。でも十三中は楽しい時期でもあったよ。それはなんといっても友達とのバスケだ。僕は十三中でバスケットボールを覚えた。放課後は数人の仲間とボールを抱えてコートに行っていた。いちばん活発なときだったな。僕はあのとき背が伸びるのがとても速くて、ほとんど毎週のように伸びて、背が高くなるとバスケには有利だ。背の低い同級生たちが僕を羨《うらや》ましがっているのがはっきりとわかった。あの頃僕はバスケに夢中だった。ボールを抱えると痛快この上なかった。リバウンドを奪うたび、ランニングシュートするたび、シュートするたび、嬉しくて笑顔になった。あのとき、僕が父さんと母さんに一番買って欲しかったのは、バスケットシューズだった。父さんは部隊から軍用のハイカットのゴム靴を調達してきてくれた。履いてみるととてもいい感じで、弾力もあって、跳び上がってボールを取るにはピッタリで、バスケ仲間はみんな無茶苦茶羨ましがり、みんな叫んだもんだよ。周寧、おまえが高く跳べるのは靴がいいからだよ！って。

　バスケはゲームと一緒で、僕は勉強を忘れがちになった。週末には南陽二校のコートに行って空が暗くなるまでやって、さらに遠くの街灯を頼りに続けてやって、宿題も晩御飯もすっかり忘れて、父さんがコートに来て叫んだ。「おい、おまえたち、晩御飯は食べないのか？」僕はまだ物足りないまま手を止めて父さんと一緒に家に帰った……。

　寧、一九九五年、私たちは北京に引っ越した。この年、おまえは中学を卒業して背の高いりっぱな若者に成長していた。私は今でも北京駅に母さんとおまえを迎えに行ったときの情景を覚えている。列車が駅に着き、他の乗客がみな降りてからおまえが出口までやって来て焦って言った。「父さん、母さんが汽車に酔っちゃって起き上がれないんだ」私は意外なことに驚いて、急いでおまえと汽車に乗ると、歩きながらきいた。「一等寝台に乗ったんじゃないのか？　どうして汽車に酔ったりするんだ？」おまえは言った。「母さんは汽車で果物を食べてから吐き始め、長いこと吐いていて、今は頭のふらふらがひどくて、ずっとみぞおちのところがしんどいって言ってるんだ」おまえたちの寝台に行くと、母さんはまだそこに横になっていて、顔は蒼白《そうはく》だった。私は母さんに手を貸して、おまえは全部の荷物を担いで駅を出た。おまえが大荷物を背負っている様子を見て、私は初めておまえがもうすでに私たちが困ったときに頼りになる男になっていることを意識した。

　南陽から北京に移って、始めのうち、おまえたち母子はあまり適応できなかった。おまえに合わなかったのは、まずは気候だった。南陽は温暖で湿度が高いが、北京は乾燥していて、顔のニキビが増えたと感じていた。それから人間関係にも適応できなかった。こちらにはよく知っている同級生も友達もおらず、学校で会うのは知らない顔ばかり、話す相手も少なくて、バスケ仲間もずっとできず、おまえは孤独を感じていた。さらに北京の授業や休みの時間も南陽とは違っていて、北京では基本的に朝と夜の自習はなしで、通学も遠くから通わなくてはならず、どうにもなじめないようだった。それにおまえは標準語が上手とは言えなかったので、クラスメートと付き合うのも少し恥ずかしいようだった。人間が流れ移って行くのは幸福のためだが、幸福とは悪賢い女性であり、ちょっと触れようものなら高い代価を払わなくてはならない。おまえが北京に適応できなかったのもその代価の一つだ。幸いおまえはあっという間に自分を北京の若者の生活に溶け込ませ、二、三か月もすると、仲良しの同級生ができ、一緒に遊ぶバスケ仲間もでき、標準語にも磨きがかかり、勉強も北京のクラスメートに追いついていった。

　高校のときの保護者会には基本的に全部参加した。保護者会で父さんは、北京の高校の先生は、教え方が南陽とは全然違っていて、生徒の学習時間と学科の点数の要求が私たちの田舎の高校の先生とは比べものにならないくらい厳しかった。北京で強調されたのは、生徒に学習方法を教えてからは、生徒の自覚によって勉強のスケジュールを立てさせるというものだった。これは私を何となく不安にさせた。おまえが自覚して各科目の勉強のスケジュールを立てられるだろうか？そこで私は宿題や読書をするように頻繁に口を出すようになった。おまえの日常生活に干渉し始めたのだ。

　口やかましくなり、まるで工事現場の主任のようになってしまった。

　さらに重要だったのは、このときおまえは反抗期に入っていたが、私も母さんも男の子のその生理的心理的変化のことが少しもわかっておらず、それについてまったく準備ができていなかった。結果私も母さんもおまえと些細なことで争うようになった。

　おまえは土曜日と日曜日はテレビが見たいと言う。

　私と母さんは、見ないかできるだけ見ないようにするのが一番だ、勉強が一番重要だ、試験の準備が最も大切だと言う。

「放課後にバスケをやって少し遊びたい」

「先に宿題をやってから遊びなさい」

「夜は小説か何かを読んで気分転換したい」

「まずはしっかり勉強して大学に受かるのが一番大切だ、大学に入ってから小説を読んでも遅くない」

「夜あまり早く寝たくない」

「早く寝る方がいい、早く寝たら明日の勉強に身が入る」

　おまえは口答えするようになった。「僕、全然自由じゃない」

　私は文句を言うようになった。「この子は大学入試が人生にとってどんなに大切かわかっていない」

　私たちは初めからただただお互いに不満だった。だんだんと衝突するようになった。

　おまえは放課後、私たちが決めた〝先に宿題をやること〟には構わず、まずはボールを持つとコートに行ってバスケをやった。

　私は一度、二度、三度とおまえに警告したが、おまえは言うことをきかず、腹を立てた私はおまえが学校に行っている間におまえのボールにキリで穴をあけて空気を抜いた。おまえは放課後帰ってきてへこんで使えなくなったボールを見て傷つき涙を流した。

　おまえは私たちの〝月曜日から金曜日までの夜はテレビは見ない〟という決まりを無視し、夜宿題が終わると、部屋のドアに鍵をかけて、ドアに背を向けこっそりテレビをつけ小さい音で見始めた。さらに傘を広げてテレビ画面の光を遮った。

　父さんと母さんはおまえがずっと部屋で静かに勉強していると思って喜んでいたが、ドアが開けられないので何かあると思い、椅子を持ってきておまえの部屋の扉の前に置き、椅子に上がって上のガラス窓から偵察して、激怒して鍵でドアを開け、おまえと大げんかをした。

カバーを掛けた本が教科書の上に置いてあるのを見て、私たちは教科書を大切にしているのだと思って喜んでいたら、おまえの引き出しを見たときそれがどこから借りてきたのか恋愛小説であることがわかって、そこでまたおまえを叱った。

続けざまの衝突はおまえを激怒させ、父さんと母さんを悲しませた。

反抗期に入って、おまえは私たちが自分に干渉するのを嫌がったが、私たちはおまえが人生の大事なときに入ったと、逆におまえのあらゆることに口を出したがった。

おまえは腹を立てて言った。「これ以上口を出すんだったらもう大学受けないから」

私はかっとなってきいた。「大学を受けないで将来何をするんだ？　どこで働く？　何で稼いで自分を養うんだ？」

「地下鉄の入口でＤＶＤでも売るよ」

「それでどれほど稼げるっていうんだ？」

「僕が食べられるだけでいいよ」

「おまえも結婚しなくちゃならん。一人の女性を養う金もなしでどうするんだ？」

「独身でいいよ」

私も譲るしかなくなって、おまえに自主的にやらせる空間を少し与えた。

父親として子どもの精神的肉体的なことについて理解しなくてはならないのに、私にはそれができなかった。ただ圧力をかけ、力を使うだけで、おまえの青春の大事な時期を苦痛だらけにしてしまい、ずっとあとになってようやくおまえを苦しめていたとわかった。あの時期がおまえの体にさらに悪い影響を与えたのではないか？

間違いなくそうだ！

あのとき誰かが、高校生の父親はどうあるべきか教えてくれたら良かったのに！

また周りを責めて自分の責任から逃げようとしている、結局私の功名心が強すぎるんだ！　私はひたすらおまえを有名校に入れたかったのだ。友達に周寧は商科大学に行かせるといいよと言われても、聞く耳を持たず、うちはそういう学校には入れないと言うだけだった。

父さん、高校のときに僕がいちばん嫌だったのはニキビだった。北京に来てから顔のニキビが目立って増えた。自分の外見が気になり始め、おしゃれすることを覚えた頃で、人からかっこよく見られたいと思っていた。ニキビにはほんと悩んだよ。ニキビを少なくするために、ありとあらゆる方法を試し、僕の小遣いはそういう薬や化粧品に全部消えていったけど、やはり効果はなかった。学校で、同級生、とりわけ女子に顔を見られるのが怖かった。通学途中でも道を歩いている人が僕の顔を見るのが怖かった。僕はだんだんと俯《うつむ》いて歩くようになり、話す声も小さくなり、人の多いところには行かなくなった。自分に注意が向いて顔のニキビのことを笑われるのが怖かったんだ。僕は自分の性格がどんどん内向的になっていくのがわかった。あるとき、クラスの同級生が他のことで大笑いしていたのに、僕はどきっとしてしまった。彼らが僕の顔にニキビが多いことを笑ったと思ったんだ。通学途中でも路上の誰かが笑うと僕の顔のことで笑ってるんじゃないかと疑った。あのときは本当に辛くて悩んでいて、だから父さんや母さんが僕のやることなすことにいちいち干渉して、僕の自由な時間を奪うのがたまらなかったんだ。あの日々、父さんたちの関心は僕が大学に入れるかどうかということ、僕の関心はニキビをなくすことができるかどうかということ、あまりにもかけ離れていて、ぶつからずにすむわけがなかったと思わない？

寧、おまえが高校で進路を決めるとき、おまえは文系に行きたい、将来は歴史を専攻できるといいと言った。おまえは小さな頃から歴史の本が好きで、おまえと母さんはいつも食卓で歴史上の人物や歴史上の事件について話していたが、これは私には本当に意外なことだった。私はおまえの意見を尊重し、おまえの考え方に沿ってやるべきだった。結局受けるのはおまえなのだし、自分の興味に従ってやってこそ一人前になることができる。しかし私はそのとき歴史は政治に近すぎる学問だと考えていて、歴史を知りすぎると、現実のことを議論したくなるに違いない、そうすると否応なしに政治的な渦に巻き込まれてしまい、面倒なことになる、それだったら理科系に進んで、将来は科学研究に没頭するのが一生安全で安心だと考えていた。文革のとき、私は若かったが、政治的な問題でひどい目に遭《あ》った事例をたくさん見過ぎて、心の中は政治に対する恐怖でいっぱいになり、おまえを政治に近づかせたくなかった。それに理科系の学校は数が多かったので、受かる確率も高かったし、将来卒業しても仕事を探しやすかったし、おまえに代わって無理矢理決定した。理系だ。おまえは心中そうしたくなかったろうが、私には逆らえず、理系にするしかなかった。理系に興味がないのに理系を強要されるのは受け入れがたいことだということくらいわかったはずだ。これも私のやってしまった愚かなことの一つだ。それからは勉強は思うようにはかどらなかった。入試が目の前に迫っておまえと一緒に勉強の復習をしたときになってやっと理系の科目の難易度がとても高いことがわかったのだ。私が普段おまえに伝えていたのは、形象を通して考えることだったのに、そのときはおまえに論理的に考えさせていたのだ。たいへんだったと思う。それでも、まだ良かった。おまえは苦労して頑張り入試に合格した。あとになってもしおまえの気持ちの通り文系に行かせ、歴史を勉強させたらきっとのびのびとした日々を送れたのではないかと思う。研究業績ももう少し早く世に出せたかも知れない。父さんはどうして自分の息子に苦労させたのか？　独りよがりだったのでは？　頑固すぎたのか？　自分の息子を何も知らない子どもだとでも思っていたのか？　おまえのことを尊重することを知らなかったのか？

父さん、なにもかも自分のせいにしないでよ。理系は自分が興味のあるところじゃなかったけど、興味は育つもんだよ。僕はだんだん理系の科目が面白くなった。人間が全面的に成長するには理系の知識を持つことが必要だよ。文系の知識は自分だけで勉強しても身に付くけど、理系の知識は学校で先生に習わないと理解するのがとても難しい。理系に行かなかったら、軍事院校に入るのは難しかっただろうし、仲間たちと軍隊の科学研究に参加して褒賞をもらうのは不可能だったと思うよ。僕は自分が歩いた道を後悔なんてしてないから、父さんも後悔しないでくれる？　病気と、理系に進んだことは関係なんてないよ。だって理系の学生がみんな病気になっているわけじゃないのがその証拠だろ？　僕が病気になったのはなにか他の原因だよ。今の医学では答えが出ないけどね。でもおそらく僕の体の中に原因があったんだ。僕は今でも父さんが入試に付き添ってくれたときの様子を覚えてる。父さんは入試の三日間は休みを取ってくれて、入試に持って行かなければならないものをチェックして、それから一緒に自転車に乗って学校まで行って、校門のところで持ってきた白湯《さゆ》を僕に飲ませると、僕が試験会場に入っていくのを見守り、校門の外の道端で待っていてくれた。僕の試験が終わるまで待ってくれて、また僕と一緒に自転車で家に帰って御飯を食べた。とても暑い日で、三十度を超える気温が道を焼き付けて、道端で待っていた父さんは全身汗みずくで、三日ぶっ続けてそうだった。自転車に乗るとき、父さんは僕を道の端に寄せ、自分は道路側で乗り、僕を守ってくれていた。あのときには鼻にツンときたよ。あのとき僕は将来仕事に就いたら絶対に父さんと母さんのこれまで育ててくれた恩にこたえるんだと思った。しかし思いも寄らず、天は僕にその時間を与えてくれなかったってわけだ……。

癸亥《みずのとい》（一九八三）

寧、おまえを解放軍の西安通信学院に連れて行ったときの様子は今でもありありと覚えている。私たちは初日の夜に西安市内の軍の招待所〔公務のために往来または滞在する人を宿泊させるために機関・企業体などが設けた宿泊所・寮〕に泊まり、二日目学校に行こうとしたとき、おまえは慌てて言った。「父さん、ハンカチの洗い方教えてよ、僕、洗えないよ」父さんはそれを聞いて大笑いして言った。「母さんはふだんおまえに何を教えていたのかな。ハンカチも洗えないなんて、どうやって一人暮らしやれっていうんだ？」おまえは言った。「今教えてくれても遅くないだろ？」そこで私はおまえを洗面所の流し台のところに連れて行って、ハンカチを一枚取り出して、水への浸し方、石けんの付け方、もみ方、すすぎ方を見せてから、絞って平らに広げて干して見せた。私は手本を見せ終わったら一度おまえにやらせてから、車に乗って学校へ行った。

手続きが終わって、おまえたちが住むところを探し、おまえの荷物をベッドの上に置き、学生と指導者との面談が終わったあと、父さんは帰ろうとした。おまえは少し名残惜しそうに言った。「父さん、ほんとに行くの？」「父さんも仕事に戻らなくては」おまえはうなずくしかなかった。「わかったよ、気をつけてね」私は車に乗って校門に向かった。ずいぶん走ったあと振り返ると、おまえはまだそこに立って私の乗った車を見送っていた。おまえは私や母さんと離れていたことが本当に少なかったので、学校生活を始めるには適応期間が必要だった。家に帰ると、母さんもおまえが家から離れて学校生活に適応できるかどうか心配して、電話して様子をききたいと言った。しかし母さんを押しとどめて言った。「男は将来世の中を渡り歩かなければならないんだ、心配するんじゃない、きっと適応できるよ！」果たしていくらも経たないうちに、おまえが軍隊訓練の成績が良くて指導者から褒められたというニュースが伝わってきた。一学期が終わって年越しに戻ってくるとき、父さんは西安の友達に頼んで一等寝台を取ってもらった。おまえは列車に乗る前にも電話で何号車に乗るか教えてくれた。しかし父さんが北京西駅のプラットホームに迎えに出たとき、意外なことが起こった。父さんはおまえが言った寝台車両の前に立っていたのだが、乗客が全部降りてもおまえが降りてこない。父さんは慌てて大声でおまえの名前を呼んだ。そのときおまえは息をゼイゼイ言わせながら後ろの普通車の方から走ってきた。父さんはきいた。「どうして寝台車に乗らなかったんだ？」おまえは笑いながら言った。「西安で乗るとき、病気のおじいさんが人に支えられながら普通車の方に向かっていたのできいたんだ。『どちらまで行かれるんですか？』『北京の病院に診てもらいに行くんです』見たところ病気は重そうで普通車に一晩はとても持ちそうになかったので、僕の寝台切符とおじいさんの普通車の切符を交換したんだ。お金は要求しなかったよ」私はそれを聞いておまえがたまらなくいとおしくなり、そしておまえが他人を愛することを知ったことに、心から喜んだ。私はおまえの肩を叩いて言った。「よし、よくやった、いや、本当にりっぱになったものだ……」

父さん、西安の大学へ行ったのは、僕にとってまさに少年時代とのお別れだった。父さんや母さんと離れて世界と直に向き合うのは、最初はちょっと焦った。学校のことにまったくついて行けないんじゃないかって。時間通りに洗面し、食事し、軍服に着替え、整列し、布団をきれいにたたみ、便所を掃除することなんてできないんじゃないかって。僕はそのとき自分が甘やかされていたということを認識した。布団たたみは何度やっても指示通りにできず、腹を立てた班長に布団を窓の外に放り出されたよ。もちろんこっちも腹は立ったけど、こんなこともできないようじゃ一人前の軍人になんかなれやしないとわかった。そして僕は努力し始めた。何をするにも他の連中にならった。男が一人やると決めたら完璧にやり遂げることができるもんだ。二か月もたたないうちに僕は各方面で他の同期生に追いつくことができた。

両親の庇護《ひご》から離れた子どもは、より早く成熟するんだ。

西安の学校に行って僕が得たもう一つの収穫は、この古い都のことをより深く理解することができたことだった。西安には古い建築、古跡、文物、古人の遺跡がたくさんある。休みになると僕は他の同期生と一緒にあちこちに遊びに行ったけど、歴史の好きな僕にとってそれらを見るのはとても面白くて興味をそそられた。父さんは僕に言ったことがあるよね。人は、とりわけ男は、独立した考えを持たなくてはならないと。自分一人で物事を判断することを身につけ、他人に盲従してはならない、ましてや群衆に盲従してはならないと。僕は西安であの古いものを見ているとき、他の連中が感じるような興奮はなかったし、自慢に感じることもなかったし、それを見習うこともなかった。僕はただ、不思議だなと感じていたんだ。権力争いや騙《だま》し合い、財を貪《むさぼ》り色を好む、永遠を望み、殺し合う、これらのことはとっくの昔からあったんだと。僕たち今の人間の欠点は先人から受け継いだものだったんだ。それに僕はちょっと悲しかった。皇帝や皇帝に関するものだけが残って、普通の人間がどう生きたかなんてことには、歴史は関心がないんだと。僕は考えた。今の僕たちは自分の欠点をまた次の世代に伝えるのか？　今歴史を語るのに、やはりあの大人物たちだけについてなのか？

寧、おまえが最初の学期を終えて軍校から帰って冬休みを過ごしたとき、父さんにはおまえが変わったとわかった。まるで軍校の模範生のようで、その落ち着いた立ち居振る舞い、礼儀をわきまえた、堂々たる様子、ハンカチや服を洗えるだけでなく、父さんや母さんを思いやることもできるようになっていた。中高生の頃は、おまえは外から家に帰ってくるや、いつもパソコンの前に座り込み、御飯だよと叫ばなければ立つこともなかった。今や家事を手伝うことを覚え、自分からごみを捨て、野菜や麺《めん》を買うような家の雑事をするようになった。私も母さんも大喜びだった。うちの息子は一人前の男になったと。

春節が近づくと、私は鉢植えをいくつか買って、一階から四階まで運んだ。エレベーターがなかったので、重い鉢植えを四階まで運ぶのは楽ではなかった。昔なら私がそんなことをしていてもおまえはどこ吹く風、私が花を並べ終わった頃になって、ちらっと見て一言言うだけだった。「父さんはなかなかの目利きだよ」しかし今では一階で私が鉢植えを運んでいるのを見かけたら私を呼び止めるのだ。「父さん、下に置いて、僕が運ぶから」それが有無を言わせず私の手から鉢植えを奪い取ると運んでいくのだった。おまえは何度も往復して鉢植えを上に運んでくれた。私はあの日、一階でただ歓びに浸り、心の中で感激のため息をついていた。この子は私を愛してくれていると。

自分の子どもが愛してくれている歓び、それはなんとも言えないものだった。

父さん、僕は一人っ子で、父さんや母さん、そしておじいちゃんやおばあちゃんの愛を一身に受け過ぎて、他人を愛し他人を理解する能力は低かった。新聞で七、八歳の田舎の村の子どもが両親を気遣って両親の仕事を手伝い両親の面倒を見ているというのは知っていた。でも高校のとき、僕が家では何にもやらないご主人様で、服は着せてもらい食べ物は口まで持ってきてもらう日々を過ごしていたわけだ。当時は反抗期も禍いして、いつも二人にたてつきたくて、二人がこう言えばああ言うだった。二人が苦労しているのを見たら、それは当然のことと思い、感動することもなかったし、二人を手伝おうなんて思いもしなかった。ひどいもんだったなあ。こんな結果になったのは二人が僕を甘やかしたことが原因なんだけど、一人っ子政策そのものにも問題があるんだ。

一家に一人しか子どもを産めず、何人かの年寄りに一人しか跡継ぎがいないとなると、その子どもは自然と傲慢《ごうまん》にならざるを得ない。人類の自然な繁殖の法則はそうじゃないからね。何人かの子どもが一つの家庭にいて一緒に成長するのが正常なんだ。それに、家庭の安全という面から見ても、三人家族というのは妥当な形じゃない。三本の柱でひとつの家を支えることを考えたらいいよ。一本に問題が出るだけでその家は傾いちゃうよ。父さんと母さんが僕の弟を産んでくれたら、妹を産んでくれたらどんなに良かったか！　そしたら僕が逝っても、二人にはよりどころがあって、僕も安心だったんだけどな。聞いた話では、女性は間を置きながら四、五人の子どもを産むのが、寿命を延ばすのにいいとか。というのはいつも母親の胸に子どもがいて、母性愛を傾ける対象がいることで、心が相対的に落ち着き、内分泌も不調になることがなく、乳腺《にゅうせん》の病気や子宮の病気になる確率が少ないとか。うちの田舎のあの村で、四、五人、五、六人、ひどいと十人の子どもを産んで育てている人がいて、家の状態は良くなくて、着る物もろくになかったけど、彼女たちはとても軽やかに九十歳まで生きることができた。それに反して都会では、一人しか産まない母親が生活条件はとてもいいのに、早々と乳腺の病気になったり子宮の病気になったりしている。

　でも、歴史がちょうどそのとき、父さんと母さんの世代が子どもを産み育てることを犠牲にするように求めたんだ。これも仕方のないことだ。二人も僕もあきらめなきゃ。

　二人は五〇年代に生まれ、実際いろいろ苦労してきた。大飢饉の影響は二人の体の正常な発育に影響し、文化大革命は二人の精神が正常に成長するのに影響し、厳しい計画出産は二人の家庭の正常な形に影響を及ぼしたんだ……。

　だから父さんたちの世代の人の体にはたくさんの欠陥がある。飢えを味わったことがあるので、食べ物を買いだめするのがとにかく好きだし、生活の中でも節制するのが癖になってる。文革の苦しみを味わっているので、何事にも慎重すぎて、政治的な危険に遭遇すると、くるりと向きを変える。家庭の形が正常でないので、子どもに対する期待が大きすぎて、子どもによけいなプレッシャーをかける……でも、のちの人はきっと父さんたちに同情するはずだよ。歴史にはこう記されるはずだ。二十世紀の五〇年代生まれは生きて行くのがたいへんだった……。

　寧、大学時代はおまえの成長の変化がいちばん著しいときで、本当に一学期ごとにますます物事を知り、どんどん成熟していった。二学期に帰って来たときには、私と母さんにプレゼントを買ってきた。私には兵馬俑のミニチュア、私がこういうものが好きだとわかっていたのだ。母さんにはスカーフと西安の美味しいものだった。昔は私たちがおまえにプレゼントを買うばかりだったが、これはおまえが最初に私たちに買ってくれたプレゼントだった。親への感謝の気持ちを表してくれたのだ。三学期に帰って来たときは、母さんが冷たい水で洗い物をしているのを見て、自分で店に行って電熱温水器を買って来ると台所に取り付け、母さんがお湯で洗い物ができるようにしてくれた。母さんは感動して言っていた。「あの子には私が欲しいものがわかってるのね」四学期に帰って来たときは、北京で乗り換えなければならない友達を家に連れて来て、食事をして休ませ、切符の手配を手伝った。私たちは嬉しかった。おまえに仲良しの友達ができたのだ。五学期に帰って来たときは、私たちの代わりに客人を接待するようになり、私が物書きに使っていたコンピュータの問題を解決してくれた。六学期に帰って来たときは、田舎に行っておじいちゃんとおばあちゃんに会いたいと滋養にいいものを買ってきた。さらに自分で新東方学校に連絡して、それは自分の英語のレベルを上げるためだったが、自分の将来を考えて行動できるようになっていた。七学期に帰って来たときには、論文を書きたいので、資料探しを始めていると言った……私はおまえが日々成長していくのを見て、笑いながら母さんに言った。「私に残された任務はお金を稼いで家を買ってやり、静かに結婚を待つだけだ」ＳＡＲＳ騒動が収まって、私は本当に原稿料を使っておまえのために家を買った。あの頃はまだ値段が安く、ＳＡＲＳでみな将来に対してしっかりとしたものをつかめない感覚があって、家を買う人がとても少なく、あちこち空き家になっていたので、その状況を見ておまえに家を買った。当時は家の値段が上がるなんてわかりもしなかった。ただおまえが大学院を修了して、結婚したいと思ったときに、住む家なしにはしたくなかったのだ。内装の工事で階段を作るとき、普通は一段に一本の柱だったが、父さんは業者に特別に頼んだ。階段の手すりが少ないと将来孫ができて階段で遊ぶときに危険だから、一段に二本の柱をつけてくれ、そうすれば隙間が狭くなって、小さい子がすり抜けることができなくなると。業者は笑って言った。「それじゃ見た目が悪いし、そんなやり方、見たことがないよ」私は言った。「実用第一だ。これが先例だ。私の言った通りにしてくれ」階段はがっちりとできあがったが、おまえがいないんじゃ、孫をどこに探せばいいのだ？　どうやら人は未来に対してあまりによく考えすぎて、まだ何も起こっていないうちに、慌てて準備を整えると、その人にとってはよく考えたつもりでも神様は機嫌を損ねて干渉して、考えていたことを無に帰してしまい、苦笑いだけを残させるのだ。あれから私は未来に対して何の期待もしないし、どんなすばらしいプランでもやろうとは思わない。私はもともと物事を悪い方に考えるたちだ。あれから私はその性格を偏った考えに変えた。毎日朝起きたら心の中で問いかける。今日神は私から何を奪うのか？

　私はほとんど毎日最悪のことに備えている。持って行くがいい、私の手の中のもの一切を持って行くがいい、無慈悲に取りに来るがいい……。

　父さん、ごめん、父さんがほんとに孫を欲しがっていたのはわかってた。まだ病気になる前、父さんは他の家の子どもを見るといつもニコニコしながら一緒に遊んでいたよね。いつも晩年は読書、物書き、孫の世話をしたいもんだと言っていた。母さんがあるとき、つい、「今の若い人は子どもを産みたがらないのよ、まあそれもいいことよ、国の人口が減るんだし」と言うと、それを聞いた父さんは激怒して母さんに向かって叫んだ。「無茶苦茶な理屈を広げるんじゃない、みんなが子どもを産まなかったら、我ら民族は続いていかないじゃないか。誰が兵士になって国を守るんだ？　亡国の宣伝か？」母さんは意外そうな顔をして言った。「あなたったら変な人ね、私がちょっと言ったことの揚げ足取って正論振り回すなんて」僕はあのとき笑った。父さんは母さんの言ったことが僕に影響を与えて、僕が子どもを産みたくないと思うようになるんじゃないかって心配してたんだよね。心配しすぎだよ。僕は父さんと一緒で子どもが好きだ。あのとき僕は将来きっと結婚して子どもを産む、息子か娘かはわからないけど、父さんが孫をあやせるようにすると。でも嫁さんをもらう前に逝くことになって、父さんのごく当たり前の夢さえ満足させてやることができなかった。死ぬ前の数日のことは思い出すたびに胸が痛むよ。父さん、母さん、ごめんなさい……。

甲子《きのえね》（一九八四）

寧、私がこれまででやってしまった一番許せない最悪のことが、おまえと小怡《しょうい》を別れさせたことだ。

この件を思い出すたびに、後悔の念で自分の頭をかち割りたくなる。

たぶん大学四年生の前期だっただろう、おまえが電話をかけてきて、ある女の子がおまえのことを好きになったと言った。私と母さんは最初は驚いたが喜んだ。おまえが完全に大人になって、異性からの愛情を受けることができるようになった、愛情の美しさを感じるようになったのだ。あの頃のおまえの年頃だったら女の子と付き合うのはごく当たり前のことだ。しかし私たちは大多数の親と同じように、おまえの選択に対して心配し、とんでもない相手でなければ良いがと思った。私と母さんは相談の結果、自分たちでその子に会いに行って、しっかり見てみようということになった。母さんは仕事が忙しくて休みが取れず、その女の子を見に行くのは私の任務となった。あとで考えてみると、もしおまえの母さんが行っていたら、事態は別の結果になっていたかも知れない。あのような大きな間違いは起こらなかったに違いないし、おまえをあんなに傷つけることはなかったはずだ。私は後悔している。この件の処理についても最悪の父親だった。おまえとあの娘さんにとっては、私は最も無情で最も冷酷な父親だっただろう。

西安に着いたのは土曜日だった。ホテルに着くとおまえに電話をかけて、晩御飯のあと、休みをもらって学校から来るように言った。おまえは私の今回の目的がわかっていて、心中穏やかでないのが見て取れた。私が彼女のことを許さないことを恐れていた。おまえは再三あの子はとてもすばらしい女性だ、ただ家が農家というだけだと言った。私は言った。「人さえ良ければ家が農家かどうかは関係ない。私だって農村の出身で、おまえのおじいちゃんもおばあちゃんも農村にいる。私が農民を馬鹿にするはずがないだろう？」私のあのときの心の中にあった考え方は、見て気に入って、性格が良くて、心根が善良でありさえすれば、今回のことは前向きに進んでいくはずだ、というものだった。おまえはそれからその女の子に電話をかけ、翌日の朝、彼女を食事に招待して会う約束をした。その日の晩、私たち二人は一つの部屋に泊まった。おまえがスヤスヤと寝入った様子を見て、私の心には奇妙な満足感があふれていた。本当に大きくなったものだ、この子を愛する女性がいるなんて。あの夜は虚栄心に満ちた夢を見たのをはっきり覚えている。おまえがとてもきれいな彼女を見つけて、私たちの田舎に帰り、村中の人たちから褒められている……。翌日の朝、おまえは早々に目を覚ました。私たち二人は洗面をすませ、おまえと彼女が約束した朝御飯の店に急いだ。おまえは彼女に会えるので嬉しくて、私はおまえに彼女ができたことを喜んでいた。朝御飯の店の前で私たちはその娘さんと会った。おまえは私を彼女に紹介した。私の笑顔は即座に固まった。その女の子の容貌が私が想像していたよりずっと劣っていたからだ。私の考えていた嫁の姿形とはかけ離れていた。数年後反省したとき、私は当時現実の生活の中の標準でその女の子を品定めしたのではなく、小説家の頭の中で想像した美女の形象と彼女を比べたのだとわかった。そんなものと比べては失望するに決まっているのに。私は小説を長い間書いていたので、よく現実の世界と虚構の世界の境界が曖昧になって、いつも想像の中で生きていて、おまえの母さんはいつも私が物事に対処するのに世間の感覚とずれていると言っていたが、それはどうやら正しかったようだ。あの日の朝、その女の子と会って、多くは言わず、ただ丁重に店の中に案内した。しかし私の顔にはきっと冷たい表情が表れていたのだろう、おまえは不安そうに何度も私を見た。私たちはよそよそしく食事をし、よそよそしく話をした。おまえには、私の話には熱がこもっていないし、嬉しそうなところもまるでないとわかっただろう。私はもともと食事の後は車で百貨店まで行って、彼女にプレゼントでも買ってやろうと考えていたが、食事が終わると先にホテルに戻るからおまえは彼女を送って行きなさいと言っただけだった。おまえはホテルに戻って来たとき、明らかに落ち込んでいて、私にきいた。「父さん、彼女のこと気に入らなかった？　彼女じゃだめかな？」私はおまえがどう感じ、どんな気持ちか少しも考えず、私の虚栄心と愚かな基準でおまえに返事をした。「あの子はおまえにはふさわしくない。おまえだったらもっときれいな子を見つけられるよ。今すぐ決めるんだ、彼女と付き合うのはやめるんだ！」

　私は今でもあのときのあの答えを悔やんでいる。なんであんなに強引に、理屈のへったくれもなく、外見だけで判断したのか。彼女の気持ちを理解して返事をしなかったのか。あのとき、父さんは『椿姫』のあの息子の幸せをぶち壊した父親そっくりだった。おまえは私のあの返事を聞いて、辛そうな顔をして言った。「父さん、すぐに結論出さないで、よく彼女の話を聞いて理解してやってよ」父さんは何も言わず、西安に二日滞在する予定を切り上げて、あの子には何のプレゼントを買うこともせず、その日の晩の列車で北京へ帰った。

　あれは間違いなくおまえの心を傷つけた。私が帰るとき、おまえは落ち込んで楽しくなさそうだったが、私は痛みは長いよりは短い方がいい、今はちょっと辛いかも知れないが、そのうち何ともなくなると考えていた。私はおまえに重大な決断をさせた。家に帰って母さんに彼女の印象を話した。母さんは言った。「あなたがうちの子にふさわしくないと思ったんなら仕方がないわ」

　しかしおまえはあきらめていなかった。おまえは母さんに電話して、彼女のいいところを事細かに話し、関係を続け、母さんに私を説得して欲しいと言った。私は私で自分の考えを貫き、おまえに電話してもう一度言って聞かせると言った。母さんは私をなだめて言った。「あの子もすぐには離れられやしないわ、二人に少し時間をあげましょう」

　夏休みに帰って来たとき、おそらく精神的に参っていたんだろう。おまえは見るからに痩せていた。おまえはこっそり母さんに、あの子を北京に一度連れてきたいと相談した。母さんを味方につけようという魂胆だ。母さんはおまえの頼みを聞きいれ、あの子は北京の我が家にやって来た。彼女が来ることは知らされていなかったので、彼女を見ても腹を立てようがなかったが、私は気分が悪く、おまえが自分の考えにこだわっているのだと思い、冷たい態度で話しもせず、最低限の対応さえしなかった。

　意外なことに母さんは彼女を見て、とても気に入った。痩せすぎなのが心配だが、ほかは問題ないと感じた。私は依然態度を変えず、彼女が私の態度からおまえと別れなければならないとわかってくれるのを期待した。彼女が来たあの数日、我が家にはずっと笑い声も楽しそうな空気もなかった。彼女は私が冷たいことを感じ取って、何を話すにも何をするにもビクビクおびえていた。今日思い出しても、私はあのとき、昔の大家族の骨董《こっとう》的家長のように、子どものことは全部自分が代わりに決めなくてはと思い込んでいて、まったく子どもの幸せを考えていなかった。

　あれは土曜日の午前だったか、私はおまえに、英語の勉強のことで、母さんやあの子と一緒に車で中関村《ちゅうかんそん》へ行くよう言っていたが、おまえはどうしたことか少し遅れて、その結果、私たちも少し遅くなったため、あらかじめ約束していた人と会えなかった。私はここぞとばかり、その子と運転手の前で大きな雷を爆発させ、車の中で面と向かっておまえをこっぴどく叱った。勉強はそっちのけでつまらんことばかりに一生懸命になって……おまえはそれでも男か、金持ちのボンボンか、おまえは……もっと遠くの大きなことに目を向けなければならないのに、目の前の身の回りのものにばっかり気を取られて……母さんが何度か私を止めたが止められず、私は心の中の不機嫌を吐き出し、あの子は私のその様子に驚いて呆然とし、おまえは怒りで顔を蒼白にして黙り込んでいた。あのときは本当にただ発散したかっただけで、おまえの面子《メンツ》や尊厳なんかはどうでも良く、たぶん私は潜在意識の中でこのやり方でおまえに対する彼女のイメージを壊して、彼女の方から離れさせたかったのだ。この件を思い出すたび、後悔にさいなまれる。私は育まれた愛情の破壊者で、故意におまえたちを別れさせようとしたのだ。たぶん、このおまえにとっての精神的なダメージは、おまえの免疫力を弱めたのではないか？　おまえの病気の原因になったのではないか？

　私は引き続いて別の行動を始めた。親友におまえのために新しい彼女を紹介してもらい、あの子が美人でないことをわからせたかったのだ。そこで親友一人一人に家に来てもらい紹介してもらったが、おまえは私のこのやり方に反感を覚え、他の女の子は見ようとしなかった。私たちのこの問題は膠着《こうちゃく》した。私は絶対に退《ひ》かないと決め、それがおまえのためだと自分に言い聞かせ、このばかばかしい時期が過ぎれば、きっと私が口を出したことに感謝するだろうと考えていた。

　彼女が北京を離れる日の場面を私は見ていないが、おまえは彼女にプレゼントを買ってやり、二人とも涙を流していたと聞いた。その後、おまえは心の中の未練と苦痛に対処するため、自分でかき集めたお金で彼女のためにパソコンを買ってやることに固執した。私はおまえの辛さなど考えもせず、苦痛に目を向けることもなく、おまえが私の方を向いてくれたことを喜んでいるだけだった。数年後、私は大きな誤りを犯したことがわかった。おまえのすばらしい結婚相手を失わせ、息子に無理矢理反対方向に曲がらせ、心が通じ合って離れることができない人生の伴侶を失わせたのだ。さらに数年後、私は辛い昔のことを振り返ったとき、自分のこの件に関する深層心理がはっきりした。見た目が美人の妻をめとらせたいだけだったが、実は内心で周家のために他人が羨む才色兼備の嫁を見つけたかったのだ。

父さんは単に他人を羨ましがらせ、周のところのお嫁さんのなんてきれいなことと言わせたかったのだ。

息子の幸せかそれとも自分の虚栄心を満足させるかで、父さんは後者を選んだのだ。あとになって、もしおまえたちを別れさせず、おまえが病気になってから妻の献身的な世話と精神的な励ましがあったら、もしかしたらおまえは病魔に打ち勝ったかも知れないといつも思った。そうなれば、私が母さんと一緒に会いに行ったあの夫婦のようではないか！

しかし私の息子は、私の干渉で最愛の人を失い、いちばん慰めが必要な状況で最も無情な打撃を被らなければならなかったのだ。

なんて父親だったんだ！

このことについて父さんは本当に執拗《しつよう》で凶悪だった。自分が小説の中で責める、愛情をぶち壊す登場人物よりも卑しく許せない。私が文学の世界で演じていたのは愛と自由を賛美し愛の自主を主張する清廉潔白な人物だったが、実際の生活では自由な愛を破壊する極悪人だったのだ。

父さん、もう過ぎたことなんだからこれ以上考えるのはよしてよ。最初僕が西安で小怡のことを気に入ったのは、普通の女の子を奥さんにしたいと考えていたからなんだ。妻にするのは普通の女性が一番いいと書いてある文章を読んだことがあるんだ。普通の女性は旦那に対して傲慢にならず、自我を膨張させることがなく、親戚との付き合いを大切にする。普通の女性は他の男性からは注目されないが、家庭に安全と快活な空間を提供する。普通の女性は美しさを保つことにあくせくせず、自分の所作や教養を大切にし、他の面の美しさで自分を高めようとし、魅力の衰える速度が遅い。普通の女性は他の女性から注目されたり嫉妬されたりしないので、社会で何をするにも成功しやすい。あのとき、僕は本当に彼女を妻にしたかった。途中で自分の考えを貫くのをやめたのは、主に父さんの気持ちを傷つけたくなかったからだ。結局父さんは僕の父親なんだから。

結婚は運命だっていうけど、それは一本の手に支配されているからだと思うな。遠く何千何万里と離れたところで生活していて、根本的に夫婦になるはずのない男女が、様々な機会で知り合い愛し合うようになり、夫婦になる。近くに住んでいて、お互いに理解し合い、感情も通い合っていて、お互い夫婦になりたいと思っているのに、思わぬことから結局離れてしまう。これってたまたま？　偶然？　一組二組だけじゃない、百組二百組だったら偶然かも知れないけど、千組万組となるとどうかな。二人が結婚したのは縁があったからということだ、結婚しなかったのは縁がなかったからって言うよね。一人の男性が一人の女性と結婚するというのは、見えない手に操られているんだと思うんだ。その手は二人を結婚させるために二人をますます近づける。結婚させたくなければ、あらゆる手立てを考えて二人を遠ざける。当事者はその手に操られる駒に過ぎないんだ。こちらでは遮り、あちらでは後押しする。表面上は当事者が希望しているみたいだけど、実際はその手の力によるものなんだ。僕と小怡が別れたのは、表面上は父さんの干渉と反対が原因だけど、やっぱりその手の作用なんだ。その手が誰の手かは僕にはわからない。でもその存在を発見したんだ。こう考えると、父さんの心も僕の心も少しは楽になるだろ？

乙丑《きのとうし》（一九八五）

寧、私はおまえが他人に寛容だということは知っている。私の間違いを指摘したくないんだろうが、これについては、本当におまえから思いの丈《たけ》をぶつけて欲しいのだ。まったく、この件について、おまえは私のやり方にほとんど反抗せず、怒鳴ることも罵ることも手を上げることもしたがらず、軍人の身分だから小怡と駆け落ちすることもできず、残されたのは気持ちを抑え込むことだけだった……。

感情を抑え込むことは簡単に体を傷つける。

小怡と別れてから、おまえは学校で一度大きな病気になった。ひどい熱で、一人フラフラと校門のところにある診療所に注射を打ってもらいに行こうとして、すんでのところで地面に倒れるところだった。おまえは私たちに心配させまいと、ずっと私にも母さんにも黙っていた。私たちはあとになって知った。電話したとき体の具合を聞いても、おまえはいつも、だいじょうぶだよ、食欲もあるしよく眠れるしと答えていた……。

このことが過ぎ去ったあと、私は続いてまた間違いを犯してしまった。それは学部を卒業してから大学院へ行くよう迫ったことだ。おまえはもともと虚弱体質で、四年の異郷での生活と勉強のプレッシャーで明らかに痩せていた。もしこのときまず仕事に就かせ、規則正しい生活をさせ、食事の面で母さんに頼んでおまえに栄養をつけさせることができていたら、体も丈夫になり、免疫力も高くなっていたかも知れない。しかし父さんはあのとき何を血迷ったか、一心におまえを大学院に行かせたいと思っていた。続けての学業のプレッシャーがおまえの体を傷つけなかったはずがない。今分析してみると、私がおまえに大学院へ行かせた心理的要因は二つあった。一つはおまえの将来だ。大学院の学歴は将来部隊で昇級するのが比較的容易なこと、二つ目は自分の体面のためだ。後日人に息子の学歴を話すときに学部卒だけよりは大学院修了の方が聞こえがいいからだ。私は学歴が高くなかったので、おまえの学歴を上げたいとずっと思っていて、自分が実現できなかった目標をおまえに実現させようとしていたのだ。おまえを大学院に連れて行ったことを覚えている。大学院は四人部屋で、私たちが行ったときは上のベッドしか空いておらず、部屋の電器とベッドが近かったので、おまえはそれを見て言った。夜ベッドに横になって本を読むのに便利だよ。あのとき私はこんなことを考えていた。おまえは小さい頃から暗いところが嫌いだったから、電器に近い方がおまえにいいだろうと。しかし同じ宿舎のクラスメートは寝るのが遅くて、部屋の灯りは毎晩遅くまでついていて、電器が明るくておまえは早く眠ることができず、灯りの下で寝ても、眠りは浅くてぐっすり寝ることができず、それが長く続いたことが、おまえの体の中のメラトニンの正常な生成に影響を与えたのだ。メラトニンは人の健康を保つためにとても重要な物質だ。たぶんおまえがのちに病気になる一つの原因だ。私は本当に後悔している。

もしおまえを大学院へ行かせなかったらどんなによかったか。

父さん、頼むからもう自分を苦しめる原因を次から次へと思い出すのはやめてよ。研究を続けるチャンスをもらえたことは実際嬉しかったんだから。大学院の三年間は僕にとってとても大切なときだったよ。この三年間で僕たちを生み育ててくれた中原の大地についてしっかり知ることができた。それまでは若くて知識も少なく、中原の歴史や文化については何の意識もなかった。鄭州の大学院での三年間、授業以外の時間、僕は鄭州を中心にして歴史を巡る範囲を常に広げていった。まず鄭州の商の都の遺跡を見て鄭州が歴史上都城であったことを知った。皇帝の故郷を見て、我々の祖先が早くから黄河中流域に生きていたことをはっきりと知った。広大な黄河流域とそこで生活する漁師を見て、黄河は幾度となく河南の人々に災難をもたらしているのに、それにもかかわらず河南の人々が深い愛情を持っているのを理解することができた。続いて洛陽に行き、漢代の墓を見、関林《かんりん》を見、白馬寺《はくばじ》と龍門《りゅうもん》の石窟《せっくつ》を見、それら漢代、唐代の遺跡は僕に河南人であることを誇りに思わせた。今ではあまり裕福でない中原がもともとこんなに輝《かがや》いていた時代があったのだ。思わずため息が出たよ。風水なんて巡り巡るもの、ずっと華やいだままの人間はいないし、ずっと注目されたままの場所もない。それから僕は開封に行って、龍《りゅう》亭《てい》、相国寺《そうこくじ》、鉄塔、包拯祠堂《ほうじょうしどう》と潘楊《はんよう》二湖を見、宋代の街並みを見た。これは清明上河図《せいめいじょうがず》に描かれた美しく繁栄した街で、のちに宋代の皇帝が涙ながらに放棄した。これは一つの悲劇だけど、宋が南に遷《うつ》る過程で、社会の一流と文化の精髄がそれに伴って南へ遷り、江浙《こうせつ》一帯に足跡を残し、我々民族の文化の重心を南に移し、そして我々民族の文化の影響を南へ大きく広げたんだ。これは我々民族ののちの発展にとって大きな利点となった。これも、また禍い転じて福と成すの一例だね。

僕はそれからまた安陽、周口、商丘、許昌などへも行った。一つ行けば新しい景色があり、僕の中原への認識がその都度深まった。認識が深まるにつれ、自分を生み育ててくれた中原への感情も深まっていった。今は沿海部の省に比べると魅力はなく、大金持ちにはなっていないし、身に着けているものは流行でもおしゃれでもないし、口笛を鳴らして軽蔑する人もいるけど、歴史がこの土地に与えたあの懐の深さは、愛さずにはいられなくさせる……。

　寧、おまえが大学院のときにも、父さんはかんしゃくを何度か爆発させた。主にお金の使い方で、おまえは金遣いが荒く、学校から給料は出ていたが蓄えはなく、おまえはときおりこっそり母さんにお金の無心をしていた。それで電話でおまえに何度か言って聞かせたことがあるが、うっとうしかったことだろう。今思い出してみても、後悔する。家にお金がなかったわけでもないのに、なぜあそこまで厳しくしなくてはならなかったのか？　今おまえにお金を使わせようにも、おまえは使うこともできない……。

　父さん、父さんは間違ってないよ。大学院の数年間、僕が使ったお金はすごかった。自分の給料を使い終わったらときどき父さんや母さんに頼み込んだ。ほんとに金遣いが荒かった。使い道は主に三つ。一つは友人との食事。仲間内でうちは暮らし向きがいい方だったので、集まって食事して支払うときにはいつも勘定を争って、自分で払うことで自分を義理堅いと思って気持ちが良かった。二つ目は参考書や学用品、とりわけ電子用品で、僕はいつも一番いいのを買って他の連中を羨ましがらせたかった。三つ目はガールフレンドにごちそうしたりプレゼントを買ったりすること。小怡と別れてからできたガールフレンドは美人で父さんも気に入った。僕は彼女をとても大切にしていつも彼女にごちそうしプレゼントを贈り、彼女を喜ばせることで、僕を懐の深い男に見せたかったんだ。あのときは何の苦労も感じてなくて、探していた女性は彼女で、卒業したらすぐに彼女と結婚すると思っていたので、お金を使うのも当然だと思っていた。こうしてお金は僕の手から湯水のごとく流れていった。考えてみたら、生活のためにお金を稼ぐなんて全然考えていなかったし、手当をもらっても両親に何かするなんて思いつきもせず、父さんたちがお金を稼ぐことがどんなにたいへんかなんて考えもしなかった。だからあんな風にできたんだ。あるいは心のどこかで頼りにしていて、父さんが書けばお金が入り、金には困らないと考えていたんだ。

　ある日父さんの原稿料の伝票を見ると、そこには百二十元と書いてあった。僕は父さんになんでこんなに少ないのときいた。父さんは答えた。「散文一本の原稿料がどれだけ高いと思っているんだ？」僕はまたたずねた。「散文一本書くのにどれくらいかかるの？」「一日か二日だ」僕はそのときびっくりしたんだ。父さんがお金を稼ぐことがこんなにたいへんだったなんて。

父さんは僕がお金を使うのが怖かったんじゃなくて、こんなひどい金持ちのボンボンみたいなお金の使い方を覚えたらたいへんだと心配してくれていたんだ……。

丙寅《ひのえとら》（一九八六）

息子よ、おまえが大学院を修了したとき、私がどんなに嬉しかったか、おまえにはわからなかっただろう。特に、おまえの就職先が決まってからは、父さんは本当に一息ついた。ついに独り立ちすることができた、家のため、国のために尽くすことができるようになった、私ももう引退だと。おまえが初出勤の前の晩、うちで小さなお祝いをした。母さんがテーブルいっぱいの料理を作って、お酒を飲まない父さんがあの日は慣例を破ってワインを開け、三杯のグラスになみなみと注いで、おまえと母さんに一杯ずつ渡して言った。

「明日から社会人の周寧に乾杯！」

あの日はおまえの学生生活が終わった日で、我が家の記念日でもあった。おまえはあの日、私と乾杯して、笑いながら言った。「ここまで育ててくれた父さんに感謝するよ」そして母さんとも乾杯して言った。「母さん、この数年はたいへんだったと思う。これからは父さんと母さんに幸せになってもらうからね」母さんは嬉しくてグラスの中に涙をこぼしていた。

私は将来のための準備を始めた。翌日、父さんは母さんに言った。「これから家の中の重たいものを運ぶこと、電化製品や家具を買うような五カ年計画部類の大きなこと、ごみを捨てに行ったり郵便局にものを取りに行ったりする普通の大事な仕事も含めて、もうこれからは私にやらせるんじゃなくて、あいつにやらせるんだ！」

母さんは笑って言った。「まったく、なにそんなに嬉しそうにしてるのよ！」

私は家の財産管理もおまえに引き継がせる準備を始めた。もう銀行に行ったりお金の運用の相談に行ったりといった実務もやめると。

しかし神が私にあんなことをやらせるなんて、思いも寄らなかった。

考えてもみなかった。

父さん、大学院を修了して総後勤部〔人民解放軍の兵站部門を一元管理する機関〕に就職したのは、僕の人生の中でも大きなことで、僕は父さんや母さんより喜んでたんだ。正式に出勤するあの日は、自分で自分の心に言い聞かせたんだ。今日からはおまえの人生の新しい段階の始まりだ、初めの一歩が肝心だ、ちゃんとやるんだ！と。第一歩は早く仕事に慣れて任されるようになり、普段の仕事で遺漏《いろう》がないようにすること、第二歩は仕事の内容に基づいて創造的な思考を巡らせ、仕事の中で新しいものを提案して、上層部から重要な仕事を任されるようになること、第三歩は組織の重要な科研活動に参加して、そこで成果を上げること。その自分の夢の実現のため、僕はさらに体を鍛えることを自分に課した。朝、グラウンドを三周から五周走る、午後は腕立て伏せ三十回、晩御飯のあと、コートで四十分バスケをやる。

僕はあのとき、自分が我が家では一番の学歴を持っているんだから、それなりのことをやり遂げなければ、父さんや母さんの苦労に報いなければと思っていたんだ。僕も父さんと一緒だよ、ほかに人生の試練が待ち構えているなんて、あのときにはもう暗雲が僕の頭の上にやって来ているなんて知らなかった。

嵐のうなり声もすでに響いてきていたんだけど、有頂天になっていた僕には聞こえなかったんだ。

僕はこれっぽっちも気にしていなかった……。

丁卯《ひのとう》（一九八七）

寧、私は今もよく二〇〇五年の九月二十八日のあの日を思い出す。

あの日は、もともと北京が私に最もすばらしいと感じさせてくれた一日だった。秋はもともとこの古都で最も美しい季節だが、オリンピックの申請が成功してから、北京の周辺の汚染のひどい企業は操業停止の命令を受け、空気中の浮遊物は大幅に減少し、その上数日前に小雨が降って、塵は雨に流され、空気は格別に澄んでいた。空は徹底的に青く、ときおり訓練のジェット戦闘機が何機か遠い空に白線を残すほかには、何も見当たらなかった。あの日は風もなく、色とりどりの鳥が住区の上を嬉しそうに飛び回り、鳴きながら矢のように空高く舞い上がったかと思うと、翼を動かさないで糸の切れた凧のように、高々と頭を持ち上げたドロノキやイチョウやエンジュやクルミの木の上に舞い降りた。長安街を西に延ばした先は、木が最も多く管理の最も行き届いた庭があって、我々がいた巨大な住区は、まるで公園のようで、棲息する鳥の数も種類も一番多く、その鳴き声も一番よく響いた。

この日私が気持ちよかったのは、空がきれいだったからだけでなく、おまえが朝出勤する前に、上司がおまえに与えた初めての重要な任務を完成させたからでもある。二日二晩かけて科研関連の資料を書き上げたのだ。これはおまえが仕事ができるということを表していた。父親として最も嬉しいのは、息子が本当に人様の役に立つ人材になることだ。私はあの日の午前中考えていた。一段落したらおまえと彼女を結婚させて、自分の子育ての任務も完成させようと。

そうすれば、私は自分の小説を書きながら、孫を抱いて穏やかな日を過ごす晩年を待つだけだ。

あの日気分が良かったのは、すでに休暇が取ってあって、おまえや母さんと一緒に河南の実家のおじいちゃんとおばあちゃんに会いに行くつもりだったからだ。田舎の友人たちにも電話し、家に着く時間も伝えていた。ここ数年父さんはあれこれ忙しく、おまえもまだ大学院が修了していなかったし、三人で一緒におじいちゃんやおばあちゃんに会いに帰っていなかったので、国慶節の休みを利用して田舎に帰り一家団欒《だんらん》となればすばらしいじゃないか。

しかし神は人が自分の人生を自分で設計するのがお気に召さず、いつも人間に知らしめるのだ。彼、彼だけが人の運命を握っていて、人のすべてを決定しているのだと。

彼はいつも人間の思いも寄らないときにその存在を知らしめるのだ。

私は九月二十八日のあの日までそのことがわかっていなかった。

この日の午後、講堂で国慶節の演《だ》し物があって、おまえは職場の仲間と一緒に見に行った。母さんはいつものように仕事に行った。私は実家に帰る前に髪を切っておきたくて、散髪屋へ行った。新聞を読みながら静かに順番が回ってくるのを待っていた。運命的な災難がすぐやって来ることなど少しも知らずに。冷酷な神がこの日の午後に切り札を突きつけてくるとは。

災難がやって来る前は戦争の前と雰囲気がすこぶる似ている。周りはとても静かで、何か起こるような気配は何もない。

もう一人で自分の順番が回ってくるというときに、私の携帯が鳴り響いた。見てみると知らない番号だった。すぐに順番が回ってくるので、取りたくなかったが、何か支障が出てはと心配だったし、気分が良かったので、通話ボタンを押して、昔いつも受話器を取ったときのように、軽く答えた。「もしもし、どちらさま？」

「周主任ですか？　私はおたくの息子さんの同僚です。息子さんがさっき講堂で演し物を見ていたとき、突然倒れて、外来診察室に運ばれ応急手当をしています。お父さん、すぐに外来診察室へ行って下さい」

私は驚いてその場でぼうっとしていた。それが本当だと信じなかった。ありえない。息子はもうすぐ二十六で、元気の盛りで、普段からバスケットはやっているし、今日午後の仕事に行くときも元気だったし、どうして突然気を失って倒れるんだ？　間違いじゃないのか？　しかし理性が私に急いで病院へ行くよう促した。周寧かどうか、行ってみないとはっきりしないのでは？

散髪屋と診療所の間は三百メートルちょっとあったが、私は一気に走って行き、外来診察室に駆け込んだ。果たしてそこにはおまえが横たわっていて、数人のお医者さんがおまえを取り囲んで救急治療を行っていた。私の心臓は喉元まで上がってきていたが、まだ良かったのは、お医者さんたちが、気がついた、気がついたと言っていたことだった。私はベッドに駆け寄ると、おまえは真っ青な顔でゆっくり目を開け、私をボンヤリ見ていた。私は慌てて問いかけた。「おい、どうしたんだ、どこか具合が悪いのか？」おまえはゆっくりと言った。「僕もどうしてここにいるのかわからないんだ」そのとき、おまえを運んできた同僚の一人が私に事情を説明してくれた。「僕たちちょうど講堂で演し物を見ていて、寧君は僕の隣に座っていて、音量がとても大きくて、舞台照明は色とりどりでまぶしくて、そのとき、突然寧君のあっと言う声が聞こえて、横を見ると、両目を閉じて、体をびくっと震わせると、椅子の下に滑り落ちて行ったので、慌てて摑《つか》まえたんです……」

そのとき、職場で電話を受けた母さんが駆け込んできて、目を覚ましたおまえを見て、手を握りしめて言った。「おまえったら母さんを驚かせて！」

私は医者にたずねた。「この子が倒れた原因は何なんでしょうか？」医者は言った。「原因は二つ考えられます。一つは過労、二つ目は脳の問題です。どちらにせよ、大きな病院で検査をする必要があります」私はすぐに過労だと断定した。おまえはあの二日間、資料を書き上げるために続けて残業していたし、ずっとパソコンの前に座りっぱなしで、休んで寝る暇もなく、食事もほとんどしなかった。母さんもそれが原因だと思った。私たちはおまえを車に乗せると家に連れて帰り、おまえを寝かせて休ませ、美味しいものを食べさせ、養生してもらおうと考えた。

その日の晩、おまえはよく寝た。私と母さんも少しホッとした。しかし父さんたちは翌日病院へおまえを検査に連れて行き、しっかり安心したかった。おまえが熟睡したあと、私と母さんは相変わらず実家へ帰るための準備をした。私たちは悲劇の幕がすでに上がっていることに少しも気がつかなかった。悲劇の主人公は私、母さん、そしておまえ。舞台に出るのはもうすぐだった。

監督は私たちの出番を待っていた。

父さん、あの日僕はとても気分が良かったんだ。上司に頼まれて書かされた大きな仕事をやり遂げて、全身で軽やかさを感じていた。実家に帰ることは決まっていたので、おじいちゃんとおばあちゃんに会えるのを楽しみにしていたし、彼女とも途中で会うことをちゃんと約束していた。すべてが自分の思い通りで、文句のつけようがなかった。あの日の午後、講堂に演し物を見に行く前、気分は伸びやかで心地よく、災難が降ってくるような予兆なんかこれっぽっちもなかったんだ。どうやら災難のヤツ、突然に襲うために偽装を凝らしていたんだね。

隊列について講堂に入ったとき、これまでになかった動悸《どうき》を感じて驚いた。どうしたのかな？　講堂の温度が外に比べて低かったせいだろうと、他のことは考えなかった。椅子に座ると、突然苛立《いらだ》ちを感じた。自分でもおかしいと思った。何を苛立ってるんだ？　演し物は面白くて、二時間は楽しんだと思う。僕は心の苛立ちを抑えつけた。考えてみたらこれが体が僕に発していた最も早い警報だったんだな。

演し物は次から次へと演じられ、観客席の拍手や笑い声があちこちで湧き起こっていたけど、僕の体調はどんどん悪くなっていった。まず体が熱くなり、ライトの光が目に突き刺さり、空気中に息ができなくなる成分が入っているような気がして、外に出て行くために、立ち上がろうとして立ち上がれなかったとき、舞台の青いライトが光った。僕にはそれが舞台効果のためのスポットライトっていうことはわかったんだけど、突然その青い光がまるで弾丸のように僕の脳みそのどこかを打ち抜いて、パンという音が鳴り響いた。僕は一言叫び声を上げるのがやっとで、それからのことは何もわからないんだ……。

目が覚めてみたら診療所に寝ていた。どうしてかわからなかった。なんでここに寝てるんだ？　しばらく思い返してやっと講堂で演し物を見ていたことを思いだし、遠くの静かで暗いところへ行ったような感じを思い出した。そのとき父さんの声が聞こえて、父さんを見て、自分が気を失って、診療所の外来診察室に寝かされているんだとわかったんだ。それから母さんの顔が見えて、母さんの驚いた顔と矢継ぎ早にどうしたの、どうしちゃったのと言うのが聞こえた。

目が覚めたときは全身がだるく、腕を動かしても力が入らず、ベッドにしばらく横になっていると、だんだん体に力が戻ってくるのが感じられ、指先や足の先が温かくなってくるのを感じた。父さんや母さんと車で家に帰ってからは、前と同じような感じに戻っていた。あのときの僕の判断も二人と一緒だった。立て続けの資料作りで疲れたためで、少し休めばだいじょうぶだと、ましてやこれが災難の始まりで、僕の命のカウントダウンが始まっていたなんて少しも考えていなかったよ……。


寧、翌日の朝御飯のあと、私たちは早々に病院に行った。おまえの頭部のＣＴ検査のためだ。おまえはこのときにはまったく正常に戻っていて、笑い話をしながら、何にもあるはずがないよ、ただ数日前の疲れが出ただけだよと言っていた。ＣＴの写真ができてから、私はおまえと母さん二人を先に家に帰って休ませ、一人の友達と神経内科の専門家のところに写真を見てもらいに行った。その友達はその病院で働いていた。彼は歩きながら私を慰めてくれた。「何もないよ、周寧はあんなに元気なんだ、病人には見えないよ」私は心の中で彼の見方に同意し、言葉も足取りも軽かった。

　その神経内科専門の医者には、彼のルポルタージュを書くため二年前にインタビューしたことがあった。彼は日本の北海道の医科大学に留学したことがあって、人の脳の病変の研究を専門にしていた。写真を手渡すと彼は真剣に見て、まもなく顔を上げて私にきいた。

「病人とあなたとの関係は？」私は本能的に緊張した。

「息子、私の息子です。どうなんでしょうか？」

「良くないですね」彼はそう言いながら写真を見た。

「何が良くないんですか？」私は背中に冷たいものを感じ、声色は変わり、目を大きく見開いていた。

「神経膠腫《こうしゅ》かも知れない」彼は私に写真の一カ所の小さな影を指さした。

「神経膠腫？」父さんの心臓はドキリとした。その病気の名は聞いたことがあった。数年前、河南省南陽市委員会の組織の友人の娘がその病気になった。その子が天壇《てんだん》病院に入院して手術を受けるときに私は見舞いに行った。その病気とはすなわち癌《がん》だった。「なんということだ！　神様！　間違いないのですか？」気持ちも体もどんどん沈み込んでいく感じで、足は震え出し、立っていられない感じで、手を無意識のうちに壁に突いて体を支えた。

「私の経験からすると間違いないかと」

　彼の言うことを疑うことはできなかった。彼はその方面の権威なのだ。

「この病気の原因は何なのですか？　私の息子がどうしてこの病気になったんでしょう？　私と母親の両方の家族にもこんな病気の人はいないのですが」

「この病気の原因は今のところよくわかっていないのです。怪我《けが》をしたことがあるとか、放射性の物質に触れたことがあるとか、性格が内向的で心理的なプレッシャーが大きいとか、疲労の度合いがひどくて免疫力が低下しているとか、遺伝的な問題とか、可能性としてはいろいろ考えられますが、どれとも断定できないのです。この病気にかかるのは十万人に一人で、しかもこの病気は若い人に多く、とりわけ男性に多いのです」

「私たちはどうしたら？」

「すぐに入院しなくてはなりません。そうしないと脳圧が高まってまたひきつけを起こし気を失うかも知れません。入院後はＭＲＩを撮って、腫瘍がどのくらいの大きさかをはっきりさせ、それを元に治療の方法を考えることになります」

「わかりました。わかりました。それでは入院させましょう」私はすでに少し取り乱していた。友人が入院の手続きを手伝ってくれた。私が階段のところまで行ったとき、一人の人が壁にもたれて顔を覆い、声を抑えて泣いていた。「神様、私の運命はどうしてこんなに苦しいのですか？　どうして老境に入った私から息子を奪うのですか？　私にはこの子しかいないのに、あまりにも無慈悲では？」

　突然一九九三年に占いをしてもらったことを思い出した。あの年の春、私は友人と洛陽の関林へ遊びに行った。関林の門の中に占いの店があって、その店の前にはたくさんの人が群がっていた。連れの友人がその占いに興味を持って、店の前まで行って占ってもらった。彼の結果が吉だったか凶だったかははっきり覚えていない。覚えているのは、私たちが行こうとすると、その占い師が、こちらの先生も吉凶を占ってみられてはいかがですか?と言うので、私は首を振った。私はこれからの運命など知りたくないので、占いたくありませんと答えた。したくないのに、その占い師は頑として私をさえぎって言った。「まあ占ってみてください。凶だったらお金はいりません。吉だったらお気持ちだけ」私の連れの友達も私に勧めた。「こんなに言うんだから、信じる信じないは別にして、やってみろよ」私は占い師に恥を掻かせるわけにもいかず、無理矢理俯いて言った。「わかりました。占ってみて下さい」その占い師は、私の生年月日をきいたあと、しばらく占ってから言った。「あなたの運命では西方と北方に災難があります。西と北へは行かない方がいいでしょう。もちろん、西と北が完全にだめというわけではありませんが、先に誰か禍いを取り除いてくれる人を見つけなくてはなりません」

　私はそのときもちろんそんな話は信じなかった。ただ笑みを浮かべて机に占い代を置くと、きびすを返して行こうとした。

「どうやって禍いを取り除くんですか？」友達が私を引き留めて私の代わりにきいた。

「方法は簡単です。月のない暗い夜、自分の今住んでいる近くで十字路を見つけ、西と北に三本の線香を立て、火付け紙を燃やして、三回お辞儀をして、神よどうかご加護を！と唱えればよいのです」

帰ったらそうするといいよ。友人は私に言って聞かせた。

私は相変わらず笑って、そんなことはすぐに忘れてしまった。それからまもなくして、一家を挙げて中原の南陽から北京へ引っ越した。北京はちょうど南陽の北で、これがもしかしてタブーだったのだろうか？

神の怒りに触れて不幸を招いたのだろうか？

あのあと、どうして占い師の言う通りにしなかったのだろうか？

たぶん、神はあの洛陽関林の占い師に運命の道理を指し示させたのだ。

私はどうして信じようとしなかったのだろう？

何にこだわっていたのだろう？

入院の手続きが終わってから、私は顔を洗って涙の跡を拭き取り、平静を装って家に帰り、母さんとおまえに伝えた。「CTの写真には問題はなかった。しかし気を失って倒れたということは入院して養生した方がいいと先生は言っている」本当のことをおまえたちに話すことができなかった。母さんは突然の打撃を受け入れられないかも知れないし、おまえはまだ若いので、そのような結果を受け入れることはなおさらできないと思ったのだ。

まずはこの結果の〝秘密〟を私一人の胸の中に収めることにした。

「それじゃ国慶節には田舎に帰らないの？」おまえは田舎に帰っておじいちゃんやおばあちゃんに会いたがっていた。

「いま帰るのはやめよう。おまえの体が良くなったらいつでも田舎に帰れるよ」

「それじゃ、急いで向こうに電話して行けなくなったって言わなくっちゃ。ついでに小韵《しょういん》にも、寧がとりあえず会いに行けなくなったって言わなきゃね」母さんは私に言った。小韵はおまえの彼女で、おまえは彼女にあらかじめ、田舎に帰ったときついでに会いに行くと話していた。父さんはうなずくと、電話をかけに行った。田舎のおまえのおじいちゃんとおばあちゃんはもうとっくに私たちが国慶節に帰ってくる準備ができているのに、今になって帰るのをやめたと聞いて、不審がっていた。しかしおまえの病気のことを知られるのが心配で、家に帰らない理由を公務ということにした。仕事が理由と聞いて、年寄り二人は言った。「わかった、わかったよ、仕事が先だ、公務は大事だからね、時間ができたらまた戻っておいで」

その日の晩、おまえと母さんが寝入ってから、私は激しい頭痛を我慢しながら、治療の方法について考え、どうやったら時間をかけてでも母さんに真相を伝えられるか、その恐ろしい結果について考えた。考えに考えているとこらえきれなくなって布団をかぶってしばらく泣いた。このときになって私には災難に遭遇したときに気持ちを打ち明けられる人がいないことに気がついた。おじいちゃんやおばあちゃんに話せるわけがない。母さんにも。ましておまえには。親戚友人はみんな忙しくしている。とりわけこんな病気のこととなると、彼らに話したところで心配させるだけだ。すべてのプレッシャーに私一人で立ち向かわなくてはならなかった。

翌日、父さんは治療の方法について相談に行った。おまえが入院する病院の先生方は、この病気は手術で切除してさらに放射線治療と化学治療するしか方法がないと言った。また漢方はこの種の増殖のスピードがとりわけ速い悪性腫瘍に対しては作用が小さく、特に頭部は血液脳関門の存在があって、漢方薬は脳に到達するのがとても難しくて、仮に到達したとしてもその量はとても少なく、腫瘍の増殖を抑制するのは難しいとのことだった。

父さんは漢方の説明には道理があると感じたので、手術をする方に気持ちが傾いた。

おまえは入院してから再び頭痛と吐き気を感じるようになった。私にはそれが腫瘍のいたずらだとわかっていた。母さんとおまえが看護師から本当のことを知らされて精神的ショックを受け、治療に悪影響が出るのを防ぐため、特に主治医の先生や看護師さんたちと話した結果、ひとまず母さんとおまえには病状について隠しておいてもらうように頼んだ。

ＭＲＩの写真ができて、腫瘍の大きさがはっきりした。専門家によると発見が比較的早かった、腫瘍は悪性であるとはいうものの、悪性のレベルは高くなく、手術で切除するタイミングであるとのことだった。

それならすぐ手術だ。私は自分に言った。

手術で切除すると決めてから、私は友人と一つの問題について相談した。どこで手術をするかだ。常識で考えれば、この病気だったら天壇病院で手術すべきだ。天壇病院は脳の病気を専門にしている病院だし、そこの先生はそういった手術の経験が最も豊富だった。しかし私は最終的に天壇に行くのを否定した。その原因は、数年前にこの目で見た南陽のあの友人の娘だ。同じような病気で二度手術をしたが、結局病気が治らず死んでしまったその光景は、その結末を自分の身の上では繰り返したくないと私を恐れさせたのだ。

　それならおまえが入院している病院で手術をしよう。ここで一番の神経外科の先生に執刀してもらおう。

　後で考えると、この決定はあまりにも性急だった。病気は専門の病院で診てもらうのが一番だ。一人の患者の死がその病院の能力を否定するわけではないのだ。同じ病院の違う医者ならレベルは違うのだから。

　私がちょうど手術の日どりや執刀医の先生、麻酔の先生を決めようと忙しくしていたとき、おまえの彼女の小韵と彼女の母親がおまえに会いに北京にやって来た。あのとき、私に彼女たちの相手をする余裕などありようがない。しかしもうやって来たのだから相手をするしかない。そのとき私にはもうおまえと小韵の関係はこれ以上進めてはならないとわかっていた。だから真相を二人にはっきり話そうかとも考えた。しかしまた一方で小韵が思わぬことで隠すことができず、おまえに不治の病であることを見抜かれてしまい、おまえの精神が打ちのめされて、すぐにやらなければならない手術に対応できなくなったらどうしようと恐れた。あれこれ考えて、手術が終わるのを待って彼女たちに説明する、まずはおまえに手術を乗り切ってもらってからにしようと決めた。

　国慶節の休みが目前に迫っていたので、手術は休み明けの翌日十月九日に行うことに決めた。

　小韵母子は、ここに数日滞在した。その数日、私は緊張してこの病気の手術と術後の治療について病院の先生や友人に教えてもらい、涙を滲ませながら本やネットでこの病気の治療に関する資料を読み、笑顔で小韵母子の相手をした。母さんは本当のことを知らず、おまえの病気はたいしたことはないと思っていたから、全力で小韵母子を接待し、小韵の泊まっている部屋に花を生けたり、母子を車に乗せて私に運転させ、近くを走り回ったりした。私にはそんな余裕があるはずがない。ともかくおまえの病状を隠し、小韵とおまえの付き合いに影響がないように、おまえの気持ちや病状に影響がないように、父さんはただ歯を食いしばって苦しみと涙に耐えるしかなかった。それでも彼女たちを乗せて付近をぐるっと一周した。手はハンドルを握りながら、心ではおまえのどうなるかわからない将来のことを考え、ときおり恐ろしい情景が目の前をかすめた。私があの日彼女たちを乗せて無事に戻ってくることができたのは本当に奇跡だった。あの心理状況で車を運転するのは最も危険だった。車の免許を取ってまだ日が浅かったこともあるが。あとでこのことを思い出すたびに背中がひやっとする。

　小韵母子が帰ってから、私は正式に母さんにおまえの手術のことを話した。まず最初におまえの頭に良性の腫瘍があって手術をして取り除かなければならないと言った。母さんはとても驚いてきいた。「大きな問題じゃないって言ったじゃないの、なぜ手術をしなくちゃいけないの？」

「大きな問題じゃないが、小さな問題だ。良性腫瘍は切り取ればずっと安心だ」

「手術に危険はないの？」母さんは自分の心配を口にした。

「この病院ではこの手の手術はよくやっているから問題ない」

「この病院で一番いい先生にお願いしてね」彼女は要求を出してきた。

　私はうなずいて彼女に言った。「もう、一番いい先生とは会ったんだ。やってくれるって」

　母さんと話して、母さんに精神的な準備ができたところで、今度はおまえの番だ。おまえは病気については何も知らされておらず、数日で退院して家に帰り仕事に行くつもりだった。おまえにどう伝えたら驚かさずにすむだろうか？

　私はずいぶん考えた。

　私はついにおまえのベッドの横に座って言った。

「寧、あの日おまえが気を失ったのは、あの数日の疲れのほかに、おまえの頭に小さな病気が見つかったからなんだ」

「えっ？」おまえはびっくりした目をして私を見た。

「何の病気？」

「良性の腫瘍だ」

「どれくらいの大きさ？」おまえは大学院まで行ったから、とても敏感だった。

「とても小さいんだ」

「手術しなくちゃだめ？」

「しなくてもいいが、あとで悪さをしてまた倒れるようなことになってしまってはな」

「それじゃ、やろうよ。一度苦労すればあとが楽だってことだよね」おまえはきっぱりと言った。

「勇敢なヤツだ！」私はおまえの肩を叩いた。

おまえと話し終わったその日の午後、おまえは神経外科の病棟に移った。二人部屋で部屋にはもう一人動脈瘤の手術を待っているお年寄りが入院していた。東北から来たそのお年寄りは、もうものが見えなくなっていたが、とても楽観的で、おまえが脳の手術をすると聞いて、おまえが緊張するのを心配してくれ、自分の頭の手術の痕を見せながら、「今この病院で脳の手術をするのは軽い車で慣れた道を行くようなもんで、問題など起こりようがないよ、わしを見てごらん、もう二回も手術して、もうすぐ三回目だ。わしにはどうってことないよ、手術室に入って、一眠りしたら出てくるんだ」お年寄りの話は、おまえの手術に対する恐ろしいという気持ちを大幅に軽くしてくれた。おまえは言った。「わかりました。おじいさんに倣って、肩の力を抜いて出陣します。ちょっと手術室に行って、見識を広めて来ます！」

おまえの手術に対する精神的な準備は整った。

私はもともと手術のあとに母さんに本当のことを話すつもりだった。しかし思いも寄らないことに、手術の前の日の晩に、執刀医の先生が私たちに話をし手術の書類にサインをしてもらおうとたずねてきて、私はそのときおまえの同僚を見送りに行っていて病棟におらず、先生は母さんが本当のことを知っていると思って、直接彼女に話してしまったのだ。「これは癌です。手術をしてもきれいに取り去ることができるかどうかはわかりません。手術後に再発する可能性もあります……」先生の話が終わる前に、母さんは気を失ってしまった。

先生のオフィスに緊急に呼び出され、私が入って行ったとき、母さんは床に滑り落ちていて、顔面蒼白で気を失ったままだった。私は驚いて原因をたずね、怒って先生に向かって叫んだ。「私がサインすると言いましたよね？　何をそんなに焦っているんですか？　私が戻るのを待ってくれてもいいじゃないですか?!　もし妻に何かあったらどうしてくれるんです？」幸いにも先生の処置で母さんはゆっくり意識を取り戻した。母さんは目が覚めると、私に抱きついて声を上げて泣き始めた。私は涙を浮かべ慌てて小さな声で制止した。

「今泣いたらだめだよ、あの子は明日手術台に乗るんだ、ここから病室まで遠くないんだから、おまえの泣き声が聞こえたらあの子がどう思うか。あいつに心理的な負担をかけちゃだめだ。今一番大事なのは、あいつに肩の力を抜いて手術台に乗ってもらって、ちゃんと手術を終わらせることなんだ」母さんは嗚咽《おえつ》しながら泣き声を抑え、最後にはけなげに立ち上がって先生のオフィスを出て行った。

　母さんは洗面所に、顔の涙の跡を洗いに行き、それからおまえの病室に行った。すでに頭の髪の毛を剃ったおまえは母さんの目が赤いのを見て、母さんが泣いたことがわかった。おまえは母さんに言った。「母さん、手術のことは心配ないよ、だいじょうぶ、この難関を突破してみせるから！」母さんはもう何も話せなかった。声を出すと泣いてしまいそうだったからだ。母さんは声を出さずにおまえの肩を叩いていた。

　父さんは母さんの体が震えるのを見ていた……。

　父さん、手術の前、僕は父さんの目が暗く沈んでいて母さんの目が赤かったことには気づいたけど、そんな重大なこととは考えていなかったんだ。二人はもうすぐ始まる手術のことが心配なだけだと思ってた。あのときは自分の心に言い聞かせていたんだ。今では頭を開いて行う手術はそんなに難しいものではないんだ、おまえはまだ若いし、この難関を突破することなど問題ないと。それに同じ部屋のあの遼寧《りょうねい》から来たおじいさんが僕に自信をつけさせてくれたんだ。脳の手術を二回受けても、あんなに明るく穏やかでいられるなんて、僕が自分で自分を脅かして、取り乱すわけにいかないじゃない。でもそう思っても手術の前日はやっぱりよく眠れなかったよ。心の奥底にどこかやりきれないものがあったんだ。どうして卒業したばかりで頭を切り開かなければならないようなこんな不運なことに遭わなきゃならないんだ？　あの日の朝、手術室からストレッチャーが運ばれてきたときは、本当の恐怖が湧き上がってきたよ。もし手術が失敗したらどうするんだ？　なんと言ったって頭を切り開くんだぞ！　でも父さんと母さんが落ち着いていたんで僕も信じることができたんだ。父さんと母さんが僕の命に危険が迫るようなことをするわけがない、安心してだいじょうぶだって。手術室に着く頃には僕の気持ちは落ち着いてきて、看護師さんたちの話を聞いているうちに麻酔が効いてきて……。

寧、私はこれまで手術は経験したことがないから、おまえの前でとても緊張していた。おまえの手術の当日の朝、私と母さんは、私たちが手術の成功を信じていると見えるように、おまえの前では心配そうな様子や悲しそうな顔は見せまいと約束した。おまえはよく眠れなかったようだったが、精神状態はとても良かった。私たちは看護師さんらと一緒に手術の準備を手伝い、手術室の看護師さんがストレッチャーを押して手術室へ行くときに、父さんはストレッチャーのそばでおまえの手を握ってエレベーターまで見送った。私と母さんは一生懸命笑っておまえに手を振っていたが、エレベーターのドアが閉まったら二人とも顔色を変え、不安にさいなまれながら家族の待合室へと急いだ。

家族の待合室は地下一階にあった。そこには専用の電話があり手術室に繋がっていて、担当者が電話機の前に座っていて、たびたびマイクで手術室からの知らせを伝えた。当日手術する患者の家族みんなが、ジリジリしながらその電話機と担当者の顔を見つめていた。

不安と恐れに満ちていた。なんと言っても頭を開くのだから、麻酔や手術担当の医者がちょっと間違うだけで、重大な結果を引き起こす可能性があった。それに腫瘍をきれいに取り除くことができるのか、きれいに取り除くことができなければ手術は無駄だったということだ。私の心臓はもともとの場所から離れて喉元近くまで上がってきているような感覚だった。母さんもとても緊張していて、目を閉じて黙って何か祈りながら自分を落ち着かせていた。私は何か他のことを考えようとした。そうでなければこの数時間を乗り切るのは難しそうだった。しかし何を考えれば？　私はおまえが病気になった原因を考えてみた。そもそもの発端は間違いなく私と母さんの結婚だった。そもそも私が母さんと知り合って結婚していなければ、おまえは生まれてこなかったのだし、生まれてきさえしなければ、おまえがこんな病気になるはずもなく、こんな手術の苦しみを受けることもなかったのだ。私は母さんのおじいさんが結婚に反対したことを思い出していた。あのとき私はまったくわかっておらず、うちが貧乏だから嫌がっているのだとおじいさんを恨みがましく思っていた。今になって考えてみると、おじいさんは私たちのことを真剣に考えていて、直感で私と母さんの結婚が妥当でないと感じていて、重病を患う息子が生まれると思っていたのではないだろうか。残念なことにおじいさんはもう亡くなって、あのとき私たちの結婚に反対した本当の理由をはっきり問い質すことはできない。もし私と母さんがおじいさんの意見を尊重して、結婚せずにただの友達でいて、それぞれに家庭を持っていれば、今の苦しみはなかったはずだ。人生はやり直せない。神は人を作り出したとき、人生は卓球の試合のようなものでよしとしたのだ。再試合できればいいのに！　だとすると私と母さんの結婚はなかったことにして、私たちを結婚前の年齢に戻して、新しい生活を始めれば、今日の手術はあるはずもなく、私も母さんも胸が張り裂けるようなこんな痛みを味わうはずもなかったのだ……。

「肖家月《しょうかげつ》の家族はいらっしゃいますか？　肖家月の手術は終わりました。手術で切り取ったものを見に来て下さい」

　私の妄想は突然の電話担当の知らせで打ち切られた。父さんは驚いて担当者のところへ走って行った。

「肖家月のご家族の方ですか？」担当者は私を見た。父さんはそこでやっと自分が呼ばれたのではないとわかり、ゆっくり後ろへ下がって行った。そのとき肖家月の家族がやって来てきいた。「どれですか？」

　担当者はガラスの皿を家族の目の前に運んだ。私は目を見開いてそれを見た。血まみれのものが皿の中にあった。

「これが肺から切り取ったものなんですか？」その家族はきいた。

「偽物なんかではありません、早く上に行って下さい。患者さんはすぐに手術室から出てきます」担当者が促した。

　彼はきびすを返して走って行った。私はまた元の場所に戻った。あの血まみれの物体がまだ目に焼き付いていた。人体は本当に精密な機器だ。どんなところが欠けてもだめで、活動に困難をきたし、人は辛い思いをする。多すぎてもだめで、やはり困難をきたし、人は辛い思いをする。神は人をなんと完璧で精密なものに作り上げたのだろう。しかし細かいところを考えてみると、神も雑で、もっと仔細に考えてくれれば良かったのだ。おなかや頭にチャックをつけて、おなかや頭がなにか病気になったとき、自分でそのチャックをあけて薬をつけられるようになっていれば、それで問題解決、脳外科や胸部外科、腹部外科の専門の手術医が必要になることもなかったのだ。これが人にどれだけの精力とお金を消耗させ、命の危険を増加させていることか……。

「周寧のご家族の方はいらっしゃいますか？」突然、スピーカーの音がわけのわからないことを考えていた私の目を覚まさせ、母さんもガバッと立ち上がると、私たち二人はほとんど同時に担当者のところへ走って行った。

「周寧の手術は順調に終わって、まもなく経過観察室に移動しますので、上にあがってエレベーターの入口でお待ち下さい」

「手術で切り取った物はないのですか？」私はさっきこの目で見た物を覚えていた。

「腫瘍は形を成していない物ですので、ご家族が見て辛いといけませんので、こちらには来ておりません」

　私はうなずいて母さんを連れて行った。経過観察室に通じるエレベーターの入口で、手術が終わったおまえに会うことができた。おまえの頭は包帯でぐるぐる巻きにされ、まだ麻酔が効いていた。私と母さんはストレッチャーの両側から手を添え、ついて歩きながらおまえを見た。あとについていた先生が言った。「手術はとても順調で、きれいに取り除くことができましたし、失血も少なくて、輸血もせずにすみました。順調に回復されると思いますよ」

　私と母さんは顔を見合わせた。二人とも安堵のため息をついた。神様、うちの息子をお守り下さってありがとうございます……。

　父さん、僕は麻酔から覚めて、自分がまだ生きていると確認できたとき、本当、むちゃくちゃ嬉しかった。でもすぐあとに頭を摑みたくなった。頭がとても痛くて、包帯を巻かれていることがとても辛かったんだ。でも自分の手が縛られているとわかった。両腕がベッドの両脇に縛り付けられていた。先生は僕が頭を摑もうとするだろうとわかっていたんだね。僕はとても腹が立って、大声で叫んだ。看護師がやって来て、僕が目を覚ましたことを知った。父さんが先生のあとについて観察室に入って来たとき、普通の病室に戻してほしいと切実に訴えたかった。ひとりで観察室に寝ているのはたまらないと思ったからね。切り開かれた傷口の痛みに耐えなくてはならないだけでなく、一人で孤独にも耐えなくちゃならないなんて。今回の手術で辛かったところは二つあった。ひとつはオシッコ。尿管が尿道を傷つけていたので、オシッコのたびに拷問で、オシッコが尿道を流れると、ぞくっとするほど痛くて、オシッコを止めるしかなくて、でもオシッコを我慢しているとおなかが痛くて、仕方なしにするしかなくて、一回オシッコするたびに、痛くて下着が汗でグッショリするほどだった。もうひとつは静脈に点滴していたあの黒い布で覆われた輪液で、いつも気持ちが悪かった。輪液があんなに恐ろしいものだとは思わなかったよ。あれが僕の血管を通って体の中に入ってくる一滴一滴が、内臓すべてをかき回そうとしているかのようで、痛いのか苦しいのかうっとうしいのか吐き気がするのか、どう言っていいかわからなかった。でも死ぬよりましだと思いつつ、僕はうんうん唸り、体を起こしたくて、横たわりたくて、横を向いて寝たくて、這いつくばりたくて、まるまる一晩かけて点滴を打つ間、父さんを僕の枕元にほとんど一晩中立たせて、僕はそれが何の薬か知らなくて、ずっとあとになって、自分の本当の病気が何かはっきりしてようやくあれが癌細胞を殺す化学物質で、その副作用があんなに僕を恐怖させたのだと思い当たった……。この手術は僕に心の底から二つのことをわからせてくれた。その一、人が生きるうえで、大事にしなくてはならないことはもともとたくさんあるけど、最も大事にしなくちゃならないのは自分の体であり、健康であるほど受ける罰も少なくてすむ。その二、病気がもたらす苦痛は個人が受け入れなければならないだけでなく、あらゆる家族も受け入れなくてはならないんだな。だから家族のことを愛したいと思うのなら、自分の体を大事にしなくちゃならないんだ……。

息子よ、あの日の夜、おまえは観察室にいなければならず、家族は付き添うことができず、私と母さんは家に帰って休んだ。この日の夜が、おまえのことが起こって以来初めての睡眠で、夜が明けるまで寝た。

病院の先生は翌日の午前中にはおまえに会えると言ってくれた。朝御飯のあと、私は早々に観察室の外に行って、廊下にうずくまって時計の針がゆっくり進んでいくのを見ていた。時計の針がついに十時を指して、あの先生が時間通り現れ、私は先生のあとについて部屋の中に入って行った。あの日、観察室の中の患者はおまえ一人だけで、おまえは完全に目覚めていて、手足も自分で動かせるし、話もできた。これは手術がおまえの神経を傷つけなかったということを説明していた。私の心は少し軽くなった。

　先生が検査が終わって指示を出しているとき、私はおまえにどんな具合だときいた。おまえは小声で言った。「父さん、なんとかここから出る方法を考えてくれない？　尿道に挿してある管がほんとに痛いんだ。それに両手はベッドに縛り付けられていて、自由に動かすこともできないし」父さんは低い声でおまえに言った。「起き上がって小便できないんだから管は挿しておかなければ。痛くても頑張るんだ。両手を縛ってあるのは、おまえが寝ているときに無意識のうちに頭の傷口に触ったらいけないからだ」おまえは仕方なくうなずくしかなかった。「わかった、わかったよ。我慢するよ……」

　病理切片の検査の結果が出た。この病気の場合は四つのランクに分けられていて、おまえのは、一から二級ということで比較的軽い方だった。しかし悪性腫瘍であることに変わりはないのだ。

　次の日、おまえは普通の病室に戻った。おまえの回復はとても早かったが、私と母さんは喜べなかった。先生がはっきりと私たちに言っていたからだ。「これは一時的に癌が引っ込んだだけで、癌はいつでも反撃してくる可能性があり、人類は今のところ癌を完全に消滅させる能力も方法も持っていないのです」

　おまえが一般病室に移ったその日の晩から化学療法が始まった。化学療法は日本から輸入された化学薬品を点滴でおまえの体内に入れるもので、それで血管の中に残った癌細胞を殺すのだ。化学療法は、黒い大きな瓶の中に入っていて、枕元に吊り下げられると、恐ろしい感じを与えた。もともと点滴の瓶はどれも無色透明で、この黒い瓶はおまえを驚かせ、おまえはきいた。「これ何の薬？」親友たちもみな知らない、その用途を知っているのは私と母さんだけ、私はおまえになにげなさを装って言った。「エネルギーを補給する薬だよ」

　おまえはほうと声を上げて言った。「この薬、謎《なぞ》めいてるね」

　その薬がおまえをあれほど苦しめるとは思いもしなかった。輸液を始めてから五分でおまえは叫んだ。「辛いよ」「どう辛いんだ」「うっとうしいんだ、体中気持ちが悪いんだ」私は薬のせいだと思い、急いで先生にききに行った。先生は言った。「この薬はみんな辛いんですよ。それは正常な反応なんです。だから輸液のスピードもゆっくりにしてあるんです。一瓶で一晩かかります」その日の夜、私はおまえがきっと体を起こしたくなるだろう、横になりたがるだろう、背中をさすって欲しいだろう、胸をさすって欲しいだろう、体を横に向けたくなるだろう、仰向けにして欲しいだろうと、ほとんどおまえの枕元に立っていた。おまえは言葉にできない苦痛を感じている様子だったが、ついに本当に耐え切れなくなって、うめきながら言った。「父さん、生きていたくなくなるほどしんどいんだ、先生に言って、この薬やめてもらえないかな」私はこれ以上ないくらい心が痛んだが、おまえに言い聞かせた。「先生はおまえの病気にはこの薬が一番いいって言ってるんだ、頑張ってくれ、おまえは強い子なんだから、こんなことは乗り切れるよ。父さんも母さんもおまえを信じているから……」おまえは辛いのを無理矢理我慢して、歯を食いしばって言った。「わかった、わかったよ、それじゃ僕頑張るから……」

あれは私には忘れられない夜だった。この目で自分の息子が一人で苦痛と闘っているのを初めて見て、自分はただ手をこまねいてそばで見ているしかなかったのだ。私にできることはおまえの汗を拭いてやり、ベッドの横を行ったり来たりすることだけだった……。

夜が明ける頃、その瓶の薬の点滴は終わった。おまえは痛いのを我慢していたので、着ていた病衣はほとんどグッショリ濡れていた。おまえに何か食べさせてやりたかったが、その薬のもう一つの症状は患者に吐き気を催させ食欲をなくすことだった。おまえは病気に勝つため無理矢理何口か食べた。この夜の恐怖の経験は私の頭に留まり、まさにこのために、私はのちに治療のやり方を選ぶとき、邪魔されて、別の過ちを犯すことになった。

私はあのとき、あの日の晩が私たちが過ごして最も苦しく辛い夜だと思った。しかしそれよりももっと辛い夜が、無数に私たちの前に待っているとは知りようもなかった。

あとでわかったことだが、人間は苦痛に遭ったとき、それが一番の苦痛だと嘆いてはならないということだ。そう嘆くことは造物主に文句を言っていると思われ、彼を怒らせ、もっと大きな苦痛を受けさせられ、その苦痛がたいしたことではなかったことを思い知らされるのだ……。

父さん、自分で経験したことのないことは、どんなに事細かく書いたとしても、それを全部理解することは無理だよ。自分で経験して初めてその正面も側面も背面もどんなものかが理解できるんだ。昔、脳の手術のことは聞いたことがあるし、手術の前日にも、あの遼寧のおじいさんの脳の手術のあとの感覚も聞いたけど、実際手術を経験してやっと脳の手術がどんなものかわかったよ。これは人の心の中にすべての恐怖を引き起こす手術だ。手術中にほんの小さな問題でも起こったら、体が動かなくなったり、半身不随になったり、話す能力がなくなって口がきけなくなったり、あるいは思考能力が失われてバカになったりする。脳は人間の体で一番重要な部位だ。脳の手術の過程とはすなわち死の過程を訓練することだ。今回の手術は父さんや母さんもそれまで経験したことのない驚きだったはずだ。僕は卒業してすぐにこんな形で報いることになるなんて、これじゃだめだ……。

戊辰《つちのえたつ》（一九八八）

寧、おまえが入院している間、よく知っている人が教えてくれた。その人のお隣さんが当時同じ病気になって、病気になった年齢もおまえと同じくらいで、手術と放射線治療、化学療法に漢方を加えた結果、今も元気に暮らしていて、もう二十八年過ぎて、五十歳を超えていると。私と母さんはそれを聞いてすぐにその人に会いに行って、彼がどうやって死の関門をくぐり抜けたのか見てみようと決めた。父さんたちは彼の闘病経験がおまえのこれからの回復にとって有益だと感じたのだ。

私と母さんは晩御飯のあと、その知り合いの人の家に行った。彼女がその患者さんの奥さんを呼んでくれていたのだ。それは有能で聡明な知識人の女性だった。彼女は私たちにご主人の病気について話してくれた。彼女とご主人は当時北京大学で勉強していて、彼は頭がとてもよくて、成績もクラスで一番で、学生課の幹部もやっていて、彼らは相思相愛だった。卒業前に彼は中国科学院へと行き先が決まっていて、アメリカに勉強のため派遣されることになっていた。そのとき彼は頭痛がして目がくらむようになり、調べてみると、神経膠腫で、癌だということがわかった。彼女はしばし呆然とした。彼に心理的なプレッシャーを与えないようにするため、彼女は彼に本当のことを話さず、ただ頭に腫瘍があるので、切開治療する必要があるとだけ言った。彼の両親と家族は彼が癌だと知るともう助からないし、家に確実に経済的負担がかかってくると考え、彼の治療に対して期待せず、積極的にならなかったので、彼を救おうと決心したのは彼女だけだった。もっと彼の面倒を見るために、彼女は家の人の反対を顧みず、毅然として彼との結婚の手続きを行い、文句なしの妻の身分で彼に付き添って病院に行って手術を受け、放射線治療を行い、化学療法を行い、漢方医を見つけてきて、さらにあちこちに行って体を鍛錬する方法を習ってきて彼に教えた。そしてついに彼を死の淵から救い出したのだ。今日に至るまでずっと、彼は自分が何の病気なのか知らない。夫の治療のため、後代に病気がでないように、彼らは約束して子どもは作らなかった。その奥さんの話が終わると、私も母さんも目が真っ赤だった。彼女のご主人に会ってみたいと言うと、彼女は言った。すぐに彼を呼んでくるけど、彼が来てから話すとき、神経膠腫と癌という二つの言葉だけは出さないで下さいね。彼の精神的負担を増やしたくないし、もうここまで彼に嘘をついてきたんだから、最後までつき通したいの。私と母さんは慌ててうなずいた。そのご主人が来てから私たちはしばらくおしゃべりしたが、彼はとても楽観的で、自分の始めの頃の治療の状況について簡単に話してくれ、さらにいつも自分がやっている健康法を披露してくれた……。私と母さんは家に戻るとき、一種の感動を覚えていた。あの夫婦が二人で脳の癌に立ち向かった経歴のゆえだった。

ご主人は本当に幸せだ。あんなに善良ですばらしい女性に出会うことができたのだ。彼女がいなければ、この世に彼もいなかっただろう。

あの奥さんには本当に感心させられた。彼女はなんと多くの犠牲を払ったことだろう。中国の庶民の中にこんなにも尊敬できる女性がいたのだ。

二人の経歴を聞いたことで、父さんと母さんはおまえも健康を取り戻せることを信じた。

父さん、僕の術後の回復は良いとは言えなかったけど、それ以上に、僕は父さんと母さんの表情がさえないことが気になった。どうにも腑に落ちなかった。手術は成功して、僕の病気も快方に向かうはずなのに、何を心配してるんだろうって。後遺症を心配してるのかな？　で、すぐに原因を自分勝手に推測した。父さんたちが心配しているのは僕と小韵の関係だろうと。

　僕が退院するときにも小韵は会いに来なかったのでおかしいと思った。退院して家に帰ってから電話をしたとき、はっきり言って彼女は冷たかった。このとき、僕は父さんたちの心配の原因がはっきりとわかったと思った。僕は二人の心配が僕の命だったとは思いもしなかった。

　小韵との関係が急速に醒《さ》めてしまったことが、僕に男女関係の真相を初めて示してくれた。これはずっと熱愛中だった僕を凍えさせた。もともと愛情はおまけみたいなものに過ぎず、一定の実態のあるものにくっついている必要があり、そうでなければ飛んで行ってしまうんだ。ほとんどの愛情は災難を突破することはできず、災難は人の体を震わせると同時に、感情をも揺るがし、人の愛情を揺るがし、人の体を揺れ動かす。愛情はいつも遠くへ飛び去ってしまうんだ。純粋で堅固で揺るがない愛情もあるにはあるけど、ごくごくわずかで、僕には縁がなかった。これがわかったのは、当時の僕にとっては残酷すぎるくらい残酷だった。大きな手術をくぐり抜けてきたばっかりだった僕は、とりわけ愛情による潤いと慰めを必要としていて生活の真相を見つけたくなどなかった。しかし真相が僕の目の前に現れたんだ。僕は達観したいと思った。僕はこう自分に言い聞かせようとした。どうせ大きな病気になったんだからもともとの自分ではなくなっている、彼女や彼女のご両親がおまえの体が心配で交際を拒絶するのは当たり前のことだ……。

　でも僕は内心あきらめることはできなかったし、確かにあきらめていなかったんだ……。

　寧、術後九日目におまえは家に帰って来た。私と母さんはそれで気を休めるわけにはいかなかった。すぐにおまえのために漢方医を探し始めた。漢方でおまえの傷ついた体を調整し、一方で残っている癌細胞をきれいにして、病気を根治させたかった。おまえが漢方薬を飲むようになってから私と母さんはようやくおまえの彼女に電話をかけなければならないことを思い出した。彼女がおまえと友達関係を続けて欲しかったわけではなく、ただ彼女にとりあえず友達として、回復途中のおまえにときどき電話をして、病気に打ち勝つように励まして欲しかった。向こうが他の経路でおまえの本当の病気を知り、私たちが本当のことをちょうどよいタイミングで話さなかったことに腹を立てたために、おまえとの関係をやめるようなことにはなって欲しくなかった。

　私たちには何も話せなかった。私たちに唯一できることは、おまえにあきらめるように勧めるだけだった。

　しかしおまえはあきらめなかった。こんな短い間にこんなにもたくさんのことがおまえの身の上に起こったのだ、どうして全部あきらめることなんてできよう。ましておまえは相手に本気になっていて、当時二十六歳で、これからの生活にいろいろなすばらしい憧れやロマンチックなプランを持っていたはずなのに、そのおまえが見たいとも思わなかったものをなぜ見せるのか、おまえがあきらめられないのは正常なことだ。おまえの精神状態は一気に悪化していった。おまえは絶望して言った。「父さん、母さん、どうしてこんなに苦しまなくちゃならないんだ？　生きてて何の意味があるの？　僕生きたくなくなったよ」

　私と母さんは慌てた。

　母さんは向こうにおまえとの関係を続けてくれるように泣いて頼もうとしたが、私が断固として阻止した。おまえがこの難関を乗り切れるかどうかは、おまえ自身にかかっていた。

　私たちは難しい説得を始めた。「世の中に女の子はたくさんいるんだから、病気が治ったら、私と母さんがいい子を探してくるから」

　おまえは言った。「別の子なんか探して欲しくない」

「ずいぶん前のことだが、ソ連の作家のソルジェニーツィンは政治的な問題で監獄に入れられ、彼の美しい妻、ナタリアは彼から離れたが、ソルジェニーツィンが監獄から出てきてからまた結婚した。おまえの体が元気になりさえすれば、あの彼女ともう一度やり直せるかも知れない」

「僕はソルジェニーツィンじゃないし、ソルジェニーツィンにはなれっこないよ」

「おまえは病気のせいで彼女を失っただけだ。文化大革命のときには、多くの人がありもしない罪状で離婚に追い込まれ一家離散したのに、その大多数が持ちこたえることができたんじゃないか。おまえは彼らが受けた打撃よりももっと大きいというのか？」

　おまえは話すのをやめた。

「おまえは私と母さんのたった一人の息子で、おじいちゃんやおばあちゃんの初めての孫で、おまえには四人の年寄りの面倒を見る責任があるんだ。一人の女の子が離れて行ったからと言って生きていたくなくなるなんて、男として恥ずかしくないのか？」

　おまえは少しハッとして、ため息をつくと、ゆっくりと言った。「わかったよ。少し時間をくれよ。時間をかけて忘れさせて。だいじょうぶだ！」

　私と母さんはホッと胸をなで下ろした。

　続いては頭部への放射線治療で、まだ残っている癌細胞を殺すのだ。放射線治療は癌に特化された措置なので、大学院を出たおまえに自分の病気の正体を気づかれるのではと心配になり、あらかじめおまえのために特別に予防措置としてやるのだと説明した。

　おそらく私たちが普段おまえを騙すことはなかったので、おまえは私たちの話を信じた。

　放射線治療はもともとの病院ですることもできたし、腫瘍専門の病院へ行ってやることもできた。腫瘍専門の病院は経験が多かったが、家から遠かったので、考えに考えた結果、やはり元の病院でやることにした。数年後に振り返ってみると、おまえの治療のための過程ではあったが、これもまた一つの間違った決定だったと思っている。たぶん腫瘍専門の病院に行くべきだったのだ。

　放射線治療の影響は本当に恐ろしい。第一に髪が抜ける、第二に食欲がなくなる、第三に動くと吐き気を催す。毎朝起きたとき、私たちはおまえの枕にたくさんの髪の毛を見た。その髪の毛を見て、母さんは我慢できずによく涙を落としたが、おまえは逆に私たちを励ました。病気さえ良くなれば、髪の毛もまた生えてくるよ。あの日々、おまえは放射線治療の副作用にあらがいながら、失恋の苦しみにも耐えていた。おまえは吐いたあと、おまえから離れていった彼女の写真をじっと見つめていた。このときはいつも私と母さんはそっと部屋から出て行き、おまえを静かな空間に残した。放射線治療は行ったり休んだりで二か月あまりを費やし、ほとんどもう終わるというときになったある日の午前、おまえは彼女の写真を全部片付けて言った。

「だいじょうぶ。僕はもう気持ちの整理がついたから。もうそれで気持ちが崩れることはないから」父さんと母さんはその話を聞いて、またホッと胸をなで下ろした。息子はまた一つの関門を越えた。

　数日後の夜、おまえの足を洗ってやっているとき、おまえは突然言った。「父さん、僕が今日誰に電話したか当ててみて」

「誰にかけたんだ？」私は笑いながらおまえを見、おまえの気分が良くなって欲しいと切に願った。

「西安の小怡だよ」

「おう、そうか」私はちょっと不意を衝かれて笑いが強《こわ》ばった。小怡は今はもう結婚していると聞いていたからだ。

「彼女にどんなことをきいたか当ててみて」

「何だい？」おまえと小怡を別れさせてから、私の心にはもちろん後ろめたいところがあって、彼女の名前を聞くと不安だったのだ。

「もし父さんが最初僕たちが友達になるのを反対せずに、ずっと付き合っていた中で、突然僕が重病になったら、ほんとのところ、君は僕から離れることを選んだかい？ってきいたんだ」

「彼女はどう答えたんだ？」私は話を続けるしかなかった。

「そんなことありえないわよ。友達が病気になったからって捨てるなんて、そんなの友達って言える？　同性の友達でも何だってするのに、私たち付き合ってたのよ？　私があなたのことどう思ってるかわかってるでしょ？　何かたいへんなことでもあったの？って」

「おまえ、どう返事したんだ？」私は思わずきいた。

「ちょっとだけ、って言った」

「彼女は何て？」

「私に来て欲しい？　もし来て欲しいんだったら行くわよ、って」

「旦那が行かせるのかな？」

「僕もそうきいたんだ」おまえは顔を上げて天井を見た。

「彼女は何て言ったんだ？」

「もし私を行かせてくれないんなら、私、彼と離婚するから」

　私は心臓をぐさりと一突きされた。おまえがこんなことを私に話したのは、私がおまえたちを別れさせたことへの不満の表れなのだ。私は不自然に笑った。私は彼女の話が本当だと信じた。彼女は本当におまえのことを愛していたのだとわかった。

私は悔やむよ……。

父さん、昔の話を蒸し返してごめん、あの頃は心理的にきつくて、小怡にまた電話をかけてしまって、ああいう話になったんだ。父さんが僕と小怡を別れさせたことに不満がないと言うと嘘になるけど、それからはだんだんとあきらめていったからね。おまえは私のたった一人の息子だ、父さんのそうした出発点は僕を傷つけるものではないし、父さんは僕にその後の日々を良く過ごして欲しかったんだから。父さんの問題は僕への干渉が多すぎたことで、僕が独り立ちするのをほっとけなかったことだな。小怡と別れる決意は最終的には自分で下したわけだし、父さんは小怡を嫁としては不満足だったんだから、僕が無理を通しても、父さんと小怡がしんどい思いをするだけだったよ。そんなことになったら僕は親不孝な息子になっちゃうし、小怡にも嫌な思いをさせることになる。今にして思えば、あの決心は正しかったよ。でなけりゃ、こんな風に先に人間界を離れることになったら、彼女を死ぬほど泣かせることになっていた。男女の間は、愛情が深ければ深いほど、片方がこの世を去ったとき、もう片方に与える打撃はそれだけ大きいんだ。

父さん、もう僕と小怡とのことで自分を責めることはないから。子どもの恋愛結婚については、間違った決定をしたのは父さんだけじゃないし、父さんが最後の一人でもない。父さんは僕のためと思ってやってくれたんだから……。

己巳《つちのとみ》（一九八九）

寧、驚くほど不思議だったのは、放射線治療のあとに漢方での治療をはじめると、おまえの体がみるみる回復したことだった。四か月後、おまえはぱっと見では普通の人となんら変わらなかった。おまえの災難はここで終わり、自分はすでに完全に回復したと思い、仕事への復帰を要求した。私と母さんは治療は一段落目の終わりを告げるだけで、最終的な治癒《ちゆ》まではまだ長い道のりを歩かなくてはならないと知っていた。私たちは言った。「結局息子は仕事に行けるのでしょうか？」医者は言った。「いいですよ。息子さんは若いから、仕事に行くのは病気へ向いてしまう気持ちを分散させて、結局は回復を助けることになるかも知れません。しかし過労になって免疫力を低下させるのだけは決してだめですよ」

私たちはおまえに言った。「仕事に行っても良いが、しばらくはひどく疲れる仕事をしてはだめだ」おまえはとても喜んで、仕事で使うものを準備し始めた。おまえが仕事に行く前、私は母さんに言った。「あの子の気持ちに影響しないように、病気のことについてはずっと秘密にしておこう。あの子だけでなく、あの子の周りの人たちにもだ。可哀相に思われたり、馬鹿にされたりするような心理的なプレッシャーのない、普通の雰囲気の中で生活できるように」母さんはおまえに説明しなければと感じていた。「癌に打ち勝つ奇跡を起こせるかどうかは、結局あの子自身にかかっているわけでしょ？　あの子が自分の体を大切にして、体を鍛える緊張感を持って鍛錬を続けることで、自分の免疫力を高めることができるんじゃないの？」しかし私の決心は決まっていたので、母さんに厳しく言い渡した。「私たちは今も夫に病気を隠し通しているあの奥さんに倣って、あの子に精神的負担を与えないように、秘密を守るんだ。おまえがもしあの子に本当のことを言ったら、私たちは離婚だ！」

母さんは黙って私の決定に従うしかなかった。

これもたぶん間違った決断だった。たぶんあのとき本当のことを伝えていたら、おまえは自分の体をもっと大切にしていたのではないだろうか。

父さん、僕はあの頃、自分は完璧に良くなったとほんとに思ってた。運命の神様は僕をちょっと脅かしただけで、もう自由にしてくれ、不幸からは遠ざかったと思ってた。でもそれはちょっと好きにさせてやろうというだけのことで、神様が手を緩めた目的は、僕を自由にすることじゃなくて、疲れた手を休めるためだったんだ。

再び会社に戻ることができて僕はほんとに嬉しかった。ああいう感じは大きな病気をして死の淵を彷徨《さまよ》った人間でないと体感できないだろうな。父さんたちが僕に本当のことを話さなかったのは正しかったと思うよ。それで職場復帰しても僕になんら暗い影を落とさなかったし、普通に楽しく生活できたんだから。あの頃の日々は、空を飛んでいる鳥を見ただけで、自分はあの鳥と同じように自由で楽しくて、再び飛び立ったんだと思った……。

　命の危険にさらされていないと、人は命がもともと持っている、ああいう楽しみや美しさを感じることができないんだな。命が危機に瀕したときに、生きていることがどれほどすばらしいことかを意識するんだ……。


　寧、おまえが職場に復帰してからも、私は少しも気を緩めることができず、相も変わらず腫瘍を徹底的に治す方法を探していた。まずイギリスに留学している友人に頼んで、世界で今試験中の新しい薬について調べてもらった。その友人は私に新薬開発の情報をたくさん提供してくれた。しかしそれらでは、完治するという目標には到達できなかった。それからもずっと探していると、他の友人から、アメリカに留学していた医学博士が最近帰国し、アメリカで神経膠腫を治すことのできる薬ができて、すでにその薬を輸入して患者に使い始めているということがわかった。私はそれを聞いて急いで電話をかけてその博士と連絡を取った。その博士は電話に出て、私がおまえの病状を説明するのを聞いてからきっぱりと言った。「私がアメリカで学んだのは脳腫瘍の治療です。アメリカでは今、注射液が出ています。患者の脳に直接注射して癌細胞を攻撃するもので、一回の注射で患者は三、四年はだいじょうぶです。ただこの薬はとても高価なもので、一般の患者さんには使うことができず、今のところ輸入したとしても主に省級以上の幹部に使っています」

　私は急いできいた。「一回いくらなのですか？」

「二十数万元です」

　私は心の中で計算してみた。もし二百数十万元稼ぐことができたら、三、四年に一度打って、続けて十回打てば、おまえを三、四十年生かすことが保証される。おまえは今二十六歳だからもう四十年生きることができれば六十は越えることになる。よし、私の残りの人生でやることは、一生懸命金を稼ぐこと、少なくとも二百万以上、いや、もっと稼ぐことができればもっといい、おまえをもっと長生きさせることができる。

「お金さえあれば、お子さんに注射したいときは、数日前に私にお電話下さればだいじょうぶです。お子さんの命に保険をかけるのと同じです。息子さんが生き続けることができることを保証しますよ」

私は感激した。本当に命の恩人に出会うことができた。私はありがとうを何度言ったか自分でもわからないほど繰り返してから電話を切った。
　軽はずみにも命が金で買えると信じたのだ。

　父さん、あの頃は父さんが何をあんなに忙しくしているのか知らなかった。ただ忙しそうだなと思ってた。あちこち飛び回っていたからね。僕が気になったのは父さんがテレビドラマを引き受けたことだった。テレビドラマの脚本を書くのは好きじゃなかったもんね。テレビドラマは筆に悪影響を与えて小説が書けなくなるってね。自分の主張を変えたのはお金を貯めて老後に備えるためだと思ってた。僕は心の中で父さんも母さんも老後のことは心配しなくてもいいんだ、この僕が面倒見るからと思ってた。その僕が父さんをたいへんな窮地に追い込んで、自分の志向を変えさせ、やりたくもないことをやらせていたなんて。

　寧、あれから私と母さんはおまえに薬を使うよう促す一方、おまえの体の状態を気をつけて見ていた。このとき、母さんは一つのことを思い出していた。おまえが四歳の年の秋、私はまだ山東の済南で仕事をしていて、おまえたち母子はおばあちゃんと一緒に河南の南陽で生活していた。あるとき、母さんとおばあちゃんが外でギョウザを作っていると、やんちゃなおまえはガラス窓を挟んで母さんに向かって叫んで騒いでいた。母さんもおまえに笑いながら相手をし、ギョウザの皮をのばす麺棒を手に持ってガラス窓の向こうのおまえに振りかざした。おまえはおそらく間にガラス窓があることを忘れて、本当に叩かれると思って、体を後ろに引いて、倒れ、後頭部を後ろの小さいテーブルの角にぶつけ、血が出て、おまえは痛くてわぁわぁ泣いた。母さんは言った。「きっとあのときの傷が頭の中に小さな病巣をつくって、それがゆっくりと育って後の大きな問題になったんだわ。私は本当にバカだったわ、なんで麺棒を振りあげてあの子を脅かさないといけなかったのかしら？」
　私は母さんに精神的負担をかけたくなかったので、なだめて言った。「テーブルの角で頭を打ったやつなんて山ほどいるよ。それで脳腫瘍になったやつなんていやしないよ。ぶつけた跡は、すぐに治ったし、もう痛いとは言わなかったし、ちょうど発育期だったから小さな傷なんてすぐに回復したんだ、おまえが責任を感じることなんてないんだよ……」

しかし母さんはそれでも言っていた。「きっとそうよ、私がバカだったのよ……」

父さん、母さんがそんなことで自分を責めていたなんて知らなかったよ。子どもの頃にどこかにぶつけて怪我をしない子どもなんていないよ。そうでないと無数の怪我したことのある子どもたちがこの病気にならないのはおかしいじゃない。この病気になるのは主にその人自身の免疫力の問題なんだ。小さい頃の母さんとの笑い話といったら、こんなのを覚えてるよ。たぶん午後。僕たちの家。母さんは僕を寝室から居間に行かせて遊ばせたかった。でも僕は行きたくなくて、母さんが居間に行ったときを見計らって、寝室と居間に通じているドアの鍵をかけて、母さんが寝室に戻ってきたときもわざと開けてやらなかった。母さんは仕方がないので居間で本を読み始め、僕はといえば、寝室でしばらく一人で遊んでいるうちに眠くなって、ベッドに上がって寝てしまった。母さんは午後の出勤時間になって、出かける前にもう一度僕を呼んでドアを開けさせようとしたんだけど、僕はぐっすり寝ていて、母さんがいくら呼んでも起きなかった。あとでわかったことだけど、母さんは寝ている間に風邪を引いたらと心配で、仕方なしにドアの上部のガラス窓を割って、竹竿《たけざお》を入れて伸ばして、僕の肩を叩いて、やっと僕は目を覚まし、ボンヤリしたままドアを開けに行ったんだ。

寧、おまえが仕事を再開してからも、私たちは月一回のMRIを受けさせ、腫瘍の部位に変化がないかどうかを確かめた。ありがたかったのは、続けて数回の検査では特に何の変化もなかったことだ。医者もこれは手術がうまくいったことの証明だと思っていたし、漢方医の先生も、漢方薬が威力を発揮していることを証明していると言った。私と母さんは漢方医の先生の話の方に共感した。漢方が効力を発揮したのだ。私たちは希望のすべてを漢方医に託した。

このとき、私と母さんの心の中には新たな希望が湧き上がっていた。本当に奇跡が起こって、私たちの息子はこの災難から逃れることができるかも知れないと。神はただ今回のことで私たちに警告しただけで、本当に私たちを絶望の淵に陥れたいとは思っていないのだと。

私たちは二人とも陰でホッと胸をなで下ろした。私たちはまだ知らなかった。運命の神様は私たちを弄《もてあそ》んでいただけで、自分の獲物が自分の威力をどれほどわかっているかを見ていただけなのだ。

私も同時に創作を再開した。私は他には何もできない。書いて稼ぐだけだ。しかしその年は、真面目な文学でお金を稼ぐのは簡単ではなかった。一本の散文で数百元にしかならない。長篇小説なら書くのに一、二年はかかるものの、普通十数万元になる。しかし慌てることはない。書き続ければお金は貯まっていく。少しでもお金を貯めて、おまえに神経膠腫を治すアメリカの注射を打たせるのだ。

おまえは仕事を再開してからそんなに日もたたないうちに、自分は正常に戻ったと思い、漢方薬の服用は続けていたが、仕事と生活のリズムはあっという間に入院の前の状態へと戻っていった。夜寝る時間もどんどん遅くなっていった。

私と母さんは焦って、おまえに言った。「十分睡眠を取るのは免疫力を高めるために大切なことなんだから、こんな風に不規則に寝ていたら、ろくなことにはならないぞ」

自分の病気の真相を知らないおまえは反論した。

「何の問題があるの？　僕と同年代の若い連中を見てみろよ、十時半に寝るヤツなんていやしない。一時、二時のヤツも多いのに」

「他の連中は遅く寝てもいいが、おまえはだめだ！」父さんは強く言った。

「どうして？　一度病気をしたらもう若者じゃないとでも言うの？　回復しても元通りにはならないって言うの？　この世に病気をしたことのない人なんている？」

私はおまえに問い詰められて絶句した。私は自分がおまえに病気の真相について話さないと決めたのが正しくなかったのではないかと疑い始めた。

母さんは言った。「思い切って話してしまいましょうよ」

私はまだ迷っていた。おまえが真相に打ちのめされてもっと悪いことになるのではないかと怖かったのだ。

おまえは当時、職場の科研活動に身を投じていて、ますます忙しくなっていた。食事の時間もままならぬこともあった。私も母さんもますます焦ってきた。最初はおまえの病気のことを誰にも知られないようにするため、職場の人にもはっきりとおまえの病気のことは言っていなかった。職場はおまえが昔通りに回復していたので、もうおまえを病人とは見ていなかったが、これは当たり前のことだ。私たちはどうすれば？　このままどんどん忙しくなれば、きっと何か問題が起こる。

　ある日の晩、おまえはまた帰るのが遅くなったので、私は怒ってきいた。「なんでもっと早く帰ってきて休まないんだ！」おまえは言った。「もう急《せ》かさないでくれる？　若いんだから、父さんたちと同じ年の人と同じように寝られるわけないだろ？」

　私は腹を立てて、つい口を滑らせた。「おまえは自分が何の病気かわかってるのか?!」

「良性の腫瘍だろ？　取ったじゃないか?!」

「おまえは癌なんだ！」私は冷酷に言い放ってしまった。

　おまえは一瞬あっけにとられていたが笑って言った。

「父さん、僕をゆっくり休ませたいからって、癌で脅かそうなんて、わかった、わかったよ、これからは注意して休むようにするから」

　母さんはこそっと私の腕をこづいて、目で言った。

あなた、どうして話したの?!

　話してしまったものはどうしようもない。

　おまえが寝たあと、母さんは小声で恨み言を言った。

「あなたは私には言わせないで、自分であんなにはっきり言っちゃって、あの子を驚かせたと思わないの？」

　あの晩、私は眠れなかった。自分の言ったことがおまえの心に影を残したのではないか？　ショックを与えたのではないか？　怖くて眠れないのではないか？　明日病院に行って、診てもらっていた医者に話をきくのではないか？　万が一、再起不能になったらどうする？　万が一、明日から食べることも飲むこともしなくなったらどうする？　その夜、父さんは何度もおまえの部屋の戸口まで行って、おまえが寝ているかどうか様子を確かめた。幸い、おまえはぐっすり寝ていた。どうやら私の言ったことは気にとめていないようだった。

　翌日朝御飯のとき、おまえは笑いながら母さんにきいた。「母さん、昨日の晩、父さんが僕が癌だって言ったのは、僕を脅かしたんだろ？」

母さんがこちらをちらりと見たので、目で私の話を否定するように示した。母さんは言った。「脅かしたとはいっても、あなたも気をつけなきゃだめよ、仕事と休みのバランスをうまくとって、よく注意して休息を取らなきゃ。何と言ったって、頭の手術をしたんだから、ほかの健康な人とは違うのよ」

「わかった、わかった」おまえはうなずいた。「これからは必ず注意するから」

その日、おまえは病院へ行って医者にきくようなことはしなかった。どうやら本当に私がわざとおまえを脅かしたと思っているようだった。ああ、私はどれほどただ脅かしただけだったら良かったのにと思ったことか。

その後、おまえは確かに休みに注意をするようになって、時間通りに食事をし、時間通りに眠り、時間通りに薬を飲み、時間通りに上から与えられた仕事を終わらせた。時は静かに流れていった。当たり前のことだが私と母さんはこの安穏な静かな日々が永遠に続くようにと願った。しかし永遠の静かさなどありえないのだ。ある日、おまえは私たちに言った。「ネットで知り合った女の子がうちに遊びに来るって言ってるんだ」

「どうしてうちへ来るのを許したんだ？」私はちょっと意外だった。

「彼女とネットでしばらくやりとりしているうちに、賭けてみてもいいかなと思って、彼女が家を見に来たいって言うし、僕も彼女を作って楽しくやりたいって思ってたから、いいって言ったんだ」

「それは……もちろん……」一瞬どう言ったら良いのかわからなかった。おまえが昔の彼女と別れてからずっと辛い思いをしてるのはわかっていた。

「彼女に会ってみたいんだよね。もし気が合ったら、彼女と早いうちに結婚するかも」

「もう結婚のことまで話しているのか？　どうしてそんなに急ぐんだ？　おまえの病気はまだ結婚するには早すぎるんじゃないか」

「そうするのは父さんと母さんのためだよ」

「どういうことだ？」父さんはおまえを見つめた。

「僕考えたんだ。もし僕がいつかほんとに早く死ぬことがあるとして、孫がいれば父さんたちの面倒を見てくれるから、僕もあの世で安心できるってわけ」

「なに無茶苦茶なことを言ってるんだ？」私はおまえ

を抱きしめ、やりきれなくておまえの背中を叩いた。

「どうしてそんなことを考えるんだ？　おまえの病気はもうよくなっているんだから、未来に対して自信を持つんだ！」

「父さん、僕はあらかじめ準備したいと思っただけだよ。備えあれば憂いなしっていうじゃない」

　私はおまえの話から推測した。入院していた病院に電話して、もう自分の病気の真相を知っているのでは？

　私と母さんはそのネット友達が家に来ることに同意した。異性の友達が来ておしゃべりするのは、おまえの心理状況や情緒を改善するのに良かろうと。

　あれは確かある日の晩御飯のあと、おまえは官舎の入口で約束してその娘さんを連れてきた。私と母さんは懇《ねんご》ろに彼女を招き入れてから、外へ出て、おまえたち二人だけで話せる機会を作った。その娘さんは容姿はまあまあで、しっかり話ができてくれたらと私は心の中で願っていた。一時間ちょっとして私たちが家に帰ってみると、おまえはひとり気落ちした様子で座っていて、そのネット友達はもういなかった。

「どうしてもっと話さなかったんだ？」父さんはきいた。

「話すことがなくて、僕が彼女に帰ってもらったんだ」おまえは淡々と答えた。「彼女はうちの経済状況を確かめに来ただけだったんだ。思っていたよりずっとよくなくて、僕が探しているのはあんな子じゃない」

「今までネットでお互い理解していたんじゃなかったのか？」私はいぶかしんだ。

「彼女の表情は文字よりずっとはっきり彼女をわからせてくれたよ」

「それじゃおしまいだ。あまり考え過ぎないことだ。世の中に女の子はたくさんいる」私と母さんはおまえを慰めた。

　おまえは何も言わず、ただ黙ってパソコンの前に座った。私はおまえを見ながら心の中で言った。彼女を選ぶ基準を少し下げなければ。今のこの物欲が膨れあがっている時代、おまえが病気でなくても、俗っぽくない、お金やものを重視しない女の子を見つけるのはとても難しい。

　九カ月が過ぎた。

　再検査の結果は相変わらず正常だった。

奇跡は本当に起こるのか?!

母さんはもっぱら白雲観《はくうんかん》にお参りに行って、祖先にご加護をお願いした。

楽観的なムードが家の中に漂った。ちょうどこのとき、おまえが関係していた科研プロジェクトが軍の科学技術進歩賞の候補になっていて、それがさらに気分を盛り上げていた。神を信じない私も、このときは心の中で神に祈った。何の神様であれ、もし命に関わる神様でしたら、どうかその手をさしのべて下さり、私の息子がこの禍いから逃れることができますようにと……。

父さん、あの日々は僕にとってとりわけ大事だ。病気になる前は、自分で望めばいつでも父さんや母さんのそばにいられると思っていた。病気になってからは、いつか僕が父さんや母さんと一緒にいたいと思っても、天がそれを許さないときが来るってわかったんだ。あの日々、母さんは毎日僕のために食事を作ってくれ、父さんはいつも僕のために薬を買いに出かけてくれた。僕は父さんたちの愛情に包まれてとても温かかった。昔は家のことなんて考えたことがなかったし、いつも家から離れたいと思っていた。家じゃ父さんたちからの制約はあるし、愚痴《ぐち》は聞かなきゃいけないし。でも今になってやっとわかったんだ。家は人が最も弱っているときに一息つき、寄りかかれる場所、安全でほっとできる場所だってことを。それに父さんたちが僕を愛し面倒を見てくれたのは、どんな条件もなかったけど、僕が昔父さんたちに何かするのは、時間があるかどうか、忙しいかどうか次第で、この愛情の不公平は僕と父さんや母さんの間だけでなく、世の中のたくさんの親子の間に存在しているんだ……。

寧、私と母さんは漢方薬の処方と、おまえ自身が免疫力を高めることに注意を払い、家でのおまえの食事にさえ注意すれば、事態は良い方向に向かうと思っていた。

手術をしてから十か月目、おまえは自分が完全に病気以前の状態に復活したと感じていた。おまえは嬉しそうに言った。「また昔の僕に戻ったよ」そして言った。「南陽の実家に帰って、おじいちゃんやおばあちゃんに会いたいな。特におばあちゃんに。おばあちゃんに会いたいよ」私と母さんにはわかっていた。おまえはおばあちゃん子で、おばあちゃんに深い愛情を持っていると。無事手術の難関を乗り越え、彼女を失った痛みと挫折を経験し、きっとおばあちゃんに自分の思いを話したいに違いないと。おまえは小さい頃からわかっていた。おばあちゃんは何を話しても、いつも一生懸命聞いてくれて、おまえを守り励まし、責めたり馬鹿にしたり冷たくしたりしなかったし、おばあちゃんの胸はおまえにとって最も温かい場所だった。私たちもおまえをおばあちゃんに会わせてやりたかったが、おばあちゃんはもう年だったので長時間の旅程には耐えられず、北京に来ることはできなかった。しかしおまえを実家に帰らせるのも、おまえが列車では眠れず食べられず、おばあちゃんに会えた嬉しさと懐かしさでおまえの免疫力が落ちるのではないかと心配で、いろいろ考えて、思いも寄らないことが起きないように、もう少し待つように、二年たっておまえの健康状態がさらに落ち着くのを待ってから、実家に帰るように勧めた。おまえはそうしたくはなさそうだったが、私に従うしかなかった。あとでわかったことだが、おまえにとっての自由な時間は実際のところほとんどなくなっていた。あのときこそ天がおまえに与えた、おばあちゃんに会うのに最適のときだったのだ。私の干渉ともっともらしい理屈のせいで、おまえとおばあちゃんが会う機会を永遠に失ったのだ。

おまえが自分の体の調子によい感覚を持っていることは、私や母さんにおまえの未来への希望を燃え上がらせた。私たちは表立っておまえのために結婚相手を探そうかどうしようかを相談し始めた。相談の結果、やらなくてはということになった。理由は、おまえの体がすでに正常な状態に回復していて、おまえには普通の生活を送ってもらうべきだということ。異性の友達がいれば、おまえの失恋による心の傷を治すことができるということ。同じ仕事の女性といつも一緒にいれば、同年代が関心を持っていることについて話ができ、心の中の様々な感情を打ち明けることもでき、孤独の寂しさを感じることがない。もちろん、これをするには心配なところもある。彼女ができてまた恋愛が始まれば、精神的平安が崩れ、興奮や衝動が起こることは避けることができず、おまえが最終的にこの病気に打ち勝つことに無益かも知れない。しかしおそらくマイナスではない興奮や衝動は人の免疫力を増加させるかも知れない。さんざんあれこれ考えた末に父さんたちは結論を出した。やろう。

父さんは友人を頼っておまえの相手を探してもらうことにした。

その友人はとても熱心で、しばらくしないうちに電話をかけてきた。ひとりいい子を見つけた、そのお嬢さんは周寧の話を聞いて会いたいと言っている。

父さんたちがおまえにその話をすると、おまえはうなずいて賛成してくれたので、急いで二人のお見合いの手配をした。

お見合いはホテルで行なった。私と母さんがおまえに付き添い、向こうも親が付き添った。このやり方の良いところは、両方の家族が一度に顔を合わせることができることだ。賛成か反対か、すぐに決めることができる。その娘さんはもうすぐ大学卒業で、見た目も話し方も良い印象だった。お見合いのあと、父さんたちはおまえにどんな感じかきいた。おまえは言った。向こうさえ良ければ、彼女と付き合ってみたい。彼女を紹介してくれた私の友人からすぐに返事が来て、向こうのお嬢さんもおまえに好印象を持っていて、付き合ってお互いをよく知りたいということだった。

私と母さんは喜んでほっと一息ついた。

あとは二人にまかせるだけ、うまくいけば縁があったということ、うまくいかなければ縁がなかったということだ。

それからおまえはそのお嬢さんとしょっちゅうデートした。映画を観に行ったり、公園へ行ったり、郊外へ遊びに行ったり。父さんも母さんもあまりあれこれきくことはせずに、静かに見守っていた。私たちにできることは、薬を飲むのを忘れないように、早めに寝るように、遊びすぎて疲れすぎないように注意することだけだった。

ある日、おまえがネットをしながら軽く鼻歌を歌っていた。おまえが歌っているのなんてどれほど聞いていなかっただろう？　これはおまえの気持ちが本当にいいからなんだと嬉しくなって、私まで歌い出してしまった。

おそらくふた月ほどしてからだったか、ある晩、おまえは笑いながら言った。「父さん、母さん、彼女がうちに泊まりに来たいって」

「えっ、誰が?」聞いてもすぐにはわからなかった。

「ほかに誰がいるって言うんだよ。彼女だよ」おまえは目を細めた。

すぐにわかっていた母さんはあきれたような顔をして私を見た。「ぼけちゃったの？」

そこでやっとわかって、嬉しくなって叫んだ。「わかった、大歓迎だ、何を用意したらいいか言ってくれ」

「何もいらないよ。ただうちの雰囲気を感じたいだけなんだから」おまえは慌てて言った。

「わかった。母さんの任務は食事、おまえの任務は客のもてなし、私の任務は部屋を散らかさないことだ」

おまえは笑った。「父さんの任務は一番気楽だけど、一番難しいよ……」


父さん、彼女と付き合ったあの日々は、病気になってから一番楽しい日々だった。彼女の単純で明るい性格は一陣の爽やかなそよ風のようで、僕の体にまとわりついていた憂鬱な気分を吹き飛ばしてくれた。彼女はリズムが速くて力強い音楽が好きで、ヒット曲が好きで、一緒に聴いていると、心がどんどん軽くなっていった。彼女は『超級男声』・『超級女声』〔湖南衛視が放送した人気を博した歌番組〕のテレビ番組が好きで、一緒に見ていると、生活を面白く感じるようになった。彼女はカメラできれいな風景や人物を撮るのが好きで、彼女の切り取った写真を見ると、この世は確かに美しいと感じた。彼女と一緒にいると、完全に病気の前の精神状態に戻ることができたように感じた。しかし残念なことに、小韵とのことが女性を信じる僕の心をぶち壊していて、女性と付き合うときに僕を疑り深くさせ、また騙されるんじゃないか、もう一人の冷酷無比の小韵に会うんじゃないかって不安だった。だから彼女がどんなに感じが良くても、僕は彼女に完全に心を開いてはいなかった。相変わらずとまどい警戒心を消すことができなかった。時々ちょっとしたことで彼女に腹を立て、何度か泣かせたことがあった。今あのときのことを思い出すと、本当に後悔するよ。彼女にもっと良くしてあげられなかったことに。一人の女性の仕打ちで、女性に対して疑り深くなっていたんだ。彼女にもう一度「本当にごめん」とどんなにあやまりたいことか。

でも残念なことに、彼女にはもう僕の言葉は聞き取れない……。

庚午《かのえうま》（一九九〇）

寧、あの子がうちに入ってくるのを見たとき、私と母さんがどれほど嬉しかったことか。母さんは腕をふるって料理を作って迎えたし、私もとっておきのお酒を持ち出した。残念だったのは彼女がお酒を飲まないことだった。おまえは言った。「彼女、父さんのために節約したいんだ」みんな笑った。見たところ彼女とおまえはうまくやっているようで、二人の関係はすでにとても親密なところまで行っていて、心が通じ合い、息が合っていた。私はおまえたちが食べながら仲むつまじそうに話しているのを見ながら、この子はようやく痛手から抜け出すことができ、自分の愛する人を見つけることができたと、とても嬉しかった……。

あの子はうちに一週間近くいた。彼女はオリーブが好きで、よく笑い、テレビを見ているときには観客と一緒に拍手し足を踏みならして楽しさを体で表し、おまえといろいろな問題についてやり合うのも好きだった。彼女の楽天的な性格は我が家に楽しそうな声と笑い声をもたらし、私と母さんの、この災難のせいでぎゅっと寄ったままだった眉を開かせてくれた。

たぶんうちの生活があまりに苦しそうだったので、神も忍びなかったのだろう。

私と母さんは彼女が卒業してから北京で働けるように動き始めた。彼女の専門に基づいて、幾人かの友人に電話をした。みな好意的でいろいろなアドバイスをしてくれた。友人たちのアドバイスに基づいて、いくつかの会社の採用動向を探り、彼女の履歴を送り、担当者を食事に招待した。事態は徐々に進んでいき、ある会社が正式に彼女が卒業したら来て欲しいと言ってくれた。

私は安心した。

そのとき、河南のテレビ局の記者が電話してきて、私が出版した小説を見て、インタビュー番組を作りたいので、実家に帰って来てもらえないかと言ってきた。おまえが病気になってから、私はずっと実家に帰っていなかったが、今はおまえの状態も安定していて、おじいちゃんとおばあちゃんに会いに戻ってもいいだろうと思った。私はテレビ局の要請に応じて、そそくさと準備すると、河南へと出発した。

インタビュー番組はとても順調だったが、どこかなんとも言えない頼りない感じで、一種不安定な感覚がずっとまとわりついていた。田舎に帰っておまえのおじいちゃんやおばあちゃんに会うのは嬉しいはずで、もっと家に泊まるべきで、もともとそうするつもりだったのだが、私の心は異様に乱れて、食べ物も喉を通らず、ゆっくり眠ることもできず、夜は悪い夢ばかり見て、その夢はいつも黒い物が頭の上をグルグル回り、私を掴もうと爪を伸ばしてくるのだった。おかしいと思い、自分を落ち着かせる方法を考えた。私は畑仕事を手伝おうとしたが、腕が鈍《なま》っていたのか心ここにあらずだったのか、やってもやってもうまくいかず、座って本を読んでも数行も読まないうちに上の空になり、本に何が書いてあったかもわからなくなり、ご近所さんと話をしても、少しも話ができず、続けて話す気にならなかった。おじいちゃんとおばあちゃんは私の落ち着かない様子を見て、私が仕事上のことで悩んでいると思い、私に言った。「私たちは元気だし、食べるものにも着るものにも困っていないし、会いに来てくれただけで嬉しいから、早く帰って仕事をしなさい」気持ちが乱れていた私はため息をついて言った。「それもそうですね、じゃあとりあえず帰ります。時間ができたらまた会いに来ますから」

私はバタバタと北へ向かう寝台切符を買うと、その日の夜に北京に向かった。列車でも同じように異様なほど輾転《てんてん》反側して寝られなかった。以前だったらいつもベッドに横になるやぐっすり寝ていたのに。母さんに電話して北京西駅に着く時間を知らせ、ついでに家の様子を尋ねると、母さんは、何事もないわよ、あなたが行ったときと同じよと言った。焦っている気持ちが少し軽くなったが、それでも心は依然として乱れていた。

家に着くと、果たしてすべてはいつも通りで、私はそこでようやく気持ちが落ち着いた。おまえはおじいちゃんやおばあちゃんの体のことや実家の様子について熱心にたずね、私はそれにひとつひとつ答えた。

「僕、来年はきっとおじいちゃんとおばあちゃんに会いに田舎へ帰るから」私はうなずき、いいよと言った。

「来年は一家三人で寝台切符を買って田舎へ帰ろう」

次の日は土曜日だった。朝御飯を食べると、おまえはすぐに友達に会いに行くと言い、私は列車の疲れがまだ残っていたのでもう少し寝ようと思った。私が寝室に入ってすぐ、突然おまえが外で大声を上げるのが聞こえた。「うわああーー」私はびっくりして、何が起こったかわからず、そのとき母さんの叫び声が聞こえてきた。「たいへんよ、早く来て！」

　私がベッドから飛び降りて、靴も履かずに居間に飛び込むと、おまえはもう床に倒れてひきつけを起こしていて、母さんとお手伝いさんが慌てておまえの人中《じんちゅう》を押さえ、おまえを横に向けさせていた。私の頭は一瞬真っ白になり、それからおまえの病気が再発したんだとわかった。ああ、最も恐れていた最も心配していたことがやはり起こってしまった。私は絶望と焦りの中、電話を使うことも忘れて、診療所へ向かって駆けだしていた。あのとき私はおそらく一生の中で一番速く走った。診療所に駆け込むと、ほとんど息もできず、心臓はバクバクして胸が締め付けられるように痛かった。私はゼイゼイ息をしながら焦って当直の先生に事情を説明した。当直の女医さんと看護師さんは私の話を聞き終わると、救急箱と小さな酸素ボンベを持って私と一緒に外へ出た。彼女たちが少しでも速く走れるように、父さんは彼女たちの救急箱と酸素ボンベを持って先を走った。家に着くと、おまえはもう意識を取り戻していた。救急医がおまえをベッドに横たわらせ、酸素を吸わせ、血圧を測って聴診器を当てた。それからさらに脳圧を下げる薬、マンニットを点滴したようだった。先生は言った。「どうやら脳圧が高すぎるのが原因のようです。入院して観察する必要があります。元の病気が再発した可能性が高いです」

　私は頭を抱えてうずくまった。ということは私と母さんの望みは微塵《みじん》も叶えられなくなったということだ。私が実家でずっと情緒不安定だったのはこれが原因だったのだ。私がもともとおまえのＭＲＩ検査を半年先延ばしにした決定が間違いだったのだ。漢方と漢方薬に希望を託したのが間違いだったのだ。父さんたちは喜ぶのが早すぎたのだ。天は私たちを解き放ったのではなく、ただ私たちを苦しめる時間を先に延ばしていただけだったのだ……。

　父さん、あの日の朝は、ちょっとおかしいなと感じてたんだ。ちょっとイライラしていた。でもどうしていらつくのかはっきりしなかった。たぶん癌細胞はまだ僕の感覚神経までは来てなかったけど、感覚がもうすぐ危ないぞというのに気づいて、僕に警告を発してたんだな。発症したそのとき、僕はちょうどソファーで靴を履いて出かける準備をしていた。突然、目の前が光に照らされたように感じてすぐ、何もわからなくなったんだ……。

　気を失ったあとの情景は支離滅裂な夢だった。ゴウッという音……天井まで飛んで行き……雲が乱れ飛び……鳥たちが凄まじい声で鳴き……水の音がザアザア響き……群衆が叫ぶ声……船が揺れて……。

　最初ひきつけで気を失ってから、気がついて父さんと母さんを見ると、父さんたちの目には恐れと不安があった。それで自分は災難からもう遠く離れていると思っていたけど、遠くなんかじゃなくて、災難は近くに隠れていて、また飛び出してきて僕を摑んだんだと少しずつ意識していった。そのとき、本当に絶望感が心の底から湧き起こってきた。どうやら僕は災難からは抜け出すことができないらしいって……。

　そのあと、ひっきりなしにひきつけを起こし、気を失っては目を覚まして、気がついたときには、全身ぐったりで力が入らず、まぶたさえ上げたくなく、話なんかもっとしたくなかった。あのとき僕はこう思った。コンピュータソフトなんか専攻しないで、医学を学ぶべきだった、脳外科を学び、人の脳の中の病気を明らかにし、それがどれほど人を苦しめるかをはっきりさせるべきだと……。人は病気でなければ、できないことはないと思うけど、病気になってそのせいで生死の境を彷徨うと、実際は可哀相で、できることなんて知れていることを知るんだ……。

　寧、あの日は土曜日で、入院の手続きが難しかったので、私と母さんは相談して、まず家で様子を見て、医者に相談してからにしようということにした。ところが思いも寄らず昼御飯のとき、おまえはまたひきつけを起こし、しかもそのときはひきつけている時間が長かった。

　私は怖くなって、慌てておまえを車に乗せて入院指定病院に連れて行き、外来診療室のベッドで様子を見ることにした。

　次はどうしたら？

　私はまずあのアメリカから戻ってきた癌専門の博士のことを考え、彼の脳の癌を治すアメリカの注射液のことを思い出した。急ぎ彼の電話番号を探し出して電話をすると、良かった、彼はまだ北京にいて、電話に出てくれた。私が切羽詰《せっぱつ》まった様子でおまえの脳の病気が再発したことを説明し、早く会いたいこと、まず注射液を買っておまえに注射してやりたいと話した。

　その博士はおまえの病気が本当に再発したと聞くと、声の調子が明らかに変わって、様子も前と違って熱心ではなかった。彼は最近とても忙しいと言った。私が何とか時間を作って会ってもらえないかと懇願した。彼は、それじゃいいでしょう、明日の午後いらっしゃいと言った。

　私は時間通りに彼のいる病院の事務所に行ったが、ずいぶん長い間待たされてやっと彼は出てきた。私は期待を胸にいっぱいにして言った。「先生が前回おっしゃっていたアメリカで出たあの脳の癌を治す注射液を買って、息子の脳に注射してやりたいんです」彼はそれを聞くと両手を広げて言った。「あのときあなたにお話しした薬は、その後の試験によってそれほど効果があるわけではないということが証明され、すでに脳の癌の患者に使うのは停止されているのです。もう輸入もできません」私は驚いて彼を見た。希望が一瞬のうちに打ち砕かれ、その寒気に震えた。

　彼は続けて言った。「しかしだいじょうぶです。今はバイオセラピーの薬がありますので、試すことができます」

「どこが出したものですか？」

「北京郊外の研究所が出したものです」彼は私に資料を渡してくれた。

「この薬の効果は信じられるのですか？」私は彼を見ながらきいた。私はもう彼の話を全面的に信じることはできなかった。

「もちろんです。しかしこの薬はアメリカのあの薬より高価ではありません。しかしまあ安くもありません。一回につき二、三万元で、回数が多いです」

「高いのは構わないのです。病気を治すことさえできればいいのです。息子のために家を売れと言われれば売ります」

「それでは患者を入院させることです。病院でしか注射できませんから」

　私は家に帰ってから母さんと相談した。母さんは言った。他の病院に相談してから決めましょう。そこで私たちは天壇病院へ行った。天壇病院の先生は私たちが持って行ったＭＲＩの写真を見て言った。「手術が必要です。しかし手術後には放射線治療を行わなくてはならず、その上それで万々歳というわけにはいきません。病気は再発する可能性があります。この病気の治療には今のところ他に方法がありません」私と母さんはそれを聞いて本当に絶望した。私は次に最初に手術した病院に行って相談してみたが、返ってきた答えは大同小異だった。やはり手術と放射線治療が必要で、再発するかも知れないということだった。この状況で、私と母さんは決心した。あのアメリカに留学した博士の病院へ行って、生物治療の注射を打ってもらおうと。

　これが重大な誤りの第一歩だったに違いない。天壇病院の先生の話は残酷で人を絶望させるが、彼らが話しているのは本当のことで、彼らは私たちに隠し立てはしていない。この病気の本当の進行過程を我々に話してくれたのだ。私たちはそういう本当の話を信じるべきだったのだ。しかし患者の家族として、そんなときは慰めをもたらしてくれる嘘を聞きたいのだ。残酷な本当の話は聞きたくないのだ。

　嘘の話は本当に気持ちが良いのだ！

　あの頃私は脳の癌は治せないという本当の話を聞くととても腹を立てた。相手が私たちの信じているものを打ち壊し、徹底的に絶望させようとしているように思ったのだ。

私たちは救急車でおまえをあの病院に送った。

あの病院は施設がとても立派で、一人部屋を用意してくれ、部屋には電話もテレビもシャワーもあって、付き添いが寝ることのできる一人用のベッドまであった。もちろん部屋代もとても高かったが、私と母さんはお金を使うのも当然だと思っていたし、おまえが安心して入院し、よく眠れる、良い治療環境があって欲しいと思っていた。目を覚ましたおまえは部屋を見ながら言った。「ここ、ホテルみたいだね」私は無理矢理笑って言った。「一家で旅行に出かけてホテルに泊まっているようなものだ。楽しもうじゃないか」

　しかし二日続けて、看護師が体温や血圧を測りに来た以外、医者はおまえに対して何もしなかった。おかしいと思った。癌細胞は今まさにおまえの頭の中で狂ったように増殖し、一時間遅らせればそれだけ治療が難しくなるのに、医者はなぜすぐに治療をしないのだろうかと。私はあのアメリカに留学した博士を訪ねて行ったが、見つからず、彼はよそへ出かけているとのことだった。私は主治医を訪ねた。するとその女性の医者は逆に意味深長な様子で私にきいてきた。「お父さんは人の脳には血液脳関門というものがあることをご存じですか？」

　私は驚いて慌てて答えた。「知っています。血液脳関門は普段は人の脳を守っていて、普通の薬物が脳の中に入り込むのを防いでいるのでは」

「ご存じなのに、ここのいわゆるバイオセラピーをお信じですか？　私どもはこの治療の効果はまだ証明されていないとご説明したかと思いますが。効果があるとして、どうやってその薬を脳の病変部位に注射するか考えなくてはなりません」

「えっ？」私はあまりのことに彼女の顔を見つめた。「ということは先生方はまだその方法がわからないと？」

　彼女はそれにははっきり答えず、またそそくさと他の仕事にとりかかった。

　彼女のその態度には驚いた。ということは、彼女とあの博士の考え方は違っていて、彼女はその生物治療がおまえの病気を治せるとは思っていないということだ。母さんにその主治医の話を伝えると、母さんは言った。「私たち、もう一度彼女にはっきりきいてみなくちゃいけないわ。ここでぼんやりしているわけにはいかないんだから」

　おまえが入院して三日目の晩御飯のあとだったと思う。当直の部屋にその主治医の先生以外には誰もいないのを見て、私と母さんは入って行って話しかけた。

「先生はもううちの息子の病状についてはご存じのはずです。うちにはこの一人息子だけで、急いであの子の病気を治してやりたいという気持ちはおわかりかと思います。どうか何も隠さないでお考えを聞かせて下さい。一体どうやったら良くなるんでしょうか？」

　彼女はしばらく苦しそうな表情をすると重い口を開いた。「人を信じてはいけません。やはり大きな病院の専門医をお探しになって治療して下さい。どうかここで無駄な時間とお金を使わないで下さい」私と母さんは顔を見合わせた。「わかりました……」

　その日の晩に父さんと母さんはおまえを別の病院に転院させると決めた。どうやらあの博士は私たちには何の責任も負わず、ただお金儲けの対象としてしか見ていなかったのだ。ああ、本当に貴重な数日という時間を無駄にしてしまった。

　どこに転院するか？

　その夜、私はインターネットを急いで検索し、この病気を治すことのできる病院を探した。天壇病院は行きたくなかった。私の友人の娘が同じ病気でそこで亡くなったからだ。おまえが最初に手術した病院も信じることができなかった。最初の手術で再発したのなら二度目もやはり再発するのでは？　それでは何の意味もない。東の郊外に癌治療専門の病院があって、見に行ったことがあるが、医者は薬の名前や混合してはいけない薬の組み合わせも覚えておらず、薬を処方するにも本を広げていたので、なおさら信じることができなかった。そんな私の目はネットの広告にとまった。「当院の発明した放射性核種は癌細胞破壊の技術発明成果賞を受賞し、すでに多くの脳の癌の患者が治癒しています」私は急いで母さんをパソコンの前に呼んでその広告を見せた。母さんはそれを見て言った。「明日すぐによく知っている人にその病院の広告が本当かどうかきいてみましょう。本当ならその病院にしましょう」私はもちろん賛成した。夜が明けるとさっそくよく知っている人を探してきいてみると、その病院は確かに脳の癌の治療の技術を持っていて、その技術は確かに技術発明成果賞を取っていて、確かに脳の癌の患者の病気の進行は一定程度抑えられているとのことだった。私と母さんはそれを聞いて、おまえをすぐにその病院に転院させると決めた。

それは午後だった。私と母さんはおまえを支えて車に乗って、期待に胸を膨らませてその病院へと急いだ。私はそのとき、自分がまた軽はずみな過ちを犯したことを知らなかった。

入院して検査がひと通り終わってからわかったのが、治療の前に手術をしておまえの脳の病変部位に放射性核種を出すカプセルを置かなければならないということだった。手術は必要ないと思っていたので、また手術をしなければならないと考えてもいなかった。私は不安で落ち着かないままおまえの手術の日を迎えた。まだ若いのに、二回も頭を切り開く苦痛を味わわなくてはならないなんて、なんて可哀相な子なんだろうと。手術のその日、おまえを手術室に送り出してから、私はずっと手術室の前にいた。私はまた手術が終わるまで待つ苦痛を体験した。あのとてつもなく長い一分一分に耐えた。

まだよかった。数時間後、執刀医の先生が、私と母さんを手術室の入口に呼んで、嬉しそうに言った。「手術は順調に終わりました。周寧の脳の腫瘍を一方に寄せて、治療のためのカプセルを適切な場所に置くことができました。次は手術の傷口が良くなるのを待って、放射性同位元素を注射して癌細胞を速やかに死滅させます」医者をすっかり信用していた私はホッとため息をつくと、何度もありがとうございましたを繰り返した。治療の門外漢の母さんは、しかし医者の話に問題を感じ、私にきいた。「腫瘍を一方に寄せるってどういうことかしら。いらないものなら切り取ればいいのに、動かすことはないんじゃないかしら？　動かしたら急に大きくなったりしないのかしら？　もしそうなったらどうするの？」私はそのとき、執刀医の先生の側に立って母さんを責めた。「医者とおまえとどっちがよくわかってるんだ？　切り取るか切り取らないか先生がわかってないとでもいうのか？」

　事実はおまえの母さんが正しかった。腫瘍は医者に動かされてから急激に成長し、たった数日でおまえの病状は急激に悪化した。その日の午後、五月の労働節の連休の二日目だった。おまえは手術の抜糸が終わって家に帰ってきて休んでいた。表面上、回復は順調なようだったが、おまえはいつも気分が悪そうで、片腕に力が入らない、片足に力が入らないと言っていた。父さんが病院に電話して先生に状況を話そうと思ったちょうどそのときに、おまえはひきつけを起こした。それは私が見た中で最もひどい、恐ろしいほどのひきつけだった。往診の医者がどんな処置を施してもおまえのひきつけはやまず、仕方なく、救急車を呼んで、おまえを再び病院に送った。うちは四階でエレベーターがなかったので、ひきつけを起こしたおまえを担架で下まで下ろすのはたいへんだった。おまえは背が高かったし重かったし、私とお隣さんが数人、お医者さんとおまえのいとこの旦那で力を合わせて、やっとのことでおまえを階下の救急車まで運んだ。おまえを救急車に乗せたとき、父さんのシャツとズボンは汗でぐっしょりで、へとへとだった。そのとき、私は思った。私が担架に乗せられ、おまえが担ぐのが本当じゃないか！

　病院に着いて三、四時間のたうちまわって、おまえのひどいひきつけはようやく止まった。それからおまえをＭＲＩに連れて行って検査した。検査のとき、私はおまえから離れることができなくて、おまえの頭を支えてＭＲＩの機械の前に立ち、巨大な轟音の中、しゃくり上げながら祈っていた。神様、どうか私たちをもういちどお助け下さい……。

写真ができあがると、医者でない門外漢の父さんにも見てすぐにわかった。腫瘍が数倍の大きさになっていた。私は絶望してその写真を見、今回もまた医者の選択を間違えたことに気がついた。このような状況に出くわしたらどうしたらよいのか。他の先生は、おまえの執刀医でも主治医でもないので意見を言いにくいし、もともとのあの先生を訪ねるしかなかったが、そのとき彼はすでに連休で実家に帰っていた。私は彼の携帯に急いで電話しておまえの病状を話し、早く戻ってくれるように頼み込んだ。彼も少し意外に思ったようだが、ただできるだけ早く戻ると答えてくれただけだった。それから私と母さんはじりじり焼かれるような思いで連休が終わって先生が戻ってくるのを待った。おまえが病気になってから、私は労働節や国慶節や春節の長期休暇が怖くて仕方がなかった。長期休暇になったら、おまえの体に何か起こっても、ただ待つだけしかできない。あのとき、私と普通の人とは長期休暇に対する心理がまったく正反対で、長期休暇が来るたびに辛かった。あの医者は九日までずっと実家に滞在してから北京に戻ってきた。私は憤激したが、ただその憤激を心の内に抑え込むしかなくて、感情を押し殺した声で彼にできるだけ早くどうするか決めてほしいと頼んだ。彼はおまえの状況を見て再手術して急激に大きくなった腫瘍を取り出すと決定した。私と母さんは同意するしかなく、そのときばかりは自分が脳外科の医者でないことを悔やんだ。医学を学んでいれば、おまえをこんな境遇にさせなかったかも知れない。しかし再手術後、数日もしないうちに、腫瘍はまた急激に大きくなり、おまえはまたひきつけを起こし、しかもおまえは片手と片足の感覚がなくなり、まったく動かすことができなくなり、飲み込む力も失われ始め、鼻にチューブを差し込むしかなかった。もうおまえの頭の中に埋め込んだカプセルに放射線核種を注射するしかなかった。注射担当の医者は言った。助けることができるかどうかはこの注射の効果次第です。効果があれば助かりますし、効果がなければ癌細胞があっという間に脳全体に広がります。それはある朝御飯のあとだった。ヨウ素一三一という名前の放射性核種がおまえの頭に注射され、私と母さんは張り詰めておまえの体の反応を見守った。見たところ本当に上には上がいるもので、癌細胞はヨウ素一三一の放射性核種に潰され、翌日の朝、おまえの動かすことのできなかった手足の指が動かせるようになった。癌細胞に続けて打撃を与えるため、すぐにもう一度注射した。この二回の注射で急激に増殖した癌細胞は押さえつけられた。おまえの手足の動きと飲み込む機能は回復した。しかし私たちは喜ぶわけにはいかなかった。私も母さんもこの治療は癌細胞を叩き潰すだけで、消滅させることはできず、さらに治療の副作用も極めて大きく、放射性核種は癌細胞を死滅させるだけでなく、同時に問題のない細胞までもだめにしてしまい、患者の知力や判断力に障害が出る可能性があると知っていた。根本的に問題を解決するものではなく、病気の進行を緩めるだけの治療法なのだ。

父さん、親族を失った悲しみをお医者さんへの怒りに転化するのはよく見られる心理現象、社会現象だ。でも父さんと母さんにはもうこれ以上どんな人をも、どんなお医者さんをも恨んで欲しくない。特にお医者さんに怒りを表すのはだめだ。本で読んだことがあるけど、人類は文明の程度が上がるにつれて、怒りの感情も明らかに増加し、自分の理想的な生活を送りたいと思えば思うほど、生活の中の理想的でない状態にすぐに腹を立てるんだそうだ。実際、怒りを露《あらわ》にしたところで、問題の解決にはならないよね。よく考えてみてよ。自分の患者を治したいと思わないお医者さんがいる？　良い治療効果を望まないお医者さんがいる？　いい成績を上げたくないお医者さんがいる？　でも医学の発展には限界があって、人類はまだたくさんの病気の原因も治療法もわかっていないし、薬の発明もできていない。医者はそういう病気の前ではまだ無力でなすすべがないんだ。この現実を認めて、この現実に向き合わなくちゃ。あの病院は僕の腫瘍を徹底的に治すことはできなかったけど、結局は僕の命を延ばしてくれたんだから、それに感謝しなくちゃね。命を延ばしただけなんて恨み言を言っちゃだめだ。世界中のどの病院でもこの病気を根本的に治すことはできないんだから。あの先生たちを責めるのは酷だよ。

父さん、もし父さんが長い間恨みを忘れないでいると、父さん自身が病人になってしまうよ！

恨みは人を傷つける。

父さん、腫瘍が急激に増殖して片手と片足の感覚がなくなって飲み込む機能が失われてからも、僕の脳の一部は働いていて、父さんたちの話は聞こえてたし、父さんたちの焦りや不安は感じ取っていたんだよ。それに鼻にチューブを通すとき、父さんと母さんが治療法を巡って低い声で言い争っていたのも知ってるんだ。あのときは、父さんと母さんに申し訳なくて、二人にこんな恐怖や苦しみを与えるなんて、もうさっさと死んでしまえ、いっそ死んでしまうのがいいんだと考えてたよ……。

辛未《かのとひつじ》（一九九一）

寧、おまえの病状が落ち着くのを待ってからおまえを退院させて家に帰らせた。あのときはまさに死から生還したのだった。退院して家に帰って来ても、私も母さんももちろん少しも嬉しくなかった。今回のことで極めて大きなダメージを受けたとわかっていたからだ。母さんは私の最初の決断が間違っていたと恨み言を言うようになり、おまえの治療に関してもう私一人では決定させなかった。昔は治療に関して意見の相違や不一致が二人にあっても、ちゃんと話し合ってなんとかなっていたが、もうだめで、ほとんど何事についても言い争うようになった。母さんはこれがいいと言い、私はあれがいいと言い、どうにもならなかった。私にはそんなに言い争ってもいいことはなく、母さんに従うしかないとわかっていたので、ほとんどは彼女の言う通りにした。

母親の愛情と父親の愛情の間に、重大な衝突を引き起こす地帯が存在していたとは。わかっていないことがあまりに多すぎる！

私たちは考え方を変えるしかなかった。おまえを治す希望を漢方と気功に託すことにした。腫瘍を治すことのできる漢方医を探すため、私と母さんはあらゆる種類の医学書と漢方医の資料をあたり、ついに東直門の近くに店を構える漢方医に決定した。その先生はおまえの脈を診てから、治すことができるときっぱり言った。さらに彼が治した同じような病気の例をいくつか話してくれた。父さんと母さんは全面的に彼の話を信じることはできなかったが、信じる気持ちを奮い立たせた。一週間に一度脈を診て薬を処方してもらうようになった。また同時に母さんはおまえを玉淵潭《ぎょくえんたん》公園に連れて行き、抗癌協会の人から郭林抗癌気功を習わせた。

私たちは溺《おぼ》れている人と一緒だった。目の前に漂ってくる藁《わら》をも摑みたい気持ちだった……。

　父さん、ほんとのこと言って、僕がまだ生き返ることができるなんて思ってもいなかったよ。今度は逝くと思ってて、気持ちの上でもほとんど準備はできていたんだ。でもたぶん向こうがまだ僕を受け入れる手続きができてなくて、結局先延ばしになったんだろうな。生き返って、癌はもう僕を脅すものではなくなっていた。もうこれまでこんなに苦しんできたんだから、怖いものなんてなかった。あのとき僕はただ恨んでいた。僕がまたどんな悪いことをした？　なんで僕を困らせるんだ？　若くて権力もなくて金もないってバカにしてるのか？　もし僕が医学を勉強していたら、おまえとやりあってやる！ってね。

　恨みは人生に力を与えることができる。

　まさに僕の心の中のこの癌に対する恨みから、僕は母さんの意見に同意して、玉淵潭公園に行って、他の癌患者たちと一緒に郭林抗癌気功を習ったんだ。最初に玉淵潭公園に行って、郭林功をしている患者仲間を見たときは、気持ちが落ち込んだ。だってみんな中高年で、若いのは僕一人だけだったからね。そのときも運命の不公平さを感じたね。どうして中高年になってから癌にならなかったんだろうって。どうして僕一人だけこんなひどい目に遭うんだろうって。

　ところがほんの数日で、僕の気分は良くなっていった。癌患者のおじさんやおばさんたちの僕への気配りのおかげだ。彼らは僕が若いのに郭林功に来ているのを見て、僕が癌だとわかり、次々と近づいて来ては僕を励ましてくれた。心配ないよ、しっかり続けさえすれば体の抵抗力が強くなって免疫力も高まって、体の良くない細胞もやっつけられ、生きながらえることができるよと。肝臓癌のおじさんは、郭林功に頼ってからもう十二年も生きながらえていて、再検査では癌細胞は消えてしまっていたんだって。胃癌のおじさんは、手術後に郭林功を始めてから、体の調子がずっと良く、もう五年だとか。リンパ癌のおばさんは、医者からはもともと半年の命だと言われたんだけど、郭林功で鍛錬した結果、もう三年も生きながらえ、検査の結果はすべて正常だって話してくれた。みんなの励ましで癌と闘ってやろうという気持ちが生まれたんだ。もう癌は僕の体にまとわりついてしまってる、問題を解決できないことを怖がってるだけじゃ、相手はますます凶暴になる、それなら背水の陣で臨んで、勝てばもちろんいいし、負けても卑下することはない。それに、僕はこのときあきらめてもいた。人の命を脅かすものはそれこそ山ほどある。癌はその中の一つに過ぎない。僕のこの不幸は、歩道で交通事故に遭ったり、家で寝ているときに大火事に遭ったり、街に買い物に行っているときにテロに遭った人たちに比べればましなもんだよ。自分を憐れむことはない。奮い立つんだと。
自分で自分をやっつけちゃうわけにはいかないってね……。

寧、このときにおまえはもう自分がなんの病気かはっきりわかっていた。しかしおまえは私が当初予想していたようには押し潰されなかった。一度死と接したことで、おまえは死に脅されることはなかった。おまえは頑強に癌という病魔と闘った。一日二回苦みを極めた漢方薬を、ときには吐きながらも続けて飲み、頑張って毎日午前は玉淵潭公園に行って郭林功を習った……。

あのときは、ほとんど毎日午前中、私と運転手の小《しょう》潘《はん》はおまえが玉淵潭公園に郭林功をしに行くのに付き添った。私は水と果物と折りたたみの椅子を入れた鞄《かばん》を背負っておまえの後ろについて行き、おまえが前で郭林功の指示通りに、ひとつひとつの動作を真剣にこなし、動作がひと通り終わったら、椅子を準備して座って休んでもらい、それからキウイかリンゴを剝いて食べさせた。この郭林功の動作を行う一方、ウォーキングも行なった。始めた頃は数百メートルだったが、だんだんと距離が延び、訓練の強度が増すにつれて、千メートル、二千メートル、三千メートルになり、ついには公園をまるまる一回り五千メートル以上歩けるようになった。練功はしていない私が後ろについて行っても息が上がるほどだったが、おまえはただ穏やかにしっかりとしたペースを保ち続けた。この練功に参加する中で、私たちは多くの癌と闘っている友人と知り合った。乳癌の女性は毎朝五時にご主人に付き添われて、バスに乗ってこの公園まで来ていた。おまえを見ると、いつもどんな調子か気にかけてくれ、おまえを頑張れと励ましてくれるのだった。肺癌の男性は、毎日自分で水と食べ物、傘を背負って、雨が降ろうと風が吹こうと、バスで公園まで通っていて、もう十五年続け、癌の腫瘍を消すことに成功していた。彼は自分の経過をおまえに話してくれた。癌などたいしたことはない、弱みを見せるとつけあがってくるが、強いところを見せると恐れをなすと。若いきれいなお嬢さんは、おそらく二十歳くらいだと思うが、白血病で、ボーイフレンドが付き添って来ていたが、動作を覚えると、昔遊覧船が出ていたあの船着き場へ行って、行きつ戻りつぐるぐる回って練功し、その表情は穏やかで安らかだった。陝西《せんせい》省の若い女性、三十ちょっとだったろう、彼女はおまえと同じ病気になったが、医者にかかるお金がなく、ご主人も彼女の元から逃げ出してしまったが、あきらめることなく、子どもを預けると、なけなしのお金を持ってわざわざ郭林功を習いに北京にやって来た。彼女は郊外に家を借りて、毎日朝早く起きてこの公園まで練功しに来ていた。彼女はおまえを見るといつも笑って言った。「寧君、続けるが勝ちよ！」……。

　この活動の中で知ったことだが、北京には抗癌協会があって、数万人の会員を擁していて、その会員たちが平日市内の各公園に散らばって、郭林功を行っていた。協会は年に一度大集会を行っており、いつも講堂を借りてやっていて、会員たちは当たり前のようにそこに集《つど》い、みんなで抗癌の経験を交換し合い、協会のトップが抗癌の時間が最も長い会員に表彰状を贈るのだった。母さんが一度おまえの代わりに参加したが、興奮して戻って来るなり話してくれた。会場には癌と十五年二十年と闘っているたくさんの人々が集まっていて、みんなとても元気で、会場には笑顔があふれ、しかめっ面をしている人など一人もおらず、みんな顔を合わせるとお互い励まし合っていたと。おまえはその日その話を聞くと大喜びで、みんなを見習って癌に負けないようにしなくちゃねと言った。

　人はどのような境地にあろうとも、自分の目標とする模範を見いだす。これは人類の特徴だ。

　父さん、郭林功をやっていたあの時間、僕たちは毎日一緒だった。昔、僕は母さんや父さんと別々に暮らしていて、一緒に過ごす日は少なかった。北京で一緒に住むようになってからも、父さんは物書きで忙しかったし、僕は勉強で忙しくて、一緒にいる時間は本当に少なかった。病気になってから毎日一緒にいるようになるなんて思いもしなかった。あの日々、僕は前で練功し、父さんは食べ物や飲み物を背負って僕の後ろにいて、いつもひと通り動作を終えると、父さんが折りたたみの椅子を出して僕を座って休ませ、果物を剝いて食べさせてくれた。僕が果物を食べて休んでいる間、父さんは本を取り出して適当な場所を見つけて座って読んでいた。そんなとき僕はこんな日がずっと続きますようにって神に祈ってた。

病状が変化するにつれて、家族の愛情がどんなにありがたいかわかるようになってきた。頼れる両親がいるってほんとすばらしくて幸せなことだよ。あの日々、たぶん体の弱さが依存心を強めていて、ちょっとでも父さんや母さんの姿が見えないと、心が不安になって落ち着かなかった。一番怖かったのは父さんが外に出かけることだった。あるときなんか郊外で二日間の会議があって、父さんが家を半歩出ただけで、すぐに電話をかけて帰ってきてと、まるで子ども時代に後戻りしたかのようだった。どうやら病気は人を子ども時代に引き戻して、依存心を強めてしまうものらしい……。

寧、あの日々、私はおまえの心理的な変化に気がついていた。郊外の沙河《さが》であの会議があったとき、向こうに着いたとたん、母さんが電話をしてきて、寧が電話したいと言う。私はおまえが何か急いで言いたいことがあると思って、すぐに電話を替わるように母さんに言った。するとおまえは電話に出たとたん「父さん、寂しいから会議が終わったらすぐ帰ってきてよ」と言った。私はそれを聞いて胸が熱くなり、慌てて答えた。わかったよ、終わったら急いで帰るから。それから私は外で開かれる会議からのあらゆる要請は断り、全身全霊でおまえに付き添った。小さい頃のようにおまえを背負って歩き回って、一時も離れたくないと思った。

郭林功を頑張って続けたおかげで、おまえの体は徐々に回復し、体重も増え、顔色も良くなった。私と母さんはそれを見ても喜ぶことも気を緩めることもできなかった。母さんは毎日仏像の前で祈り、おまえのこの状態が続くように祈っていた。放生《ほうじょう》に御利益があると聞きつけると、二日を空けずに鮮魚店で四匹の魚を買って来て、玉淵潭へ持って行って湖に放生した。母さんが忙しいときは、私が魚を持って行って放った。ある日の正午、ひどく暑い日で、母さんが魚を買って帰ってくると、私は一人で車を運転して放生しに行った。そのとき公園にはほとんど人がおらず、私が魚を入れた桶を下げて湖の畔を歩くと、灼熱《しゃくねつ》の日の光で私はめまいがし、水際でしゃがみ込んで魚を放つとき、目の前が一瞬真っ暗になって、すんでの所で湖に倒れ込むところだった。そのとき湖の畔の石に座って思った。願わくば仏が私たちのしていることを見て、おまえに福をもたらし、おまえの体を守り、もう二度と病魔に苦しめられることがありませんようにと……本当におまえを救ってくれるのなら、死ぬまで毎日放魚しに来ますと。

父さん、あの日々は自分でも体の感じがいい方向に変わっていると感じていたけど、父さんと母さんが少しも気を緩めず、癌の病魔が再来することを警戒していたのはわかってた。数日ごとに僕たちは東直門の近くの個人の漢方の先生のところへ診てもらいに行った。受付をして診療所の一階で列を作って待ち、先生に脈を診てもらって薬を処方してもらい、二階でお金を払って薬を受け取るとき、僕たち三人に運転手の小潘の弟も一緒にいて、手続きは、めんどくさくて味気ないけど、気分はとても温かかったよ。僕が大きくなってからは一家で静かに一緒に同じことっていうのはやったことがなかったよね。薬剤師さんが薬を出してくれるのを待っていたとき、僕がおなかが減ったと言うと、父さんは近くの職員食堂で蒸したての肉まんを買ってきてくれた。ある日の午後四時過ぎだったと思うけど、父さんが窓口に薬を受け取りに行って薬剤師さんと何か話しているのを見て、おなかがすいた僕は、こっそり小潘の弟を引っ張ってその食堂に行って肉まんを買った。たぶんほんとにおなかがすいていたんだと思う。三つも買って小潘の弟と半分こして食べたんだけど、結局食べ過ぎで、車に乗って家に向かう途中、げっぷしっぱなしで、父さんは怒って言った。「自分が食べる量もコントロールできないで何ができる？　買いすぎたんなら父さんに残してやろうとは思わなかったのか？」母さんは父さんの話を聞いて言った。「自分のために残せなんて、ほんと自分勝手な人ね。私のために残そうとは考えてくれなかったの？」それでみんな大笑いだった。前に笑ったのはいつだったか……。

壬申《みずのえさる》（一九九二）

寧、私が最も恐れていたことがやはり来た。あの濃く重いスモッグに覆われた午前、私たちは脳のＭＲＩ

を撮りに病院へ行った。再検査のたび私の心臓は高鳴った。モニターを操作する前に立ってモニターに映る映像を見せられ、ＭＲＩの画像の病変部位に新たな問題が見つかるのではないかとビクビクしていた。そして最も恐れていた事態からはやはり逃げられなかった。検査が始まり、私は検査をする医者がじっとモニターを見つめ、手にしたマウスのカーソルがおまえの病変部位のところで止まるとため息をつくのを見ておかしいと思ったが、あとで写真を見る医者が見ると、果たして再発していて、しかもそれはとても大きく、すでに抑えるのが難しくなっていた。気持ちはただただ沈み込んでいき、ふいにぐるぐる回っているような感じになり、目の前のすべての色が変わり、天井のライトもどす黒い灰色に変わり、室内に置いてあった緑もひどい色になり、窓辺に置いてあった赤い花の色もまるで血の色のようで吐き気を催した。私の周りのものが一瞬で変わってしまったのだ……。

　私は両足を踏ん張って、おまえを治療してくれる別の病院を探した。そこの医者は写真を見たあと言った。面積が大きすぎて、これを抑えられる可能性はほとんどありません。ただ治療を試してみるしかありません。絶望が再び私の心を摑んだ。家に帰るとおまえはソファーに座り、緊張した目で私を見た。結果を待っているのだ。私は無理に軽い調子でおまえに言った。「だいじょうぶだ、すべていつも通りだ」おまえは視線を私の顔でちょっと止めるとすぐにそらして言った。「父さん、早く御飯食べなよ」しかし御飯を食べるような食欲などあるはずもない。おまえが横になって休んでから、私は母さんを別の部屋に連れて行き、再検査の結果を見せた。母さんはそれを見終わらないうちに泣き始めた。私には母さんを慰めようもなく、ただ頭を抱えて泣き声をこらえるだけだった……。

　運命はどうやら私たちに敵対すると決心したようだった。私たちは癌の悪魔からは逃げることはできなくなったのだ……。

　父さん、僕はあの日、父さんの目を見て何かあるとわかったよ。気軽さを装っていたけど、両目にははっきり苦しみと絶望の影が揺らめいていた。ああ、僕の病気がまた悪くなったんだとわかった。だからそれ以上は何もきかなかった。きいたところで本当のことは言わなかっただろうし、嘘を重ねさせるだけで父さんをもっと苦しめることになるからね。僕は心の中では癌の病魔が僕を手放してくれるなんてずっと思ってなかった。あの日、ベッドに横になって、真面目に次はどうしようかと考え始めた。何をしなくちゃならないか考えてみた。経済的には、いくばくも稼いでいなかったけど、借金もなかった。仕事では大きなことをするには間に合わなかったけど、職を失うようなことは何もしていなかった。人としては完璧じゃないけど、良心に反するような、人に顔向けできないような、人としての一線を越えるようなことはしていない。もしもう一つの世界に行くのなら、心に恥ずべきことがないよう、すっきりさせとかなきゃいけない。

息子よ、あの日の晩、母さんはみんなで住宅の敷地内の十字路で黄色い紙を燃やして邪気を追い払おうと言い出した。私には母さんが絶望の中から思い付いたことだとわかった。辛い中で少しでも慰めになるようにと、私はそれを受け入れ、おまえにも私たちと一緒に行くように言った。夜の十時過ぎ、私と母さんはおまえを支えながら下へ降りて、適当な十字路を探した。私たちの住宅の敷地はとても広くて、十字路もたくさんあった。しかし適当だと思ったところではどこも紙を燃やすことはできなかった。車の往来が多くて車の安全を脅かしてはいけないと思ったからだ。私たちは最後に少し遠くはずれたところに適当な十字路を見つけた。そして車が通らないときを見計らって、母さんが紙に火をつけた。そのときはもう十一時になっていた。外には人もほとんどいなくて、街灯もほとんど消えていて、黄色い紙に火がつくと炎の光は特別明るく輝いて、私は逆に不安になった。何しろ物を燃やしているのだ。車が来たらどうしようと、私は車が来るのを警戒しながら母さんが祈っているのを聞いていた。神様、仏様、どうか私の息子から体の禍いを持って行って下さい、どうか持って行って下さい、お願いします、息子はもう十分苦しみました、どうかこの子の禍いを消し去って下さい……。

火が消えて家に帰る途中、ずっと黙っていたおまえがこう言っているのが聞こえた。「僕に何か罪があるのなら、もう十分罰は受けたよ」それを聞き終わってからおまえの顔を見ると、おまえの心の中が運命に弄ばれることへの怒りで満ちているのがわかった。

私もそのとき、心の中で叫んだ。神様、私たちはもら十分苦しみました。次から次へと、あなたはまだその手を緩めては下さらないのですか?!

父さん、あのときは運命のいたずらに不満で自分の巡り合わせに対する怒りでいっぱいだった。まただからこそ、僕は癌と闘うことをあきらめず、郭林功を続け、片足がうまく動かないときでも頑張った。今でもあの日々のことは思い出す。毎日午前、玉淵潭公園へ頑張って行った。父さんと小潘の弟に支えられながら練功した。歩くのももう難しくなっていたけど、僕は心を鬼にしていた。癌よ、僕が負けたなんて思うなよ、おまえが僕を打ち負かすことができたとしても、僕は決しておまえの前に屈しないからなって。仲間は僕を見てみんな僕を励ましてくれた。だいじょうぶ、病気は再発するかも知れないけど、こっちが気持ちを強く持ち続ければ、打ち勝つことができるから。あのとき、もう勝てる見込みはなかったけど、絶対負けたくなかったから、抵抗し続けた。その後、腫瘍が大きくなって、運動神経への影響がどんどん大きくなって、左足全体が麻痺し、公園に行くのもたいへんになり、住宅の敷地内のグラウンドで父さんたちに支えてもらって練功した。毎朝午前九時と午後三時、僕たちは一緒にグラウンドのトラックに行き、僕は父さんに支えられ足をひきずりながら頑張って歩いた。歩きながら考えた。もし神が本当にいるなら、この僕を見れば、神のかたくなな心を揺することもできるのではないかと。

寧、父さんと母さんは、おまえのあのときの様子が嬉しくまた誇らしくもあった。おまえは病気の再発の重大さを感じ取り、歯を食いしばってふんばり、再び立ち上がりたかったのだ。左足の麻痺が出てから、麻痺した神経を呼び起こそうと鍼灸《しんきゅう》に通いながら、一方でリハビリの医者に左足全体を支える頑丈な合成樹脂のフレームを作ってもらい、リハビリがおまえの本来の足の機能を回復させてくれるようにと切望した。初めておまえにその重い合成樹脂のフレームを付けて立ち上がらせたとき、おまえは痛くて声を上げたが、はずしてくれとは言わず、こらえて室内を何度か歩いてまわった。見たところ、一歩進むたびに痛みに襲われるようで、眉を顰《ひそ》め、体をひどく揺らしていたが、おまえは何も言わず、ただちょっと歩を休めてはまた歩いた。昔、私と母さんは一つ間違っていたとずっと思っていたことがあった。それはおまえに強い意志と気力を養わせなかったということだった。しかしおまえのあのときの様子を見て、おまえにはもともと強い意志と気力があって、私たちが普段気づいていなかっただけだとわかった。この強い意志と気力は七年間外で勉強したときに一人で身につけたのだろう。おまえは蘭州《らんしゅう》軍区での実習のとき、足首をくじいても我慢して兵士たちと一緒に訓練した。そういったことがおまえの癌と闘う不屈の根性を作り上げたのだろう。

　父さん、あのときはいつも奇妙な夢を見てた。突然虎の背にまたがり、鳥のように飛び上がり、木から木へ、山から山へと飛び移るとか、船に乗って真っ黒な河の上を走っていて、河の両側はいたるところ狼の吠える声で、乗客はみなじっとして座席に座り、船を操る人はずっと僕たちに背を向けていて、船体をよくよく見てみると、それは一匹の大蛇の体だったとか。あるいは十数人の兵士と一緒にトラックを走っていて、僕は軽やかに走っているのにみんなゼイゼイ言っていて、振り返るとみんな白髪白髭の年寄りで、足下を見ると、トラックの上に白いペンキで八と三の二つの数字がいっぱいに描いてあるとか。それから大きな羊の群れが風雪の中を進んでいて、羊たちはぎゅっと身を寄せているが、一匹だけその隊列から離れ別の方向に進んで、その羊の影は風と雪ですぐにぼんやり見えなくなってしまうとか。変な夢はほかにもたくさんあって、ほとんどは忘れちゃったけど、このいくつかだけは何度も繰り返し現れてくるので覚えてたんだ。あとでだんだんわかったことだけど、この夢は遠回しに僕が直面していることを警告していたんだな。僕は昔、世界の出来事は偶然起こるもので、偶然がすべてを決めると思っていた。災難に出遭うのも、交通事故に出遭うのもいれば、チンピラに出くわすのもいる。すべては偶然出くわすものだ。あの夢の警告の意味がわかってから、おそらく世界の出来事の発生には定数があって、ある力がその出来事の発生の時間と場所をコントロールしているんだろうと考えるようになった。偶然以外にも注意に値することがあるっていうことだ。

　寧、この世界の運行の法則については、私も昔考えたことがある。しかし本当のことを言って、私には考えてもわからず、多くのことは法則では解釈のしようがない。日頃注意して体を鍛え、酒にも煙草《たばこ》にも手を出さず、体が頑丈そのもので、長生きすべき人が、突然不測の事態で亡くなってしまう。日頃病気がちで病院の常連客で、煙草も酒もやり、いつも病んでいるようなのが、かえって長生きする。才能もあり、見た目もいいのに、一生社会の底辺に埋もれ、社会に見いだされず社会の役に立つこともない人がいる。見た目が下品で、才能も平凡なのに、何かと人から持ち上げられ、社会の上層に昇り、他人にあれこれ指図する人もいる。また女性でも、性格もいいし美人なのに、つまらない夫に嫁いで苦労したまま終わる人がいる。見た目は普通で、性格は悪いのに、立派な夫に嫁いで、愛情をいっぱい受け、この世の幸せを享受する人がいる。運命は一体何をしているのか？　どうやって決まっているのか？　わからない。だからときどき、この世界は推測しがたく把握しようもなく、細かく考える必要もない、適当に生きていくのもいいと思ったりする。神学者や哲学者の本を読むこともあるが、彼らがこの世界を解釈しようと努力しているのを見ると、かわりに心配になってくる。あなたがたの解釈は正しいのか？　検証することは可能なのか？　いまだにどこから来たかもはっきりしていないこの巨大な人間の世界をそんなに簡単に解釈できるものなのかと。

　父さん、僕の病気が進行していったあのときは、父さんと母さんにとって最も苦しい日々の始まりだった。昼間は僕を支え、担いでグラウンドに鍛錬しに行き、病院に漢方薬を買いに行って煎じて飲ませてくれ、僕の体にいいものを求めて市場へ買いに行ってくれた。夜は体を洗ってくれ、僕が寝るまで付き添って、夜中にまた起きて僕をトイレに連れて行ってくれた。体を洗うとき、片方の手足にまったく力が入らなかったので、小さい頃のように服を脱がしてくれ、僕を抱いて椅子に座らせ、石けんで体をこすってくれ、きれいになったらしっかり乾かしてから服を着せてくれた。子ども時代に逆戻りしたみたいにすべて父さんたちに頼った。なんといってもトイレがたいへんだった。父さんと母さんに支えてもらわないとベッドを降りてオシッコすることもできなかった。始めは二回起こすだけで良かったけど、病気が重くなるにつれて、腫瘍が神経を圧迫し、尿意を催す時間の間隔も短くなり、父さんたちが一時間横になってやっと眠りかけたかと思った頃に、起こさなけりゃならなかった。父さんたちをヘトヘトにさせたくなかったので、呼びたくなかったんだけど、強烈な尿意とベッドを汚すのが心配で呼ぶしかなかった。二人の真っ赤な両目とふらふらした足下を見て、僕は本当にこの病気を憎んだ。父さんたちをこの世でいちばん辛い親にしたんだから。父さん母さん、僕は普通の子どもが親を楽しませるようなことができないだけでなく、当たり前の睡眠さえ二人に与えることもできなかったんだ。ほんとひどい話だよ……。

寧、おまえと私たちが闘いを放棄していなくても、癌に勝てるという信念を失っていなくても、薬だろうが気功だろうがそれで相手に勝とうとどんなに願っても、やはり相手は風上にいて、おまえの病状は進行し、まったく歩けなくなってしまった。車椅子に座るしかなくなり、私と母さんはますますうろたえた。うろたえながらもおまえの命がどうすれば助かるのか願っていた。母さんは河南から北京へ野菜を売りに来ているおばあさんに霊能力があって、重病人を救ったことがあると聞いて、急いで彼女の住んでいるところを聞き出して、彼女を呼んできた。見たところ文字も読めない普通の田舎の婦人で、彼女が病気を治せるかどうか疑問だった。しかしその疑問は言い出せなかった。一つには母さんをがっかりさせたくなかったし、私の心の中にもしかしたらという希望があったからだ。人は外見ではない。社会には科学では解明できない不思議な力を持つ人がたくさんいる。もしかしたら彼女がその一人で、彼女に超能力があっておまえの病気を治すことができたら？

母さんは精一杯彼女をもてなして、おまえの病気の治療をお願いした。おまえはソファーに座っていて、彼女はおまえのそばに行き、開いた手のひらを伸ばし、手のひらを下に向け、おまえの頭の周りで数回回し、そのあとおまえの頭の上から摑むような動作をし、そして握り、その手を他の場所に移すと、手を開いて捨てるような動作を行った。それを何度か繰り返すと言った。「だいじょうぶです。腫瘍はもう取り出して捨てました。子どもさんの病気はすぐに良くなるでしょう」母さんは何度も彼女にありがとうと言っていたが、私はこれが彼女の治療なのかと疑惑でいっぱいだった。別の場所でこれを見せられたら、きっと大声でペテン師となじっていただろう。しかし自分たちの家の中でおまえが目の前にいて、疑っていることは言い出せなかった。私は自分自身に信じるよう言い聞かせた。彼女はたぶん超能力者だ、本当にこの子の病気を治せるかも知れない、信ずれば通ずだ、彼女を責めることはできない、もし私が責めて、彼女の作り出した空気や魔力を壊したらどうするのだ？　私はそのとき、すっかり迷信者になってしまっていた。おまえを治すことができるならどんなことでも信じた。彼女はその日帰るときに言った。「三日、三日後にきっと奇跡が起こります」彼女がそう断言するのを聞いて、私は本当に一縷《いちる》の望みを感じた。私は懇ろに彼女を下まで見送り、彼女に贈り物までした……しかし三日後、おまえの病気は良くなるどころか、ますます重くなった。

　このことがあってずいぶんしてから、これを思い出すたびに、人がなぜ迷信的になるのかがだんだん理解できるようになった。人がどうしようもない境地に陥ったときの本能的な行為なのだ。救いのないものが自ら救われようとする最後の努力なのだ。大きな災難に遭ったことのない人は、なかなか迷信を信じない。それでわかった。迷信を信じる人々に対し、当たり前の生活を送っている人が真相を説明することはできるが、ばかにしたり嘲笑したり蔑視したりすることはできないのだ。

　私たちにそんな権利はない。

　彼らは悲しい存在なのだ。

父さん、歩く能力を完全に失ってからのあの時間、診療所に点滴に行くわ、庭で外の空気を吸うわで、僕は何度も上がったり降りたりしなくてはならず、あの住宅にはエレベーターがなかったので、僕を背負って上り降りするのは、父さんにとって大きな負担だったと思う。僕を背負って上ったり降りたりするたびに父さんの荒い息が聞こえ、僕の心は本当に潰れそうだったよ。二十九歳にもなるのにこんな息子だなんて。動く方の足でなんとか上ってみようとしたけど、父さんは僕がそれで苦しんでいる様子を見たくなくて、なにがなんでも僕を背負おうとした。ハハハ、おかしいんだけどそのときは神様がこんな目に遭わせるのは、父さんが僕の小さい頃ほとんど背負ってくれなかったからだとか、父さんが僕や母さんと離れていた時間が長かったから埋め合わせさせようとしているんだなんて考えたりしていた。
でもこんな埋め合わせは年を取った父さんにはとても受け入れられないよ！

息子よ、おまえを背負って上り降りしたあの日々は、疲れはしたが、私にまだおまえを背負うことができるんだと、私にとっては慰めにもなった。私の体力がまだだいじょうぶで支えていけるという証明だったからだ。しかし一度、車でおまえを郊外へ気晴らしに連れて行ったとき、昼にレストランで食事をしようとおまえを背負って階段を上ったとき足がふらつき、ちょっと立ち止まってから、頑張って上まで背負って上りおまえを背中から下ろすと、大きな口を開けてゼイゼイ荒い息をした。しばらくは心臓の辺りが押さえつけられるように痛かった。あのときは本当に怖かった。自分の心臓に問題があるのが怖かったのではなく、そんなことになったらおまえと母さんはどうなるかと恐れたのだ。誰がおまえと母さんの面倒を見る？　それから私はおまえを背負うのが怖くなった。幸いいとこや同僚たちや下の階の王おじさんが助けてくれたので、おまえが下に降りるときにはみんなが交互におまえを背負ってくれた。あのとき、エレベーターとはなんと重要な発明であることかと思い知り、四階に住むのが初めて嫌になった。私を後悔させることも起こった。その日の朝、私はおまえを食卓に座らせると、食事をおまえの前に並べ、箸を手渡し、それからおまえの向かいに座って食べ始めた。私は目の前にいるのが半身が完全に麻痺している人間だと少しも考えていなかった。普通の椅子に座らせてはいけなかったのだ。その結果、おまえは頭を下げて食べようとしたときに重心のバランスを崩して、もともと自然に調節できなかったので、体全体が何の支えもなく、テーブルの縁に沿って床に倒れ込んでいった。テーブルの反対側でおまえが倒れるのに気づいた私は、おまえを助けようとしたが、間に合うはずもなかった。おまえの片側の頬が床にぶつかり、私も慌てたために足を滑らせてバタンと床に倒れ、私たち二人の顔は床の上で数十センチの距離にあった。私は気が咎《とが》めておまえを助け起こそうとした。おまえはきっと転んでとても痛かったはずだが、うめき声一つ出さず、恨み言の一つも言わず、私がおまえのために肘掛け付きの椅子を買っておくべきだったと自分を責めたとき、おまえは無理に笑って言った。「父さん、自分を責めないでよ。父さんも母さんも僕にもう十分してくれてるんだから、こうして転んだのもたぶん神様が僕の適応力を試したんだよ」

おまえのその言葉に父さんは涙を流した……。


父さん、あの時期は、ある一つの力が少しずつ僕の活動空間を制限していくのを感じていた。まずは片足の力が奪われ、もう玉淵潭公園に練功に行くことはできなくなった。それからもう一本の足の力も奪われ、グラウンドによろよろ訓練に行くこともできなくなった。それから片腕の力を奪われ、下へ降りることもままならなくなった。囚人のように部屋に閉じ込められる生活が始まった。僕はこのときやっと、この世界には一人の人間に対して完全に徹底的に制約する力があって、それは強権のような力によるもの以外に、その人自身の肉体からのもの、肉体の病気からのものがあるのだとわかった。病気は人にとって最も凶悪な敵だ。僕たちが普段警戒しているものの多くは僕たちに敵意を持っている国、僕たちに敵意を持っている軍隊、僕たちに敵意を持っている団体や機関、僕たちに敵意を持っている個人だ。もちろんこれらにも警戒しなくてはならないんだけど、僕たちの体の中の病気への警戒も怠ってはならないんだ。それは同じように人間を完全に徹底的に制約し、極刑よりも厳しい痛みを与え、人を傷つけるのは千軍万馬に匹敵するんだから。

敵は僕たちの体の中にいるんだ……。

癸酉《みずのととり》（一九九三）

寧、おまえの病気が日に日に重くなっていったあの頃、私は一日中四方八方を走り回って医者を探していた。私は再び天壇病院の最も権威のある腫瘍の専門家を訪ねてみたが、彼はおまえの脳の写真を見ると首を振って言った。「治しようがありません。あきらめて下さい」私は目に涙をためて首を横に振った。「うちはこの子だけなんです。あきらめることなんてできません」私は東第二環状道路の近くにある腫瘍専門の病院へ行って、有名な放射線治療の医者を訪ねた。彼は写真を見たあと言った。「この状態で放射線治療を行っても効果はありません」私は阜《ふ》石路《せきろ》の修行病院の医者に治療の方法についてききに行った。彼はＭＲＩの写真を見てやはり首を振って手立てはないと言った。

海軍総合病院でガンマ線の手術をしたが、その効果も長くは続かなかった。宣武病院や空軍総合病院の神経外科の専門家も、外科手術も放射線治療も意味がないと言った。あの日々、私はおまえの頭の写真を持って走り回り、病院に着くたび、医者に会うたび、いつも心の中で願っていた。どうか今日こそ神業を持った医者に巡り合えますようにと。残念ながらいつも私は絶望して帰った。

あの日々、私は絶望の中で神を恨み始めた。あなたは初めて人間を作ったとき、車のタイヤのように、どうして人体の各部分にスペアを作っておかなかったのか？ そうしたらいつでも悪くなったら取り替えることができるのに？ 人の脳もいつでも取り替えることができて、何か問題が起こったら新しいのに取り替えることができたら！ しかしあなたは自分の才能をひけらかすために、人体をまるで宇宙のように神秘に満ちたものに作り上げ、そのすべてを解明するのは外宇宙を解明するのと同様に難しく、医者はその一生を捧げても肝臓病や腎臓病など一部の領域のことしか明らかにすることができず、中国中の、いや世界中の医療にたずさわる人々がこれだけ多くの力を費やしても、癌の発生のメカニズムもそれを制御する方法もはっきりさせることができていないのだ。誰が悪いのか、あなたしかいない。あなたが最初に人を作り出したときにうっかりして、スペアを作っておかなかったからだ。あなたはわざと人類を苦しめているのではないか。

神よ、あなたはこの世界で職責を果たさないものの中で、一番ひどいものだ！

父さん、神を責めちゃだめだよ。彼を怒らせちゃうよ。それから僕たちに彼を責める力なんてないよ。僕たちを作り出してくれたことに感謝しなくちゃ。彼がいなければ、この地球は味気なくなってただろうし、人類は命の歓びを楽しむこともできない。それから彼が人の体をこんなに精密に作ってくれたことにも感謝しなくちゃね。でなきゃ僕たちはなにも体得することなんてできやしない。たとえば人の体の心と脳の二つの部分が細やかで複雑な感情を生み出すのはなんとも不思議なことだ。下等動物にももちろん感情はあるけど、人の感情ほど複雑で繊細じゃないよね。たとえば愛情。一組の男女が最初に出会ったとき、お互いにこっそりと観察し話をして探り、二人がお互い好感を持てば表情で気持ちを伝え、さらに一歩進めば約束を交わすようになり、あらゆる手を尽くして体を求め、我を忘れて抱き合い接吻《せっぷん》し、結婚が決まりお互いの体を許し合う。その間の感情は数え切れない細やかな変化を経る。その変化を曲線で表現できるなら、その曲線はこの上もなく美しいものになるだろう。もし神が人をいい加減な粗末なものに作っていたら、人類にはそんなことありえないだろ？　だから僕が病気だからって、神の功績を抹殺するようなことはやめて欲しい。消化器系統、循環器系統、運動系統、生殖器系統、呼吸器系統、神経系統、人間の体をよく見てみれば、神が初めて人を作るとき、心血を注いで作ったからこそ、これだけのものができたんだよ。感謝しなくちゃ、父さん。僕のせいですべてに不満を持つのはやめて。

寧、おそらくおまえが病気になったことが私の心を破壊し、この世に対する不満でいっぱいにし、ともすれば恨み言を言いたくさせるのだ。

ある日、同じ住宅に住む張《ちょう》おじさんが、私がおまえの病気のことを話すと、おまえに仏教の般若心経を覚えることを教えたいと言った。般若心経は人を静める経文で、人はこういうとき、まず自分を静め、静かに自分と向き合うことで、心の苦痛を減らすことができると。私はもっともだと思い、同意してうなずいた。おじさんは帰宅すると、数日の時間をかけ、専用の毛筆を使っておまえのために般若心経を書き写し、ガラスの額に納めて持ってきてくれ、その場でおまえに経文を読んで教えてくれた。その日からおまえは毎日般若心経を数回唱え、だんだんと経文を見なくてもよくなり、一字も間違えずに唱えることができるようになった。おまえをよく観察してみると、両目を軽く閉じて全身全霊で経文を唱えているとき、おまえの目元口元に留まっている悲しみや痛みが薄れているのがわかった。私は不思議に思った。この経文にそのような神通力があるのか？　私は疑いながらも、経文全文を読むようになった。自分の理解に従って、句点のない経文に句点を書き加えた。

その後、母さんも読むようになった。母さんは私よりも一生懸命で、あっという間におまえと同じレベルに到達し、おまえと一緒に唱えることができるようになった。母子二人が一緒に低い声で心経を読んで心の中の苦しみに抵抗しているのを見ると、般若心経を書いた仏教界の高僧への感激の思いでいっぱいになった。彼はこの世をはっきりと見通している。色即是空、空即是色、不生不滅、懸念がなければ自然恐怖もない……しかし私は仏門の徒ではない。すべてを達観する能力はなく、達観できずにただ苦しみの海に溺れ続けるしかなかった……。

父さん、仏様は病気で危険な状況に陥った人々に、般若心経やその他の経文で、体に対する執着を少しずつ捨て去るようにと言っている。生があれば死があることをはっきり受けとめ、平常心で受け入れ、自分の妄想から生まれた誤りを正す力で解脱《げだつ》するように、死は牢獄から解き放たれること、死は体の鎖からの解脱であると信じるように、死は栄転のようなもの、ボロボロの家から新しい建物へ移ること、ボロボロの服を着替えるということだと信じるように、死は終わりではなく、西方浄土へ行き、生命の別の歓びを享受することだと固く信じるように、心を解き放ち、生に貪欲にならず、死に恐怖を抱かず、他人に対して恨まないようにと言っている。僕にはそのとき、自分の病気は治る可能性がないとわかっていたから、読経することで自分の心の中でよしとしていないことに向き合い、最期のときを素直に受け入れることができるようにさせたかったんだ。しかし父さん、このときに気持ちを軽くすることは実際ほんとに難しかったよ。般若心経や母さんの支えがあり、どんなに生への未練を抑え込んでも死後の世界への恐怖でいっぱいで、あの世については少しも理解することができなかった……。

寧、この世に生きている人で、あの世の情景を見たことのある人はいない。そこの門番はおそらくあらゆる門番の中で最も重い職責で、この世でどんなに権力がありどんなに力がありどんなにお金がありどんなに面目ある人であれ、死亡証明書を手にする前に、あの世を見に行くことは許されないのだ。この一切の裏口を根絶するやり方は人間的でないが、あの世の神秘性を確保している。そしてまたその神秘性の故、人々は様々な憶測をし、それであらゆる人は恐怖を抱くのだ。それはおまえも例外ではない。父さんも母さんももちろんおまえのことをわかっていた。だから私たちはずっとおまえを救うことを放棄しなかったのだ。

おまえは徐々に自分の手で食べることができなくなった。母さんとおばさんが交代でおまえに食べさせた。あのとき、私たちは保養治療を信じていて、それがおまえを救ってくれると願い、毎朝三時、私と母さんは起き上がるとおまえも起こしてベッドの上に座らせ、保養のための薬を飲ませた。しかしそれも何の役にも立たず、おまえの病気は重くなるばかりだった。

おまえは排泄《はいせつ》をコントロールすることができなくなった。おまえは危険が迫っていると感じ、ある日の午後、私がおまえに水を飲ませ終わったあと、私の手を摑んで言った。「父さん、僕、もうすぐ死ぬみたいだ、父さん母さん、ごめんね」

私はそれを聞くなり涙が流れ、慌てておまえの手をしっかり握りしめて言った。「バカなことを考えるんじゃない。父さんと母さんがきっとおまえの病気を治してやるから」おまえは首を横に振って言った。「話せるうちに聞いて欲しいことが一つあるんだ」

私は慌ててうなずくと言った。「わかった、言ってごらん、どんなことでもやるから」

おまえは目に涙を溜めて言った。「僕が死んだあとのことはあまり心配していないんだ。父さんは強い人だから。でも母さんのことが心配なんだ。父さんに母さんの面倒をしっかり見ると約束して欲しいんだ」

私は涙を流しながら何度もうなずいた。「安心してくれ、父さんが母さんの面倒を見ないわけがないじゃないか。父さんと母さんの一生は幸せなときは少なかったが、ずっと二人でたいへんな中を生きてきたんだ。言い争いはよくあったが、お互い支え合ってきたんだ。心配しないでくれ」

おまえは私の手を握りしめて言った。「父さんありがとう。安心したよ」

私はそのときおまえの腕を揺すって言った。「おまえが父さんにお願いしたんだから、父さんからもおまえにお願いが一つある。自分から先にあきらめないでくれ。父さんたちと一緒に病魔と闘えば、奇跡が起こるかも知れない。どうしようもない状況になった患者が偶然のことで良くなったという奇跡はあるんだ、信じなくては！　父さんと母さんはおまえの病気が良くなっておまえが私たちにお茶を入れてくれるのを待っているから」

おまえは何も言わず、目に溜まっていた涙が流れ落ちていった。

父さん、あの日父さんと話してから、僕にはこの世に心残りは基本的になくなった。おじいちゃんおばあちゃんも、おじさんやおばさん、いとこたちが面倒見てくれているから、きっと幸せな晩年を送ることができる。ただ僕が死んだことを伝えないで欲しいんだ、精神的打撃を与えたくないから。何かきかれたら、外国で仕事をしているときに向こうで嫁さんを見つけて、その奥さんが病気で中国へ戻って来れないから会いに帰れないとでも言っておいて。

あのときは自分でも命のカウントダウンが始まったと感じていた。僕が死んだあとに職場には何も要求しないでって言ったと思うけど、あれは自覚があったわけじゃなくて、就職してすぐに病気になって何もできなくて、それどころか同僚のみんなに病院に見舞いに来てもらったのが恥ずかしかったんだ。

ああ、彼らになんのお返しもできない。もし僕たちの間で何か不快な思いをさせたことがあったとしたら許して欲しい。もし傷つけるようなことを言ったことがあったとしたら許して欲しい。

父さん、あの日々、僕にとって最も辛かったことは何かわかる？　父さんと母さんに下の世話をしてもらったことだ。父さんたちはいつも僕を支えてトイレに連れて行き、数人がかりの力で中へ入れた。あとになって子どものときみたいに、下着を汚すようになって、仕方がないのでおむつを穿《は》かせるしかなくなった。もうまったく自己の尊厳どころじゃない。病気はほんとに恐ろしい。凶悪な独裁者のように、人としての最後の自由と尊厳さえすべて奪っていく。誰がそんな巨大な魔力を与えたんだろう。

どうして病魔の権力に制限を加えなかったんだろう？

寧、私はおまえの心中がどうだったかわかっている。人間の尊厳を奪われたのは辛かっただろう。私と母さんはおまえの病気が日一日と重くなっていくのを目の当たりにして、陰陽のバランスを整える治療も効果が期待できないとわかった。万策尽きた中で、脳に膏薬《こうやく》を貼って腫瘍を消す治療法を信じることにした。まずおまえの脳の写真を持って行ってその膏薬を貼る医者に見せた。彼は言った。「だいじょうぶです。患者を入院させなさい」私も母さんも彼がおまえの病気を治すことができると全面的に信じることはできなかったが、奇跡が起こらないとも言えなかった。万が一でもこの方法で効果があったら？

私たちはあのとき、ただ奇跡の出現を祈るしかなかった。

私たちはもう一度おまえを入院させた。それが家を出る最後になる、ドアを出たらもう帰って来られないとは、そのときまだ知らなかった。ずいぶんあとになって思い起こしたことだが、おまえはあの日、背負われて玄関を出たあと、王おじさんの階で一休みしていたとき、振り向いて鍵のかかっていない玄関を見つめていた。そのときは何か持って行きたいものでもあるのかと思って、身の回りのものは全部持ってるよとだけ言った。あのときおまえは、心の中で住んでいた部屋に、苦しみも歓びも与えてくれた家に別れを告げていたのだろう。

入院してから、看護師がおまえの服を脱がせておむつを取り替えるとき、おまえは低い声で一言、「ほんと恥ずかしいよ」と言った。私はそのとき返事はしなかった。どう言ったらおまえにとって慰めになるのかわからなかったからだ。それがおまえがこの世に残した最後の言葉になるなど、思いも寄らないことだった。あれが最後の一言だったのだ！　早かった、治療のせいでおまえの脳水腫はひどくなり脳圧が上がり、おまえは話す能力を失った。こんなに早くおまえと話すことができなくなるなんて思いもしなかった。おまえの残した最後の言葉は、どうしようもないため息であり、病魔に向かって発した抗議でもあった。

私と母さんが望んだ奇跡は起こらなかった。どうやらすべての神々は私たちの祈りも願いも聞き入れてはくれず、手をさしのべて病魔が最後の一手を下すのを阻止してはくれなかったようだ。おまえの脳の腫瘍はさらに大きくなり、膏薬は脳水腫をさらに悪化させ、体温を司《つかさど》る神経を圧迫し、その調節機能を失わせ、おまえは四十度の高熱が続く状態に陥ってしまった。

おまえは意識を失った。

私と母さんの細い希望の糸は断ち切られ、絶望と恐怖の深淵の中でじたばたするしかなかった。

父さん、高熱が続くっていうのは初めてのことだったけど、高熱の作り出す苦痛はひきつけより恐ろしい。ひきつけははじまってすぐに意識を失う。意識がなければ苦しみは苦しみに数えられない。でも高熱は違う。先生がいろいろな方法で熱を下げようとするんだけど、僕はそのたびに意識が戻ったり気を失ったりを行ったり来たりで、意識が戻ったときは体が窯に固定されて焼かれているようで、熱いってもんじゃなくて、窯から離れたいともがくんだけど、もちろん体は動かしようがない。あのときは目の前に北京ダックを作っているところが浮かんだ。僕は鉄の枠に固定された一羽のアヒルで、炭火の上でくるくる回されながら炙《あぶ》られ、こんがり焼けるまで終わらない。ときどき目を開けて父さんや母さんが見えたときには、目で早く僕をこの窯から出して欲しいと訴えようとするんだけど、二人の絶望的な目を見ると、僕にはその力もないことがわかった。それから僕はずっと目を閉じていた。父さんたちにこれ以上僕の苦痛を感じさせたくなかったし、気を揉《も》ませたくなかったんだ。こうやって炙られるのは、天がわざわざ僕に与えているもので、僕の人生でしでかした何かの間違いのせいで僕個人に与えられた懲罰なんだ。それなら甘んじて受けるしかない。父さんや母さんにまで受けさせることはない……。

　幸せはよく目減りすることがあるけど、罰は何倍にも大きくなることがある。あの数日、僕は意識のあるとき、生きることに対してまったく興味を失い、すべてを早く終わらせたい、早く解放されたい、早くもう一つの世界へ行きたいと願った。安楽死を呼びかける人のことが初めて理解できたよ……。

　安楽死は一つの幸福だよ……。

　寧、あのとき、私は高熱が収まらないというのを信じていなかった。この病院が無能だからそう言うのだと。だから私と母さんはおまえを転院させることに決めた。誰もが一番良いと言う病院へ。私は市の救急センターに救急車を頼み、その大きな病院の幹部にお願いすると、彼はおまえのために特別にベッドを用意してくれた。しかし入院後の検査で、医者は率直に私に言った。「氷床で物理的に体温を下げるしかありません。どんな薬も効果はありません」私はうなずくしかなかった。「それでお願いします。息子の苦痛を減らすことさえできれば、なんでもして下さい」

　息子よ、物理的に体温を下げるのは酷刑のようなものだ。体の下は冷たいマット、頭の下の枕はタオルでくるんだ氷の袋、両脇にも氷の袋を挟み、普通の体温の人がこんな目に遭ったらあまりの冷たさにすぐに逃げ出すだろう。しかしおまえの体温はそんな状況にもかかわらず三十七度までしか戻らなかった。あの数日、体温計の数字は私の最も関心のある対象となり、三十七度かそれより低いと食事もできたが、三十七度を超えると、すぐに落ち込んで食欲はまったくなくなった。

　おまえはこのとき細心の看護が必要で、定時に鼻からチューブを通し、時間を空けて体を起こして体を拭いてマッサージし、数種類の液体の入り具合を見、生命監視装置の数字の変化を見なくてはならなかった。おまえの親友たちが自ら手伝いを申し出てくれて、日中は私と母さんがずっとおまえのそばにいて、夜は友人たちが交代で介護者と一緒におまえの世話をしてくれた。

　あの数日、生命監視装置のピッピッという音がずっと私の耳元で鳴り響き、装置のモニターにはおまえの血圧、心拍数、血中酸素の三つの値が休むことなく私の目の前で跳びはねていた。その独特の音と跳びはねる数字は、私の脳の奥深くに刻み込まれ、数年後になっても、似たような音を聞くと、体は強ばり、目は知らずあの数字を見つけようとするのだ……。

私のこの人生で、強烈に嫌悪を催す二つの音、そのひとつは列車の夜中の汽笛だ。夜に汽笛を聞くたびに、何度も夜行列車に乗った情景と、切符を買えないのではという焦りを思い出し、荷物を背負って改札から車両へ走って突き進んでも混んでいて乗れないのではないかという恐れを思い出し、寝台切符が買えず二等座席に縮こまって座ったその座席の座り心地の悪さを思い出すのだ。もうひとつは生命監視装置の音だ。それを聞くとおまえが病院にいたときのことを思い出し、おまえがベッドで辛い思いをして耐えている様子を思い出し、心の底からその音を嫌悪した……。

　父さん、あの日々はまるで深い深い眠りの中にいるみたいで、細切れの情景以外、ほとんど何にも覚えてないんだ。耳は機能を失ったみたいで、基本的に外の音は聞こえなかった。鼻も壊れたみたいで、何の匂いも感じられなかった。舌は流動食のため長い間使っていなかったので、動かすことも難しくなってきていた。外界を感知する能力が失われるのは、人の肉体が消えていく前兆、人の肉体が有から無へ帰す段階の一つなんだ。その経過から僕にはわかったよ。神が一人の人間をこの世から消すと決めたってね。ボタンを押したらおしまいっていう一瞬で終わるものじゃなくて、ゆっくり少しずつ進むやり方でね。はじめは運動状態から相対的に静止状態へ、すなわちベッドに寝させる。それから手足を完全に動かなくさせる。他人の思いのままになるようにする。それから他人と話す能力をなくす。失語状態。続いて外観の変化を感じる能力をなくす。いかなる対処への欲望もない安静状態。これは最後にあの知らない世界へ入るための準備がすべて整ったということだ。

　これは生命の無から有へ移行する過程とまったく正反対だよね。どの生命体もみな何の欲望もない安静状態から始まる。それから外界の変化を感じ始め、自ら最初の反応をする。続いて言いなりの状態、そしてベッドから降りて手を振って歩く。それから言語で交流する能力を身につけ、最後に思いのままに動く状態へと入っていく……。

　生命の終点と起点はとてもよく似ている。

　父さん、僕は何の欲望もない安静状態になってから、突然一種の軽さを感じた。この軽さはそれまで経験したことのないもので、圧力がだんだん緩んでの軽さで、一本の手がもともと体が背負っていたものを下ろしてくれる感じで、一つ取ったらしばらくしてまた一つ、続けてまた一つと、負担が少しずつ軽くなっていくんだ。昔、父さんが人は定年退職すると一種の軽い状態になると話してたけど、その軽さと僕が感じたこの軽さは少し似ているかも知れない。定年退職すれば、もう上のご機嫌うかがいをすることもないし、仕事でミスすることを心配しなくてもいいし、出勤時間に遅れるのを心配することもない。もともと体にかかっていた負担が明らかに軽くなったと感じるんだ。当然、定年退職したからといってプレッシャーがすべて消し去られるわけではないけどね。退職後の待遇もいろいろ考えなくちゃいけないし、息子や娘の結婚や昇進を気にかけなきゃいけないし、孫の成長も心配しなくちゃいけない。僕もあのとき、プレッシャーはすべて消し去られたわけじゃなくて、疑問符が一つ頭の上にあった。結局いっこの世から完全におさらばするのかな……。

甲戌《きのえいぬ》（一九九四）

寧、おまえの静かな様子は逆に母さんを恐怖の底に陥れた。私たちにはそれが何を意味するかわかっていたからだ。母さんはそのため夜も家に帰らずおまえにずっと付き添うと言い出した。私はもちろんそれに対しいいとは言わなかった。母さんの体は何日にも及ぶ疲労と恐怖で一線を越える一歩手前まで来ていて、もう一日徹夜したら母さんも倒れそうだったからだ。私は言った。おまえがどうにも安心できないのなら、夜は私が帰らずにここで付き添っているから。それで母さんもやっと家に帰ることに同意した。実際、私もただ歯を食いしばって頑張るしかなかった。自分の体力の底が見えるようで、どんなに絞っても残り数滴しか出そうにもなかった。その日の夜、私は泊まった。ところが翌日の午前、おまえの導尿管に問題が起こったので、私は家に帰って休むことができなくなった。それで昼に下に降りて食事をするとき、病院の東側にある招待所でうどんを食べたくなった。招待所まではほんの二百メートルほどで、入口を出入りする人が見えていた。ところが入口まで辿り着く力が出そうもなくて、二百メートル歩ききれなかったらと不安になった。私が今倒れるわけにはいかない。私が倒れたら母さんはどうしたらいいのだ。そこで仕方なしに近くの購買部で冷めた蒸しパンを二つ買い、階段の踊り場で食べた。もしそのとき知り合いがそばを通っても、そこに座って食べている様子に驚くばかりで、たぶん私だとはわからなかっただろう。私には一メートル先の新聞紙を手繰り寄せてお尻の下に敷く力さえなかったのだ。ただそこに座って壁にもたれかかり、手も洗わず、ゆっくりゆっくり食べていたのだ。そのときの私の食べる目的は食べ物を味わうことではなく、ただ自分に力を持たせおまえのそばに戻るためだけだった。蒸しパンを食べ終えてから、まるまる二十分もそこに座って、やっと力が回復したように思ったので、立ち上がって歩き始めた……。

父さん、ほんとにごめん。僕のせいで父さんと母さんをへとへとにさせてしまって。あのとき、あの状態の中でも、たぶん血の繋がりの不思議さだと思うんだけど、僕には父さんと母さんがそばで看病してくれているのを微かに感じることができていたんだ。二人がそばにいると感じ、二人の声、二人の歩き回る足音は僕の微かに残っていた意識の中に入り込んでいた。人があの世に逝く過程で最後に失われるのが聴力だという。二人からどんどん遠くなっていくなかで、僕にはぼんやりと二人の声のかけらが聞こえた。意味はわかりようがなかったけど、声の色彩がとても暗かったのをはっきりと覚えてる。あのときの僕の願いは、二人にあきらめるように言うこと、もうどんなに頑張ったって無駄だと伝えたいということだったけど、その僕の願いを口にすることはできなかった……。

今ならわかる。あのときたとえしゃべることができて、二人に僕の考えていることを言ったとしても、二人があきらめるわけないってね。世の中の人間関係の中で、利害から一番遠いのは親子関係だ。この関係だけが利害での衝突を受けとめることができる。相対的に純粋なもので、その関係を繋ぎとめているのは天性の本能なんだ。その他の人間関係は祖父母と孫にしろ、夫婦にしろ友達にしろ、兄弟姉妹にしろ、幾度という利害関係の衝突に耐えられるものはそう多くはないよね。

父さん、母さんに代わりに伝えて。二人の愛のおかげなんだ、これだけの苦痛を受けたあとでもこの世はとても美しいと思えるのは……。

寧、私と母さんが最も恐れていた日はやはりやって来た。あの日の夜十時過ぎ、私たちはおまえに薬と水を飲ませ、すべての医療機器のチェックをし、当番のいとこと介護員に注意事項を伝え、父さんと母さんは家に帰って休むことにした。しかし母さんは予感があったのか、病棟の入口で立ち止まって言った。「私、当番で残りたいわ」私は慌てて母さんを引き留めて言った。おまえは日中休みなしで世話をしていたんだ。また一晩徹夜したら、明日子どもの世話をする精力が残っているか？　たぶん私の話の理屈を考えていたのだろう、いぶかしげに私のあとについてきた。しかしこれがおまえとの永遠の別れになろうなどとは！　もしわかっていたら母さんを帰らせたりしないで、私も母さんと一緒に最後の一夜を過ごしたはずだ。

私は後悔した。疲れて感覚が鈍くなっていたのか？　誰かが私の予知能力を奪ったのか？　これがおまえがこの世で最後の夜だとわからなかったなんて！

その日の夜中の三時過ぎ、枕元に置いてあった携帯が突然震えた。驚いて目を覚まして見てみるとおまえのいとこからの電話だった。心臓がドキリとした。彼は私がどんなに疲れているか知っている。よほどのことがなければ私を電話で起こしたりしない。応答ボタンを押すや、おまえのいとこの切羽詰まった声が聞こえてきた。おじさん、早く来て、兄さんの血圧が突然下がって、今はＩＣＵで手当てしてる、と。私は母さんを驚かしたくなかった。極度に疲れていてショックに耐えきれないだろうと思ったのだ。低い声で、わかったすぐ行くと言いながら服を取りに行った。

　私が玄関を開けて出ようとしたとき、母さんが目を覚ました。彼女は慌てて飛び出してくると私の手を摑んできいた。「あなたこれは――」

　私は慌てて彼女を慰めながら言った。「寧の血圧が少し低いそうだ。私が病院へ行って見てくる」

　母さんはきびすを返すとコートを取りに行った。

「私も行くわ」

　私は彼女を押しとどめた。私は彼女に少しでも寝て欲しかったのだ。私は言った。「私が先に行く、緊急のときには電話するから」

　夜明け前の暗闇の中、私は一気に住宅地から飛び出した。運転手もとても疲れていて、起こすのは忍びなかった。しかし頭の中がグチャグチャになっていた私は自分で運転することはできなかったので、大通りまで出てタクシーを拾った。病院に着いたとき、いとこの山娃《さんわ》は気を揉みながらＩＣＵの入口に立っていた。彼は私におまえの救命措置はまだ続いていると言った。医者が出たり入ったりするのを見て、私は一人の医者にきいた。「入って行って息子の様子を見ることはできませんか？」医者は首を振って言った。「救命措置が進行中です。あなたが入っても何の役にも立たないだけでなく、細菌を持ち込んでしまう可能性もあります。状況が良くなったらお伝えしますから」

　私はＩＣＵの入口の前で、せかせか行ったり来たりするしかなかった。待って待って夜が明けるまで待っても、知らせはなく、私はＩＣＵの入口の前の床に座り込んでしまっていた……。

　心がひどく乱れて、両目はじっとＩＣＵの入口を見つめていた。ついにおまえの主治医の先生が私の方に向かって歩いてくるのが目に入った。私は急いで体を起こして先生にきいた。寧はどうですか？　彼は口を開かず、ただ白衣をそそくさと脱ぐと、私の体にかけて私をＩＣＵの中へ入るように押し、立ち去りながら小さい声で言った。「彼に会いに行って下さい。彼は亡くなりました……」
　大きな音と共に、頭の上にずっと吊されていた巨石が落ちてきた。激烈な頭痛が私の体を揺るがし、私は壁にすがりついていたがなすすべもなく倒れてしまった。私は力いっぱい息を吸って立ち上がり、つまずきよろめきながら入口のその奥でおまえが横になっているベッドの方へと駆け寄って行った……。

　父さん、お医者さんと看護師さんたちが僕をＩＣＵへ運び込んで救命措置をしているとき、実は僕はもうこの世から離れる心の準備は全部整っていたんだ。この中身のない闘病生活で生き続けることにウンザリさせられていたんだ。生き続けてもそれは僕にとって苦しみでしかないし、父さんたちにとっても耐えられない酷刑でしかない。人生ここに至って心を決めるときが来たわけだ。昔観た映画で、海に飛び込んで頸椎《けいつい》と脊椎《せきつい》を損傷して体の自由が失われた身分の高い男性が、人に面倒を見てもらう生活にウンザリして、自殺したいと切に思い、お金を費やし苦労して自殺を手助けしてくれる人を探し出すという話。当時この人物が良く理解できなかった。しかし僕もここまで来て完璧に彼を理解することができる。生きるということは、もともと軽いものじゃない。それに加えて治る望みのない病気があって、最後には恐ろしい負担となり、楽しみも歓びも失われてしまう。もし生きることがこのように苦しみを受けることだというなら、そこから逃れることを選んでもいいんじゃない？
　お医者さんたちが僕の体に救命措置を施しているとき、僕の魂は冷ややかにそばに立って、なんの手助けもせずに彼らが忙しくしているのを見ていた。あのとき、僕はすぐにあの世に行きたいと思っていた。下げることのできない高熱から抜け出したかったし、ご相《しょう》伴《ばん》してくれてときおり襲ってくる痙攣《けいれん》から、手足の機能がなくなって受け身の状態になっていることからも抜け出したかったし、肉体の束縛、この世の制約から解放されたかったんだ……。

　寧、私がおまえのベッドに駆け寄ったとき、おまえはもう呼吸を停止していた。おまえはそこに静かに横たわっていたので、私はおまえに顔を寄せてキスをした。おまえの頬におまえの額におまえの手に。おまえの体はあのときまだ温かくて、おまえの顔の表情にはもう病気の苦しみはなかった。涙を流すことはできなかった。故人の体に涙を落とすと、故人の魂があの世に行けなくなると聞いたことがあったから。涙は飲み込んでその最後のときを逃さず、おまえの体をさすり、おまえの肩をさすり、強ばっていた肩を元に戻し、おまえの両手をさすり、両手をそっと伸ばしてやり、おまえの両足をさすって、痛みに耐えたその両足も伸ばしてやった。おまえの足先をさすって、病気の前のように戻してやった。さすっているうちにおまえの体が冷たくなっていくのがわかった。さすっているうちにおまえの体が温かくなるのではと絶望の中で思ったが、どうしようもなかった。わたしにはおまえが決然とこの世に別れを告げたと悟った。私は顔を窓の外の空に向け、私にもう少しだけ時間をくれるように天に願った。もう少しおまえの体をさすりながら一緒にいられるようにと。しかし空には雲が垂れ込めていて、天国の神はその厚い雲の向こうに隠れているようだった。神はおまえを受け入れるとすでに決定していて、私の願いになどまったく取り合うことはなく、私はおまえの体がどんどん冷たくなっていき、おまえがどんどん私から遠ざかっていくのを感じていた……。

　父さん、父さんがＩＣＵの僕のベッドのそばに来たとき、僕の魂は地面から離れたところで、父さんの頭のすぐそばのあたりにあったんだ。もちろん父さんが僕の体をさすりキスしているのは見えたけど、さすられてる感覚もキスされている感覚もまったくなかった。父さんが涙を溜めて独り言を言っているのも聞こえたし、父さんが死ぬほど悲しんでいるのも見えたけど、僕には父さんにも母さんにもどんな慰めも与えることはできなかった。ほんとにごめん、父さん、父さんと母さんが与えてくれた愛情に恩返ししなきゃならないのに、こんなに早く離別の苦しみを与えることになるなんて。将来あの世で再会してから精一杯父さんたちに恩返しするから……。

　父さん、魂が肉体から離脱するのは、こんなに快適で気持ちいいものだったとはね。フワフワと漂うことができて、父さんたちの頭の上から、下を見下ろしていた。昔自然科学雑誌でレポートを読んだことがある。百人以上の臨死状態の患者が救命措置を施されているそれぞれのベッドの下に、ある図形を描いた紙を置き、治療を受けている患者にはそんなことは知りようがないんだけど、しかしその患者たちは命が助かったあと、みんなベッドの下に置かれていた図形が何か知っていたって言うんだな。どうやってその図形を見たのかときくと、患者たちは口を揃えて天井から下を見たと答えたんだって。僕はそういったレポートの真実性については疑っていたけど、今はっきりした、それは真実だったんだ……。

もちろん、僕はまだ遠くまでは行けない。白い頭巾をかぶった女性が僕が地面を離れるとき、小さな声で、父さんたちからあまり遠く離れてはいけません、あなたはこの世とお別れする最初の段階にいるのです、と囁《ささや》いた。昔、お年寄りたちが話しているのを聞いたことがある。人は死んだとき、凶暴な面相をした二匹の小さな鬼が人の魂を捕まえて連れて行くのだと。これは間違いだとわかった。僕を連れに来たこの白い頭巾をかぶった女性は、顔は見えないけど、その様子は善意にあふれていて、所作も軽く柔らかく、少しもがさつなところがなかった。彼女が僕に対して使ったのはだいたいがボディランゲージで、ほとんど話さなかった。話さなければならないとき、彼女の声はとても軽やかで、ひそひそ話のようだった。人間界の言葉で彼女を評価すると、その所作は教養にあふれているといったところかな。

彼女に対しては少しも恐れを感じなかった。

本当のことを言って、あのときはまだ遠くへは行きたくなかった。肉体から離れる前は、世の中に対しての嫌悪でいっぱいで、生きていることには何の未練もなかったんだけど、ほんとに行かなきゃいけなくなると、これがまた名残惜しい気持ちが出てくるんだな。結局人の世で二十九年生きたわけだけど、そこでは遊び、学び、軍に参加し、そこには父さん、母さん、おじいちゃん、おばあちゃん、たくさんの親戚がいて、中学高校大学で共に学んだクラスメートがいて、たくさんの仲間や同僚がいるのに、先においとまなんて確かにたまらないよね。それから周庄、構林、鄧州《とうしゅう》、南陽、済南、鄭州、西安、北京、僕の住んだことのあるところがたくさんあって、それぞれに僕の生活の足跡があって、それらとも別れなくてはならないのも、異様なくらい辛かった……。

寧、霊安室の職員が来てから、私は彼らと一緒におまえをかかえてベッドから移した。それがおまえを抱いた最後だ。小さい頃は数え切れないほどに抱いた。病気になってからは、私よりも背が高くたくましくなったのに、数え切れないほど背負った。昔は抱いても背負っても嬉しくて楽しくて希望に満ちていた。おまえは私の命を受け継ぐ者だった。しかし今回は苦痛と絶望、恐ろしいほどの空虚だった。私がおまえと一緒にＩＣＵの入口から出ようとしたとき、母さんとおばさんたち、そしておじさんやいとこたちがやって来た。母さんは大声を上げて泣いて、おまえを抱こうと近寄って来たが、母さんの涙がおまえの顔に落ちてはと私は急いでおまえを引っ張って行った。ＩＣＵから霊安室までどうやって行ったかわからない。私はおまえの手を強く握りしめて、おまえが驚かないようにと祈っていた。息子よ、うちの家族では順番で言うと、逝くのは私が先で次が母さん、そしておまえが最後、私が逝くときはおまえが私を送ってくれなければならないのに、天のおかしな配剤で、私がおまえを送るはめになってしまった。この心も体も引き裂かれるような痛みに誰が耐えられるだろう？

　おまえを霊安室に入れてから、私は家に帰っておまえがあの世へ行くための服と葬儀の準備をした。心の痛みはコントロールが利かず、何日もの間、食べることも寝ることもできず頭は割れるように痛く、目の前にはいつもチカチカ何か光っているようで、このとき、私は本当におまえと同じように倒れ、親子二人で逝ってしまいたかった。しかし母さんがこのときすでに泣いてベッドに横たわっていたので、彼女をほったらかしにすることはできず、気持ちを奮い起こした。私が倒れることはできない、この夫婦二人だけのぼろぼろの家を支えなくてはならなかったからだ。私は気合いを入れ直し、各方面と連絡を取り、あらゆることをきちんと手配した。幸い、いとこたちがたくさん助けてくれたので、おまえを送るためにすべき準備はすべて整った……。

　二〇〇八年八月三日は、周家にとって歴史的な一日となって書き記された。天国の神がこの日におまえを召し上げた理由はわからなかったが、この日からおまえがもう二度と私や母さんの相手をしてくれないということはわかっていた……。

　私たちの思い描いていた未来のプランはすべて台なしになってしまった。

　すべて失われたのだ……。

父さん、父さんが葬式の準備をしているとき、あの僕を地面から引き離した白い頭巾をかぶった女性が、自分についてくるように指示した。どこへ行くとも言わなかったが、僕はあのとき本当にどこにも行きたくなかった。父さんと母さんのことが気がかりだったし、父さんたちをずっと見ていたかった。でも彼女の手はかすかに動いただけだったんだけど、ものすごい力が僕を前に向かって進ませたんだ。僕たちの歩き方は人間界の二本足を交互に踏み出すのとは違う。足を動かさなくても薄い雲の上に立って彼女の指し示す方に向かえば、ヒューッという風の音が聞こえて、飛んで行くんだ。あっという間に別の場所に到着し、俯いて下を見てみると、そこは一面無限に湧き上がり渦巻く水で、無数の人々がその水の中で泣き叫んでいる。僕は急に緊張した。ここはどこなの？　僕は本能的に腰を曲げて水の中で泣き叫んでいる人の方に手を伸ばした。しかし彼女の手が少し動くと、僕は動けなくなった。

「どうして彼らを助けさせないの？」僕は彼女に向かって叫んだ。

彼女は答えず、ただ私に見るように指示した。

「これを見てどうするの？」僕は彼女に向かって叫んだ。

彼女は何も言わない。

水面であがいている人数がだんだんと少なくなっていった。そのとき彼女はまた僕の手を引っ張って、ついてくるように指示した。

今度の移動の仕方もさっきと同じで、風のヒューッという音がやむと、僕は目を剝いた。そのときの情景は人を脅かすようなもので、僕の体の下の地面が裂けていて、裂け目からは赤いマグマと石が噴き出し、大きいのが家を潰し、人々は叫びながら四方に逃げ出し、多くの人は崩れた家に押し潰され、たくさんの人が地面の裂け目の中に落ちて行った。僕は驚いて彼女にきいた。「ここはどこなんですか？」

彼女は答えず、ただ私に見るように指示した。

僕はかがんで地面の裂け目に落ちて行く人を引っ張ろうとしたが、彼女の手が少し動くと僕は動けなくなった。

「どうして助けてはいけないの？」

彼女は相変わらず無言だった。

助けられないんじゃ、なんで僕をここに連れて来たの？

　彼女は依然答えない。僕はただ彼女を疑い深い目で見るしかなかった……。

乙亥《きのとい》（一九九五）

　寧、二〇〇八年八月五日の朝、私とおまえのおじさん、いとこの劉偉《りゅうい》や弟の山娃と一緒に、早々と病院の霊安室に行って、まず職員に頼んでおまえに服を着せてもらった。それはおまえが初めて着る〇七式の新しい軍服だった。この新しい軍服が出たときにはおまえはもう病人になっていて、おまえは病気が治ったら着るからと、私にしまっておくように頼んだ。まさか今日ここでおまえに着せることになるなんて。その軍服に着替えて静かに横たわっているのを見ると、私の心は粉々に砕けてしまった。これが数年前バスケットボールのコートを元気に駆け回っていたおまえなのか。おまえの人生はどこで曲がるところを間違えたんだ？　どうして他の方向へ曲がらなかったのか？　どうしてもっとゆっくり曲がらなかったんだ？

　納棺の前に私はもう一度おまえにキスをした。おまえにキスする機会はもうない……。

　霊柩車が八宝山に着き、告別室におまえを安置すると、おまえの上司、友人、私の上司、友人そして同僚らがおまえにお別れを言いに来た。あのとき、私は私も母さんも立っていられず倒れるのではないかと心配していたが、だいじょうぶだった。私たちはなんとかもちこたえた。おまえを安心して逝かせてやらなければならない。

　告別式が終わって、おまえを奥のホールに移すと、作業員が前に行こうとする私を引き留めた。私にはわかった。私たち親子の最後の別れのときが来たのだ。私はおまえのそばに駆け寄ると最後のキスをした。息子よ、お別れだ……。

　一時間後に再び会ったおまえは一包みの灰だった。私は震える手で灰を骨壺に入れた。それから私とおじさんと劉偉、山娃と一緒におまえを老山遺灰堂に持って行った。おまえには大きな家を買ってやりたかったが、二十九歳のおまえに準備できたのは二平方メートルの霊安所だった。

　老山遺灰堂から出てきて、私はついに大声を上げて泣いた。山の木々よ、木の枝にとまっている鳥たちよ、空の雲よ、運命を司る造物主よ、私の泣き声が聞こえたか！　息子よ、おまえと父さんと母さんの運命はなぜこんなに苦しいのだ？　どうしておまえがこんな病気にかからなきゃならなかったんだ？　どうしてこんな災難が私と母さんの頭上に落ちてきたんだ？

なぜなんだ？

父さん、八宝山の告別室で、老山の遺灰安置所の前で、僕はずっと父さんたちと一緒にいたよ。父さんたちの頭上から父さんたちを見てた。僕は父さんと母さんが嘆き悲しむ様子を見て、僕はどれほど手を伸ばして二人の頬の涙をぬぐってやりたかったか。でもあの白頭巾の女性が僕を押しとどめたので、ただ目を見開いて父さんたちの悲しむ様子を見るしかなく、慰めてやることもできなかった。

父さん、僕は自分の体が焼かれるのを見たとき、別に辛いという感じはなかった。それとは逆に少し喜びの感覚が生まれていた。ああ、もう肉体に煩わされなくていいんだと。人の肉体は様々な欲望を生み出す。食欲、情欲、性欲、金銭欲、物欲、官僚への欲、権力欲、有名欲、成功欲、不老不死への欲、ひとつまたひとつと欲望は人を休ませることなく追い立てて、息もできないほど疲れさせ、無味乾燥にさせ、怒りに我を忘れさせ、恨みで歯ぎしりさせ、後悔して地団駄を踏ませ、痛くて涙を流させる。短い人生の過程の間ずっと欲望に駆り立てる。一体何の意味があるんだろう。でも肉体が存在する限り、欲望から本当に脱却できる人なんてそうはいない。今、僕はついに肉体、すなわち欲望とおさらばしたわけだ。

もう欲望の制約を受ける必要はない。

ついに完全な解放を手に入れたんだ……。

寧、老山遺灰堂から家に戻って、至る所におまえの痕跡のある家を見て、私と母さんはまたこらえ切れなくなって大声を上げて泣いた……。この日から私と母さんは夜が来るのが怖くなった。夜は特におまえのことを思い出してしまうからだ。この日から私たちは祝日を過ごすのが怖くなった。より一層おまえのことを思い出すからだ。この日から他人の子どもの結婚式に出るのが怖くなった。集まったときには必ず子どもたちの話になって、おまえの記憶を呼び戻すからだ……。

ある日、母さんがおまえの残した服を抱きしめて泣きながら私に言った。寧の遺灰は遺灰堂に置いていてはだめよ、ちゃんと土に埋めてやらなきゃ。やっぱり早くお墓を探してちゃんと埋めてやりましょうよ。私は言った。わかった。市の霊園でどこがいいか詳しく見てみよう。その日以降、私はネットで霊園の資料にあたり、四方八方駆け回った。西へ南へ西南へ東北へ北へ、ほとんどの霊園はひと通り見た。あれこれ比べて私は天寿陵園《てんじゅりょうえん》が良いと思った。そこには科学者や教育者や芸術家がたくさん眠っていて、彼らと友達になれると思ったし、霊園の設計がすばらしく、一休みできる公園があり、芝生があり、柿の木が植えられていて、花や噴水、煉瓦《れんが》敷きの小道や亭、石の彫刻、僧侶の塑像まであって、その中をぶらぶら歩いていると、とても伸びやかな感じがあった。管理もしっかりしていて、どの区画にも保安要員がいて、一日中墓地を見回り、清掃員が毎日石碑や墓石を拭いてくれ、霊園の中では毎日音楽が流れていた。おまえの墓地はここにしようと思った。帰宅して母さんに相談すると、母さんは自分で行って見てみたいと言った。その後、母さんも見て、すばらしいわと言った。

霊園には、一人用のお墓の他に、夫婦合葬のお墓、一家三人用の家庭墓、数世代を埋葬できる家族墓があった。私は母さんに言った。ここはいい所なので、いっそのこと私たち二人のお墓も買っておこう。そうすれば一家三人一緒に埋葬してもらえる。母さんはもちろん賛成した。霊園がこのようなやり方を許可しているのは、子どもを亡くした親で事前にお墓を買った人がたくさんいて、まだ自分の墓碑に名前を刻んでいないだけなのだ。

次は霊園のどの場所の墓地を選ぶかだ。私たちはすべての墓地を巡り、最後に方舟園《ほうしゅうえん》区の煉瓦道のそばに決めた。そこの左側の墓地に埋葬されているのは病気で亡くなった娘さんで、その左奥にも病気で亡くなった子どもさんで、右の奥には交通事故で亡くなった男の子だった。これなら墓地の中でもおまえが一緒におしゃべりもできて寂しくないだろう。私と母さんの墓碑はおまえのとくっつけ、墓穴は別にして、おまえ用にひとつ、そして私と母さんのは別に少し大きなものにした。墓碑は書物の形にした。おまえも私も母さんも本が好きだったから、二つの墓穴の蓋《ふた》は、どちらも本の形にしてもらった。ただおまえの本は開いていない。あの世でも本が私たちの伴侶になってくれるだろう。おまえの墓碑の上には、父さんと母さんで考えて、三行の文字を刻んでもらった。一行目は、息子の人となりは正直善良、二行目は息子の仕事は繊細完璧、もう一行は、父母は永遠におまえを愛す……。

父さん、僕には父さんが僕のために霊園を選ぶのが見えた。父さんと母さんがお墓の位置を決めるところもはっきり見えたし墓碑を選ぶところも見えた。僕はとても満足してる。僕は父さんと母さんが自分たちのためにお墓と墓碑を決めたことももちろん嬉しかった。これでいつか家族三人の遺灰が並ぶことになる。ただ心配なのは、これが不吉なことになるんじゃないかってこと。なんといっても父さんたちはまだ生きてるんだから。それと二人に言っておきたいのは、あの日、墓碑に文字を刻んでもらいに行くとき、僕は父さんたちと一緒に行ったんだけど、最後までずっと空中で付き添っていたかったのに、あの日は僕に影のように付き添っているあの白頭巾の女性が僕を二人から引き離したんだ。彼女は僕をある場所へと連れて行った。そこは一つの町で、僕の知らない町で、市内には高いビルが林立していて、道路が縦横に張り巡らされ、大通りは車が行き来し、人の流れは河のようで、とても賑やかだった。でも人の顔もはっきりしないし、通りの文字もよく見えず、どこの国のどこの町かははっきりしなかった。彼女が僕にこの街の賑やかな様子を見せたいんだろうと僕は思ったんだけど、そうじゃなくて、宙に浮いていると、突然救急車のサイレンが鳴り響き、救急車が次から次へと大通りを走って来て、全部で数百台の救急車があちこちで人を引っ張り始め、人の泣き声が響き渡り始め、人々は突然四方八方へ逃げ始め、地面に倒れる人もいて、泣き叫ぶ声が響き、しばらくすると人の声は小さくなり始めて完全に消え、通りには車が相変わらず停まっていて、救急車も動かず、町全体が死んでしまったみたいだった。僕が驚いて、これはどうしたの?ときいても、そばの彼女は前の二回と同じように一言も言わない。下に降りて何が起こったのかはっきり見てやろうとしたんだけど、彼女に止められ、動くことができなかった。僕は頭巾の下の彼女のぼんやりした顔を眺めながら、彼女がどうしてこんな知らない恐怖の町に連れてきたのか考えていた……。

寧、お墓や墓碑を先に予約しておくのは不吉ではない。これは田舎のおじいちゃんやおばあちゃんが、早いうちから棺桶用の板を買って家に置き、自分の家の墓地に墓穴の位置の印を付けておくのと同じで、こうすることで心の平安が生まれるのだ。私と母さんは自分たちのお墓と墓碑を決めてから、心がとても安らいで落ち着いていて、もう何の憂いもなかった。おまえの納骨の日は連休のときにしようと決めた。親戚や友人たちがおまえを見送りに来るのに便利だからだ。おまえの母さんの考えで、その日は近くのお寺の住職とお坊さんたちに来てもらって、済度の儀式をしてもらうことにした。済度の儀式は霊園に特設された大ホールの中で行ない、私と母さん、それから親戚友人たちがおまえの遺骨を大ホールに持って入ると、僧侶たちが音楽を奏で、ロウソクに火を灯し、線香に火を付けて拝礼し、高らかにお経を唱え始めた。読経が終わると、再度拝礼して、それから先頭の僧侶たちが遺灰を棺桶に入れて、四名の僧侶がそれを担ぎ、一人が幟《のぼり》を手に持ってみんなを引き連れて墓地へと向かった。

あれは黒く低い雲が垂れ込めた清明節の午前で、私と母さんと親戚友人たちは棺のあとに続き、悲しい音楽の中、方舟園へと向かった。このときの私の心中の悲しみは誰にもわかりはしないだろう。私は昔小説の中で幾度となく死んだ人を見送る人を書いてきたが、このときになってようやくその人々の本当の内面世界がわかった。どれほど空しく、どうしようもなく痛く悲しいのかを……私の両目はぼんやりとして、両足はぎこちなく、体は苦痛で震えていた……。

父さん、僕は父さんと母さんが墓穴の中に電池を抜いた携帯やＭＰ３プレーヤー、腕時計や他の僕のよく使っていたものを入れ、お墓の外側でたくさんの紙で作ったお金、服、車、家、家具、電化製品などを燃やすのを見て、僕があの世で不便な思いをしないようにとあれこれ考えてくれているのがわかった。僕はあのとき父さんたちの近くにいた。父さんたちはいつも僕のことを気にかけてくれ、僕の生活に支障がないようにと気遣ってくれていたんだと感動が胸にこみ上げてきた。

遺灰を埋めるというのは僕にとって、もう造物主が画定した第一段階を走り終えたということを意味してるんだ。この段階は円形のトラックのようで、スタート地点――肉体のない〝無〟から始まって、肉体のある〝有〟の苦しみを経て、また肉体のない〝無〟に返るということなんだ。みんなよく言うじゃない、人は両親が土で育てた物を食べて育つのだから、死んだ後は土に返さなくてはならない、そうしなきゃ土の神様が許してくれないって。

　ときどき思うんだ。人の生き死にの過程はゲームみたいなもので、僕たちが子どもの頃遊んだ泥人形のようなもので、僕たちは土と水をこねて泥人形を作って、窓辺に並べて置いて遊ぶんだけど、突然大雨が窓辺を襲うと、泥人形は泥水となって流れて地面に落ち、泥人形は影も形もなくなり土になってしまう……。

　人は何もない空虚なところからやって来て、また何もない空虚なところへ返って行くんだ。輪のような軌跡を描いてね……。

　寧、人生がもし本当にゲームのようなものなら、そのゲームの規則を守らなくてはならず、それはゲームに参加するもの自らが望むことだ。しかし私はこのゲームには参加したくない。私は嫌だ。このゲームは残酷すぎる。支払わなくてはならない代価が大きすぎる。人がゲームをするのは快楽を求めているからで、このゲームのどこに快楽があるんだ？　神がこのゲームを作り出し、このゲームの規則をこんなに無茶苦茶なものに設定したのなら、私は彼に強く抗議する。それなら生まれない方がいいし、人になりたくない！　生まれてこなければ人生の苦しみを味わわなくてすむし、人にならなければ死別の痛みを経験しなくてもすんだのだ。神に本当に提案したい。一人の人間をこの世に送り出す前に、彼にそれが望みかどうかをきくべきだと。同意すればこの世に送り込めばいいし、同意しないのなら、この世に送るべきではない。これができれば本当の民主的自由を行なうと言える。しかし今は違う。この世に生まれることを望もうが望むまいが、苦痛を味わうのを望もうが望むまいが、造物主がこの世に送りたいと思えば、父親と母親の同意を求めるだけで、いやそれさえ不要なまま、この世に送り出されるのだ。なんという不合理！

　無理難題をふっかけるようなものだ……。

　父さん、そんなに怒らないで、自分を見失っちゃだめだ、神への敬意を失わないで。夫婦には子どもを欲しがる権利があって、神はそれを拒絶することはできない。父さんと母さんが結婚してから、もし造物主が僕を生まれさせなかったら、父さんきっと怒ったに違いないよ。不公平だって。ね、心を落ち着けて。父さんは僕を失うという苦しみを受けたけど、この世で子どもを亡くすという痛みは父さん一人だけじゃないんだ。北京郊外の交通事故覚えてる？　家族四人の乗った車がぶつけられ、生き残ったのは母親だけだった。その母親が失った家族の数は父さんより多いんだよ。僕は一人の人間がこの人生で何を経験し、それが良いものだろうが悪いものだろうが、幸福だろうが不幸だろうが、おそらくそれには定数のようなものがあって、それは本人が決めるものではなくて、目には見えない管理者が配分していて、その管理者はそれぞれの支払ったもの得たものの総合的状況に基づいて、幸せと苦しみの比率を決めるんだ。だから何にしろ、受け入れるしかないんだ。恨んでも意味はないよ。

　僕は命を失い、父さんは息子を失った。僕が父さんに現状を受け入れてって言うのは、実際は自分自身を納得させるためでもあるんだ。

　受け入れる以外、他に何か選択肢がある？

丙子《ひのえね》（一九九六）

　寧、おまえの葬儀が終わってすぐのある日の晩、私はおまえの夢を見た。夢の中でおまえは外から慌てて入って来て、入って来るなり私を抱きしめてきくのだ。「父さん、父さんには僕がわかる？」私はそのときあっけにとられておまえの肩を抱きながら言った。「やれやれ、この子は、どうしてそんなことを。父さんにおまえがわからないわけないじゃないか」言い終わって、私はおまえがすでに死んだことを猛然と意識した。私は不思議に思ってきいた。「彼らがまたおまえをこっちに戻してくれたのか？」おまえはうなずき、私は嬉しくてもう一度おまえを抱きしめようとしたところで突然夢から覚めた。私は茫然自失してそこに横たわっていた。長い長い時間身じろぎもしなかった。私はこの夢が何を意味しているのかわからない。おまえが私たちがおまえのことを忘れるのではないかと心配しているということなのか？　おまえが私と母さんを恋しがっているということなのか？

　おまえはどうしてあんなことをきいたのだ？

父さん、父さんの夢は父さんが僕のことを思う気持ちの屈折なんだ。父さんが僕の夢を見たとき僕はもう遠くへ行ってしまっていた。僕の遺灰が埋められると、あのずっと僕のそばにいた白頭巾の女性が軽い声で言った。「さあ、もう私と一緒に遠くへ行きましょう」僕はうなずいた。この世で僕に関わることはすべて終わったのだ。僕は行かなくてはならなくなったと思った。いつまでも近くをウロウロしているわけにはいかないんだ。彼女はそれ以上何も言わず、僕に黒い布を手渡して言った。「頭にかぶって」僕がその黒い布を頭にかぶると、耳元でヒューッと風の音がして、僕は彼女が僕の手を引っ張っているのを感じた。僕たちはもう飛んでいた……。

どれくらいの時間が過ぎたのかわからなかったけど、男の声が聞こえてきた。「全員個々にきちんと並ぶんだ！」あの女性は僕と一緒に立って、僕の頭の黒い頭巾をはずした。僕たちが着いたのは一本の大きな川の縁だった。光は暗く、岸辺にはどんな建物もなく、木でなければ草で、川は広く濃い霧に覆われていて、対岸を見ることはできなかった。川の水は流れが速くて、波頭が立ち、水の色は黒緑で、見たところとても深そうだった。川の中には人間界の川でよく見られる水草のようなものはなくて、清らかに澄んでいた。岸辺には葦や茅もなかった。風があった。微かだったけど。草も木の葉もほとんど動いていなかった。セミの鳴き声もなく、四方はとても静かだった。川岸には僕と同じようにさっき着いたばかりの霊魂が立っていて、どの霊魂にも同じようにそばに白い頭巾をかぶった女性が付き添っていた。僕にはそのときやっとわかったんだ。僕だけじゃなくて、もともとこの世界に来る霊魂にはそれぞれこの世界の使者が一人付き添うことになっているんだと。彼女たちは二つの世界を行き来し、僕たちをここに連れてくる責任があるんだ。

「もう君の顔を見せてもらえるかな？」僕は大胆にも僕を連れてきた使者にきいてみた。

彼女は首を振ったが、怒っている気配はなかった。

「ここの規則で、私は頭巾を取ることはできないんです。ごめんなさい」彼女の声は相変わらず軽かった。

「名前教えてくれる？」

彼女はまた首を振って僕に前を見るように指示した。

「諸君、天国へようこそ！」さっき僕たちに命令した痩せこけた男が高い声で言った。彼は僕たちの真正面の奇怪な形をした切り株の上に立っていて、声は異常なほど響き渡った。「天国の大きさはとても口では言い表せない。天国はいくつかの区域に分かれている。ここは天国の甄《けん》域だ。みんな目の前に川が見えるだろう。川のこちら側、我々が立っているこちらの岸がすべて甄域に属している。甄域とは審査する区域という意味だ。我々はここでおまえたちの審査を執り行う。それからおまえたちを各自が行くべき区域に送り届ける。甄域そのものがとても大きく、たくさんの〝関〟に分かれている。ここは甄域の三三三三三九関で、関はすなわち関所のことであり、その他の区域に入るための関所だ。私のことは関長と呼んでくれ。関長の仕事は人間界の税関と少し似ている。審査が終わったら船でおまえたちをそれぞれが行くべき区域に連れて行く。この関所が扱っているのは主に中国から来た霊魂だ」

父さん、僕はもう天国の甄域に来てたんだ。もう僕は好奇心いっぱいで、耳をそばだてて関長の話に聞き入った。

「おまえたちが今見ているのは天国の情景だ。人間界にあるものは天国にもすべてある。人間界にないものも天国にはある。まあゆっくり観察してだんだんと理解していくことだ」

顔を上げて周りを見回していると、私を連れてきたあの使者が低い声で僕に説明してくれた。「あれが冥河の突堤で、岸に生えているのが、天のヤナギ、天のニレで、突堤の上にはびこっているのが天の草で、満開の花が天のサクラと天のウメで、岸辺に泊まっているのが天船で、埠頭に積み上げてあるのが天石……」

僕はもう好奇心がはちきれそうだった。「これが天国の甄域？」

「おまえたちが船に乗る前に四つのやらねばならないことがある」関長はひときわ高い声で言った。

僕はそのとき、軽い気持ちでそばにいる頭巾をかぶった女性にきいた。「僕たち飛べるのに、どうして向こう岸まで飛んで行かないの？　船に乗るなんてめんどくさいのに」彼女は首を振って答えた。「この川を越えるほど飛べる人はいないの。誰にも飛び越えることのできないバリアみたいなものなの。この川を渡る唯一の方法は天国が用意した船に乗ることなの。誰も逆らえない。渡り切れなければ、二度と戻って来れない奈落の底に落ちてしまうから」

　僕は黙り込んで引き続き耳を傾けるしかなかった。

「最初は身分の審査だ。私がおまえたちの年齢、ここに来た理由と霊魂に振り分けられている類別を読み上げる。おまえたちの記憶と照合し、間違いを防止するためだ」そう言い終わるとノートを取り出して最初の頁を読み上げた。「肖嘉暁《しょうかぎょう》」

「はい」年老いた男が返事をして一歩前に出た。

「おまえは七十九歳、肝臓の病気でここに来た。重穢《じゅうわい》の魂に属す」

「なぜ私が重穢の魂なのでしょうか」肖嘉暁は少し不満そうだった。

「おまえは二十歳のとき、工場の隅で工場長が女工を強姦しているところに出くわしたが、助けなかったばかりか、警察の尋問で強姦の場面を見たことを否定した。三回結婚して五人子どもがいる。五十二歳のとき、二番目の妻と離婚したくて彼女を何度も殴り、首吊り自殺に追い込んだ。しかしおまえは彼女が前の妻の子どもと折り合いが悪く、口げんかしたあと、すぐに自殺したと申し立て、自殺の真相をごまかした。だから重穢の魂だ」

「あんた……」肖嘉暁は不意打ちを食らったように相手を凝視していた。

「私は言い間違えたか？」関長は肖嘉暁を睨んでから全員の方に向かって言った。「もし私が言い間違えたら言ってくれ。内容に間違いがないように徹底したい。肖嘉暁、私が読み上げたことに証言が必要か？」

　肖嘉暁はうなだれた。

　関長はまた手に持ったノートの頁をめくって読み上げた。

「姜維藍《きょういかん》」

　若い女性が返事をした。「はい」

「おまえは三十歳、難産でここにやって来た。軽穢《けいわい》の魂に属す」

「私の魂は汚れてなどいません」姜維藍は抗議した。

「おまえは十七歳のとき、隣の机の貧しい同級生とケンカになり、彼女の計算機をわざと机の上から落として壊した。二十四歳のとき、職場の同僚がきれいなことに嫉妬して、ネットで匿名で彼女がホテルで売春していると書き込み、彼女の恋人を彼女から離れさせた。二十七歳のとき、しゅうとめの愚痴や文句が不満で何度も彼女と衝突し、離婚すると夫を脅してしゅうとめを追い出し一人にし、さらに夫が週末に彼女に会いに行くのを妨害し、年寄りに孤独の苦しみを与えた。だから軽穢の魂だ」

姜維藍に返事はなかった。驚いたよ。関長は一人の人間の一生をここまではっきり記録しているのかって。

「林文浩《りんぶんこう》」

壮年の男性が返事をした。「はい」

「おまえは四十五歳、焼身自殺してやって来た。頑固な性格で、自分の家が強制撤去の対象になって、補償が不合理だと移動を拒絶し、開発業者が水も電気も止めてもそれに屈せず、開発業者が人を雇って強制的に取り壊そうとしたが、それにも屈せず、焼身自殺をして抗議した。冤《えん》の魂に属する」

林文浩は涙で顔をグチャグチャにしていた。

「陳東昌《ちんとうしょう》」関長はまた頁をめくって呼んだ。

「はい」四十歳くらいの男性が返事をした。

「おまえは、四十一歳、億万長者で心筋梗塞《こうそく》でやって来た。おまえは取締役をやっていた製紙工場で水源に重大な汚染をもたらし、環境保全局が検査にやって来るたびにおまえは汚染除去装置を作動させて汚染水を流していないと表明し、検査員が帰ると、また汚染除去装置のスイッチを切りカネを節約し、付近の数万人の飲み水を汚染させ、多くの女性が形態異常の子どもを産み、たくさんの子どもが病気で死んだ。訴える人がいても、カネで役人を買収して事なきを得、さらに訴えた人を何度も脅迫した。有罪の魂に属する」

「私は毎年政府に多額の税金を納めている。罪がないどころか、功績がある！」陳東昌は弁解した。

「税金と人の命とどちらが重要か？」関長は彼を睨みつけた。

「私は経済発展に貢献し、三回市長になって昇進までしたんだ」

「おまえは〝貢献〟という言葉の意味がわかっているか？」関長は目を細めた。

「あんたに私の人生を評価する権利などない！」陳東昌は傲然と言い放った。「私が死んだあと、どれほどたくさんの人が私の葬儀に参列したか見なかったのか？　市委員会書記が自ら葬儀をかって出たんだ。模範起業家として認められ、市政府は私の記念館を建てようと計画している。作家が私の伝記を書くと言ってくれている。私はあの町の偉人なのだ！」

「わかった。おまえが自分で自分を偉大だと思っているのなら、その感覚を持ち続けることだ」

「羅《ら》道冬《どうとう》」関長は続けて呼んだ。

「はい」僕より少し年上の男性が返事をした。

「おまえは三十七歳、全身やけどで感染してここへやって来た。おまえは平生はなまけもので、家事もせず妻子とは幾度となく言い争い、なんども妻に手を上げた。ある日、隣家から火が出て、消防士が救助活動を行っていて、屋外に逃げていたおまえは関わらないでもよかったのに、隣の子どもがまだ燃えている家の中にいて泣き叫んでいるのを聞いて、なりふり構わず飛び込んで行き、その子どもを抱いて出てきた。大きな火がおまえをあっという間に包み込んで、その子どもは助かったが、おまえは助からずここに来た。微瑕《びか》の魂に属する」

羅道冬はうっすら笑った。「褒めすぎです」

「譚立声《たんりつせい》」関長はまたノートを見ながら呼んだ。

ひとりの男性が答えた。「はい」

「おまえは五十九歳、双規〔規定の時間、規定の場所で強制的に行われる汚職関連の取り調べ〕の前、驚いて首吊り自殺。規律検査部の高官にもかかわらず、蓄財だけが命で、あらゆる手を使って金をかき集め私腹を肥やした。いつも部下に自分が貧しいことをこぼして暗に金を送るようにしむけ、何かあるごとにお祝いをかき集めた。病院に入院したり、冠婚葬祭があるたびに、必ず秘書に各部署に通知させ、もし金を持って見舞いに来なければ、すでに彼を検挙する手紙を受け取っていると秘書に告げさせ、相手に大慌てで〝お見舞い〟を持って来させる。数千万元の賄賂を得て、最後は命を失った。貪欲の魂に属す」

譚立声はうなだれ黙っていた。

「劉輝煌《りゅうきこう》」関長がまた呼んだ。

一人の青年男子が答えた。「はい」

「おまえは三十八歳、妻も子どももおり、車も家も持ち、食べることにも苦労せず、分に安んじて生活すべきだったが、違法に鉱山を掘り、度重なる崩落で鉱山労働者を死なせ、口実を作って隠蔽した。ある鉱山労働者が崩落で死んだあと、こっそりその死体を焼いて補償を拒み、その兄が我慢できずに訴え出たことで、鉱山が調査を受けて閉山させられたので、報復を決意し、鉱山を掘るときの爆薬を使ってその兄の一家を爆殺し、その近所にいたたくさんの人が巻き添えになった。そのやり方は残忍極まり、人間性のかけらもなく、人間界で死刑の判決を受けるも、死ぬまで悔い改めず、二十年後には一人前の男に生まれ変わってやるなどとわめき散らしたことから見ても、魂はすでに何度も変異し、獣同様となっていること明白である。凶悪重罪の魂に属す」

　劉輝煌は冷笑した。「おれが凶悪というなら、おまえは何なんだ？　おれはすでに死刑を執行されて人間界から離れたんだ。おまえにこれ以上何ができるっていうんだ？　もう一回殺すのか？　教えてやろう、おれはな、人の命を奪う鬼になろうと思ってるんだ！」

「わかった。すばらしい。たいした度胸だ」関長は彼に向かってうなずいた。

　劉輝煌は口をひん曲げた。「あいつらもみんなここに来てるっていうのに、今更おれさまが恐れるとでも思ってるのか?!　笑うぜ！」

「焦丹珠《しょうたんしゅ》」関長はまた呼んだ。

　白い頭巾をかぶった女性が胸に抱いていた一人の女の赤ちゃんを持ち上げて答えた。「はい」

「おまえは高熱のためたった三か月しか生きられなかった。だから人間界の垢で汚れることなく、人倫も法律も道徳も犯していない。純粋な魂に属す」

　焦丹珠はただ何もわからず唸っただけだった。

「汪美莉《おうみり》」関長が次を呼んだ。

　一人の中年女性が答えた。「はい」

「おまえは五十歳、死刑判決を受けて来た。役人の身分にありながら、庶民を雑草のごとくに見なして好き勝手に踏みにじった。息子が他家の女の子を好きになって、強引に自分のものにしようとしたが相手の頑強な反抗に遭い、相手を絞め殺してしまった。母親として、相手の両親の悲しみを理解し、慰めの言葉をかけ賠償に応じ、息子を刑に服させるべきだったのに、相手の娘の教育がなっていないと文句を言い、息子との言い争いを公にしたことで息子の精神疾患を再発させたとして、おまえは息子が精神疾患を再発した証明書を書いてもらい、息子を刑事責任から逃れさせた。実際息子は精神疾患など発症していなかった。相手は仕方なしに上告するしかなかったが、おまえは権力を使って妨害し、さらにその上殺意を持って、金を出して人を雇い飲酒運転を装い相手の両親を衝突事故で死なせた。一つの家庭が瞬時に消えたのだ。おまえの心が暗闇でなければこんなことが続けざまにできるわけがない。悪辣《あくらつ》有罪の魂に属す」

　汪美莉はそれを聞き終わると冷ややかな声で笑った。

「私の息子のことが起こってから、聞こえてくるのは私を責める声ばっかり。腹が立って死にそうよ！　言っとくけどね、どのみちもう死んで、ここへ連れてこられたんだから、今更何が怖いっていうの?!　私をどうするっていうのよ？　何するっていうの?!　もう一度殺すの？」彼女は冷酷にききかえした。

関長は目を細め、彼女を見据え、しばらくして言った。「よろしい。飛び抜けている。すばらしい……」

関長はノートを持ったまま、ひとつひとつの霊魂にひと通り審査を行っていった。たぶん僕は来たばかりだったからだろうけど、最後になってやっと最後列に並んでいるぼくの名前が呼ばれた。僕は返事をしてただ彼が言うのを聞いていた。「おまえは二十九歳、脳の病気でここへ来た。十六歳のとき、ゲームに夢中になって何度も両親を騙した。微瑕の魂に属す」僕はそのときドキッとした。こんなことまでお見通しなんだって。父さん、ごめんね、あの頃は特別ゲームにのめり込んでいて、よく放課後ネットカフェでゲームしていたけど、どこへ行ってたんだときかれても、いつも学校で宿題をやってたって嘘をついた。確かに父さんたちを騙してた。

その日三三三三三九関にやって来た大部分の霊魂は僕と一緒で、微瑕の魂に属するものだった。冤罪の魂に属するのは五つで、そのうち二つは特にひどくて、一つは強姦殺人で誣告《ぶこく》された男性だった。彼はちょうど現場を通りかかったら、女の子が倒れているので近くに行って見ているうちに、殺された女の子の死体に手が触れて指紋がつき、さらに現場に足跡を残したため、犯人だと思われ、銃殺されたあとに真犯人が見つかった。もう一人は若い娘さんで、公務員になったばかりで、彼女がきれいなのに目を付けて、局長が何度も彼女に関係を迫ったので、彼女は怒って上層部にセクハラで訴えたため、局長は腹を立てて人を雇い彼女と恋人のデート現場を盗撮させ、動画をネットに流したため、彼女は淫売女と言われ、公職を追われそうになり、服毒自殺したんだ……。

身分の審査が終わると関長は言った。「次に二つ目のことをやってもらう。沐浴《もくよく》して着替えるんだ」彼はそう言い終わると、冥河の川縁を指さした。「左側三百メートルにあるあの天のエンジュの下が男性用の沐浴所だ。右側三百メートルにある天のクヌギの下が女性用の沐浴所だ。すべての仁愛の魂、純粋の魂、冤罪の魂、微瑕の魂、軽穢の魂、重穢の魂の男女は、それぞれの箇所に分かれて沐浴し、終わったら岸に上がって用意してある新しい服に着替えるのだ。男は青い長《ちょう》袍《ほう》、女性は白い長裙《ちょうくん》だ。もともと着ていた服はすべて脱ぐんだ。わかったか？　覚えておけ、沐浴所は川岸の浅いところにある。深い方へ行かないように」

　みんなうなずいた。それから男女に分かれて行った。僕が男の隊列のあとについて行こうと足を踏み出そうとしたとき、あの凶悪重罪の魂に区分けされた劉輝煌が残ったあの霊魂たちをちょっと指さしてから傲然と関長にきいた。「俺たちも体を洗って服を着替えなくちゃならないのか？」

「もちろんだ。少し待つしかない」関長は答えた。

　僕たち男は左側のその天のエンジュの木の下に着くと、次々と服を脱いで水の中に入って行った。水の中は依然暗かったけれど、とても澄んでいるのはわかった。水温はちょっと低かったけれど、我慢できないほど冷たくはなかった。水中には魚もいないようだった。だって水草一本ないんだからね。水をかけて沐浴しているときは、川面がとても広いように思った。川の真ん中の方で霧が絶えず湧き起こって川全体を覆って漂っていたので、よけいに光が暗く、向こう岸の景色をはっきり見ることはできなかった。周りは徹底的に静まりかえっていて、僕たちが水を浴びる音以外は他に何も聞こえなかった。この川は人間界の川とは違うみたいだった。長い間水の中にいても、足を突っつきに来る小魚もいなければカエルの鳴き声もしなかった。

　みんな次々と洗い終わって岸に上がった。岸には青色の服が山と積んであって、あの僕たちに付き添っていた使者が岸に立っていた。次から次へとその服の山のところまで行くと服を選んだ。たぶん僕たちにはもう肉体がないからだと思うんだけど、女の使者たちは僕たちが沐浴しているのを見ても恥ずかしがることもなく、すぐに自分の相手のところまで一枚持ってくると、あっという間に服を着せた。青い服一色になると、我らが隊伍は見事にきれいに揃っていた。それにどの霊魂も服がぴったり体に合っているのに気がついた。

　僕たちが元のところへ戻って来たとき、女性たちももう戻って来ていた。彼女たちが白い長裙を着ると、伝説の中の天使のようだった。関長は僕たちをちゃんと元の場所に立たせると、まだ沐浴のすんでいない陳東昌、譚立声、劉輝煌と汪美莉たちに言った。「今度はおまえたちが川縁に行って沐浴して服を着替えるのだ。さっきと同じだ。男は左側の天のエンジュの下、女は右側の天のクヌギの下だ」

「同じ場所なのに、なんでさっき俺たちを一緒に行かせなかったんだ？　この区別に何の意味があるんだ？　まったく余計なことだ！」

　劉輝煌は不満たらたらでぶつくさ罵っていた。

「待遇は違う」関長は別に怒る様子もなく、明るい声で答えた。

「川の水が違うのか？　なに？　川の水で煮るとでもいうのか？　わけのわからんことをほざきやがって！」

劉輝煌は悪態をずっとついていた。

　遅れて沐浴に行くよう言われた魂たちの表情はみんな不愉快そうだったけど、言われた通りに川縁の二カ所に行くしかなかった。

　僕たちは全員そこで待っていた。僕は同じ一本の川での沐浴なんだから、実際のところ別に何の意味もなくて、ただ名義上の区別に過ぎないだろうと思った。

　僕たちの立っている場所から、彼らが続いて水に入って行くのが見えた。いつになったら出てくるのだろうと思っていた矢先、突然左の川の中から劉輝煌と陳東昌たちの発する悲惨な叫び声が聞こえてきた。「ぎゃあああ……」「助けてくれ……」

　みんな驚いた。何事だろう？　僕たちさっき気持ちよく洗ったのに？　みんな反応が追いつかなかった。右側からは汪美莉の鋭い叫び声が上がった。「お母さん……」

　僕たちはみんな関長を見たが、彼は何事もないかのように悠然と歩いていた。

　僕と数人の魂が好奇心を我慢できずに、左のあの天のエンジュの木の下まで走り、川縁に駆け寄ってみると、みんな思わず冷気を呑み込んでしまった。数十匹のワニが狂ったように彼らに襲いかかっていた。彼らは逃げようともがいていて、川岸に這い上がろうとするんだけど、ワニはそのチャンスも与えない。彼らの手や頭が浮かんだり沈んだりしてワニの攻撃から逃げようとし、喉も張り裂けんばかりに助けを求めるのが見えるだけだった。僕たちの中の数人が岸辺に木の枝を持ってきて、そのワニたちを追い払って陳東昌たちを助けようとしたんだけど、ついてきていた関長に押しとどめられた。水の中の男たちはもう力尽きて水の中で気を失っていたが、関長が水の中に向かって手を振ると、不思議なことに水中のワニたちはみんな向きを変えて行ってしまった。関長はそれからやっと彼らを岸に引っ張り上げた。良かったのは、肉体がないもんだから、彼らが実害を受けていなかったことだった。脅かしただけだったんだ。男たちはすぐに目を覚まして、恐怖に満ちた両目でみんなを見るだけだった。

「これは最初の警告だ」関長は冷たく言った。「天国へ来たら万事大吉と思ってもらっては困る。おまえたちには同時に被害者の味を味わってもらう。今のは耐えきれなかっただろう？」関長は彼らを睨みながら言った。「おまえたちが人間界で犯した罪は、おまえたちの魂がすでに獣と同じようなものに変質してしまっていることをはっきり表している。今おまえたちには冷血動物と一緒にして弱肉強食の感触を味わわせたかったのだ。おまえたちが人間界で弱者を馬鹿にしていたとき、彼らはさっきのおまえたちと同様、みんな救いのない例えようもない恐怖を味わっていたのだ。残念なのは、おまえたちはすでに肉体とおさらばしているので、肉体の苦痛を体験させることはできない。どうだ？　もう一度味わいたいか？」

「いや、とんでもない、嫌だ……」彼らは震え上がって首を振った。

「関長、早く汪美莉を助けに行って下さい」二人の白裙を着た女性が走って来て叫んだ。「たくさんの毒蛇が彼女に巻き付いているんです！」

　関長は何も言わずにそっちの川岸へと歩いて行った。僕と何人かの霊魂が好奇心が湧き上がるのを抑え切れず、こそこそと関長のあとをついて行った。近寄ってみると、みんな目を剝いて驚いた。汪美莉は川岸に這い上がっていたが、彼女には無数の毒蛇がびっしりと巻き付いていた。毒蛇たちは長い舌を出して、彼女の顔や首筋を舐《な》めていて、汪美莉は恐怖のあまり白目を剝き、助けを呼ぶ力もなくなっているようだった。

　僕たちが緊張して関長を見ていると、関長はゆっくり手を振った。するとその毒蛇たちはスルスルと水の中へと入って行った。汪美莉に付き添っていた使者が用意していた白い長裙で彼女の体をくるんだ。

「汪美莉、どんな感じだ？」関長は冷たく口を開いた。

　ゆっくりと目を開けた汪美莉はヒィヒィ泣き始めた。

「何を絶望というかわかっただろう？　一方が何の道理もなく相手を攻撃して相手はその攻撃になすすべも

ない、その感覚がおまえがさっき体験したものだ。おまえが人を雇い死んだ女の子の両親を車で殺したとき、彼らが味わった感覚はおまえがさっき感じたものと同じだ。これ以上自分をどうするのかとおまえはきいたが、他に方法はない。私はおまえにこれを体験させるだけだ。もう一度味わいたいか？」

彼女は慌てて首を横に振った。

関長はそこでやっと言った。「彼女にちゃんと服を着せてやれ」

全員がふたたび前に立っていた沐浴所のところに戻ったときには、雰囲気は前と変わっていた。なんていうか、一種ぼんやりした緊張感のようなものがみんなの頭の上を覆っていた。みんなさっきの情景に脅かされたんだ。

「我々はすでに二つのことをやり終えた。次は三番目だ。スープを飲んでもらう」

スープを飲む？　僕は唖然《あぜん》とした。

僕が唖然としている間に四人の使者が四つの桶と四つのお碗を持って僕たちの前にいた。

「まず林文浩ら冤罪の魂が前に出て飲むんだ」関長が言い終わると、林文浩ら数人の男女が前に出てそれぞれ使者の手からお碗を受け取って、お碗の中のものを飲み干した。

「おまえたちが飲んだのは息怨湯《そくえんとう》だ。これを飲めば、人間界での冤罪をすっかり忘れることができ、これから安心して天国で生活できる」

果たしてその数人の冤罪の魂の顔にあった苦痛と恨みの表情は消えていった。

関長はまた叫んだ。「遅れて沐浴し着替えた有罪の魂、前に出てスープを飲め」

劉輝煌や汪美莉ら数人がみな戦々恐々として数歩進み出ると、使者からお碗を受け取り、真面目な様子でそのスープを飲み干した。

「おまえたちが飲んだのは迷魂湯《めいこんとう》だ。このスープを飲むと自分の親戚友人のことをすっかり忘れてしまう。これからおまえたちは天国の別の場所で新たな生活をはじめるが、おまえたちの親戚友人がこれから天国にいるおまえたちに会いに来ても、おまえたちには彼らのことはわからない。天国の神々がおまえたちに与えるものを永遠に孤独に受け取るのだ」関長は説明した。

迷魂湯を飲んだ魂たちはみんな驚いたが、さっきの脅しがきいているのか、誰も不満を口にしなかった。

「次は軽穢の魂と重穢の魂が飲むんだ」関長はまた言った。

使者たちは続いてその魂たちにスープを手渡した。彼らが飲み終わるのを待って関長は言った。「おまえたちに飲ませたのは、浄魂湯《じょうこんとう》だ。このスープを飲めば、魂がきれいになって、天国で愉快に生活でき、人間界での記憶も保つことができる」

飲み終わったみんなはほっと一息ついた。

「次は仁愛の魂、潔浄《けつじょう》の魂と微瑕の魂が、保《ほ》魂湯《こんとう》を飲むんだ」関長は笑いながら言った。これは僕が初めて見た彼の笑顔だった。彼の声が終わるや、使者が僕たちそれぞれに一杯の青い色をしたスープを手渡してくれた。僕は少しずつ飲んだ。スープはしょっぱくもなく辛くもなく、苦くも甘くもなく、酸《す》っぱくもなくて香りもなく、どんな味か説明できなかったけど、飲みにくくはなかった。

「このスープを飲むと、人間界での記憶、感情を完全に保つことができる。これから自分の親族友人がこの地に来ても、彼らと楽しくまみえることができるし、天国の生活を悠々と楽しむことができる」

みんなほーっと長いため息をついた。

「次、四つ目のことをやらなくてはならない。鏡に映す」関長はまた言った。

みんなそれをきいて不思議に思った。「この上、鏡に映すだって？」

関長は答えず、手で岸辺の草むらを指さした。すると草むらの中から幅十メートル高さ二十メートルの大きな鏡が現れたんだ。いや、びっくりした。人間界ではそんな大きな鏡なんて見たことなかったからね。

「みんな一列になって鏡の前に立つんだ。人間界の写真と同じだ。これで霊魂のデータベースにそれぞれの霊魂のデータが残るのだ」

僕たちはお互いに顔を見合わせた。みんな意外に感じたのだ。それから関長の要求に従って列を作って鏡の前に並んだ。僕の前の魂が鏡に映っているとき、僕は首を伸ばして鏡の中に何が映るのか見てみたが、残念ながら何も見えなかった。

「自分を映したときだけ鏡の中の影像を見ることができる」関長が説明した。

すぐに僕の番になって巨大な鏡の前に立った。鏡の中には自分の影像だけが映るもんだとばかり思っていたんだけど、僕の影像が現れると同時にたくさんの全然知らない男や女の影像が現れたんだ。驚いたけどそのあとすぐに、その男や女たちがどこか僕と似ていることに気がついた。

「それはおまえの祖先だ」そばに立っていた関長が口を開いて僕に説明してくれた。彼の説明を聞いてもう一度彼らを見てみると、もっと多くの類似点を見つけることができた。たとえば、目は大きくないけどまつげが長いところとか、足の二本目の指が長くて細いところとか、口が横に長いところとか。おじいちゃんやおばあちゃん、ひいおじいちゃんやひいおばあちゃん、それにもっと前のおじいちゃんおばあちゃんたちだったんだ。

「彼らと話すことはできるんですか？」僕は嬉しくなって横を向いて関長にきいた。関長は首を振って言った。「今はまだだめだ。あとに会って話をするときがあるだろう」

　鏡に映しているとき、突然着物の襟《えり》に一組の記号が現れたことに気がついた。＊＊＊＊＊＊＊＊＊＊＊＊＊＊〔原文ママ〕。変だなと思っていると、関長が言った。

「それぞれの服の襟に出てきた記号はおまえたち家族の記号だ。覚えたければ覚えればいい。天国の管理者が使うもので、おまえたちにとってあまり意味はない」

　僕は鏡を離れてからあとも嬉しかった。僕たちの祖先に会えるなんて、なんて面白い！

　鏡に映し終わってから、みんなさっき見た家族の記号のことや祖先たちのことを話していた。ある男性は無茶苦茶興奮して話してくれた。「僕の母さんはひと月前に亡くなったんだけど、鏡の中でまた会えるなんて思いもしなかった、生前の様子と何も変わってなかったよ。違うのは白いスカートを穿いていることだけ、天国で母さんとずっと一緒にいたいなあ……」

　そのとき、関長が手に持った鈴を鳴らし、すべての霊魂を静かにさせるとまた言った。「三三三三三九関の手続きはすべて終わった。私の役目も終わった。次は使者がおまえたちに付き添って船に乗り、それぞれが行くべきところへ連れて行く。多くは言わない。一言、船場では静かにして、船長の指示に従うこと。船長に降りろと言われればそこで降りるんだ。でなければ想像もつかない懲罰がおまえたちの頭上に降ってくることになる……」

　父さん、ここまで来てようやく僕たちは乗船を始めたんだ。知らないところへ向かって……。

丁丑《ひのとうし》（一九九七）

　寧、私はどんな宗教の信徒でもなく、ずっと天国の存在を信じているが、残念なのは、私の周りの理工系の人たちはいつも私に、科学的に言うと、宇宙があり、銀河系があり、星があるだけで、天国はないと言うのだ。これは私にはとても苦痛だ。私はかつて彼らに切にお願いしたことがある。あなた方がどれだけ科学の知識を持っていようと、天国はただの人の想像に過ぎないなどと私に言わないでくれ、私に天国の存在を信じさせてくれと。必ず死ぬという運命に囚われ、どうあってもそれを変えることは許されないということに対して、私はあきらめきれない気持ちでいっぱいで、極限のその外側に何があるのか知りたいのだ。世界には別の次元があって、人は時間と空間の制限を打ち破ることができ、それは可能なのだと私に信じさせてくれ！　私のこの唯一の希望を打ち砕かないで欲しい……。

　おまえの話はとても慰めになる。もともと天国は本当に存在したのだ！

　人は死んだあと、どんなことに出合うのか、世の人々はすでに多くを推測し、多くの伝説を残している。昔、村のお年寄りたちが話をしているのを聞いたことがある。人は死んだあと、一本の橋を渡るために川縁に行かなくてはならないのだという。おまえの話で本当に一本の川があるとわかった。ただ選別されてから船に乗って渡るので、好き勝手に橋を渡って行くのではなかった。船で渡るのは順調かい？　今どのあたりだ？　川の向こう岸は天国のどのあたりなんだ？　そこは良いところなのだろう？　人間界と同じように暮らすのだろうか？　おまえが逝ってから、私とおまえの母さんはずっとおまえが支障なく天国へ昇り、極楽浄土に入って行けるように望んでいる。おそらくおまえはもうすでに着いていることだろう。川を渡る航路がどれほどの距離なのか、途中で何か苦難や関門があるのか知らないが、しかし私はおまえがすでに船に乗り、おまえのこの世での身の処し方、おまえの忍耐力と知恵、おまえの身につけた知識によって、船の上で意外なことが起こってもそれに対応し、順調に到着するはずだと思っている。

父さん、この川で船に乗るのは、人間界の川で船に乗るのとは全然別物だよ。ここではどんな音も聞こえないんだ、船を漕ぐ櫓《ろ》が水を切る音はもちろん、音は微塵もないんだ。川にはたくさんの船が行き来しているんだけど、周りは一面静けさだ。船と船が行き交うとき船長たちがお互いに声をかけることもしない。船はすべて木造で、機械には何も装備されておらず、ただ風で帆を膨らませて進むだけだ。手を船の外に伸ばすと、吸い込まれそうなとても強い力を水面から感じる。船長はみんなに警告した。「この川は、この往来船以外は、どんなものも通ることはできない、たとえ川の上空でも、何も飛ぶことはできない。ただし不慮の事故が起こらないよう、決して上半身を船の外に乗り出してはならない」船長はさらにみんなに、水面に浮いているどんなものも、決して手を伸ばして拾い上げようとしてはならないと言い聞かせた。私の前に座っていた中年の男性が、水面を漂ってきた赤い蓮《はす》に似た花を見て、好奇心を持ったんだと思うけど、手を伸ばして拾おうとした。そして彼の手が花に触れた瞬間、その花の下から凶悪な男の顔が現れて、彼の手を掴むと彼を水の中に引っ張り込もうとしたんだ。その男は驚いてわあわあと大声を上げたので、僕たち数人が彼を引き留めようとしたんだけど、どうしようもなく、彼はとうとう無理矢理水の中に引きずり込まれてしまったんだ。みんなが驚いて船長を見ると、船長はため息を一つついてから言ったんだ。「彼は言いつけを聞かず、川を渡る際の規則を破ったのだから、川を守る使者になるということだ」みんな驚いて声が出ず、ただ川面を見ているしかなかったよ。

それからあとは、誰一人体を動かそうとはしなかった。

僕は船が出たらそのまま対岸までまっすぐ行くと思っていた。心の中で川を渡る時間はそんなに長くないだろうと踏んでいたんだけど、船が動き始めてからわかった。こっちの岸から向こう岸までは一日かかるんだ。船がそんなに長い時間走るのは、川が広いこともあるけど、川の中にあるいくつかの島に少し停泊するからなんだ。

川の流れの真ん中に無数の細長い島があって、島と島の間はそんなに離れていない。

僕たちの船は最初の島にたどり着くまで三時間かか

った。

船が最初の島に泊まったとき、僕たちはてっきり休息のためかと思っていたから、船長が突然、こう宣言するとは思わなかった。「貪欲の魂、譚立声、船を下りろ」

譚立声は明らかに彼一人先に船から下ろされるとは思ってなくて、驚いて船長をちらりと見てから、いぶかしげに船縁へと向かった。彼が岸に上がるや、四人の黒い長袍と黒い頭巾をかぶった男たちがやって来て、彼を真ん中にして取り囲み、腰に無理矢理黒い帯を巻かせると、彼を引っ張って島の奥へと連れて行った。彼はおそらく振り返って船上にいる僕たちをもう一度見たいと思ったのだろう、足を止めると、突然全身真っ黒の豹のような豹でないような動物が声を上げて草むらから飛び出して来て、猛然と彼の肩に襲いかかり、長い舌を彼の首の後ろに当てた。驚いた彼は叫び声を上げた。

船長はこのときまだ船上にいる僕たちに向かって言った。「この数え切れないほどの小島は天国の懲罰区域なのだ。有罪と判定されたあらゆる魂は、ここに送られて懲罰を受けるのだ。さっき譚立声が下りた島は七一一一六島という。さあ、みなさんも私と一緒に船を下りて島に上がって見ていただこう」

僕たちはその話を聞くとみんなお互い目を見合わせ、誰一人話すものはなく、全員音を立てず声を上げず船を下りると、みな一斉に島を見回した。島は細長く、幅は三キロもなかったけど、とても長かった。島には草と灌木《かんぼく》が生い茂っていて、光は川面よりも暗く、何か動物の鳴き声のようなものがかすかに聞こえた。大きな動物の強い獣臭が僕たちの鼻に流れ込んできた。僕は思わずぶるっと体を震わせた。

「懲罰地域はとても広く、この七一一一六島も小さくない」船長は荒れ地の雑草に覆われた小道に沿って僕たちを連れて歩き、僕たちの方を見ながら、続けて説明した。彼が説明しているとき、僕たちには五、六メートル先の窪んだ石の穴が見えた。その石の穴はどれも三メートル四方で、どの石の穴にも人が一人座ってお金を数えており、違うのはある人は刀銭を数え、ある人は布銭を数え、ある人は銅銭を数え、ある人は銀錠を数え、ある人は金の延べ棒を数え、ある人はイギリスポンドを数え、ある人はドルとユーロを数え、さらにある人は人民元を数えているということだけだった。

「これは全部歴代王朝各地の汚職官僚たちの金だ。この懲罰は往事再見といって、彼ら一人一人の毎日の任務は以前人間界で行なった汚職で得た金をもう一度数えることだ。おお、これは有名な一九八〇〇三号だ。みんなこの穴まで来て中を見るのだ」船長は手を上げて一つの穴を指さした。

僕たちはみんな目を大きくして見に行った。一人の年老いた男が呆然と穴の中の布団の上に座っていて、彼の前には千を超えるだろう銀錠が積み上げられ、彼はそれらをひとつまたひとつと数えているのだった。彼はおそらく僕たちが見ていることを意識しているので、ずっと頭を上げず、目は下に向けていた。

「彼が誰か知ってるだろう」船長は振り返って大声できき、続けて自分で答えて言った。「彼こそ中国清朝でその名を轟《とどろ》かせた和《わ》珅《しん》なのだ！」

え?! 僕は両目をめいっぱい大きくしてそのお年寄りを見たんだけど、なんと当時並ぶものなしの国家に匹敵するほどの富を築いた和珅じゃないか！ 石の一方の壁に注意を向けると、そこには漢字で当時和珅が皇帝から死を賜り、自刃して絶命する前の詩句の一節が書いてあった。

見たところ、彼に間違いない。

「彼がまたどうしてここに？」一緒に来た霊魂がたずねた。

「彼が他にどこに行けると？」船長が反問した。「ここが彼の永遠の棲家となったのだ。昼、銀子を数え終わったら、夜はその銀子と並んで寝るんだ。彼が当時生きていたのはお金のためだったではないか……」

僕たちはそれからまたたくさんの似たような穴を見た。穴の中の汚職官僚の魂たちは、生前は中国の者もいたし、外国の者もいた。中国史に名を残す数名の汚職官僚たちの穴はみなそばにあって、和珅の左側は明代の宦官《かんがん》の劉瑾《りゅうきん》で、彼は生前に三十三万キロの黄金と八百五万キロの白銀を袖の下に入れたと言われる。和珅の右側は後漢の大将軍梁冀《りょうき》で、彼は生前三十億のお金を懐に入れた。和珅の奥は、南朝梁の武帝の弟蕭宏《しょうこう》で、彼は生前三億あまりのお金を無心した。僕たちがその穴の前まで行ってみると、彼らは頭を垂れて機械的に辛そうにお金を数えていた。島を離れる直前に、船長は僕たちを譚立声のところへ連れて行った。彼は一つの穴の中に座っていて、目の前にはたくさんの人民元の束が置いてあって、見たところ数千万元はあるようだった。一人の黒い服を着た使者がちょうど彼に任務を伝えるところだった。「譚立声、これはおまえが不正を働いた八千七百十五万元だ。おまえはまず十万回数えるんだ。きっちりと数えなくてはならぬ。今日からおまえを使者が交代で監督する。一度数え終わるごとに、一回記録する。一回数え間違えたら、数える回数が一万回増えるぞ」

「十万回？」譚立声は明らかに驚いていた。

「そうだ。あの頃おまえが人間界でお金を貯め込んでいたときと同じように、一枚一枚数えるんだ！」黒い服の使者の声は恐ろしかった。

　僕たちはみんな震え上がった。なんということだ、それじゃ一体いつになったら数え終わるんだ？……。

　船長が僕たちを連れて船に向かって歩き出したとき、ある霊魂が船長にきいた。「あの汚職官僚たちがもし数えるのが嫌になり穴から逃げ出したらどうなるんですか？」

「どこへ逃げると言うんだ？　地面を転がることになるだけだ。天国の凶暴な獅子、虎、豹に出くわすことになるだけだ」

　僕はぞっとして思わず周りの荒れ地の雑草と灌木を見たよ。


寧、おまえの言っているのはおそらく地獄のことだろう。私は小さい頃、人がよく地獄のことを話しているのを聞いた。人がこの世で悪いことをしたら、あの世では地獄に堕ちて罰を受けなくてはならないと。もともと地獄は地底にあると思っていたが、今わかった、実際は天国にあって、天国の一つの区域で、島の上にあると。これは私の想像を超えていたよ……。


　父さん、僕たちはあの島から船でまた別の島に行ったんだ。今回船長が船から下ろしたのは汪美莉だった。汪美莉は何もきこうともせず、おとなしく船を下りていった。彼女が船から下りると、また数人の黒い服に黒頭巾の男たちがやって来て連れて行った。そのあと船長は僕たちに船から下りるように言った。これは八七四二五三島で、この島で懲罰を受ける者は、人間界で凶悪な殺人を犯した霊魂である。船長は僕たちに彼らが懲罰を受ける様子を見に行くように言った。

　みんな声もなく彼について歩いて行った。この島の様子はさっきのあの島とは全然違っていた。ここは草も木もなく、地面は平らで、見た感じ島全体は人間界の兵営の大きなグラウンドみたいで、見渡す限り果てしなく、一望千里の平原で、島の上には三メートル四方のガラスの部屋が一面に分布していて、どのガラスの部屋にも罪のある魂が囚われていた。船長は言った。

「ここの懲罰のやり方は側耳傾聴という。側耳傾聴とは犯罪者に被害者の泣き声を聞かせるというものだ」

彼の話が終わるや突然、近くのガラスの部屋で壮絶で悲惨な女性の泣き声が響き渡ったので、僕たちはみな驚いた。そのガラスの部屋を見ると、その中に座っている男が力一杯手で自分の耳を覆っていた。

泣き声の出どころは見えず、ただ泣き声がガラスの部屋の周囲に響き渡っているだけだった。

「これは五九〇〇〇八三一号の牢屋だ」船長はガラスの部屋の番号を指さした。「彼は生前一人の少女をひき殺して逃げ、今彼が聞いているのはその女の子がひき殺されるときの叫び声と女の子の母親の泣き声で、彼の毎日の任務は、ひたすらその泣き声に耳を傾けることで永遠にやむことはない」

僕はぶるっと震えたよ。人は歌や音楽でもずっと聴いていると嫌になるのに、叫び声や泣き声を絶え間なく聞き続けなければならないなんて、なんて恐ろしい仕打ちだろう。

僕たちはさらにたくさんのガラスの部屋を見た。どのガラスの部屋にも響いているのは、青年や中年の男女の泣き声ではなく、お年寄りや男の子女の子の泣き声だった。それぞれの部屋で座ったり立ったりする罰を受けている霊魂は、みな顔を恐怖に歪め力いっぱい耳を覆っていた……。

船長が最後に僕たちをあるガラスの部屋に連れて行った。その中に座っていたのはさっき船を下りた汪美莉だった。彼女は僕たちを見ると慌てて顔を伏せた。そのとき、一人の黒い服に黒い頭巾をかぶった男がガラスの部屋の前に現れ、窓越しに汪美莉に言った。

「おまえは人間界にいたとき、人に指図して一組の夫婦を殺させた。その夫婦には高齢の両親がいた。今からおまえはおまえのしでかしたことの結果を聞くのだ」彼の話が終わるや、ガラスの部屋にはお年寄りの男女の悲しい泣き叫ぶ声が響き始めた。「息子やーー」その二人のお年寄りの泣き叫ぶ声が終わるや、また別の一組のお年寄りの壮絶な泣き声が響いた。「娘やー

──」

汪美莉と僕たち見学者はみな身を震わせた。

彼女は慌てて耳を覆った。

「覆っても無駄だ、この声はおまえの聴覚神経の深いところに直接伝わるのだ」黒衣の使者は冷たく笑って言った。

「行こう、この汪女子にはここでしっかり聞いてもらおう。人間界では聞こうともしなかったのだから、ここでそれを補うのだ」船長は僕たちに船に乗るよう指示した。「次はまた別の島を見に行こう！　そこの懲罰は換位体験だ。換位体験とは罪ある魂を被害者の位置に置き、その被害者のすべての苦しみを経験させるというものだ……」

僕たちは続いて船に乗り込みまた別の島に到着し、今回船長が船から下ろさせたのは化学工場をやっていて水源を汚染させた陳東昌だった。陳東昌が船を下りるとまた数人の黒衣に黒頭巾の使者が彼を引っ張って行った。僕たちは船長について船を下りてから、この島の空気にはなんとも嫌な臭いが満ちていることに気づいた。島には汚水が流れ、土の中は至る所ごみだらけで、まるでなにか大きな災害でもあったかのようだった。島には一軒の家もなく、座れるような所もなく、ただ鉄柵で囲われた四角い露天の空き地があるだけで、ここに処罰を受けるためにやって来た魂は、十人一組でその柵の中に囚われるのだ。

船長は言った。「この島に囚われているのは、すべて人間界で土を汚し、水を汚し、空気を汚した霊魂たちだ」

僕たちは陳東昌が囚えられているところに連れて行かれた。そこは鉄柵で囲われた空き地で、鉄柵には一行、八七三二一〇という数字が刻まれていた。おどおどと周りを見回しているところを見ると、さっき入ったばかりのようで、まだ息を大きく弾ませていて、僕たち知り合いが柵の外に立っているのに気づくと、彼は不自然にうなずいた。

一人の黒衣の使者が柵の中に現れると、手にはお碗をかかげていて、そのお碗の中はどす黒い水で、使者はこう言った。「陳東昌、今日から、私は毎日おまえに三回水を与える。一度に一碗だ。おまえは必ずそれを一滴残らず飲み干さなくてはならない」

「構わん、水を飲むくらい何でもない」陳東昌はサッと手を伸ばしてお碗を受け取ったが、口元まで持って行って飲もうとしたときに眉を顰《ひそ》めてお碗を下ろすと言った。「この水は変な臭いがする、飲めやしない」

「おまえは今その水の味を知ったのか？」黒衣の使者は反問した。「これはおまえが汚した水だ。人間界の汚染区域の人々はみんな飲んでいたのに、おまえはそのときミネラルウォーターを飲んでいたのだ。今度はおまえがこの汚れた水を飲む番なのだ。一滴でもこぼせばまたいっぱいにする。もしどうしても飲めないと言うのなら、我々命令を受けたものがどうあっても飲ませることになるぞ」彼がそう言い終わるや、柵の中にさらに三人の黒衣の使者が現れ、二人が陳東昌の腕を押さえ、一人が後ろから彼の髪をわし摑みにすると、彼の顔を上に向けさせた。

「わかりました、わかりました、飲みます」陳東昌は本当に無理矢理飲まされると知って、慌ててお碗を口元に持って行った……。

　父さん、このあと僕たちは四つ目の島に行った。人間界で大勢の死体を押しつぶし爆殺した炭鉱の経営者劉輝煌がそこで船を下ろされた。この島は六九四三五六島、重罪を犯した魂を専門に懲罰している。この島の懲罰は黒室隔絶、すなわち重罪の魂たちをひとりずつわずかな光もない石室に閉じ込めるのだ。島には三メートル四方の石を切り出した小屋がずらりと並んでいて、その小屋には窓がなく、黒く塗られた鉄の扉と小さい通気口があるだけで、重罪を犯した魂たちは他人に何の憐憫《れんびん》の情も持たなかったので、永遠にここで外界と隔絶された生活を送るのだ。劉輝煌はその黒い石室に入れられる前に、怒って叫んだ。「おまえらに言っとくが、おれは怖くなんかない、おれは人間界でやったことに決して後悔なんかしてないからな！　いつか人間界に戻れたら、車に爆弾を積み込んで、一度に百人爆殺してやる！」

　彼の話が終わるや、数人の黒衣の使者がやって来て、彼を黒い石室の中に押し込め、轟音と共に扉を閉めた……。

戊寅《つちのえとら》（一九九八）

　寧、おまえが見た情景は恐ろしいとはいえ、逆に父さんは少しほっとしたよ。人は人間界での行ないによって、無傷なまま生を終えることはあり得ないのだから、やはり見ていて記録している目があって、別の世界へ行ったとしてもそのつけを払わされるところがちゃんとあるのだ。私はこれまでの半生で多くの人や物事を見てきたが、ひどいことをしているのに、この世で尊敬され栄華を誇っている人がいるのを見ると、心の平衡を保つことができず、天は何も見ていないのか、不公平なのではないかと恨んだものだが、今わかった。それは浅はかだった。この世で報いを受けるのを求めていたのだ。この世で報いを受けることから逃れたとしても、それを幸運だと感じてはいけないのだ。人は必ず天国へ行かなくてはならず、懲罰区域があって、最後は公平になるのだ……。

父さん、僕たちを送ってくれているあの船長が言うには、天国の懲罰区域はとても大きくて、様々な懲罰を請け負っている島はまだまだたくさんあるんだって。すべての懲罰区域を見たいと思ってもそれはほとんど不可能なことで、彼はただ命《めい》を受けて僕たちの船の乗客を連れ四つの島を見せ、それで懲罰区域についておおよそのことを理解してもらい、天国の神は霊魂に対して、罪があればそれを必ず罰するのだということをわからせるっていうことなんだ。

僕たちの乗っている船はそのまま対岸へ向かった。船長は今船に残っている人はみな対岸で下船すると言った。

船が対岸に近づくにつれて、光がだんだん明るくなっていって、もともとあったあの重苦しい雰囲気は次第に消えていき、みんなは元気になっていった。

船はついに僕たちが期待していた岸に着いた。僕たちは座席の順番に船を下り岸に上がっていった。船頭と僕たちに付き添っていたあの使者たちは船を下りず、船と一緒に引き返していった。僕は僕に付き添ってくれた使者のことを思い出した。こんなに長い間付き添っていてくれたのに彼女の本当の姿を見たことはなかった。慌てて彼女に手を振ると、彼女も手を振ってさよならしてくれて、声までかけてくれた。「どうか楽しんで！」僕は心中ここで本当に楽しむことができるんだろうかと思った。

みんな岸に上がると思わず長いため息が出た。ついに着いたんだ。最初から僕たちにまとわりついて離れなかったあの霧はすっかり消えて、空はきれいな青色に戻っていた。太陽は高く頭の上にあって、日の光が暖かく輝き、地上には名前の知らない天の草木が青々としていて、白い天のウサギが草の上を跳びはね、遠くで天の鳥が鳴いていた。

空気中には濃い花の香りがあって、それは人間界のものとは違っていて、ちょっと特殊な感じがあって気持ちがいいんだ。霊魂を興奮させる働きがあるみたいだった。僕は跳びはねて叫び回りたい衝動を自分の中に感じた。同じ船で岸に上がった他の霊魂たちもみな伸びやかな表情で笑っていた。

「ようこそ、みなさん！」頭に青色の頭巾をかぶった男性が高い声で僕たちを呼んだ。「ここは天国の滌域《じょういき》に入る三三三三三九号の入口です。私はこの入口の責任者です。阿亮《ありょう》と呼んで下さい」

「阿亮、ここは天国の何ていう場所ですって？」文好《ぶんこう》という女の子ははっきり聞き取れなかったようだ。

「滌域です。みなさんがここまで来られたことを祝福します。ここまで来れば、天国の一番の区域、享域《きょういき》にもっと近づきます。みなさんが今いるところは、天国滌域の北の端です」

「滌域？　私たちここで何するの？」この文好って子はたぶんおしゃべりな子だ。きき方がてきぱきとして小気味いい。

「ここは塵界から天国の享域に行くすべての霊魂が必ず通らなくてはならない区域です」阿亮は説明した。

「どの霊魂もこの滌域にひと月ほどいなくてはなりません。この期間に一つのことをやっていただきます。埃を洗い流すことです。すなわち霊魂に付いている埃を徹底的に洗い流して魂を純粋なものに戻すのです。塵界を経た霊魂は汚れずにはすみません。違うのは汚れの度合いだけです。ここで言う洗い流すとは、もちろん、水で洗うことではありません。この地域で洗い流す作業がちゃんとできたら、学域に入ることができます。そこで天国の規律と自分が身につけたいものをひとつ学びます。身につけて自分が楽しむことのできるものを。それから享域に入り、そこで天国の極楽を享受することができるのです。それこそどの霊魂もたどり着きたいと思っている場所です。享域からさらに聖域に入ることもできます。そこは天国の神々が住んでいる場所で、一年に一度神々が聖域に入る霊魂を選び謁見し、話をします……」

「わかった、わかったわよ、で、滌域ではどうやって埃を洗い流すのよ」文好がせっついた。

阿亮は別に怒りもせず優しい笑顔を見せて言った。

「埃を洗い流すのは慌てなくていいです。まず先に落ち着き先を探して休んで下さい。一緒の船で来たみなさんは全員一六一一一駅に住みます。あそこの扉の上に名前が書いてあります。みなさん自分で探しに行ってもらって構いません。今、私はみなさんの飛ぶ能力を回復させました。みなさんは私のあとについて飛んで下されればけっこうです」彼が言い終わってから僕たちに手を振ると、僕たちは宙に浮いた。

「私について飛んで下さい」阿亮の言葉が終わる前に僕たちはもう飛んでいた。

僕たちはなだらかな山の斜面に降り立った。斜面には古木が何本かあって、花に覆われ、麓には灌木が生い茂り、何十軒という木造りの家が斜面に散らばっていた。阿亮が僕たちに説明してくれた。「あの古木は天のカシワ、あの花は天のハス、灌木は天のチガヤです」最後にあの木造の家を指さして言った。「みなさん一人に一軒です。自分で名前を探して自分の家を見つけて下さい。先に家で休んで、これまでの疲れを取って下さい。私はまた明日やって来て、みなさんがやらなければならないことについて説明します。もう一度言います。ここは天国の滌域、絶対安全な場所です。安心してお休み下さい。もう何ものもみなさんを煩わせたり傷つけたりはしません」

父さん、僕、正式に天国の滌域に入ったよ！

己卯《つちのとう》（一九九九）

寧、着いたのなら良かった。その木造の家はどんなものなのだろう？　この世の家と違いはあるのだろうか。窓や柱や壁はあるのか？　部屋の中には机や椅子はあるのか？　もしそうだったら自分を落ち着かせることができるだろう。母さんと私はおまえのためにたくさんの物を買ったから。冷蔵庫、カラーテレビ、車、空調機器、携帯、音楽プレーヤーそして季節の服、それからたくさんのお金。二人で霊園のそばで燃やしたのだ。届いているはずだと思う。全部受け取って使いたいときに使ってくれ。そっちの霊魂同士の付き合いにはどんな決まりがあるのだろうか？　普段からお互いの行き来は多いのだろうか？　もし行き来が許されているのであれば、人間界でのように、誠意を持って接し、自分の持っているものだったら、少しは人に分け与え、もし足らなかったら、夢で私に言ってくれ。

私と母さんで買ってやるから。私はおまえがいい子だと知っている。困っている人を見たら手をさしのべたくなるのだ。だいじょうぶ、お金が足らないのなら父さんと母さんがまた送ってやる。ともかく隣人と良い関係を持つことだ。そっちは昼と夜の区別はあるのか？　灯りが必要なのか？　ロウソクはいるか？　人間界で食べたようなものはいるか？　一日一食だけでいいのか？　服はどうなんだ？　見た目がきれいなのがいいのか？　それともブランド物が一番いいのか？　天国の滌域はとても大きいのだろうな。この世と同じように区域は分かれてるのか？　こちらは州や国で分かれているが、天国の滌域ではどのように分けているのだ？　数字の一、二、三、四で分けているのか？　別の区域に行くときに交通手段は必要なのか？　もし自分で車を運転するのであれば運転に気をつけなくてはならない。そっちでやらなければならないことはあるのか？　もしそうならおまえにはどんな仕事が与えられているのだ？　私と母さんは今も、神様がおまえを早々と私たちから離したのは、天国でおまえのような子が必要で、おまえにやってもらわなければできないことがあるからということで、自分たちを慰めているのだ。私と母さんは、たぶん天国でコンピュータに関する仕事をするのであれば、おまえはコンピュータを勉強したし、それが本当に好きだったから、天もそれでおまえを私たちのそばから引っ張って行ったのだ……。

父さん、ここの家は鉄筋コンクリートじゃなくて、木と枝と土と枯れ草でできていて、形は人間界とはちょっと違ってる。大きさは同じじゃなくて、木の長さや太さで決まってる。部屋の中の壁には塗料ではなくて、土が塗ってある。家具は全部竹でできていて、ペンキは塗ってない。でも住んでみるとこれがとても快適でね。室内はいつもほのかに土の香りが漂っていて、春の終わりのたんぼのような感じ。部屋の空間は広くないけど、部屋でのびのびするには十分。ベッドに横になって静かに窓の外の山の斜面の景色を見ていると、奇妙な格好をした老木や、山の斜面で草を食《は》むヒツジやウサギを見て、空を飛び交う鳥を見ていると、まるで精細な油絵を見ているみたいで、気持ちがとても愉快なんだ。この心地よさは人間界にはないと思うな。そっちではプレッシャーが大きすぎて、人は一日中忙しくて、そんなことを考えるヒマもない。たぶんここまで来るのに疲れたんだと思う。僕は横になったとたん眠り込んでしまったんだ。そのまま翌日の朝、阿亮がスープを飲むよう叫ぶまで寝ていた。

　ここの食事はとても簡単なんだ。たぶん栄養を供給すべき肉体がないから、野菜スープだけ飲めばいいんだ。青色のスープを飲み終わると、阿亮は僕たちを暖かい日の降り注ぐ山の斜面の草地に連れて行って座らせてから言った。「みなさんそれぞれに眼鏡を一つずつお渡しします。今日からはこの滌域をぶらぶら歩き回ってかまいません。この眼鏡をかけて見て下さい。どの眼鏡の中にもみなさんが昔を思い出して霊魂を洗うのに役立つものが入っています。そしてもし自分の霊魂はすっかりきれいになったと思ったら、私の所へ来て下さい。みなさん全員が自分の魂がきれいになったと思った時点で、私がみなさんを連れて浄魂の門から入って検査をします。検査して埃を洗い流すことができていたら、学域へ入ることができます。みなさん全員が聖人というわけではありません。悪い考えが浮かんだり、卑しい気持ちや願いを持つかも知れないし、間違ったことをするかも知れません。霊魂が灰で覆われたときには、眼鏡をかけてもし何を考えたか思い出して下さい。天国の神々に告白懺悔《ざんげ》したくなったら、吐き出したい思いや願いがあるなら、おっしゃって下さい。私がすぐに来ますから。何も話すことがないならそれはそれでいいです。私とみなさんは一緒に住んでいます。もっと端っこのあの家です」彼は言い終わると、ポケットの中から人間界のサングラスのようなものを取り出して、ひとつひとつ僕たちに配った。みんな興味があったのですぐにその眼鏡をかけた。でも眼鏡をかけたほとんどが「えっ?!」と声を上げた。僕はそのときまだ眼鏡の包装を見ていたので、みんながそう叫ぶのを聞いて、急いでかけてみた。かけたとたん、僕も「えっ?!」と声を上げた。その眼鏡の中には、僕が幼い頃よちよち歩きをしているところ、鞄を背負っていた小学生のときの、豆腐脳を食べている様子、小学三年生のときのゲームセンターで夢中で遊んでいる様子、中学生のとき、顔のニキビを気にしている様子、高校のときにクラスメートとバスケをしていて顔に怪我をしたときの場面、大学のときのガールフレンドにキスしている馬鹿づら、病気になったばかりの頃のベッドでふさぎ込んでいる様子が現れたんだ……。

「魔鏡だ、これは魔鏡だよ！　どうしてこんなものが中に入ってるんだ？　どうやって入れたんだ？　誰が入れたんだ！」

「やれやれ、私と一緒に来て下さい」そのとき、阿亮が私の肩を叩いた。

　僕はその眼鏡を外して、なんなんだという気持ちで彼のあとについて傍らにある林の方へ行った。林の中で立ち止まると僕を見ながら言った。「君は私に説明して欲しいことと答えて欲しいことがあるのではないですか？」

「この眼鏡の中にある映像を、どうやって入れたのか知りたいんだ」

「あなたは俗世の人々が、人のやっていることを神様はみんな見ていると言うのを聞いたことがあるでしょう。これは比喩《ひゆ》ではなくて、事実を語っているのです。庶民の感覚に間違いはなく、神は確かに俗世の人々を見ていて、人々のやることとなすことを覚えていて、その眼鏡は実は天国の神の目を代表するものなのです」

「えっ？　本当にそうだったんだ！」僕はそのとき、むちゃくちゃ震えたよ。

「安心していればいいのです。その眼鏡にはあなたが正視し懺悔しなくてはならない汚点は現れません。もちろんこれがあなたという霊魂の汚れに抵抗する能力が先天的に備わっているということではありません。天国の神には俗世の汚れを洗い流す時間がないので、だからこういうやり方をしていて、みなさん自分自身に考えてもらっているのです。私が今あなたを呼んだのは、あなたの霊魂が汚されていないことに鑑みて、あなたがこの滌域にいる間、私たちを手伝ってもらわなければならないということを言いたかっただけなのです」

「私たち？　あなたの他に誰がいるの？」

「私は天国の神の使者の一人に過ぎません」

「何を手伝って欲しいの？　新しく来たばっかりなのに、手伝えるのかな」

「おそらくすぐに他の霊魂が私の所に、眼鏡をかけてどう感じたか話しに来ます。おそらく懺悔したいとはっきり表明するものもいます。そのとき、そばにいて記録するのをあなたに手伝って欲しいのです。もちろん文字を使って記録するのではありませんよ。これを懺悔したいものに向けてくれるだけで良いのです」彼はそう言いながら、そんなに大きくない、人間界で女性がブローするときに使うドライヤーのようなものを僕の手の上に置いた。「上にダイヤルがありますから、先に使い方を覚えて下さい。私が教えた方がいいですか？」

「だいじょうぶですよ。簡単です」コンピュータのハードやソフトを勉強したことのある僕にとって、こういうものの扱いを覚えるのは難しくなかった。数分もしないうちに、どう操作すればいいのかわかった。たぶん音と映像を記録編集し時空の変換を行うことのできるものだろう。中の仕組みは謎で僕にはわかりようがなかったけど、使うに当たっては難しいことじゃなかった。僕はその中にもう何かが保存されているのに気がついたのできいてみた。「この機械の使い方をマスターしたら、中に記録されているものを僕が聞いたり見たりすることができるようになると思うんですが、中を見てもいいんですか？」僕が先にきいたのは、天国の戒律を破りたくなかったからだ。「もちろん、いいですよ。あなたに渡すということは、あなたに隠すことは何もないということを意味しています。さあ、もう好きにしていいですよ。あなたが必要になったら、私の方からあなたに会いに行きます」

僕は彼の話を聞いて無茶苦茶嬉しかった。信用されてるってことだからね。それから僕はその眼鏡と小さな機械を持って、滌域の中をぶらぶら歩き始めた。滌域を見て歩いて、ここのことをよく知っておきたいと思ったからね。ところがどっこい、ここの広いことといったら、僕たちが船に乗ってやって来たあの冥河の川岸に沿ってほぼ一日歩いたんだけど、山の斜面と平地が延々と続いているだけで、あちこちに僕たちの一六一一駅のような建物があって、どの家にも数字が書いてあって、冥河の向こう岸からやって来た霊魂たちが住んでいて、どの駅にも阿亮と同じように青い頭巾をかぶっている使者がいた。どの区域に行っても使者は優しく歓迎してくれ、自分たちの区域を見せてまわってくれた。平地、山、林、どこでも散歩している霊魂と出会ったけど、会うとみんな会釈して挨拶する。みんな自分のいる駅の番号がわかっていた。

僕は疲れるまで歩いてようやく戻った。

その日の晩、寝る前、僕は例の機械を取り出して、阿亮の許しもあったし、好奇心もあったので、中に保存されているものを見たんだ。それは霊魂の懺悔の記録の音と映像だった。中でも生前役人をしていた男性の懺悔が僕の興味を引いた――。

「……阿亮、あなたが私にくれた眼鏡をかけて、私が俗世でしたことを天国の神様がすべて見ていたということがわかりました。私は震え上がりました。私は自分のしたことはすべて永遠の秘密として、うまく隠し通せた、誰にも知られず、外からの私の評価にも影響はなく、私の歴史的評価にも影響はなく、史書の私に関する記述にも影響はないと思っていたのです。まさか天の目が私をじっと見つめているなんて思いもしませんでした。

今、自分のしたことを見て体が強ばりました。人間が最もしたくないことは自分の真実の伝記を読まされることだということがわかりました。私はとても恥ずかしいと思っています。本当です。心の中に閉じ込めてきた重たいものをお話しします。私のした最初のひどいことは、こっそりと政界の同僚の汚職の証拠を集めたことです。あのときは官僚の汚職は多かったですが、それは隠されていました。しかし政界にいて、彼らのやっていることがわからないわけがありません。だからそれをこっそり集めることは難しいことではありませんでした。こうすることの理由は正義のためでした。しかし私はその証拠を集めたあと、すぐに司法機関に渡して汚職を行なっている者を罰してもらうことはせず、それを武器として手の内に収め、彼らが私と地位を争うようになったとき、それを本名にしろ偽名にしろ、彼らの汚職を報告し、ついでに自分の障害を取り除き、自分の政界での地位を揺るぎないものにしたのです。これは法律上は問題なくても、正義ではありません。私は死ぬまで誰にもこの行為を見つけられなかったことを幸運だと思いました。しかし今とても不安です。それから私は私の昇進を決める上司に注意していた。彼はとても清廉で、ごちそうされたり謝礼を受け取るのが嫌いで、賄賂はもちろんのこと、普段彼に近づくことさえ難しかった。しかし私は昇進したかった。仕方がないので、私は彼の弱点を観察し、彼が若い女性と話すのが特別好きだということを発見した。それを見つけて私は方法を考えた。友人の娘に私の元で働いてもらった。彼女はきれいで功名心があった。父親から何度も彼女を早く引き立てるように急《せ》かされていた。私は彼女に私と一緒にその上司に仕事の報告をしてもらい、報告の途中でトイレに立って彼らが二人で話すチャンスを作り、彼女から彼に三人で一緒に食事をするよう頼んでもらうと、彼は果たして喜んで承諾してくれた。食事の間、私は何度も電話を口実に席を立ち、二人が親しくなる空間を作った。その日、別れるとき、二人はお互いに携帯の番号を交換した。それからファイルを彼に届けるときには彼女に持って行かせ、彼の一声さえあればすぐに昇進できるからと言い含めた。そうこうするうちに、二人は知り合いから親密な仲となり、隠れて家を借りて行き来するようになった。それからその娘さんと私は昇進した。私がその娘さんと上司にしたことは良いことで、彼ら二人もとても喜んで、誰も損をせず、私も規律に違反していなかった。しかし私の心はこのためにずっとびくびくしていた。私は彼らを利用したのだ……」

その夜は遅くまでたくさん聞いた。とても興味深い内容だったよ。

翌日朝御飯のあと、阿亮が僕を呼んで、一六一一一駅の霊魂の何人かが懺悔をしたいと言っているので、そばで記録して欲しいと言った。僕はわかりましたと言って、家に戻りその機械を持って来た。しばらくして、一人の女性が阿亮の部屋に入って来た。八十一歳のおばあさんだった。「阿亮、眼鏡をかけてみたが、ひとつ記録されていないことがわかった。あたしゃあんたに話しておきたい。でないと不安でな。あたしが死んだあの年の秋、下の子が嫁と孫を連れて私に会いに帰って来た。そのとき、うちの人はもうおらんかったが、上の子とその家族も一緒に泊まった。下の子の嫁はうちのいなかじゃ買い物が不便だろうと、孫が好きなお菓子をたくさん持って来とった。その中に祁蓮《きれん》雪《せつ》という菓子があってな、あたしゃそれまで見たことがなかったんだが、見た目もきれいで、その上あまじょっぱくてとても美味しかった。四歳の孫がそのお菓子をあたしの口に押し込んだとき、初めてその味を知った。ある日の午前、下の子は嫁と孫を連れて村はずれに遊びに出かけた。家の掃除をしているとき、そのお菓子が目に入った。たぶん年を取って食い意地がはっておったのか、あたしゃひとつつまんで口に押し込んだ。これがいかんかった。腹の虫が目を覚ましての、自分を抑え切れんようになって、あっという間に残りを全部食べてしもうた。ところが、まさかあの子がまだ残っていると覚えておったとは。孫は外から帰るなり祁蓮雪を食べたがって、嫁は食べさせようと思ったらなくなっているのに気がついて、驚いてきいた。

『誰が黙って食べちゃったの？　出かける前にはあったのに！』あたしゃ泡食っちまって、本当のことが言い出せなかった。食いしん坊のばばあと言われるのが恥ずかしかったからの。ところが嫁がまさか上の子の二人の娘を疑うとは思わんかった。しつこく二人を問い詰めた。もちろん二人は食べてないと言った。しかし彼女はそれを信じず、『この家には化け物がいる』と叫んだ。上の子は事を荒立てたくなかったので、自分が食べたと認めた。それで事はおさまったが、嫁はずっと口をひんまげて馬鹿にしたように上の子を見ておった。自分の義理のお兄さんを。あたしゃ上の子に申し訳のうて。自分が食べたと素直に認めんといかんかった……」

　阿亮は言った。「わかりました。話して気持ちが軽くなるなら話して下さい。でもこれは天国の神様がすでにご存じのことで、あなたを責めたりすることはありませんよ……」

　続いて入って来たのは年配の男性だった。「阿亮、私は生前、監獄の獄長でした。この眼鏡の中に入っていることは、すべて本当のことですが、ひとつはっきりしていないことがあります。私はあなたに白状したい。獄長になって四年目のことでした。ある日突然私の競争相手、私と司法局副局長の椅子を争って敗れた政敵が、飲酒運転の末、交通事故で人を死なせ、私がいる監獄に送られて来たと聞いて喜び、すぐに彼に会いに監房に行ったのです。もちろん深刻な顔をして。私はそっと彼に言いました。『副局長、事件のことは何もお助けすることはできませんが、ここでの生活についてはご安心下さい、私たちが精一杯お世話させていただきますので』私は彼を風呂に入らせ、塀の中で宴席を用意し、彼におなかいっぱいごちそうしました。それから私は腹心の部下を呼んで、しっかり彼の面倒を見るように言ったのです。私が言った〝面倒を見る〟という言葉の意味をその部下はよくわかっていて、彼は持ち場に戻ると、副局長を一人部屋から二人部屋に移しました。その二人部屋に入っていたのは暴力をふるうのが大好きな囚人で、彼はいつも同部屋の囚人に暴力をふるうのでした。副局長はその部屋に送られた日の夜、全身痣《あざ》だらけになって肋骨が三本折れました。私はそれを聞いて激怒した振りをして、すぐにその囚人を拘束し、副局長を病院に入れて治療させたのです。副局長は病院のベッドの上で私に感謝の涙を流したのです……」

阿亮はうなずいて言った。「その件について私たちは知らなかったのではなく、当時あなたの行動について別に考えていたのです。私たちはあなたが本当に副局長に同情し、仁愛の心を持っていると思っていたのです……」

続いて入って来たのは中年の女性だった。「阿亮、私は生前、産婦人科の医者でした。ここへは脳出血が原因でやって来ました。私は俗世ではあの病院で一番優れた医者でした。だからたくさんの妊婦が私に診てもらいたくて、その親族が私にお金を包んで持って来ました。中国にはずっと助産婦をねぎらう習慣があるとはいえ、私はそのお金を妊婦の産室の前で受け取っていました。妊婦を安心させるためです。子どもが無事に生まれてきてから、そのお金はお返ししていました。しかしあるとき、偉い役人の嫁がうちの病院でお産することになったのです。病院のトップは特別このことを重大視し、何度も何度も私に注意するよう言い聞かせました。これにはカチンと来ました。だってそれじゃ私が普段手を抜いているみたいでしょう？　その偉い役人の嫁が産室に入ったその日、その役人の部下の奥さんたちがみんな産室の前にやって来ました。ちらりと見ると、分厚い封筒を手にしていて、それをそのお偉方の奥さんの手に押しつけていました。私は彼女がこのときばかりと私腹を肥やすのを見て、よけいに腹が立って治まらず、彼女が最後に私に五百元の包みを渡したとき、断りもせずに受け取って、その日の夜、娘を連れて外で食事をして、その五百元を全部使ってしまいました。食べ終わったあとも恥じる気持ちはなく、むしろ爽快でした。受け取ったのが五百元と金額が大きくなかったため、天国の神様たちの目に入らなかったのではないかと……。でも言っておかないと落ち着かなくて……」

阿亮は笑った。「あなたの反応は面白いですね。他の人が袖の下をもらっているのを見て腹を立てていても自分もまた袖の下をもらう。まあみんながもらってるんだから、私がもらってどこが悪い？　もらう、みんなもらってるんだから、といったところですか。幸い、あなたは額が小さかったから、天国の神もあなたを責めはしなかったのです……」

続いて入って来た女性は若かった。「阿亮、私は俗世では売春婦で、私のお金を奪った男にナイフで斬り殺されたの。神様が私の過去をあれこれ言わずに、この滌域に入らせてくれたことに感謝してるわ。実は私とても恥ずかしいと思ってるの。私が売春をしてたのは、生活に困ってるとか、切羽詰まった理由があったわけじゃなくて、縫製工場の女工とか、掃除婦とか、お手伝いさんとか、そんな仕事でくたびれるのが嫌で、売春だったら早く稼げるし、気ままに生きていけるからってことだったの。実際楽しいこともあったわ。他の人に馬鹿にされるのは嫌だったけど、昼間私たち下流の卑しさを罵り、ばかにする男が、夜ベッドにあがると、私たちよりもっと卑しくて、事が終わってお金を渡すとき、公費の領収証を書かせようとしたりするの。どうして私にそんなものが出せる？　そういう領収証を書いて商売している人の所へ行く？　だから私も、私たちみたいな女の所に来る男を軽蔑するの」

「他の人のことは、他の人自身に話してもらいましょう。ここではあなたに関することだけ話して下さい」

阿亮は彼女に注意を促した。

「わかった、わかったわよ。私があなたを訪ねてきたのは、私のことを話すためなの。それは私はうちのお店〝人間仙境〟に入って二日目のことだったんだけど、二人の男が私に酒の相手をするように言ったの。二人とも私に社長と呼べって言ったんだけど、二人が話してるのを聞いてると太った方がお役人で、痩せた方が商売人だってわかったの。お役人が商売人に『言っとくが、あのメトリックスはあんた一人が欲しがってるんじゃないんだ。欲しがってるやつはたくさんいる。しかしだ、いいことするときにおまえという友人を忘れるわけにはいかん』すると商売人は『あなたが私のことを気にかけて下さっているのはわかっております。あなたは私にとって一生の大切な御仁、あなたという御仁の助けがなければ、私には何もできません。たとえ一元の稼ぎであろうがそのうち五毛はあなたのものです。先生、どうか今晩はこの店でゆっくりおくつろぎ下さい、私めのこの鞄は先にこちらに置いておきます。私はちょっと出かけてやりかけの仕事を片付けてから戻って来ますので』って答えたんだけど、それっきり戻って来なかったの。私にはそれが、口実を作って出て行って、お役人に私と十分楽しんでもらおうとしたんだってことはわかってた。ほとんど一晩中楽しんだんだけど、そのお役人が強いのなんのって、もう一回、もう一回って、もう死にそうだった。そのお役人、帰るとき、その商売人が置いていった鞄からお代を出してくれたんだけど、お役人がその鞄を開けたときにのぞいてみたら、まあびっくり、中身は全部お金なの、全部で数万はゆうにあったわね。お役人がいくらだときいたから、普段は多くても五千元止まりなんだけど、そのとき思っちゃったの。どうせ人からもらったお金から出すんだから、ちょっと多めにもらっちゃえって。で、言ったの。もうあなたったら元気いっぱいで長かったから、私もうくたくたよ、七千元ちょうだいって。お役人さん、笑って言ったわ。『おまえ、欲がないんだな。わかった、七千元だ』言い終わるとお札を数えて渡してくれた。今日、眼鏡をかけてみたら、そのことが出てこなかったんで、あなたに話さなきゃって。二千元もふんだくっちゃね、気が咎めちゃって」

その女の子に続いて入って来たのは、四十歳くらいの男だった。「阿亮、眼鏡に出てこないことがひとつあったから、改めてあなたに懺悔したいのだが。株のアナリストをしていたとき、株価の騰落《とうらく》予測が当たって、私の分析を信じてお金を稼いだ投資家たちから私は〝神業〟と呼ばれていた。ある日、私が気に入っていてまだものにできていない女性が私の所に訪ねて来て、どの株が上がるかきいてきた。と同時にその目で、もし彼女の希望を叶えさえすれば、彼女の体は私のものになると訴えていた。最初は躊躇《ちゅうちょ》した。職業上のルールに反するからだ。しかし私は彼女の瞳の誘惑に負けて、ちょっと嘘でも聞かせてやればいいと思い、彼女の頼みに応じてしまった。少し経ってから、私のその偽の予測で、たくさんの投資家がその株を買って株価が上がり、彼女の会社はその機を捉えてその株を売り払い、一瞬で大儲けをしたと知った。その後、彼女はなんやかやと理由を付けて二度と私には会おうとしなかった。腹が立ったが、泣き寝入りするしかなかった。おそらく天国の神は私がただ予測を間違えただけだと思って、これについては記録しなかったのだと思う。私は、この件では自分は何の得もしていない、間違いを犯してもいない、ただ予測を間違えただけだと自分を慰めていた。しかし私は多くの投資家に損害を与えてしまったのだ……」

午前中だけで、十数人の霊魂の懺悔がこの機械に記録されたんだ。午後は休みたいと思ってたんだけど、お昼に一休みしていると阿亮がまた僕を呼びに来た。

「少ししたら、まだ懺悔したいのがいるから、引き続き記録してくれ」僕は「いいよ」とうなずいた。そんな疲れる仕事じゃないし、いろんなことを知ることができるしね。

午後最初に阿亮に会いに来たのはお年寄りで、年は八十前後だった。彼は部屋に入るなり言った。「わしは生前、肉を売っておったんじゃが、神様には感謝せんとな。わしのやったいいことも悪いことも全部ご存じじゃ。たぶん五十四のときじゃったと思うが、村の劉《りゅう》秀花《しゅうか》の旦那が死んで、独り身になったとき、わしゃチャンスが来たと思うた。その女はじき四十じゃったが、顔はつやつやで、おっぱいは歩くたびにゆさゆさ揺れて、実はわしゃ昔からこの女に惚れとったんじゃ。じゃが、旦那がおるんじゃ手は出せんじゃろ？　じゃがもう旦那はおらん、何の気を遣うこともない。じゃからわしゃなんやかやと口実を作ってはあの女の家に行き、そのたびに肉を持って行ってやったんじゃ。あの女もありがたいと思ったようで、わしが行くたびにお茶を入れて親切にもてなしてくれて、何度もそうしているうちに、わしは時機が来たと思うた。蒸籠《せいろう》の蓋を開けてホカホカの蒸しパンにかぶりつくんじゃ、と。次に行くとき、わしゃ用意してあった石けんで肉を売った手を何度も洗い、顔には豚の腸から取った脂を塗ってツヤツヤにしたんじゃ。間違いなくわしのもんじゃと思うた。じゃが、家に入って女のおっぱいに手を伸ばしたら、胸をさっと避けて、大まじめな顔をして言いよった。『兄さん、それはだめよ！』『わしを怒らせる気か？　あんたはわしの肉をさんざん食っといて、何をまだ気取っておるんじゃ？　でなかったらわしの肉なんか食うな！』わしはそれからまたしばらく座っておったんじゃが、女は結局何もさせてはくれんかった。むしゃくしゃして、店に帰りながら女にどうやって仕返ししてやろうか考えた。そして思い付いたんじゃ。消費期限の切れた肉ににがりを塗り込んで新しいように見せかけてから、女の所へ持って行き、顔を赤くまでして言った。『わしが悪かった。あんたの隙に乗じて悪さしようなんぞ、とんでもないことじゃった』翌日、その女はまんまとわしの策略にはまって腹を壊し、三日は下し続け、村の病院へ薬をもらいに行くしかなかったんじゃ。あんときは気持ちよかったんじゃが、今思うたら、汚いことをしたもんじゃ。このことをご存じない神様にお伝えせんといかんと思うてな……」

　続いて阿亮に会いに来たのは若者で、年齢は僕よりちょっと上の感じだった。彼はテロリストの作った爆弾で死んだ、生前は武装検察部隊の小隊長だと言った。

「事件当日の午前、私は命令を受けて小隊の戦士全員を連れて、最も賑やかな地区を通る三番バスで任務に就いていたが、出発前に中隊長が私に、上からの通報によると今日テロリストが市内のバスを爆破しようとしている、どの路線のどのバスかわからないので我々は分散して乗車する、バスでは安全を確保して十分警戒せよ、と言った。三番バスは全部で十五両が運転しており、私は小隊三十七人を十五のグループに分けて、それぞれを一両に乗せた。私たちは平服には着替えず、すべて武装した。テロリストを精神的に脅すのが目的だった。私は二名の戦士を連れて、十五両のうちの一両に乗り込んだ。乗車してから私は一人の戦士を前方へ、一人の戦士を後方に行かせ、私は真ん中に立っていた。私たち三人は目を光らせ、警戒して乗客の様子を観察し、被疑者を発見したいと願っていた。三番バスのすべての車両が昼まで運行したが、疑わしい乗客は見つからなかったし、爆破も起きなかった。そのことが最初に乗車したときの警戒心をかなり減少させた。そのとき私はたぶん情報が間違っていて、別にテロリストがバスを爆破しようなどとはしていないと思った。そうでなければテロリストが我々に恐れをなし、もうやる気をなくしているか、今日の襲撃の目標は三番バスではなかったのだと。午前中ずっと立っていて、私たちは疲れていたので、前と後ろにいる部下に空いている椅子に座るように指示した。ちょうどそのとき、バスはスーパーの近くのバス停に着いた。バスがバス停に停まるたび、たくさんの乗客が乗り降りした。乗り込んでくる客一人一人を観察していたが、正直に言って、午前中ずっと観察し続けて目も疲れていて、私の目にすごみはなくなり任務はもう終わったかのような感じで乗り込んでくる客を見ていて、テロリストが本当にこのバスに乗ってくるとはあまり信じていなかった。しかし突然私の心臓がドキリとし、まぶたがピクリと動いた。大きな荷物を背負って乗り込もうとした若い女の子が私の注意を引いた。私がそのとき一瞬で彼女に注意したのは、第一にスーパーから乗り込む客でそんな大きな荷物を背負っているのはほとんどいないということ、第二に彼女が濃い色の眼鏡をかけていたことだった。女性はきれいに見えないから、目に病気でもない限り、あまりそういう眼鏡はかけない。第三に彼女は乗り込んで私を見たとき、驚いたような表情を一瞬見せたということ。そう、あれは間違いなく驚いていた。一般の乗客は武装した我々を見ても、自分たちを守ってくれているとわかっているので、安心した表情をする。私は彼女のそばへ移動した。バスが動き始めると、彼女は背負っていた荷物を足下に置き、手すりを握って顔を前に向けていた。私は彼女に近づいて『すみません、お嬢さん、あなたのお荷物見せていただいてよろしいですか?』と言った。彼女はゆっくり私の方を向くと、まず派手に笑顔を作ってから言った。「バスの中ってほんとに暑い!」そして彼女は自分のブラウスの胸元を引っ張ると、ボタンを次々はずし、真っ白な胸をはだけて、乳房を私の目の前に曝《さら》した。驚いたことに彼女はブラジャーを着けていなかった。私たち二人は向かい合って立っていて、距離は十数センチ、彼女のたわわな乳房に私は目を奪われてしまった。豊満で美しく、他のものは目に入る暇がなかった。彼女が片手をズボンのポケットに伸ばすのを感じてはいたが、それに反応できず、その動きの目的も判断できなかった。その大事な十数秒の間、私の注意は彼女の乳房にあった。彼女が勝ち誇ったように笑い、自分がうかつにも大事なことを見逃したかと私が思ったとき、彼女はリモコンを取り出してボタンを押そうとした。そのときになって彼女が乳房を露わにした理由がわかったが、時すでに遅し、私ができたのはただ彼女の足下の荷物に覆いかぶさり、自分の体でバスの乗客を守ることだけだった。私が彼女の荷物に覆いかぶさったと同時に大爆発が起こった……。私の体は粉々に飛び散った。事件後、人々は私を英雄と呼んだが、自分だけはどうしてそんなことになったのかわかっていた。彼女の乳房に気を取られることなく、彼女の動作に注意し、すばやく彼女を取り押さえれば——私にはその能力があった——、爆発は起きなかったのだ。恥ずかしくも私は罠にはまり、多くの乗客が血を流すことになった。私は彼らに申し訳ない」

「自分を責めないで下さい。あなたはあなたのできることをやったのですから。天国の神はわかっておいでです」阿亮は彼を慰めた。

　父さん、僕も彼はよくやったと思うよ。ただ向こうの方が一枚上手だったってことだ。懺悔しなきゃいけないのは彼じゃないよ……。

寧、天国に魂を洗うところがあって、そんな眼鏡を渡され、たくさんの霊魂が自ら懺悔しにやって来るとは。そういう基準で魂を清らかにするということであれば、私は懺悔することが山ほどありそうだ。南方の国境に近い戦地に行ったとき、二人の兵士が命令を受けて私と他の三人の記者の護衛に付いてくれたが、私は草むらから敵の特攻が飛び出してくるのではないか、地雷を踏むのではないかと、ただただ敵の不意打ちが恐ろしく、緊張の糸が張り詰めていた。その年私は三十四で、副連隊長、野戦部隊の出で、手には拳銃も持っていて、自ら隊伍の前を行き、同行の戦友、私より若い兵士たちを守るべきだったが、私は何も言わず、二人の兵士が順番を決めるのを待って、片方の兵士が隊伍の一番前に立つと言ったとき、私は密かに安堵のため息をついた。あの日、二人はもとより護送が任務であり、私は護送される側であり、その日は何も起きなかったが、もし敵に遭遇していたら、死の危険は二人の兵士に任せ、自分は生き延びようとしただろう……。

父さん、今はまだ懺悔するときじゃないって。続きを話そうか。天国の滌域の秘密を教えてあげるよ。父さんが自信を持てるように、すべての霊魂がここで魂を浄化することができ、ここそが真の浄土だということが父さんにとってはっきりするようにね。あの日の午後は女性陣にすべて占拠された。最初の女性は四十前って感じで、阿亮に会いに来たとたん泣きだし、泣きながら話すんだ。「あたくし、首を吊って自殺してここに来ましたの。眼鏡にはここ数年あたくしが苦労しながら子どもと主人の面倒を見ていたことがはっきり記録されており、さしずめ良妻賢母といったところでしょうが、実際はお恥ずかしい限りなんです。あたくしは小さい頃から負けん気が強くて、結婚してからは自分の主人と他の女性のご主人とを比べておりました。あの時期、うちの主人は、副課長から正課長、副所長から正所長へと、みるみるうちに昇進して、年越しのときには、主人の所属している処の人たちが贈り物をしにいらして、自分の顔が輝いているのを感じておりました。どこに行っても女性たちにひけらかしておりました。うちの主人は所長になってからはそれ以上昇進しなくなったんです。あたくしは主人がもうそれ以上上に行くつもりがないんだと思いました。他の奥様方のご主人が工場長、市長と昇進していくのを見ると、もう悔しくって主人のことをこの意気地なしと責めましたわ。主人は、今は昇進するには金がいる、庁・局クラスでも百数十万だぞ、うちのどこにそんな金があるんだ？と言い訳しますの。それなら借りるのよ！とあたくしは言いました。主人はきっぱり首を横に振りました。借りたら、昇進したあと、汚職するしかない。やり方が中途半端じゃ返せないし、やり過ぎると牢屋にぶち込まれる、って。あたくしも心の中じゃ彼が言ってることの方が正しいとわかっておりましたのよ。でも怒りが収まっていなかったので、一日中、不機嫌な顔をして、夜もあたくしの体には触れさせませんで、胸を触りにきても振り払い、主人を焦《じ》らし、ため息をつかせたんです。おそらく慌てたんでしょうね、主人はつてを探して本当に百二十万元を借りてきて、あちらこちらに贈り物をしましてね、それがまあうまくいきまして、本当に副工場長に昇進しましたのよ。主人が就任する前日、特別にホテルを予約して二テーブル分のごちそうを用意して、親戚友人を呼んでお祝いしましたの。最初彼にお金を貸してくれた商売人の友達もお金は返さなくていいと言ってくれましたの。それは嬉しかったのなんのって！　主人が就任してからは、それはもう面目躍如、年越しも祝日のお祝いも、自分では何も買わなくても良くって、食べるもの、着るもの、使うもの、家に飾る花や緑も全部誰かが届けて下さるんです。もちろん自分の昇進のためにお金を持ってくる人もおりましたけど、始めはあまりに分厚い封筒は受け取るのが怖くて、千元二千元ほどの薄いのしか受け取らなかったんですけど、数が多くなると、もう厚みには構わなくなって、厚かろうが薄かろうが全部受け取るようになって、商品券も受け取りましたわ。きっとうちだけじゃないはずですわ。どうしてあたくしたちだけ捕まらなくてはなりませんの？　うちはほんのまだ副工場長ですのに、こんなにもたくさんの方から現金の入った封筒と、お金の入っているカードをいただくんですから、工場長ともなればもっとたくさんの方からいただくんでしょう？　いただかなきゃ損でしょう？　あたくしどもだけ清廉潔白きれいでいても、社会の風潮を正すことはできないし、どうしてうちだけいい子ぶらなければならないのでしょう？　封筒と商品券が増えれば、お金も貯まりましたので、あたくしは自分の父と主人の両親のためにそれぞれ百六十平米の新しい家を買ってあげました。同じ区域で、同じ建物じゃないんですけど、どちらも八階の八号室なんです。あたくし、やるからには公平にやらなくちゃ気が済みませんの。両方のお年寄りに平等にして、どちらか一方が得をしたり損をしたりはしないようにしました。主人は一度に二つも家を買うのは人目に付くと心配していましたが、あたくし、親孝行するのに何を怖がってるの、官僚たるもの、親孝行して、下々に良い手本を示さなくちゃって言ってやりました。それからまたお金がたくさん集まってきて、銀行に預けていては目減りするんじゃないかと思いまして、中学生の息子のために百八十平方メートルの家を買ってあの子が結婚するときに備えましたの。財テクしようと思ったら、銀行にお金を預けても利息が低すぎて、家を買った方がすぐに値上がりしますでしょ？　家のことが見る間に良くなっていって、あたくしの気持ちももちろん嬉しくなって、女性って気持ちが高ぶると夫とも仲良くしたくなりますの。でも主人の方は逆で、夜、あちらの方のことはまるで忘れてしまったみたいで、ベッドに入るなり寝てしまって、あたくしがどんなに触っても全然反応してくれなくて、あの人のあれも全然だめ、まるで塩漬けにしたダイコンみたいにふにゃふにゃのままですの。あたくし、最初は仕事で疲れてるんだろうと思ってたんですけど、ある日おなかの大きくなった若い女性が主人と離婚してくれと言いに訪ねてきたとき、やっとのことで彼が夜あたくしに触ろうとしなかった原因がわかりましたの。あのクソッタレ、あたくしのところに彼女を寄越すなんて?!　主人とどうやりあってやろうかと考えているときに、汚職取締局が突然やって来たんです……その後のことは全部ご存じですよね。主人が捕まってから、あたくしはそれまでのことにはこだわらないで、彼のところへ毎週あれやこれや届けに行き、一人で息子の世話をして、あの若い女の堕胎を手伝い、両方の家のお年寄りの面倒を見、まるで良妻賢母のようでしたけど、あたくし、そうでもしなければ、彼に申し訳なかったんです……」

　次に阿亮に会いに来た女性はとても若くて、見たところ僕よりも少し若い感じだった。彼女は部屋に入ってくると阿亮に言った。「私は飛行機事故でここに来ました。私は神様は不公平だ、間違ってる、自分の魂が一番きれいだと思っていましたが、眼鏡を見て、懺悔しなければならないことが本当にたくさんあると思いました。大学二年生のとき、クラスや学部の男女がカップルになって付き合い始めました。みんなは気持ちがあるとかないとか、愛があるとかないとかじゃなくて、まず付き合って、チャンスを逃さず楽しんで、青春の貴重な時間を無駄にしないで、年を取ってから後悔しないようにしなくてはと言っていました。たくさんのカップルが近くのホテルに部屋を取ったり、部屋を借りて一緒に住んだりしました。私の気持ちもだんだん落ち着かなくなりました。ちょうどそのとき、一人の男の子が私に好意を示してくれていたのですが、背が低いし尊敬できるところもないし、彼とデートの約束をするのは躊躇していました。ところが、ある友達の女の子が部屋に来て、私が彼女の彼氏を奪った、横取りしたとわめき立てました。あの男の子は彼女の彼氏だったんです。私はそれにカッとなって、よし、そんなにあの男が大切なんだったら、奪ってやると、すぐにその男の子と約束をすると、本気でもないのに彼と寝て、セックスしているときにも私はあの女の子のことを考えていました。怒れ、怒ればいいのよ！私はもともとその男の子のことは好きでも何でもなかったし、セックスにも満足できなかったので、彼に言いました。『あなたは私が求めている人じゃない、いいお相手だったわ、後腐れなく別れましょう』彼は私を責めることもせずただこう言いました。『僕が君に使った時間を考えると、損害額三千元払ってもらわないと』私はあっさり三千元を彼の胸元に投げつけると、出て行きました。しかし思いも寄らないことに、ひと月後、自分が妊娠しているのに気がついたのですが、そのとき、私は一人の詩人を愛していました。やるならとことんと、病院に行って堕胎の手術をしました。手術をした先生は、堕《お》ろした子どもは女の子だと思うと言いました。でも私は男の子も女の子も関係ない、どちらもいらない、私が今欲しいのは詩人だけ、喜びだけが欲しかったのです。私は学校を四日間休んで、その詩人と詩の朗読会に行く約束をしました。

　少しの時間も無駄にしてはならない／愛を偽ってはならない／痛みを恐れてはならない／肉体を神聖なものと見てはならない……。

　私はこのときのことで二つの間違いを犯しました。

一つは怒りにまかせて他人の彼氏を奪ったこと、二つ目はひとつの命を奪ったことです……」

　阿亮に会いに来た三人目の女性は少女で、十三か十四といったところだった。その子は入って来るなり言った。「私はこの天国の滌域に来ちゃだめなの、懲罰域に行かなきゃいけないの、私生きてるときに人を殺したの、神様は私のやったことを見てなかったから私をここに来させたんだわ。私みんなに混ざって関所を越えたとき、こっそり喜んでたの。でも眼鏡をかけてみた結果、自分のやったことを言って、神様に裁いてもらおうと決めたの」彼女の話はこうだ。四歳のときに四川の家から人買いにさらわれ、河北の独身の村の男に売られたんだそうだ。その男は最初は彼女によくしてくれたらしい。彼女を自分の娘のように思って、面倒もよく見てくれたし、学校にまで行かせてくれたんだそうだ。彼女はそのときはもう自分の実の家の住所も両親の名前もはっきりしなくなっていたから、その男の娘になるしかなかった。で、将来大きくなったらこの育ての親に恩返ししなくちゃと思ってたって。でも彼女が年齢と共に大きくなって、体が女性らしくなるにつれて、養父の彼女を見る目もだんだんと変わっていき、目の中の優しさはだんだんと彼女を恐れさせるものに変わっていったんだ。そしてついにある日の夜、養父は彼女のベッドに上がってくると彼女の体を踏みにじったんだ。彼女は恐ろしかったし苦痛だったので、ある日の晩農薬を飲んで自殺しようと決めた。彼女は言った。「薬を飲もうとしたとき、お父さんへの恨みが湧き上がってきて、農薬を少しお父さんのおかゆの中に入れて、お父さんを殺したいと思ったんです。私にお父さんを殺す資格はないんです。お父さんは私の体を傷つけただけだけど、私はお父さんの命を奪ったんです。私には罪があります。ここに来る資格はないんです……」

　阿亮は彼女の話を聞き終わると、首を横に振って言った。「君が自分を責めることはないんだ。君のお父さんは農薬で死んだけど、君が殺したんじゃないんだ。君はお父さんのおかゆに農薬を入れてから自殺した。お父さんは外から帰って来て君がベッドに横たわり息をしていないのを見て、すぐに自分が君を死なせたとわかって後悔したんだ。お父さんは君のそばにしばらく座ってぼんやりして、近所の人にも言い訳はできないと、自殺することにしたんだ。お父さんは別の農薬の瓶を探し出して飲んだんだ。お父さんは君が農薬を入れたおかゆを食べたんじゃないんだ。君は罪を犯していない、殺人の罪を犯した霊魂はここに来ることはできないんだ……」

寧、おまえの話はこの世では想像もつかないことばかりだ。生きている人は自分の魂がきれいかそうでないかなどほとんど考えない。人間が毎日忙しくしているのは、生存という現実問題と関係しているからだ。人は誰ももっと良い生活をするために目標を立て、目標を実現するための手段を考える。政治に携わる者はどこの部署であれ、最高位でもない限り、常に昇級を考えている。だから上から信任を受けて肝心なときに名前を出してもらえるよう神経をすり減らすし、選んでもらうために周りに好かれるように一生懸命になるし、どうやったら自分の競争相手を振り落とすことができるか考えるし、どうやったら上にすんなり贈り物を受け取ってもらえるか、どこへ連れて行けば喜んで食べてもらえるか頭を悩ませるし、自分の子どもや親友を自分の勢力範囲のどこに配置したらいいか考える。商売人は持っているカネの量にかかわらず、常にもっとカネを稼ぐことを考えている。だからどんなポストの官僚と関係を持ったらいいか、どんな手を使って自分の商売を官僚に支持してもらうか、どんなプロジェクトを立ち上げ、どれだけカネを集め、どうやって儲けたカネを国外の安全な場所に持って行くか考える。学問に携わる者は、どれだけ名声を得ていようがより上を求める。だから新しい理論を考え、どうやって自分の領域を権威付け、どうやってさらに大きな学術的名声を得るか、どうやってアカデミー会員になるか、どうやってレベルの高い学術奨励を手に入れ、どうやって物質面で好待遇を得るか考える。庶民も自分の生活を作り上げるために目標を立てる。いつ家を建て、いつ息子に嫁をもらい、いつテレビを買って、いつ孫を学校に上げて……。人は生きるだけで、ひとつまたひとつと目標に向かって走らなければならない。息をゼイゼイ言わせ、目をくらくらさせ、それは死ぬまで続く。生きている者には、魂がきれいかどうかなど考える時間もなければ、そんなことに興味もない。幸いにも天国がそれについて考える時間とチャンスを下さるというわけだ……。

父さん、一六一一駅の霊魂は、一人静かに考える時間をもらって、みんな阿亮と話した。話す時間の長短はあるけど、記録者として僕はすべてに立ち会った。みんなが打ち明けたことはそれこそ様々で、これほどみんなの魂が塵や埃で汚れているとは驚いたよ。人間界はほんと塵や埃でいっぱいなんだな。人間界に一定の時間、魂を汚さずにいるなんて至難の業だよ。僕は人間界にいた時間が短かっただけだ。でなきゃ僕も告白し懺悔しなきゃならないことがきっとたくさんでてきたはずだ。

すべての霊魂が阿亮と話し終わると、阿亮は私に渡していた録音機のような機械を回収し、全員を集めて言った。「どれほど塵や埃に汚れていても、隠さずすべて話し、懺悔すれば、それで清められ、きれいに洗われ、魂をきれいにする関門を越え、学域に入ることを許され、天国で生活する上での規則や戒律、そして自分の好きな技能を学ぶことができます。明日みなさんを関門へお連れします」

僕たちはそれを聞いてみんな大喜びだった。

翌日の朝、一六一一駅のすべての霊魂は早々にスープを飲み終わると、居住区の前の広場に二列に並んだんだ。「どうかみなさん、お静かに。私について飛んで下さい」僕はもう好奇心でいっぱいで、上から居住区を眺めながら、学域ってどんなとこなんだろうと考えていた。天国がこんなにいろいろな区域に分かれてるなんてね。

三時間ほど飛ぶと、厳《いか》めしい大きな門の前に着いた。門の上の額には四つの大きな文字が書いてあった。「浄魂之門」。門の両側の幅の広い柱には五つの数字が書いてあった。一六一一一。門の両脇には四人の黄色服と黄色い頭巾をかぶった男が立っていた。人間界の衛兵にちょっと近いかな、でも黄色い服を着ているだけで、手には何の武器も持ってないんだ。表情も殺気立ってなくて、とても穏やかで、僕たちがやって来るのを見ると、友好的な目を向けてくれた。阿亮は門の高い台の上に立つと、大声で宣言した。「私たちは学域に通じる一六一一一浄魂之門にやって来た。全員一列に並んで、一人ずつ入ること。門を通るときに清らかな鳥の鳴き声が聞こえたら、魂が確かに洗われており、学域に入って生活することができるということで、中へ入ってよい。もし虎の咆哮《ほうこう》が聞こえたら、その魂にはまだ汚れが残っているということで、さらに続けて浄化しなくてはならない。中へ入ることはできないので、これまで住んでいたところへ戻って、眼鏡をかけて静かに回顧し、汚れを見つけ告白懺悔すれば次にこの門にやって来る魂たちと一緒に検査を受けることができる」

「まいったな、まだこんなに厳しいとは」一人の老人がため息をつくのが聞こえた。

　門をよく見てみると、木でできていて、無茶苦茶高くて、表面にはトゲのような突起があって、まるでくぐろうとする霊魂をいつでもひっかけられるとでもいった感じだった。音が出るようなものはなくて、鳥や虎の声はどこから出てくるのかはわからなかった。

　僕たちは阿亮の言う通り一列になって、一人ずつ門を通って行った。僕より前の六十人あまりの魂はみんな清らかな鳥の鳴き声が響き渡って、そのまま中へと入って行った。僕が通るときにも同じように鳥の鳴き声がして、守衛の黄色い服の男が私に手を振って、中へ入れと促した。僕のすぐ後の女性が通ろうとして、片足を踏み出したとたん、猛々《たけだけ》しい虎の咆哮が長々と響き渡り、驚いた彼女は門の前から飛んで後ずさった。これには僕も驚いたよ。なんと、ほんとに不浄の魂を見つけ出せるんだ、って。その女性は慌てて弁解した。「私、言わなきゃいけないことは全部話しました。もう懺悔することはありません、私はきれいです！」そう言いながら彼女はまた門をくぐろうとしたが、門の両脇に立っていた黄色ずくめの男たちがさっと彼女の両腕を摑むと、無理矢理門の外へ引きずって行った。阿亮は彼女のそばに行くと言った。「申し立てをしても無駄です。ここで間違った審査をすることはありません。天国の神様は公平です」その女性は阿亮がそう言い終わるとちょっと黙り込んでから高い声で言った。「じゃ、今ここで告白懺悔します。みんなと一緒に行かせて下さい。少しでも早く享域に行きたいんです」

　阿亮は彼女の要求をきくと、守衛の黄色い服の男としばらく相談してから彼女に言った。「わかりました。今は記録する機械を持ち合わせていませんが、みんなの前で告白懺悔する機会を与えましょう。でもそれでも審査を通らなければ、私と元のところへ戻って下さい。それ以上あなたの要求は受け入れません」

　その女性はそれを聞いてうなずくと小さい声で言った。「私は生前声楽の歌手でしたが、告白懺悔していないことがあります。私はデビューしたとき、なんとしても出たい舞台があったのですが、監督がどうしても私を出そうとしなかったので、自分の希望を叶えるために、ある夜、三万元を包んで彼に渡したんです。彼は受け取っても首を縦に振らず、私に彼の相手をするよう暗示したのです。彼は私の好みじゃなくて吐き気を催すほどで、彼と親密になろうなんてこれっぽっちも思っていなかったんですが、舞台に上がるためと思い、唇を噛みしめました。虎穴に入らずんば虎子を得ず、です。声楽家は舞台に出なければ成功はありません。結果、彼は一晩私を弄び、翌日決まっていた別の女性を降ろして、私に独唱させ、それで私は名を成すことになったのです。ひどい話だとは思いますが、当たり前のことだったので、言わずにごまかしたんです。私が隠したのはこれだけです、他は全部話しました……」

門を通った者もまだ通っていない者も、みんな黙って聞き、何も表情に出さず笑う者もいなかった。

「こんな風に人前で告白してみなさんに軽蔑されるのはわかっています。でも私は少しでも早く天国の享域に入って、静かで平安な日々を送りたいんです」彼女は涙をぬぐいながら言った。

阿亮がそのとき言った。「ここは人間界ではない。人間界では自分のなにがしかの優れたところで他の人を軽蔑することがあって、平等を実現するのは本当に難しい。人が死んだときの言い方さえ違う。皇帝が死ねば崩御、諸侯が死ねば薨逝《こうせい》、士大夫が死ねば卒、庶民が死んだら断気と呼ぶ。葬儀にも等級があり、墓にも大きい小さいがあり、副葬品には多い少ないがあり、墓碑の材質もひと通りではない。しかしここは天国で、誰も他の者を軽蔑しないし、どんな霊魂も霊魂以外には何も持っていない。権威も、カネも、名声も、物も、すべての霊魂は洗浄を経て、清浄で、完全に平等で、誰かが上に立ったりしない。安心して欲しい。さあ、もう天国の神に隠していることが何もないのならば、もう一度門をくぐってみるのだ」

その女性はそれを聞くと、急いで門に向かって行き、真剣な様子で門をくぐると、清らかな鳥の鳴き声が響いたんだ。彼女はもう嬉しくて泣き出して、僕たちに向かって走って来たよ。その後、二人の男性が門をくぐることができなかったんだけど、二人ともその場で告白懺悔することはせず、阿亮と一緒に滌域一六一一一駅に戻って行ったよ。

僕たち学域へ入った魂たちは、黄色い服の若い女性に引き連れられ、九一〇三三三区と書かれた場所へやって来たんだけど、ここも滌域の一六一一一駅と一緒で、部屋は前とたいして変わらなかったけど、違っていたのは大きな部屋があって、中には大きな机が並べられていて、たぶんここが学びの場なんだろうと思った。その黄色い服を着た女性が言った。「ようこそ、学域の九一〇三三三区へ。私はここでみなさんのお世話をさせていただく者で、どうぞ小蓁《しょうしん》と呼んで下さい。ここには部屋が二種類あります。ひとつはみなさんが住むところで、少し狭いですが、お一人一部屋です。もう一つは学習に使うもので、少し広くて、数名様を収容可能です。みなさんはここで半年勉強していただきます。主に二つ、一つは天国享域で生活するための規則で、付き合う、食べる、着る、住む、遊ぶそして休むやり方についての規則です。二つ目は天国享域で自分が好きなもの、編み物がやりたければ編み物の、魚を育てたければ魚の育て方の、切り絵をしたければ切り絵の、絵を描きたければ絵の、刺繍《ししゅう》をしたければ刺繍の技術です」

小蓁は言い終わると、部屋を全員に振り分け、僕は一〇五五室があたった。部屋を探して扉を押し開けると、部屋の調度は滌域の家とほとんど変わらず、家具は少なかったけど、とにかく清潔で日の光が窓から差し込んで、そよ風が玄関から入って来て、部屋の中はむちゃくちゃ暖かくて、外では天の鳥がさえずってるし、柳の緑は優しくて、そよ風に細い枝を揺らしてて、空中は緑の息吹に満ちていて、もう一日で気に入ったよ。

二日目から僕たちの学域での勉強が正式に始まった。まず享域でお互いに意思疎通するための交流の方法を学んだ。小蓁は九一〇三三三区の管理者でもあり、先生でもあった。「天国の享域には共通の言語はありません。みなさんは迷魂湯を飲んでいないので、記憶力は損なっていません。生前使っていた言語を覚えているので、相手が同じ民族、同じ国の霊魂ならそのまま話せば通じます。もし相手の話す言葉がわからないときは、一人一人に小型の言語翻訳機が与えられます。身につけておけば、その機械が同時通訳してくれるから相手の言うことを理解することができます」彼女は話し終えると、みんなにその翻訳機を配った。文字盤の大きい腕時計といった感じで、操作は簡単、スイッチを入れてみると、音は大きくて文字盤に表示される文字もはっきり見えた。小蓁は僕たちが操作に慣れるように、フランス語、ハニ族の言葉、ホジェン族の言葉、ルーマニア語など様々な言語で試させてくれたので、僕たちはすぐに使えるようになった。

　そのあと学んだのはお互いの付き合い方だった。小蓁は僕ら一六一一駅から来た霊魂を集めて言った。

「みなさんが後日入ることになる享域では、一律に平等で、これは人間界で言う相対的な平等、あるいは口先の平等ではなく、絶対的な平等です。あらゆる霊魂は衣食住、使う、行うにおいて同じ基準があって、他はありません。聖域の天国の神々もみなさんと同じです。いかなる暴力も許されません。暴力は最も強い者が勝手に決めた人間界の規則で、ここには根本的に存在しません。だからどの霊魂も、お互いに平和に付き合わねばならず、出会ったときにはお互いに右手を右耳の所に上げて挨拶します。事に当たってはまず座って十分話し合い、意見が合わないときにはすぐにそばの七人の霊魂で評議会を開いて、その評議会の結果を必ず実行しなくてはならず、結果を変更することは許されません。別れるときはお互いお辞儀と握手をし、三歩進んだところで笑顔で振り返ります……」

　小蓁の説明が終わると、みんな立ち上がって練習した。動作自体は人間界のものとどこかしら似ていたけど、結局は違っていた。新鮮な感じがしたので、みんな明るい笑い声を出しながら練習していた。

　続いては着るものについての規則だった。享域では何を着ても構わないんだ。どんなスタイルの服でもだいじょうぶ。ここでは四季の区別がないので、衣替えも必要ないってことだった。服は自分で選ぶ方式になってて、小さな部屋が無茶苦茶たくさんあって、一部屋ごとに同じスタイルの服が、人間界のあらゆる時代のあらゆる種類の服がかかってるんだ。好きなのが見つかったら、ドアを押して中に入り、裏から出るともうその服をまとっているってわけ。どのスタイルの服も素材は同じで、薄くて柔らかくて軽い。男の服の色はほとんど黒で、女の服の色は白が多い。服が汚れたり破れたりしたら、いつでも取り替えることができて、それはさっきと同じようにしさえすれば、服は新しいものに変わってる。天国では服を着ないのは許されない。どんなスタイルの服でも、自分の部屋を出たら、必ずボタンやベルトはきちんとしなくてはいけない。

着るものについて学んだあとは、食べることについて学んだ。「天国では肉体の贅沢《ぜいたく》はありません。なぜなら食べる目的が違うからです。口やおなかを満足させることではなく、人間界の習慣に従っているだけで、天国で美しい生活を送っていただく活力を保つためです。享域の食べ物は人間界のものではなく、天国の野菜でつくった野菜スープです。一日二回、朝と昼に一回ずつです。一度に小さいお碗一杯だけです。お碗を持ったら飲み干さなくてはなりません。霊魂には空腹の感覚はありませんから、たくさん飲む必要はないのです。飲み過ぎると活性がなくなり、動きたくなくなります」

食べることを習ったら今度は住むことだ。「享域でも一人に一部屋。部屋の中の調度品は同じで、女性の部屋に化粧道具が少し多いくらいです。男同士、女同士、男と女の間で、相手の許可さえあれば、お互いに行き来したり、おしゃべりしたり、一緒に住んでも構いません。天国には婚姻はありません。肉体も性行為もありませんから。男女間でも男同士でも女同士でも親しくなって構いませんし、キスし愛撫し、抱き合ったまま寝ても構いません。肉体の欲望に左右されないので、お互いが親密になるのはすべて愛情によって決まるからです。お互いに望めば誰も干渉することはできません。男が女の部屋に住んでも、女が男の部屋に住んでも構いません。以前夫婦だったものが、二人の間にまだ感情が残っていて、一緒に住みたければ、まったく構いません。家族全員が揃って、一緒に住みたければ、いくつかの隣り合わせの部屋に住むことを申請することもできます。母と子で、父子で、兄弟姉妹で一緒に住んで構いません。部屋の家具や備品が壊れたら、倉庫に行って換えてもらえます。建物が壊れれば、誰かが直しに来てくれます」

享域の移動に関する規則は最も少ないんだ。「享域には交通手段は何もありませんが、霊魂には走ったり飛んだりする能力があります。この享域内でのみ好きに飛ぶことができます。霊魂にはお互いを感知したり避けたりする能力があるので、どんな飛び方をしてもぶつかる心配はありません。霊魂が飛ぶ速度は、速い方は車よりも速く、遅い方は雲のようにゆったりです。どんな速度で飛ぶかは思いのままで、速くと思えば速くなりますし、ゆっくりと思えばゆっくり飛ぶことができます。飛ぶためのスイッチは右耳にあって、飛びたいときは自分の右耳を触りさえすればすぐに空中に浮かびます。ここには霊魂がたくさんいます。人類が誕生して以来、懲罰域で懲罰を受けている霊魂以外、すべての霊魂がここにいるわけです。ただしここは人間界とも少し似ていて、あちこち行きたいと思う霊魂はそんなに多くないということです。どんなに走ろうがどんなに飛ぼうが、享域の境界を越えることはできません。滌域にも甄域《けんいき》にも戻ることはできませんし、許可を得なければ、学域から聖域へ行くこともできません。もし境界の外へ出れば、懲罰域へ行くだけです……」

僕たちは毎日、半日ずつ勉強するだけで、残りの半日は休みだった。小蓁は僕たちに言った。「休憩のとき、みなさんは部屋であの翻訳機を使って本を読むこともできますよ。翻訳機を本にかざせば、どんな文字で書かれたものでも読むことができますよ。私の住んでいるところには様々な技能を学ぶ本があって、誰でもいつでも取りに行って読むことができます。あちこち見に行ってもいいですよ」僕は休み時間になると、いつもあちこちに遊びに行った。小蓁は言った。「学域と滌域は同じように細長い区域で、学域と滌域はお互い接していて、間は高い壁で隔てられているんです。とても大きくて長くて、果てがなく、端まで行くことはできません。幅は人間界の計測の仕方を使えば数千キロだと言えばおわかりでしょう。その中に学区が隣り合って並んでいて、それぞれの学区で霊魂が学んでいます。そこには草地も森も河も山もあり、気ままに行くことができます。風景を見て、鳥のさえずりを聞き、川の流れを楽しみ、花の香りを嗅ぎ、他の霊魂に影響を与えなければ、誰もあなたに干渉したりしません」ある日、僕はずいぶん遠出をして、九九七四三〇二一学区に入ったんだけど、そこはみんなスウェーデンの人ばかりで、話しているのはスウェーデンの言葉で、腕にしている翻訳機があったからわかったけど、なかったら彼らが何を話しているかわからないところだったよ。「享域での娯楽は主に自分一人で楽しみます。自分一人で楽しむことができれば、どんな方法や手段を取っても構いません。山登り、木登り、イヌとじゃれる、歌う、踊る、音楽を聴く、スポーツをする、おしゃべりをする、カードをする、人間界にあるほとんどの娯楽がここにもあります。でもここに賭博はありません。霊魂には物欲がないですから、賭博の元がないわけです。もし賭博があったとしたら、負ければ腹が立ち、ここの生活の目標に違反します。みなさんがここにいるのは気持ちよくのびやかに過ごすためですから。もちろん、売春など性的な娯楽はありません。男女間の性欲は肉体の消滅と共になくなっているからです。男女間の交流はご自由にしていただいて構いません。霊魂は抱きしめたりキスしたりして気持ちを伝える相手を見つけるだけです」小蓁は強調した。「享域での娯楽の規則はひとつだけです。他の霊魂の邪魔をしない、他の霊魂が不快に感じたり、辛いと思ったりしないようにすることだけです。享域の決まりは人間界と大きく違います。人間界では人が休むのは体力を回復し、仕事をするためで、仕事をするのはお金を稼ぐためです。しかしここでは霊魂が休むのも何かするのもそれは楽しむためです。ここでは、霊魂は誰もが自分の好きなことをして楽しみを感じているのであり、誰からも強要されたりしないし、何もせずにただ休むこともできます。でも実際にはすべての霊魂が何かやっています。というのも休んでいるだけでは休みの快感が失われるからです。人間界にかつてこんな例がありました。ある皇帝は政にまったく構わず、すべての時間を休むために使いましたが、結局はそのような完全な休みの中からは快感や喜びを得ることはできず、つまらないと感じたのです。霊魂と肉体はこの点よく似ています。活動しなくてはならないのです。肉体が運動の中で活力を保つように霊魂も運動することで軽やかさを保つことができるのです……」

庚辰《かのえたつ》（二〇〇〇）

寧、天国の学域のことを聞いて、私はすでに享域に期待している。そこのすべての決まりを私はすべて受け入れることができるし、どうやら世間の天国に関する伝説は根も葉もないことではなくて、人々が悲しみの中、天に跪《ひざまず》くのは所以《ゆえん》のないものでなく、人が浮き世の数十年よくいって百年ちょっとの間に受けた苦しみや困難に報いがないわけではなさそうだ。昔、私は死を恐れ、死に憤り、死はすべてを終わらせ、人の肉体と魂は一度に消滅してしまうものだと思っていた。死んだあとは永遠の闇、完全な無だと思っていた。そうではなかったのだ。息子よ、これは私に大きな安らぎと慰めをもたらしてくれた。私は今、死に対する感覚が完全に変わった。肉体の死は我々が新しい空間に入るために必要な準備なのだ。そう考えるだけで私の心はずっと軽くなり、もともとあった死に対するプレッシャーもなくなったよ……。

父さん、第一段階を学び終わって、僕たちは小蓁の要求に沿って真似る練習をし、一人ずつ小蓁の検査を受け、彼女の質問に答え、彼女の題目にあわせて動作を行ない、まるで人間界の試験のようだった。僕はすんなり合格したよ。僕にとって覚えるのは簡単だったしね。試験のあと、僕たちは第二段階に入った。自分の一番やりたいこと、興味を持っていること、他の人の役に立ついくつかを選ぶんだ。選んだら勉強してそれらの技術を身につけるんだ。

何か一つ選んでやらなきゃならないんだけど、これがとてつもなく難題だった。父さんはわかってると思うけど、僕は人間界にいたとき、やりたいことがたくさんあった。バスケットの選手になって、一生バスケをやりたいと思ったことがあるけど、ここでもバスケは娯楽の一つなんだ。パソコンのソフトウェアエンジニアになって一日中パソコンの相手をしたいと思ったこともあったけど、ここにはそもそもパソコンがない。クラスメートと子ども用品の店を開いて金儲けしたいと思ったこともあるけど、ここではお金がいらないので店もない、天国にやって来た子どもたちは足りないものがあったらもらいに行くだけなんだ。何したらいいんだろう？ いろいろ考えているうちに何か書いてみようと思ったんだ。小さい頃から父さんの影響で文章を書くのは好きだったし、中学のときには散文とSFを書いたことがあるの覚えてる？ 故郷の『南陽日報』に中学生のときに書いた作品が掲載されたの覚えてる？ ぼんやりとだけど、空のイメージみたいなものを書いたんだったかな、あのときはまだ小さかったけど、空の上は空じゃないとずっと思ってた。そうだ、何か文章を書いて、享域の本好きの読者に読んでもらおう。彼らが喜んでくれるといいんだけど。考えて決定する時間は半月。半月後、小蓁はノートを持ってみんなを訪ね、みんなが何をしたいと思ってるのか統計を取った。みんながしたいことは様々で、小蓁のノートはいっぱいになった。子どもの世話をしたい女性もいれば、歯科医をやりたい男性もいる、ウェディングドレスの写真を撮りたい女性、サルを育てたい男性……。小秦は感情を抑えて言った。「ここでできないことは別のものに換えて下さい。歯医者になりたいといっても、霊魂はもう肉体から離れているので、歯科医が必要でしょうか？」僕の番になって、僕の考えを話すと、小秦は笑って言った。「いいですね。私たちが望んでいることに近いですね」僕は驚いてきいた。

「九一〇三三三区でもこんなにたくさんの霊魂がいるというのに、それぞれの霊魂にやって欲しいと思っていることがあるの？」彼女は首を振った。「ほんの数人の霊魂に対してだけです。おわかりだと思いますが、享域は甄域や滌域、学域に比べて比較にならないほど大きく、住んでいる霊魂は数知れず、実際の数をご存じなのは、天国の神様だけです。私たちも昔から今までの死んだ人の数を推測して概数を出すことはできますが、享域だけでも管理するのはたいへんで、人類社会を管理するよりもずっと複雑で、関係者は山のように必要で、その関係者も我々が認める十分な心性や能力を持ち合わせていなくてはならないのです。そのため、天国の管理者はあらかじめ人間界で意中の人間を見つけ気をつけて見ているのです。あなたが小さいときに書いた〝天に思いを〟の文章は、もうどの新聞に載ったかは覚えていないでしょうけど、天国の神の注意を引き、気に入られたのです。あなたは直感で天国の秘密を推測したのですが、それが神を驚かせたのです。私たちも命を受けてあなたのすべてに関心を持っていたのです。あなたの生活、あなたの体、あなたの心そしてあなたの罹った病気、そしてここに来るまでのすべてに」

「するとあなたたちは、あらかじめ僕の命を早めに召し取った？」僕は彼女を見据えて言った。彼女の話には身震いしたからね。

「それはわかりません。天国の神のすることは誰にもわかりません。人間界で『秘密は漏らさず』というでしょう？」

僕はもうそれ以上この話はしなかった。もうここに来てしまってるのに、この上きいたところでなんの得にもならないからね。僕が今一番気になるのは、彼らが僕に何をして欲しいかということだった。だからまた小秦にきいたんだ。「さっきの僕の選んだものとあなた方が僕にして欲しいことがとても近いって言ったけど、結局何をして欲しいんだろう？」

「もちろんものを書くことですが、あなたがもともと書いたことのある散文や小説ではなくて、享域に入ってきた過去の人間界の精鋭たちの、人間界で過ごしたあとの感想を記録し整理して欲しいのです。彼らは人間界では実務や権力への恐怖や人間関係や、その他様々の原因のため、言い出すことができなくて隠していたことがあるはずで、天国に来たからにはまったくの自由ですから気兼ねなく言うことができます。そこで天国の神はあなたに他の選ばれた魂に会って、人間界で過ごす中で考えていたことを話してもらって、聞き手あるいはインタビュアーとして、きいた内容を整理して欲しいのです……」

「整理して何の役に立つんです？」僕は笑った。「僕たちはもう天国へ来てて、人間界のことや生について考えることには、何の意義もないのだから、誰も指導する必要なんてないでしょう？　天国の魂はもう二度ときこうなんて思いませんよ。人間界の人は聞く必要があるにしても、彼らにどうやって聞かせるんですか？　天国と人間界は繋がっていないじゃないですか！」

「そう考えるのは間違っていません。あなたは普通の魂ですから、この果てしなく大きな天国には主宰がいること、さらに聖域があること、聖域にはすべてを司る天国の神がいることを忘れています。彼は天国を管理しているだけではなく、人間界にも注意を払い、彼は誰にもじゃまされることなく、二つの空間を自由に行き来できるのです。おわかりですか？」

僕は愕然《がくぜん》として小蓁を見つめた。だって天国の情報が本当に人間界に伝わるなんて思ってもみなかったからね。人間界から天国へは一方通行じゃなかったんだ。

「さあ、ぼんやりしていないで、あなたはもうものを書くことを選び、そのあなたの希望が私たちの希望とほとんど一致したのですから、その技術を学ぶ準備をしましょう」

「人が人生で感じたことを記録し整理するだけなら、人間界の新聞記者による取材のようなものでしょ？　僕がきいて彼が答え、彼が言ったことを僕が記録する、それだけでしょ？　それなら学ぶ必要なんてないよ。文字に関する技術なら今のままで十分だよ」僕は笑って小蓁に言った。文字を勉強しなくちゃならない小学生のように見られても困るからね。僕は人間界で大学院まで行って、修士号を取ったんだから、話の内容を記録整理するなんてお茶の子さいさいだろ？

「自信家なのね。でもこれから享域で会う精鋭たちのことについて少しだけお知らせしておきましょうか。誰もみな人間界で名を馳せた人たちですよ。老子と話す場面を考えてみて。そのときあなたはどんな質問をするのかしら？　彼の書いたものを理解していないと、意味のある質問はできないのではないかしら？」

「老子？」僕は驚いて、思わず小蓁の手を握ってしまった。「あの『道徳経』を書いた老子のこと？」

「彼でなかったら、誰のことかしら？　他に老子という精鋭がいるかしら？」

「彼の霊魂はまだ享域にいるの？」たぶん僕は精一杯目を剝いていたと思う。

「もちろん、すべて人間界で生を受けた命は、生前に受けるべき懲罰を受けず、懲罰区域に送られたのでなければ、当然享域で幸福を享受することができます。どうですか、まだ学ぶ必要はないと思いますか？」

「もちろん、もちろん」僕はどぎまぎしながら小蓁にうなずいたよ。「老子のような、僕が一番尊敬する魂と対話するんだったら、ちゃんと勉強しなきゃどうにもならないよ」

「先生を何人か紹介して差し上げます。先生方はあなたが身につけなければならないものをすべて教えてくれます。もちろん、教えることが最も重要なことではありません。大切なのはあなたが自ら学び悟ること、その悟ることが最も重要です。どのみち学域で学ぶことは一番多いのですから、まず心の準備をして下さいね。園芸を学ぶ人に比べたら、あなたの費やす時間と精力の量は比べものにならないですから」

僕は小蓁にお辞儀をすると言った。「安心して、きっとやり遂げるから……」

寧、おまえの話は私の想像を完全に超えていた。天国でも毎日勉強するのか！　天国がそんなに厳密な組織で、学域がおまえにそんな責任を負わせるところだなどとはにわかに信じがたい。どうやら空間が違うだけで、生活は続いているようだ。しっかり勉強して信頼にこたえるんだ。おまえの母さんにはこのことを話してやるよ。おまえはこの世からあの世へ移動しただけで、外国に留学に行ったみたいなものなのだ、もう悲しみにくれることはないんだと言い聞かせるよ。今回の話は私にとって最大の慰めだ。

以前のようにやりきれない気持ちはなくなってきた

ようだ……。

父さん、正式に技術を学ぶ段階が始まると、小蓁からそれぞれの魂が申し出た学習項目に基づく本が渡され、享域から先生が招かれ指導を受けることになったんだ。僕の所に来てくれたのは、白髪白髭の中国のご老人だった。僕がご老人に礼を尽くして挨拶すると、彼はいきなり言ったんだ。「私は名士ではなく、一介の書生に過ぎないが、あなたが才能の花を開かせ、あなたの悟りが普通の魂を超えることを希望している。享域の精鋭たちと話をしたいというのであれば、あなたはまず自らを精鋭にしなくてはならない。第一課で講義するのは、人間界の精鋭たちの思考の疆域《きょういき》である」

「疆域？」

「そうだ。すなわち彼らの思考が到達した際《きわ》のことだ」

「際？」

「こういう人物たちの思索した問題はどれほどあろうと、結局は九つのこと、すなわち、天、地、神、社、国、族、人、物、魂に帰納する。いわゆる天とは、風、日照り、雨、雪、雷、雹《ひょう》の形成と日、月、星、太陽など天体の運行方式のことである。いわゆる地とは、震動、隆起、陥没、地滑り、地割れと、土地の開発、利用、悪化などの原因に関すること。いわゆる神とは、天を作り地を作り、人間を作った神のこと。いわゆる社とは、人が組織する社団、共同体、社会のことである。いわゆる国とは人類が結社し交流する本能であり、その活動空間の画定である。いわゆる族とは、宗族、家族、家庭の変遷とその存在意義のことである。いわゆる人とは、人が生まれ、育ち、老い、死ぬ過程と人生の設計の方法および生存方式とその価値のことである。いわゆる物とは、人が生きるために必要でやりとりしなくてはならない物質のことである。いわゆる魂とは、人の霊魂の帰依と安寧などの問題のことである。この思考の疆域は果てしなく広く、一人の人間がその一生で一つの問題について解明したとしたら、すばらしいことだと言える。あなたがこれから取材の中でたずねる問題は、どんなことであろうとも、これらの範囲の中にあるのだ……」

第八課では〝社会〟について話してくれた。「社会とは人が出逢い繋がってできるもので、群れを成す動物はたくさんいるが、人だけが出逢いと繋がりの本能が最も強い。狼は群れから離れても狼だが、人は群れから離れたら、動物に変わり、人ではなくなる。社会はもともと良い悪いで分けられているものではなく、社会制度、人間が自分で作った社会制度が良い悪いを分けるのだ。それでその社会構成員は平等に社会に関わることができ、社会について自由に自分の見方や意見を出すことができ、社会制度の恩恵を受けることができる。それが良い制度であればよいが、もし良くない制度だったら……」

　第十課では〝人〟について詳しく話してくれた。「人は世の中で最も偉大で最も賢く最も勤勉な動物であるが、その体には凶悪で邪悪な野蛮さがまだ残っており、それを抑えようとしなければ、一部の人間は恐ろしい異種になってしまう可能性がある。だから天国の神は天国の入口に甄域を作り、人の霊魂の選別を行ない、さらに懲罰域を作って、軽蔑すべきものを天国に入らせないようにしたのだ。人間界の精鋭たちが最も思考を巡らせたのは、人生の不確定性で、彼らはその原因をずっと追い求めたのだ……」

　第十五課は〝物〟についてだった。「物とは天、地、人を除いたすべてのものの総称である。人間は生きていく限りそれから離れることができないが、同時に人を苦しめる最高で最も適当なものでもあり、人間界の笑い声、泣き声、恨み言、抗議、銃声、砲声のほとんどはそのために起こるのであって、それは世の中を面白く恐ろしいものにしている主要な要素なのだ……」

　彼はとても責任感のあるお年寄りだったよ。彼は講義のあと、黙って僕の部屋に座って、目は開いたり閉じたりして、ゆったりくつろいでいるようでもあり、僕の学ぶ様子を監督しているっていう感じもした。僕が質問すると、目を開けて言った。「まず自分で答えを考えて話してみなさい。答えるのはそれからだ。あなたが学ぶのは悟ることであって私の解説に頼ることではないのだから」学びも終わりかけた頃、先生に言ったんだ。先生は僕の名前をご存じで、僕と先生はもう師弟関係ですから、先生のお名前を教えていただくことはできませんか、誰に教わったか覚えておきたいんですって。

　すると先生は言ったんだ。「私の名前は覚えておくに値しない。しかしどうしても知りたいというなら教えよう。私の名前は苗字は王、字を伯安、号を陽明といい、人間界にいたときは、中国の余姚《よよう》中天閣で講義をしたことがあるので、先生をしていたと言えるだろう」

「王陽明？」

「そうだ」

「明朝のあの王陽明じゃないですよね？」

「人間界では中国の歴史上、中天閣で講義をした王陽明といえば、明朝のあのひとりだけでは？」

「まさか。ほんとにあの王陽明先生ですか？　知は是れ行の主意、行は是れ知の功夫、知は是れ行の始めにして、行は是れ知の成なり（知は行の目的であり、行は知の実際の修行である。また知は行の始めであり、行は知の完成である）の？　すばらしい。先生の学生になれてほんとに良かった。僕は運がいい。僕は小さい頃、父親の教育で、『象祠記』を読んだことがあって、あなたがおっしゃった〝天下化すべからずの人無く（この世界に感化させられない人などいない）〟も知っています。それから断続的にあなたの『知行録』、『静心録』、『悟真録』と『順生録』を読みました。内容はよくわかりませんでしたが、先生の学識の深さには敬服しています。特に先生が強調していた〝良知〟は、今の人間界でも意義のあるものです」

「昔書いたもので古い内容だ」

「先生は〝良知〟は、人が天から与えられた優良な知のことで、同情の心、恥じ憎む心や敬う心、是非の心などは、内心より得るもので外に求めるものではない、天賦のものであるというのは、確かに道理にかなっています」

「今、人間界の人々の言う恥を知る、恩を知るは私が言った良知にあたる」

「だけど今の人間界には良知を失ってしまっている人が多いのです。牛乳にメラミンを入れたり、家畜に肥育促進剤入りの餌を食べさせたり、下水油を集めて食品に加工したり、添加剤で着色した蒸しパンを売ったり、発癌性物質を川に垂れ流したり、幼い子どもをひき逃げしたり……」

　ところが王陽明先生、僕がここまで言ったところで、突然大声で笑い始めたんだ……。

　寧、おまえがまさか王陽明先生の学生になり、じかに顔を合わせて話をすることがあるなんて思いもしなかった。人間界では考えられないことだ。王陽明先生は〝心学〟を打ち立て、〝至楽〟を追求し、先生の強調した美学の体験は、中国の思想界に大きな影響を与えた。おまえはこのチャンスをしっかり摑んで、先生からもっと多くのことを学び取るんだ。理解したことが増えれば増えるほど、度量が大きくなり、今おまえがいる空間での生活がより自由自在になるのだ。私も王陽明先生にお会いして、〝良知〟をいかにすれば保つことができるか、お話をうかがってみたい……。

父さん、学域の学びは人間界の学校みたいにプレッシャーだらけじゃないんだ。ここの勉強に功利的なものはないからね。勉強する目的は、あとで自分が享域での生活を充実した楽しいものにするためで、選んだ科目がだめでも誰も責めたりしないし、もっと簡単な内容に換えることもできるんだ。点数を記録される試験もないし、成績のランキングもない、できふできは問われないし、怒られないし、また褒められもしない。だからとてものびのびと気ままな雰囲気なんだ。毎日の午前中の勉強も疲れたら家に戻って休んでいいし、先生がもう来てるのに、勉強したくなくなっても、先生も何も言わない。こういう勉強は僕の性に合ってるみたいだ。今、午前中は読書と先生の授業、午後は外へ出かけて遊んでる。学域で遊び回るのはとても愉快で、歩いたり飛んだり、こっちを見たり、あっちへ行ってみたり、座ったり踊ったり、気の向くまま自由自在で、人間界の休息に比べると格段に気持ちいいんだ。ある日の午後、平原にある学区に歩いて行ったんだけど、数十人の若い男女が一人の若い女性について、中国唐王朝の宮廷の舞、羽衣《うい》霓裳《げいしょう》を習っていた。僕は人間界にいたとき西安で見たことがあるけど、あのときの陝西省歌舞劇院の団員の舞は僕の目を開かせてくれた。今、ここで舞を習っている学生たちは練習に没頭していて、その若い女性についてひとつひとつの動作をまねし、女性はときどき学生たちの動作を直していた。僕はその女の子のやわらかな薄絹をまとった舞に引き込まれて、そこに立ったまま長い間見ていた。その子は豊満で均整の取れた体で、顔も整っていて美しく、踊りは軽やかで、その笑顔はなんとも言えず上品だった。いやあ、この先生はいいと思った。もし人間界なら、きっと中国歌舞劇院の一番のダンサーになっていたと思うよ。僕がその場を離れようとしたときちょうど休憩時間になった。何人かの少女が彼女のところに駆け寄って行くときいたんだ。「楊先生、先生は人間界にいた当時、皇宮でどのくらいこの踊りを習ったんですか?」

「あのとき、私は作りながら踊っていて、全部できてから音楽をあてて宮女たちに踊り方を教えたんだけど、あわせて一か月ちょっとかしら」その若い女性はゆったりとした調子で答えた。

楊先生? 皇宮? その二つの言葉に引きつけられて足が止まった。

「なぜこの踊りを作ろうと思ったんですか?」

「玄宗皇帝を喜ばせるためよ。あのとき、私のしたあらゆることの目的は玄宗皇帝を喜ばせるため。今のあなたたちとは違うわ。あなた方がこの踊りを習うのは、自分のあとの楽しみのためですものね」

玄宗皇帝だって? なんてこった、だとしたら、この若い女性は楊貴妃ってこと? 思わず踊りを習っている男の子のところまで行ってきいたよ。「彼女は?」

「楊貴妃先生ですよ。中国唐代の大詩人白居易の長詩『長恨歌』を読んだことがありますか? 書いてあるのは楊先生のことで、彼女が今私たちに踊りを教えている先生なんです。楊先生の踊りはほんとすごいんです。あなたも習いたいですか? 楊先生、もう一人踊りを習いたいって人が」

楊貴妃は笑いながら僕の方に来てきいた。「どこの学区?」

僕は慌てて手を振った。「僕は踊りは習いません、見ているだけで」

「ああ、それならお座りになったら? ここは人間界みたいに踊りを見るのに身分の違いなんてないしね」

彼女はまた笑った。「踊り子はみんな見てくれる人が好きなの。見てくれる人が多ければ多いほど、踊り子は気分が高まるのよ」

「当時宮中で踊るとき、見ている人は多かったの?」

僕は勇気を奮い起こしてきいた。

「多かったわよ。正式な観衆は李《り》隆基《りゅうき》〔玄宗皇帝のこと〕一人だけど、他にもたくさんの宮女と宦官、宮中警護の兵士がいたわ」

彼女がそう答えているとき、僕は彼女の喉を見ていた。当時彼女は馬《ば》嵬《かい》駅仏堂の梨の木で首を吊って死んだから喉に痕が残ってるんじゃないかと思ってね。でも残念ながら首にはスカーフが巻かれていた。

「私の首が見たいの? 何が気になってるかわかって

るわ。あのときの災難で私は肉体的にも精神的にも傷を負ったわ。でも霊魂では傷痕は見えないのよ。ほら、ご覧なさい」彼女はそう言いながら首に巻いてあったスカーフを取り去った。

僕は顔を真っ赤にして、彼女の首の辺りをちらっと見ただけで、すぐに視線をそらせた。そう、そこにはなんの痕もなくて、きれいだったよ。

「玄宗皇帝に感謝しなくちゃね。男が一番欲しがってるものをはっきりさせてくれたんだから。愛情は醒めるときはあっという間だということ、宮廷の生活がどれほどこみいったものか教えてくれたんだし。でも玄宗皇帝は懲罰区域に送られてしまったから、残念ながら会うことはできなくなってしまったの。そうでなかったら、彼にしょっちゅう会いに行って、彼の目の前でこの首を撫でて、自分がやったことを思い知らせてやったのにね……」

寧、楊貴妃が絶頂だったとき、一般人の子どもは言うに及ばず、貴族・官僚の子どもであっても彼女に会うのは難しかったのだ。そのときは彼女がどこに行くにも、外には警護の兵士がいたし、間には宦官がはべり、中では宮女が身の回りの世話をしていて、三重の構造になっていたのだ。どうやら天国は絶対的に平等なところのようだ。彼女と気軽に話したり、彼女が踊りの好きな人に踊りを教えているんだから。彼女に会って良かったのだ。世の中の栄華は煙のようなもので、手に入ったとたん、逃げていってしまうもの、そんなものは手に入らなくても残念に思う必要はなく、静かに過ごせば良いということがわかったのだから。人は無から裸でこの人間界にやって来て、人間界に来たら、社会から様々な服を着せられ、それは光っていたり、豪勢だったり、まばゆかったりするのだが、どのみち人間界から去るときにはそれらの服を脱ぐしかないのだ……。

小蓁が二人目の先生を紹介してくれた。享域の任務が精鋭と話をすることだから話す技術を身につけなさいということらしい。その先生はフランス人で、話すのはフランス語だけど、例の翻訳機があるので話を聞くのは何の問題もない。「話をすることはとても魅力的なことで、うまく話ができると話をすること自体にはまってしまって、多くの人が演説家になってしまう。

うまく表現できれば目的を達成できるし、しくじるとチャンスを葬り去ることになる。うまく話すことができれば尊敬され、うまく話せなければ馬鹿にされる。話には極めて大きな威力があって、戦争を止めることもできれば、結婚を成就させることもでき、人を政治的に高い地位に押し上げることもでき、支持者を集めてリーダーになることもでき、知識の倉庫をいっぱいにすることもできる。話で成功するためにやらなければならないことは、一、相手を褒めること、二、良い聞き手になること、三、相手に誠実に対応すること、四、ユーモアを交えることの四つだ。知らない人と話すときは、最初の数分間が特に重要だ。あなたが親身で相手を尊重し重要視していることをすぐに感じさせ、あなたが自分の理解者であると思わせなくてはならない。そうするためにはあらかじめ準備しておかなくてはならない。相手の経歴、学識、性格、特徴を知り、使う言葉を選びつつ、相手の目を見ながら話をするのだ。話をする中で表情は変えずテーマからはずれないようにすること、もし相手がテーマからはずれ、自分にはわからない方へいってしまったら、落ち着いて相手にその問題は自分にはわからないことを告げ、話のテーマを元に戻すのだ。話が止まって沈黙しても慌てることはない。相手が興味を持っていることに話を向けて、相手が話したくなるように盛り上げて話を続けるのだ。話をするときのタブーは相手の話をさえぎること、直接相手の間違いを指摘すること、そしてきつい物言いだ。話を穏やかに終わらせて、スマートに退場し、相手にしっかり印象づけるのだ……」

　僕たちはさらに社会制度の設計についても話した。彼のリードで僕たちの対談は楽しく、成功裏に終わった。その日別れるとき、僕は嬉しくて彼の手を握りながら言った。「話のプロと知り合うことができて本当に幸運でした。対話の技量を教えて下さったことに感謝します」すると彼は笑って言った。「実際、私は話のプロとは言えない。天国の死者たちが私を無理矢理そうしたんだ。人間界にいたときは、対話に何度も失敗している。ドイツのベルリンにいたとき、プロイセン王のフリードリヒ二世との対話では彼に進歩的な政治をするよう勧めたのだが、結果は言い争いになって終わり、その日の午後、私は食事もせずに、怒りのあまり別れの挨拶もせずにフランスとスイスの国境に逃げて住んだのだ」

「プロイセン王？　現世でプロイセン王と話を？」僕は少し驚いた。

「そうだ。向こうが私を招いたのだ」

「プロイセン王が招待するなんて、現世での身分は？」

「物書きだ」

「物書き？　名前は？　当時のフランスの有名な人が一人思い浮かぶんですが」

「ペンネームはヴォルテール、本名フランソワ＝マリー・アルエ」

「ええっ、ヴォルテールですって?!」僕は驚いて叫んだよ。「僕は彼の小説『ばか正直』や『カンディード、あるいは楽天主義説』を読んだし、哲学書では『寛容論』を、詩では『オルレアンの少女』、歴史書では『ルイ十四世の世紀』を読みましたよ」

「そんな昔のものは、今私にとって何の意味もないが、中国の読者には感謝しなくてはな。私の本が私が死んでから中国まで伝わっているとはね。君はおそらく知らないだろうが、私は現世で儒学の創始者孔子を崇拝していて、儒学の信奉者だったのだ。私は人々に自然宗教を信仰するように主張した。そこには迷信もでたらめな伝説も、猥雑な理性や教条もなく、それは孔子の主張ととても近いものだった。私は中国に行ったことはないが、儒学から考えると、中国は世界で最も公正で仁愛な場所になる可能性がある。これも今日私が小秦からの要請を受けてあなたと対話の技術について討論したいと思った原因なのだ」

「ありがとうございました。今日教わった対話の知識をしっかり頭に刻み込みます。ちょっと言っておきたいのですが、あなたの書かれた本は今でも意義を持っていて、たくさんの人々に影響を与えています。あなたが先生になって下さって本当に嬉しいです。あなたが天国に来られてから、あなたはフランスの思想王、最も優秀な詩人、ヨーロッパの良心として讃えられています。ご存じでした？」

辛巳《かのとみ》（二〇〇一）

寧、直接ヴォルテールから教えを聞けるとは、おまえは本当に運がいい。私は若い頃に彼の作品の翻訳を読んだことがあるが、彼の言葉の中で特に気に入っているのが二つある。一つは、人類の最も大切な財産は自由である。もう一つは、私はあなたの見方に同意できないかも知れないが、「私はあなたの話す権利を死んでも守る」だ。彼は封建君主制度と教会が権力を握っている社会を歩いてきた人で、人々が言論や行動の自由を失って苦しんでいるところを目の当たりにしてきた。だから彼は極力基本的権利を守ろうとしたのだ。彼が対話のプロかどうかは知らないが、彼は尊敬するに足る啓蒙思想家だ。おまえが天国で彼のような人と交流できるのは、本当に天国の神の特別な計らいだ。

父さん、学域での勉強も四か月を過ぎた頃、小蓁が発表会を計画した。学習者にそれぞれ学習の成果を見せてもらおうというわけで、人間界の審査のようなものだけど、ただし講評はないし、上下に分けることもしないし、順位が出るわけでもなく、学習の成果がどうかを見るだけなんだ。発表会は日の光がさんさんと降り注ぐ午前に行われた。学習者たちは自分の学習用具を持って向かい合って二列に並び、お互いに相手が学んだ技術を観察するんだ。僕の向かいは編み物を習った中年の女性で、彼女が先に自分が覚えた技術を披露してくれた。彼女は始めるや、麻の糸で、次々に小さい鴨《かも》や子犬や子ウサギ、子猫などの子どものおもちゃを作ったんだけど、本物みたいにソックリなんだ。それから竹を使って籠や小物入れを作り、続いて葦で敷物を編んだ。あまりに慣れた手つきだったので、人間界でもやっていたのかと思って聞いてみたら、なんと彼女は化学の教授で、天国ではもう化学には関わりたくない、とにかく頭を使うことはやりたくないってことだった。編み物は小さい頃からやりたいと思っていたけど、将来のことを考えてあきらめたって言うんだ。

「せっかく化学の教授なのに、なぜ自分の専門領域にしなかったんです？　学ぶ手間が省けるのに」彼女は首を振って答えた。「化学は勉強の成果を予測するのがとても難しい学問でね、化学の領域で勉強するのは新しい発見をするためなんだけど、その新しい発見は必ずしも人類の幸せのためじゃないの。ときには人類に不幸をもたらすの。ポリ袋の発見は便利さをもたらしたけど、環境への影響は恐ろしいほどだわ。列車に乗ったら線路の両側の木に白いポリ袋がたくさん引っかかっているでしょう？　まるで木が変な実を付けたみたい。町でも村でも、強い風が吹いたらあっちこっちでポリ袋が舞い上がり、ポリ袋は地中に埋めても二百年は腐らない。地中に大量に埋められたポリ袋は土壌の通気性を阻害し土を硬くし、植物の成長に影響するの。家畜が誤ってポリ袋を食べてしまうとそれが消化管に詰まって死んでしまう。この分解できない使い捨てのポリ袋が人間一人に三万枚としたら、人類は一体どうなるのかしら」

「たぶんそのときには、人類は何か解決の方法を見つけるんじゃないですか？」僕は自分の心理的負担を少なくしようと思った。

「でもね、人類はこの問題を解決するのに一体どれくらいの代償を払うのかしら。科学者が発明さえしなければ良かったのよ。人類は先祖が伝えてきた自然の草や竹を使って箱や籠を編む方法をなぜ使えないのかしら？」

「人は軽くて便利なものを追求しますからね。ポリ袋はその願望を満たしたんですよ」

「その人の飽くなき欲望が人類を危険なところに引き連れていくの。人は自分の欲望をコントロールすることを学ばなければならないの」

「欲望は人が持って生まれたものですよね。その持って生まれたものをコントロールするというのは自然に反することになりませんか？」僕は彼女とやり合いたいわけじゃなくて、彼女の考えをはっきり話して欲しかったんだ。

「適度な欲望は人を奮起させ新しいものを生み出させる。でも強すぎる欲望は人を危険なところに駆り立てるの。官僚になりたいという欲望も、ほどほどなら政界を活き活きとさせることもできるけど、その欲が膨張したら、人を使って競争相手を消そうとまでしてしまう……それは自分で自分を破滅させるということでしょう？」

僕は小蓁がその日の発表会をすべて記録しているということは知らなかった。それをあとで知って、この日の女性の科学者とのやりとりを見てみると、僕の対話の初歩的技術は身に付いていて、初めての発表でまあまあうまくできていたみたい。もちろんもっと努力しなくちゃいけないけどね。父さん、でもこの結果がとても嬉しかったよ……。

寧、どんな技術もすぐに身に付けることはできない。科学者との対話では彼女が内心に抱えている見方の真実を引き出している。これは簡単なことではない。社会の優れた人物というのはどんな領域で、どんなことに長《た》けていようと、社会や人生、自然に対して毒の思考や見解を持っているものだ。もしおまえが天国へやって来た精鋭たちの魂が自分の頭の中にある思考や見方を話させ、それを集めることができれば、それはとても面白いものになる。しっかりその技に磨きをかけるんだ。私はおまえにはその能力があると信じている……。

父さん、僕たちの勉強は十五日が一つの区切りになっていて、ひと区切り終わると三日休みで授業はない。この三日間は自由行動で、どこへ行こうと——もちろん学域内に限られるけど——したいことをしていいんだ。他の魂の邪魔にならなければね。その休憩時間のときに、惑源と呼ばれるところへ遊びに行った。ただ鏡のように平らなところで果てしなく、地面には名前の出てこない背の低い植物がびっしり生えていて、桃くらいの大きさの赤い実がなってて、葉っぱの形は人間界にはない八角形で、不思議に美しく、その実は新鮮でみずみずしく、なんとも引きつけられる甘い香りを放っていて、その香りに引きつけられ、しゃがみ込むと香りを嗅いで手を伸ばして実を摘もうとした。僕と同じ見学者がその誘惑に勝てず、実をもぎ取って口に押し込むと、一つ食べたら我慢できなくなってまた手を伸ばしてもう一つもぎ取り、食べている様子がとても美味しそうで、僕も我慢できなくなって一つもぎ取り、口に入れようとしたそのとき、先に食べた何人かの見学者たちが相次いで叫び声を上げて地面をのたうち回り、転げているうちに突然恐ろしい目をした狼に変わってしまった。僕とその他の見学者は驚いた。

「なんで？　どうしてこんなことに？」

「驚いたようじゃの」そのとき、白髪白髭の老人が僕たち見学者に向かってやって来た。「この惑源は天国の神が作った学びの成果を試すところなのじゃ。誘惑に耐える力があるかどうかをの」

「あなたは？」

「わしはこの惑源を管理しておる使者じゃ」

「あの人たちは——」僕は数匹の狼を指さした。

「学域に入った霊魂は、肉体の必要性がなく、欲望はなく、誘惑に抵抗できるはずじゃが、みな人間界で良いものを手にすることに慣れているので、多少なりとも欲望が残っておるのじゃ。だから誘惑を目の前にすると抑えの利かないものもおる。じゃから天国の神はここをつくり、ここに足を踏み入れたものに警告を与えておるのじゃ。あやつらはこの美味しそうな果物を見て我慢できず、習い性となっておった欲望が出てきたのじゃ。もっと強い誘惑に出会ったらどうなっておったことじゃろう。自分を抑えるすべを学ばねばのう」

「それじゃ彼らは？　もう――」

「たとえ少しでも欲望が残っていて、それを放っておくと、人間界と同じように〝異類〟となるのじゃ。異類の例はみなさん方もたくさん目にしてきたじゃろう。普通の農家の子どもが、もともとは向上心も思いやりもあったのが、牛乳の製造工場を作り、金銭の巨大な誘惑に負けて金儲けの欲望が急速に膨張し、より多くの客を獲得するために、競争相手の牛乳に毒を入れて、たくさんの子どもを死なせた。彼は凶悪な狼になってしまったのじゃ。そうじゃろう？」

「でもここが試されるところだとは知らなかったのだから、誘惑に対する精神的な準備ができてなかったと思うんですが」僕は彼らの代わりに言った。

「どんな誘惑も目の前に現れるとき、これは誘惑ですなどと書かれておるかの？　じゃがまあ勉強は始まったばかりじゃから、許してやるとするか」そう言いながら、老人が狼たちに向かって手を上げると、あっという間に彼らは元通りになり、ただ地面の上でぼんやりとしたまま微動だにしなかった……。

寧、天国に霊魂の誘惑に抵抗する能力を試すところがあると知って、私はとても興味を持った。人間界にもこのような場所があって警告してくれると良いのだが。人間界には誘惑が本当に多い。名を成したい誘惑、出世したい誘惑、金銭の誘惑、性的誘惑、豪邸の誘惑、美食の誘惑、一人の人間がこれらの誘惑を前にして心を動かさないでいるのは本当に難しい。監獄にいる囚人たちはほとんどが誘惑を目の前にして自分を抑えることができずに事件を起こしてしまった者たちだ。誘惑はその人の欲望を引き出し、それを膨張させるのだ。誘惑に抵抗するということはすなわち自分の欲望をコントロールし、清浄な範囲内に保つということだ。ビジネス界の大社長がひとりの女性歌手を見初《みそ》めて、自分の女にしたいと思い、人をやった。最初は社長と一緒に香港に行って七日間一緒にいてくれたらすぐに二百万元を振り込むと言った。その女性歌手はそれを聞くと軽蔑して笑い、すぐに立ち去ってしまった。二回目は七日間一緒にいてくれたら、五百万振り込むと言った。彼女をそれを聞くとちょっと間を置いたがまた立ち去った。三回目は七日間一緒にいてくれたら一千万振り込むと言った。彼女は一瞬考えたもののゆっくり立ち上がると行ってしまった。四回目は七日間一緒にいてくれたらすぐに五千万振り込むと言った。今度は彼女は何も考えずうなずいた……。この女性歌手のことをとやかくは言えない。どんどん大きくなる誘惑の前で我慢する力を保つことは本当に辛い。だから人間界で誘惑に抵抗するには自分で一線を引いてそこを堅持するだけでなく、苦痛に耐えることも準備しなくてはならないのだ……。

父さん、僕たちの学域での勉強もちょうど六か月となった。その六か月を過ぎたある日、小蓁が順番に勉強の結果をきいた。全員が最初に申し出た項目をすべて学び終えていると言うと、小蓁は言った。「みんなそれぞれきちんと学んだようなので、享域に行ってもやることができて寂しさを感じることはなさそうです。みんな出発の準備ができたようで、明日みなさんを享域へお連れしましょう」

「試験はないの？」僕は意外だった。

「必要ないです。実は毎日私はみなさんの様子を調べていたのです。みなさんの学んだものは享域で使うのに十分なほどです」

明日享域へ行けると聞いて、みんなとても嬉しくて、数人ずつ頭を寄せ合って興奮した様子で議論した。一番多かったのが、享域に入ったらどんなことが、どんな暮らしが待ち受けているのだろうかということだった。僕は心の中で黙って考えていた。天国の享域とは人間界で言っているいわゆる天国で、みんな天国に行きたがっているけど、結局のところどんな様子なんだろう？

翌日の朝早く、小蓁は起きてスープを飲んだら列を作って並ぶように言った。「みなさん、私について一緒に飛んで下さい。西南の方向に飛びます」僕たちは彼女の言う通り、まず百メートルほど上昇してから彼女のあとについて西南の方向に飛んだ。

飛ぶスピードはゆっくりで、学域の景色が下をゆっくりと遠ざかっていくのを見ることができた。半日ほど飛ぶと、突然僕たちの前方に閃光の柵が出現し、それが何のために作られたかわからなかったんだけど、雲の端へと延びていて、その柵の向こう側に何があるのかは見えなかった。柵の近くを飛ぶとき、小蓁は私たちにそれぞれ地上に降りるように指示した。降りてからわかったんだけど、僕たちは金色の輝く大きな門の外にいて、大きな門の上には大きな字でアラビア数字の一七三五九五と書いてあり、門の入口には何も持っていない使者が両側に並んでいた。

「みなさん、私たちはすでに享域の一七三五九五門の外に来ています」小蓁は高い声で言った。「みなさんはもうすぐ天国で最もすばらしい区域に入ります。この大きな門の向こうはみなさんが人間界で聞いたことのある天国です。みなさんが天国の生活を享受することができるようになって本当に嬉しいです。次は天使がみなさんの名前を呼びますからよく聞いて、名前を呼ばれたら門の敷居をまたいで中に入り、階段を上って行って、平らな場所に出たら、別の天使がみなさんの相手をします。覚えておいて下さい。階段を上るときには飛んではなりません。一歩一歩上って行って下さい。しっかり前を見て下さい。階段は急で、高いので、下手をすると転んでしまいます。さようなら、私は学域でもう六か月お仕えしたら享域に入ることができます。享域でまた会えるのを楽しみにしています！」

「さようなら！」みんな小蓁に向かって手を振った。

このとき、門の入口の天使が名簿を持って名前を呼び始めた。僕は三十九番目に呼ばれた。小蓁の言いつけ通り、高らかに返事をして、そのまま敷居をまたいで門をくぐると、長い階段が門の正面にあるのがはっきり見えた。石造りの階段は広くて急で高く、階段はおそらく軽く六百段はありそうで、遥か雲の上まで上っていく感じだった。僕は三十八番目の後について、一歩一歩上り始めた。階段を上り始めると心地よい音が耳に入ってきて、とても柔らかく美しく、何の楽器なのかわからなかったけど、気持ちが爽快で、民族音楽の〝百鳥朝鳳《ひゃくちょうちょうほう》〟みたいに快感が体を突き抜け、仙境に入るような感じだった。まさに仙人の音楽だった。後ろでしきりに感心しているのが聞こえた。同時に、なんとも芳しい香りが漂ってきて、それもどんな成分なのかわからなかったけど、身も心もすっきりしてとても気持ちが良かった。僕たちは荘厳で美しい感覚に包まれながらその階段を上りきり、ついに広く平らなところに到達した。巨大な広場と言ってもいいかも知れない。広場の周囲は背の高い楊樹が並び、木の上には純白の鳩がとまっていて、クークー鳴く声が聞こえてきた。

　広場のど真ん中に四角い木の台があって、その上には青い服を着た老人が立っていた。彼の左右には、たくさんのプラカードを持ったやはり青い服を着た男が並んでいて、左側のプラカードには〝奇数居住区・一、三、五、七、九、一一、一三、一五、一七、一九……〟、右側には〝偶数居住区・二、四、六、八、一〇、一二、一四、一六、一八、二〇……〟と書いてあった。老人の後ろには大きな広告板のようなものが立てられていて、地図が描かれてあり、地図にはいろいろな数字が並んでいた。僕たち同じ学区のものがみんな階段を上ってきて広場に立つと、その老人が高らかに言った。

「一七三五九五門から天国享域に入ってこられたみなさんを歓迎します。真の天国の生活、極楽世界の生活が始まります。新しい友人をこうしてここにお迎えできて一同たいへん喜んでおります。享域は人間界とは比べものにならないほど広い場所です。ここには人類が誕生して以来の凄まじい数の霊魂が生活しています。ここは完全に自由なもう一つの生存空間です。国籍や種族の別はなく、信仰や言葉の区別もなく、区域に分かれてはおりますが、それは管理に都合が良いからです。どの区域の環境も同じで、優劣はありません。みなさんはここに来られて、まず住むところの問題を解決しなくてはなりません。住むところは自由に選んでいただいて結構です。どこに住んでも構いません。私の両側でプラカードを持って立っている使者はみなさんを居住区に送り届ける役目を請け負っています。それでは解散して、自分で地図を見るなり使者にたずねるなりして、住むところを決めて下さい」

　僕はためらった。どの使者のところに行ったらいいかわからなかったんだ。だって数が多かったし、誰にきいたらいいっていうの？　もし選び損なって別の使者に換えるのもどうかと思ったし。でも良かった。学域のご近所さんの方進《ほうしん》があの大きな地図を指さして言ったんだ。「ほら、二二九六七区は享域のほぼ中央にあって、君の実家の河南が中国の中央にあるのと似てるじゃないか。あそこがいいかどうか使者にきいてみようよ」

　そこで一番近くにいた使者の所に行ったけど、ドキドキものだった。なんといってもこれが享域に入って初めての選択だ。間違っていないのを祈るだけだ。

「二二九六七区を選ばれたのはとてもいいですよ。ここに生活している大部分は中国から来た霊魂であること以外は、すべて一緒です。優劣の問題はありません。もしお決まりなら私が今からお二人をお連れしますが」僕と方進は顔を見合わせるとうなずいた。使者は自分について西へ向かって飛ぶように指示した。

　二時間ほど飛ぶと、別の青い服を着た使者が西から僕たちを迎えに飛んできた。僕たちを連れて飛んできた使者は止まるように指示すると言った。「二二九六七区の使者が迎えに来たので私の役目は終わりです。お二人は彼について行って下さい」「ようこそ！」僕たちを迎えに来た使者は挨拶した。「私はカディと言います。人間界ではフランス人でした。二二九六七区の新しい人を迎える使者です。お二人のお越しを歓迎します」その使者は僕たちに微笑みながら言った。

「二二九六七区は享域の真ん中で、今のところ三億人が住んでいます」

「三億？」僕は驚いた。

「そうです。奇数居住区の数字から見れば、そんなに大きな区ではありません。しかし中国から来た霊魂が最も多く、その上、天国の神の住居である聖域にも割と近いです」

「中国から来た霊魂の他に、どんな国から来た霊魂がいるんですか？」方進がきいた。

「居住者が人間界で属していた国は五十以上です。どんな言語もありますし、紀元前も紀元後のものもいます」

「え、中国語だけでだいじょうぶですか？」方進はきいた。

「もう学域でご経験なのでおわかりかと思いますが、言葉の問題を心配する必要はありません。どんな言語でも変換することができますので。さあ、行きましょう。お二人ともきっと自分の選択を後悔されないと思いますよ」カディは笑いながら僕たちを送ってきた使者に手を振った。「さようなら！」僕と方進も慌てて使者に手を振った。

　僕と方進はカディについて西へ向かって飛び続けた。享域の広さは僕の想像を超えていた。とても速いスピードで飛んでいたのに、長い時間飛んでも僕たちが最初に天国に入ったところ、九九九九一区から出ていなかった。「なんとまあ、こんなに大きいのか？」そばの方進は驚いてため息をついていた。

「これほど大きくなくってどうするんです？　地球上で毎年どれだけの命が失われ、その霊魂がみな享域に来て生活したがっています。地球上で毎日どれほどの命が誕生しています？　その命が数日、数か月、数年、数十年、長くても百年を超えればみんな享域に入るんです。彼らのために空間を残しておかなくてどうするのです？　だから天国の神は天国の享域を設計するときに、とっくの昔にそれを考慮しているんです。私たちの二二九六七区だけでも最終的には三百億の霊魂が住むことができるんですよ」カディは説明した。

「うへえ、まいったな」僕は驚いて彼を見ていた。

「そんなに大きいなんて」

「着いたらわかりますよ」

　どれだけ飛んだだろう、カディが言うのが聞こえた。

「さあ、着きました」彼について下に降りると、そこは起伏の少ない、川が流れ緑が林をなし、鳥がさえずり花の香る所だった。緑の中の、人間界の村落のような居住地に家が建っているのが見えた。カディが言った。「享域には都会はありません。天国の神は都会は混み合って雑然としていて、享域にはふさわしくないと考えました。霊魂はみんな静かでのびのびと動ける空間が好きなのです」彼は近くの居住区を指さして言った。「二人はあそこに住むことができます。一緒に行きましょう。飛ぶ必要はありません。歩いて行けます」

　ここの道は広くない。車が通ることはないし、多くは木の生えた川岸の道だからね。その小道を歩いてると川を魚が泳いでいるのがはっきり見え、頭の上の木の枝で鳥が鳴いているのが聞こえ、ときおりウサギが草むらから跳びだしてきて、道の真ん中で目をパチパチさせ、近づいたら逃げていく。僕と方進はカディの後について、楽しみながら歩いていた。なんといっても享域だからね。何でもみな心楽しいことばかりだ。

　居住区の入口には木で作ったプレートがあって、観香角と書いてあった。カディは言った。「観香角はこの居住区の名前で、観香角に住んでいる霊魂のほとんどは中国の北方から来た人たちで、だからあなた方をここにお連れしました」カディに教えられ、僕たちは自分の住むところを見つけた。僕は六九九で、方進は六九八で、新しい家だった。カディによると、最初に住むときは新しい家で、二度目三度目は古い家になるそうだ。この観香角の家は大きくなく、だいたい六十平方メートルで平屋、でも中には寝室も客間もあって、とても合理的なデザインになっていて、中に入ると広く感じる。それに小さな庭もあって、庭には名前の知らない花が植えられていて、家の中も外も花の匂いでいっぱいなんだ。室内にはベッド、机、椅子、タンスなど、必要なものは揃っていて、家具はすべて木でできていて、漆が塗られ、素朴な美しさがあって、僕が好きなパターンだ。僕の家は観香角の端っこで一方は方進の家と隣り合わせで、一方は林だ。これは実家の家の配置とそっくりだ。

カディは言った。「観香角の真ん中の三七七号に住んでいるので何かあったら来て下さい。享域ではどの居住区にも専門に管理する人はいません。管理に関することはみんなが持ち回りでやります」彼は僕と方進が住居にとても満足しているのをみて言った。「それではお二人ともゆっくりお休み下さい。それからここでの新しい生活を始めて下さい。衣食住に関する規則はもう学域で学んで来られたはずですが、もしききたいことがあったら私かお隣さんにきいて下さい。それでは私はこれで」

カディが行ってから、僕と方進はお互いの住居を見たが、確かにどちらもまったく同じだった。時間は黄《たそ》昏《がれ》どきで、観香角には黄昏どきの賑やかさや車の音や人の声はなく、とても静かで、外で活動している住人は見当たらなかった。僕と方進は好奇心いっぱいで興奮して、家にじっとしていられず、スープを飲みたいとも思わなかったので、近所を訪ねてみることにした。

僕たちは方進のすぐ隣の家の門を叩いた。出てきたのは一人のおばあさんだった。彼女はとても優しくきいた。「新しく来られた方？　ようこそ。どうぞお入り下さい」僕と方進は自己紹介した。そのおばあさんは僕の実家が河南省の南陽と聞くと喜んで言った。「私は陝西省の商州の出身なのよ。南陽とは近いわね。人間界でのご近所さんがこの天国の享域でご近所さんになるなんて、ほんとすばらしいわ」彼女は僕の両手を引っ張って部屋に導いてくれた。彼女の部屋に置いてあるものは僕たちと同じだったけど、違うのは大小様々な色とりどりの美しい切り紙細工があったことだった。

「これはおばあさんが作ったの？」僕はその切り紙を

見ながらきいた。

「そうよ。私は人間界にいた娘のとき、切り紙を習いたかったのだけど、その頃は家が貧しくてね。一日中父と母の仕事を手伝っていたので、習う時間がなかったんだよ。のちに嫁に行ったけど、嫁いだ先も貧乏でね。毎日主人と義父《とう》さん、義母《かあ》さんの仕事を手伝っていたの。それから子どもが次から次へと七人できて、それはもう忙しくて、切り紙なんてとんでもない話だったの。まさか天国の学域に来て、切り紙細工を勉強する機会がもらえるなんてね。それで先生について切り紙細工を覚えたのよ。こうなるとわかっていたら、もっと早く天国に来たのにね。私は子宮癌を患ったのだけど、そのときに心配していた様子のことを考えるとほんと笑ってしまうわね。何も怖がらなくて良かったのにね。人間界ではもうとにかく忙しいだけで、本当に自分のやりたいことができるようになったのはここに来てからよ」

「今は毎日切り紙細工を？」

「そうよ。享域では住むのも、食べるのも、着るのも、何も気を煩わせることはないのよ。散歩してお隣さんとおしゃべりする他は何もすることはないし、残った時間は切り紙細工をしているの。切り紙を作っているときはほんと楽しくてゆったりしているのよ」

「切り紙がどんどん増えちゃいますよね」

「観香角のご近所さんに配って飾ってもらってるのよ。みなさんきれいだって言ってくれるの。数日前、カディもたくさん持って行ってくれたわ。北にある聞青角の住民たちにプレゼントして貼ってもらうんだって。ほんとここの人たちはみんな何かしらできるから、お互いにいろいろ交換しあっているの。楽しいわよ」

　父さん、このおばあさんの優しい笑顔を見ていたら、おばあちゃんのこと思い出しちゃった。おばあちゃんは元気？


　寧、おばあちゃんは元気だ。おまえのことばかり気にしている。私は最初おまえが外国に行ったと嘘をついたろう？　おばあちゃんはしょっちゅう電話をかけてきて、おまえの外国での様子をきくんだ。そして外国には電話は通じないのかって。私はまた嘘を考えるしかなかった。私はおまえが天国に行った真相を伝えようとも思ったが、おばあちゃんがどうにかなってはと心配だった。なんといっても八十七のお年寄りだから。人間界では天国の享域の情景はとても想像できない。人は死を恐れる。天国がそんなところだとは知らないからだ。観香角はおまえが自分で選んだ終《つい》の棲家《すみか》だ。近所の人たちとも仲良くするんだ。父さんも母さんもおまえが礼儀をわきまえた人助けが好きな人間だとわかっている。きっと観香角の住人から受け入れられるだろう。私と母さんは天国の享域に入ったら必ずおまえに会いに行くから待っていてくれ。また一家三人で会おう。

父さん、観香角の最初の夜、僕はぐっすり眠ることができた。ここには夜、電灯がなくて、灯りが欲しかったからカディにきいたら、庭の蛍《ほたる》に一声助けてと言えばいいと教えてくれた。言われた通りにすると蛍が一匹部屋の中に入ってきてとまり、部屋を明るく照らしてくれるんだ。何でもはっきり見えるくらい明るくて、本の字もしっかり読める。眠たくなったら、もう寝るからまた明日の晩ねと言うと、蛍はすぐに窓の外に飛んで行くんだ。昨日の晩は蛍が飛んで行ってから、あくびをしたかと思ったら深い眠りに落ちて、夢も見ず、空が明るくなって鳥のさえずりで起こされるまでずっと寝てた。起きてから自分でスープを作って飲んだ。天国では食事の準備の煩わしさがないのがいいね。スープはみんなに同じものが渡されていて、自分で作る必要もないんだ。ただお湯を沸かして注ぐだけ、ほんと簡単で手間なしだ。

スープを飲み終わり、午前中は何をしようかなと考えていたら、突然庭の外から若い女性の声が聞こえてきた。「周さん、こんにちは。突然すみません。中に入ってお話ししてもいいですか？」

突然でちょっとボケッとしていたけど、すぐに「どうぞ」と答えた。すると天国の素敵なスカートを穿いた女性がすっと庭に入ってくると明るい声で言った。

「カディから観香角に新しい住人が二人来られたときいて、とても嬉しくて。観香角のことはまだあまりご存じないと思って。私は薄粼粼《はくりんりん》といいます。学域ではガイドについて学びました。今は観香角に住んでいます。あなたと方さんを外へご案内したいのですが？」

「もちろんいいですよ。ありがとう」僕は慌てて起き上がると彼女について外に出た。庭の外にはもう方進が立っていた。

「この子、ほんと熱心だぜ、無理矢理起こすんだから」方進は小声でブツブツ言った。僕は目でもうそれ以上言うなと合図した。好意なんだから。

「ここがどうして観香角と言うかご存じ？」薄粼粼は含み笑いをして言った。

「知りません。普通〝香〟には〝聞〟という字を使って、〝観〟という字は使わないよね」僕は言った。

「その通りです。もっともな疑問です」彼女は笑った。「私も最初来たときそう思ったんです。ここ観香角には至る所に花が植えてあって、この花は人間界のものとは違うんです。人間界の花はせいぜい持って百日ですが、ここの花は九か月馥郁《ふくいく》たる香りを放つんです。その濃密な香りは雲と絡まり合うんです。ほらお二人の頭の上の雲は、香りの本体、香りの形が見えてるんです」

「へえ、そういうこと？」手を伸ばして白い雲を掴んでみたら、確かに濃密な香りがして、雲は指の間をすり抜けていった。

「どうして〝村〟とか〝庄〟とか言わないで〝角〟と言うんだろう？」方進が続いてきいた。

「享域のすべての居住区は〝角〟と呼びます。これは天国の神様が定めたものです。その意味は、享域はとても広いので、どこも一角に過ぎないからだと言われています」

「そういうことなんだ」

「この川の名前を知っていますか？」彼女は観香角の前を流れている小さな川を指さしてきいた。二人共が首を振るのを見て、笑って紹介してくれた。「沁香河《しんこうが》って言って、天目河《てんもくが》の支流の一つなんです。天目河は享域の五大河川の一つです。川の水をすくって香りを嗅いでみて下さい」

「嗅ぐ？」

「どんな香りがしますか？」

方進は川岸を駆け下りて川縁にしゃがみ込むと水をすくった。「いい匂い！」彼は高い声で叫んだ。

「川の水に香りが？」僕は半信半疑で水辺に降りて水をすくって匂いを嗅いでみた。すると確かにすがすがしい香りがして、バラの花の香りのようだった。「誰かが香水を撒《ま》いているのかな？」

「ここを人間界と思ってるのね。人間が作ったものを振りまいていると？」薄粼粼は苦笑して言った。「川の両岸に青い草があるでしょう？ 葉っぱが川の水の中にまで伸びているのが見える？ その葉っぱが香りの元を分泌しているの。だから川の水のいい香りがしているのよ。ここの川で水浴びしたら三日はその香りがしたままよ。人間界のシャネル五番よりいい香りよ」

「川で水浴びしたことがあるの？」方進は彼女をからかい始めた。

「来て嗅いでみて」薄粼粼は大胆に両手を上げて、方進に近づいて匂いを嗅ぐよう促した。方進は驚いて飛び下がった。「ほんと堅いのね」薄粼粼は口をすぼめた。「ここは人間界じゃないの。肉体がないんだから、男女間でムラムラすることなんてないのよ。なに怖がってるの？　来て嗅いでみて」彼女は僕に促した。

僕は彼女に堅いと言われるのが嫌で、すぐに彼女に近寄ると胸元を嗅いでみた。するととてもいい香りが鼻の中に入り込んできた。「言っとくけど、私は三日に一度、川で体を洗ってるわ。二人も臭くないんならもっと間を開けて洗っていいのよ」

「わかった、わかったよ」僕は慌てて答えた。

「川縁の緑に隠れている空き地があるでしょう？　真ん中が高台になっていて、観香角の住人が朝夕集まる場所、みんな散歩したりおしゃべりしたり、学域で楽器を習った住人たちの演奏を聴いたりしているの。観香角には二胡、笛、笙、バイオリン、チェロ、トランペットを演奏できる人が十数人いるわ。ほら、三人がちょうど演奏を始めたところよ」

目をこらして見ると、二人の男性と一人の女性が台の上に上がって演奏しているのが見え、か細い音がゆったりと伝わってきた。

「彼らが演奏しているのは人間界の曲？」

「全部が全部そうというわけじゃないわ。みんな人間界の記憶は壊れてないから、人間界の曲もあるわ。新しい曲を聴きたければ作ってもらうのよ。ちょうどいいことに観香角には現世で作曲のできていた人がいて、学域で先生について学んだ人がいて、その役目を任されているの。とても若いのに、エイズでここに来たの」

「エイズでも享域に入って来られるんだ」ちょっと意外だった。

「もちろんよ、エイズは病気の一種だもの。病気になるのは罪ではないわ」

「じゃあ、君がこんなに若くてここに来た理由は何なの？」僕はついでにきいた。でも言ってしまってから唐突すぎたと思った。まだ知り合ったばかりだったから。

「血液の病気。白血病よ。今の人間界は環境汚染や電磁波でこの病気になる若い人、特に若い女性が多いの」彼女は別に不快な様子を見せずに淡々と答えた。

「結婚はした？」

「いいえ、間に合わなかったわ。付き合ってた男の子は今は別の子の旦那になってるわ」

「腹立たない？」

「怒るというより残念という方が当たってるかな。そう残念」

「彼と結婚できなかったのが？」

「いいえ、私が死んでからたった半年で彼が他の人と結婚したのがね。ちょっと早すぎるかな。だって永遠の誓いをしたのよ。もうちょっと時間が経ってからにして欲しかったわ」

「彼の気持ちを疑ってるの？」

「もう人間界で男女の間に愛情があるなんて信じていないの。人間界の男女の間は肉体と物質だけ、その上に精神的なお遊びがあるって感じ。愛情なんて真相を隠すための言葉に過ぎないわ」

「じゃあ男女の間に真の愛はないと思ってるんだ」

「人間界にはね。だって例がないもの。見つけてくれる？　ここだったらありうるわ。ここには肉体の欲望に邪魔されることはないし、物質的なソロバン勘定も、名誉欲もないし。精神的に引かれ合いを楽しむだけだから、本当の愛が生まれるかもね」

　僕は彼女をじっと見つめた。こんな見た目キャピキャピした天真爛漫《らんまん》な女の子がそんな考えを持っているとは思わなかったんだ。

「びっくりした？」彼女はクスクス笑った。「あなたがもし人間界で一途に愛した女性がいて、真実の愛を信じることができるんなら、誰もあなたに反対したりしないわ。私もあなたに拍手を送るわ」

　僕は首を振った。僕が脳の癌を患ったとたん僕から離れていったあの子のことを思い出すしかなかったからね。人間界に真実の愛はあるのか？　自分の運が悪くて出会わなかっただけなのか？　西安の小怡は僕のことを本当に愛してくれたんじゃないか？

「亭が見える？　亭の前に群がっている住人たちが見えるでしょ？」薄粼粼は遠くにある八角の亭を指さして言った。「遊んでいるところよ」

「遊んでいる？　見に行こうか」僕と方進は興味を持ったので、薄粼粼について早足で亭に向かった。近づいて行くとはっきり見えた。四人の男性が漢字を書くのを競い合っていたのだ。一人の若い痩せっぽちが彫刻刀を持って竹筒の上に隷書を刻んでいた。善乃至宝、三生用之不尽。もう一人の太っちょは手に筆を持って宣紙に楷書体で書いていた。徳為良田、百代耕之有余。そしてもう一人は白髪の老人で、ペンで便箋に草書で書いていた。富貴貧賤、知足即為称意。さらにもう一人の背の低い中年男性はタイプライターのようなもので、白い紙の上に明朝体で打ち出していた。山水花竹、得閑便是福気。四人が書き終わると、一人の女性が前に出て、四幅の字を亭の四本の柱に掛け、周りの観衆に花を一輪ずつ配って、自分の気に入った字の下に置くように言った。

「当ててみて。どれが一番花をたくさんもらえるかしら」薄粼粼はいたずらそうな目で僕たちを見た。

「やはり年長者が多いんじゃないかな」僕は軽く言った。

「どの人のこと？」薄粼粼は笑ってきいた。

「もちろん、あの白髪のご老人だよ」

「あの隷書で書いた若い痩せた男性は何年生まれか知ってる？　彼は漢の劉詢《りゅうじゅん》が執政していた本始元年の生まれで、西暦では紀元前七三年生まれ、今だと何歳になるかしら？　あの太った若者は唐の李治《りち》が政権を取っていた永徽《えいき》の年の生まれで西暦六五〇年生まれ、彼は何歳？　あの白髪の老人は実は民国五年、西暦一九一六年の生まれ、あのタイプしている中年の男性は一九六六年生まれ。誰が年長かしら？」

「なんと！　漢の時代に生まれた人がどうしてあんなに若いんだ？」方進が驚いて叫んだ。

「天国の決まりで、人間界とさよならしたときの様子そのままで、それがずっと変わらないのよ。だから亭域では外見で霊魂の年齢は語れないの」

「ああそうか」僕は僕が出会った王陽明やヴォルテールのことを思い出した。「そうだ、確かにそうだ」

「ほら、結果が出るようよ」薄粼粼は僕たちに花の投票の結果を見るように促した。観衆は次々と自分の花を自分が好きな漢字の前に置き、唐の時代に生まれたあの太った男性が一番になり、みんなから歓声を受け、白人の女性から頬にキスを受けた。

「あの女性はカディのお隣さん。彼女はカディと一緒に観香角にやって来たの。二人は人間界でも親友でね、二人は同じ車で事故に遭ったの」

　僕はその白人の女性を見ながら感動していた。二人が同時に車の事故で死んだのは悲劇だが、死んだあとに一緒に住むことができたのは幸せなことだと。

　薄鄰鄰はそれから僕たちを観香角の書庫に連れて行ってくれた。それはとても大きな建物で、中には様々な言語の書籍がいっぱいだった。「ここの本は全部観香角の住人が人間界で書いたものよ。著作者が享域に来ると、天国の神は天国の資料とするために彼らの書いた本を二冊用意し、一冊は天国の図書総庫に、一冊は彼らが住んでいる居住区の書庫に置き、みんなが読めるようにしているの。それぞれの角の書庫は分庫と呼ばれていて、享域すべての霊魂に開放されていて、誰でも借りることができるのよ。分庫で借りることができなければ総庫で借りることもできるの」僕は鄰鄰にきいた。「すると人間界の書籍は最終的に天国ですべて複製されるってこと?」鄰鄰はうなずいた。「ほとんどはね。でも一部は懲罰域に行くの。懲罰域に行った著作者の本の複製は懲罰域の書庫に置かれるの……」

　父さん、熱心な薄鄰鄰のおかげで、この日僕たちはいろいろな所を見ることができた。おかげで観香角がどんなところかよくわかったし、僕も方進も自分たちの選択に満足だった。父さんも母さんも安心して。天国で安心して住めるところが見つかったから……。

壬午《みずのえうま》（二〇〇二）

　寧、私は今自分の想像力を総動員しておまえが私に話してくれたことを理解しようとしている。ブレークの言ったことを思い出した。幻想あるいは想像は永遠の存在に対する一種の証明であり、もう一つの真実である。理性は人類をこの世界の現実に窮屈に押し込め、想像は人類を現実の束縛から解放し、それは超然とした霊界に属する真理を洞察する。おまえの話をきいていると、享域は人間界の人々が夢にまで求める場所で、そこで、死者の霊魂は再び新しい生活を始め、ゆったりと音楽を聴き、楽しそうに遊びに興じ、友人と楽しく交わる。そこでは何世代にもわたる人々が一緒に愉快に暮らしている……。

　これは私や無数の死を待っている生きている者にと

って、大きな慰めだ……。

父さん、観香角に来て五日目の昼、自分の庭に座って休んでいると、ドアをノックする音が突然響いたんだ。ドアを開けてみると、白髪の老人たちが立っていた。どなたをお探しですかときくと、逆に向こうがきいてきた。「あんた、周寧という名前かの？」僕がうなずくと、またきいた。「北京から来たのではないかの？　原籍は河南の鄭州じゃろう？」僕は意外に思った。この人たち、どうして僕のことを知ってるんだろうって。僕がそうですと言うと向こうはまたきいてきた。「実家は構林鎮六里の周庄では？」ますます驚いて今度はこっちからききかえした。「みなさん、どうしてご存じなんですか？」向こうは続けてきいてきた。

「お父さんは周大新というのではないかの？」

「その通りですが、あなた方は……」僕は彼らが享域の住民登録を請け負ったボランティアだと思った。すると二人のお年寄りが互いに見合って笑うとほとんど同時に嬉しそうに叫んだ。「ついに見つけたぞ！」

「みなさんは……」

「おまえはわしたちの曾孫じゃ！」

「曾孫？」僕は信じられなくて目を丸くして彼らを見ていたけど、突然甄域のあの大きな鏡の中で見た人たちのことを思い出した。

「わしはおまえの父さんのおじいさん、彼女はおばあさんじゃ。わしらは五〇年代に続けて病気で死に、あのときおまえの父さんはまだ小さかったから、もちろんおまえはいなかったが、わしらは享域に来てからずっと周家のことを見ていたんじゃよ。おまえのお父さんが大きくなっていって、結婚し、おまえが生まれ、おまえが大きくなっていき、ある日おまえが癌で入院し人間界から離れていくのを。わしらはそのときからおまえがいつ享域に来るかと気にしておったんじゃ。享域は大きすぎて、おまえがどこに住むことを選んだかもわからなかったので、今の今まで時間がかかったんじゃ。ともかくおまえを探し当てることができたんじゃ。これからはわしらいつも一緒じゃ」そのおじいさんは一気にそこまでまくしたてた。僕はしばらくぼーっとしていた。父さん、僕は父さんからこのおじいさんのことは聞いたことがなかったし、このおばあさんのことも聞いたことがなかった。でも二人の顔には父さんの面影を見ることができた。遺伝ってやつは間違いがない。二人は僕のご先祖さまだ。僕は二人を中に入れて座ってもらい、スープをこしらえた。「これからは僕が二人の面倒を見ますよ」二人はワハハと笑って言った。「享域ではすべてがお膳立てされていて、欲しいものはなんでも手に入るから面倒を見るには及ばんよ。わしらはただおまえとずっと一緒にいたいだけじゃよ」二人にどこに住んでいるかたずねると、七七四八五六区の嘗梅角《しょうばいかく》だと言う。「わしら戻ったらすぐに観香角への引っ越しを申請するよ」「引っ越しの手続きは簡単なの?」「とても簡単じゃ。住みたいところに住めるんじゃ。十日前に申請すればだいじょうぶじゃ。ただ最初に選んだときのように新しい家に住めんだけじゃ」僕たちその日はずっと楽しく話した。おじいさんたちは人間界のことをいろいろきいてきたし、僕も甄域や滌域や学域や享域のことをいろいろきいた。血縁関係っていうのは不思議な繫がりだね。それまで何にも知らなくてもわかったとたん、こんなに仲良くなれるんだから。父さん、おそらくまもなく二人は観香角に住むことになると思うよ……。

寧、本当かい? とても信じられないよ。本当にそんなことがあるのなら、天国の神様はおまえにずいぶんと目をかけて下さっている。私のおじいさんとおばあさんがおまえを探して訪ねてくるなんて想像もできなかったよ。私はおじいさんのことはまったく覚えていない。私が一歳のときに亡くなったからね。おばあさんのことはかすかに記憶に残っているよ。おばあさんが死んだのは私が四歳か五歳のときだ。おばあさんが蒸しパンをちぎってスープでふやかして食べさせてくれたのをぼんやりと覚えている。おばあさんの棺桶が家の西側の壁の外でしばらく止まって、誰かが私を抱いて棺桶の中のおばあさんを見せてくれたことも覚えている。他は覚えていない。私はよく二人に会いたいと思っていた。二人が私の息子のことを知っているなんて、なんと驚くべきことか。

父さん、僕、おじいさんとおばあさんにきいたんだ。どうやって僕が曾孫だとわかったのって。享域の居住区にはそれぞれ天窓というのがひとつあって、その天窓を通して、人間界の様子を見ることができるんだ。この窓は毎月一日だけ開いて、その居住区に住んでいる霊魂はその日だけ、順番に見るんだ。窓にはダイヤルもついていて、自分の見たいところ、見たい人に合わせることができるんだ。僕はそれを聞いて俄《にわか》には信じがたかった。その日おじいさんとおばあさんを見送ってから、僕はすぐにあの熱心なガイド薄粼粼を訪ねていって、天窓がどこにあるのかきいた。「なに慌ててるの？　今日は天窓が開く日じゃないから、教えたところで仕方ないわよ」「ともかく行って見てみたいんだ」彼女は僕を連れて観香角の東側のがらんとした所に連れて行った。広い葉っぱの付いている木の下まで行くと、彼女は木の下の大きな石版を指さして言った。「ほら、ここよ」僕はすぐ前まで行って、その大きな石版を叩いてみた。石版は冷たくてびくともしなかった。「これが天窓？」僕は信じられなくて薄粼粼を見た。彼女は僕の疑惑は無視して、指を折って数えて言った。「あと七日で天国の神様が天窓を開くのをお許しになる日だわ。もし人間界のことを見てみたいんだったら早起きしてこの木の下まで来て並んでちょうだい」

　僕はそれでも信じられなかったが、薄粼粼が言った日をしっかり覚えておいた。その日の朝、僕は早めに起きてその木の下へと急いだ。一番乗りのつもりだったけど、僕が着いたときにはもう二十人の観香角の住人がその石版の前に列を作っていた。薄粼粼の言ったことはどうやら嘘ではないらしく、僕は急いで列の最後尾に並んだ。すぐに僕の後ろにたくさんの霊魂が列を作った。

　太陽が昇って間もなくだったと思う、石版がガタンという音を立てると、ギギギという音を立てながら持ち上がっていき、どんどんと高く上がっていき、その下には長方体の空洞ができた。近づいて見てみると、下には雲がたなびき、その深さは計り知れなかった。一番前に並んでいた中年の男性は明らかに初めてではなさそうで、すぐに穴の手前でしゃがみ込み慣れた手つきで穴の壁に嵌め込まれた望遠鏡のようなものの向きを変えると、一心不乱に見始めた。後ろに並んでいる人は音も立てず静かにせり上がった石版の上の時計を眺めている。時計の針はチッチッと動き、針が十分ちょうど動いたところで音が響いた。一番目の人はその音を聞くと名残惜しそうに頭を上げ立ち上がると行ってしまった。二人目の人が急いで穴の前まで歩いて行った。それで見ることができるのは十分間だけだというのがわかった。

　ついに僕の番が回ってきた。そそくさとあの前にしゃがむと、思いがけず薄鄰鄰も来ていた。おそらく僕が天窓を見るのは初めてなので、操作に不慣れだろうと察し来てくれたのだ。彼女は僕のそばで小さい声で言った。「まずアジアって書かれたところに回して、それから中国と書かれたところに合わせて、続いてあなたのご両親がいらっしゃる北京に合わせるの。それから望遠鏡の中に出てくる道を辿ってあなたの家を探すのよ」彼女の指示に従って急いで望遠鏡を回すと、なんと、ほんとに見えたんだ、僕たちの住んでいた居住区が、僕たちの住んでいた建物が、僕たちの住んでいた部屋が、母さんが野菜をぶら下げて階段を上って行くのが、父さんがごみを出しに行くのが。二人ともずいぶん老け込んでいた。たぶん僕があの世に行って辛かったからだよね。母さんは部屋に入って水道の水を汲むと薬を飲んだ。何の薬だろう。どうして薬なんか。めまいでもするのかな。僕は面倒を見ることができないから体を大事にしてよね。父さん、母さん、二人が見えたよ、二人が見えた……。

癸未《みずのとひつじ》（二〇〇三）

寧、おまえが私を慰めようとしているのか、それとも本当にそんな天窓のようなものがあるのか。あまりに良いこと過ぎると人はその真実性に疑いを持ってしまうものだ。しかし本当に天窓があって、おまえがその天窓を通して私や母さんを見ることができたのなら、なんとすばらしいことか。私たちにはおまえを見ることはできなくても、おまえが月に一回は私たちを見ることができるということは、私たちはまだ通じ合っているということだ。もしこれが本当だとしたら、天国の神はなんと仔細に考えて下さったことか。天国と人間界の間に窓を作るとはなんと絶妙なアイデアだろう。この世のほとんどの人は死は徹底的な無で、生と死の間につなぐものなどないと思っている。天窓があるなんて想像もできやしない。天窓、天国の神様はそこに気がつかれたのだ。神様は私たちが二つの世界に隔てられて苦しんでいることを知っていて、哀れみ慈悲の心を示して下さったのだ……。

　天国の神様、私の声は聞こえないとは思いますが、私は言いたい、ありがとうございます、感謝します！

父さん、天窓を見に行った翌日、僕は一番やりたかったこと、母さんの方のおじいちゃんを探しに行くことにした。曾祖父曾祖母にあたる二人が二世代隔たっている僕を見つけることができたんだ、僕にもおじいちゃんを見つけることができるはずだ。おじいちゃんのことは強く印象に残っていて、はっきり覚えてるのは、南陽一五小学校に上がったとき、毎日放課後、おじいちゃんが迎えに来てくれたことだ。僕が出てきたらすぐに見つかるように、いつも校門の右側の目立つところに立ってくれていた。おじいちゃんはとても太ってて、頭はツルツルだったし、子どもを迎えに来ている中でも目を引く存在だった。僕の友達はたいてい迎えに来た家の人を探すのに時間がかかるんだけど、僕だけは何の苦労もなくすぐにおじいちゃんを見つけることができた。おじいちゃんは僕を見つけるといつも僕の手を引っ張って校門の前の、車の流れが途切れない大通りを歩いて、それから家へ向かう歩道へと曲がった。歩道に入るとおじいちゃんは手を離して、前を好きに走らせてくれ、自分は後ろをゆっくり歩いた。夕方になりかけの時間、おじいちゃんは僕を迎えに来るときにはいつも僕のためにプレゼントを持っていた。おもちゃの犬だったり、手品のおもちゃだったり、焼餅や焼きいものおやつだったり。おじいちゃんが僕に買ってくれたプレゼントの中で一番覚えているのはおもちゃのカエルだ。ねじをしっかり巻くと、カエルは連続してピョンピョン跳んでいくんだ。しかも結構遠くまで跳ぶ。僕はいつも鞄を背負ったまま、跳んでいくカエルのあとを跳んでついて行き、くったくなく笑い、手を叩きながら声を上げていた。そんなとき、おじいちゃんは僕の後ろに立って、微笑んでいた。おじいちゃんが死んだときは、まだとても小さかったから、死ぬということの意味がわからなかったし、友達とわいわい遊んでいて、葬儀の日に、僕はお墓まで行かなかった。これは今でも後悔している。だからおじいちゃんを探しに行かなくちゃいけないんだ。

僕はまた熱心なガイド薄粼粼のところに行って、享域でおじいちゃんを探す方法についてきいた。「享域で親戚を探すには、まずその人が享域にいるかどうかはっきりさせないと。懲罰域に行く人もいるから」

「おじいちゃんは悪いことはしないし、名誉を命よりも大切にしていた人だって聞かされていたから、間違いなく享域にいるはずだよ」「ここにいると断定できたら、天檔《てんとう》センターに連れて行ってあげるわ」

「天檔センター？」

「そうよ。天国には享域に入ってきたすべての霊魂のために檔案〔身上調書〕を保存するところを作っているの。そこの檔案は完璧で、どの霊魂のどんなことでも一切遺漏はないの。どの世紀、どの王朝、どこに住んでいたかで探すことができるの」

「まいったな。そこは一体どれくらい大きな所なんだ？　人類が登場して以来、もう凄まじい数の魂が享域に入っているはずだ」

「行きましょ。行ってみればわかるわ」彼女は僕に飛んでついてくるよう促した。彼女のあとについて飛んで二時間ばかりすると、享域の居住区とはまったく違った独特の場所に着いた。空中から見ると人間界の超特大の都市のようで、平屋がずらりと並び、道が何本も走っていて区域を作っていた。人間界と違うところは歩いている人がほとんどいないことだった。この巨大な都市の中心の広場には巨大な看板が立っていて、そこには様々な言語で〝天檔センター〟と書いてあった。

「ここが天檔センター」薄粼粼が言った。

「これはこれは。このセンター、北京の何倍あることやら」僕はため息をついた。

「大きくないとこんなたくさんの霊魂のことを収納できるわけないでしょ。ここは河で区域に分けられていて、人間界の地区に合わせて名前が付いているの。フランスのベルサイユとか、中国の信陽とか、オーストラリアのメルボルンとかね。通りが年代によって分けられていて、一月一日とか三月七日とか、十二月十三日とか。それぞれの建物は時間によって分けられていて、零時零分とか、三時二十三分とか十時五十分とかいう風にね。死んだ人を見つけたいときには、その人が住んでいたところで区域を見つけ、死んだときの年代で通りを見つけ、死んだ年月日時間で部屋を見つけ、中に入ってその人の記録を探すの」

「享域にこんな完璧に霊魂の檔案を揃えているところがあるとはね。いや、驚いた」

　薄粼粼は笑った。「ここの檔案は人間界の檔案とは違って、いつ入学したかとか、いつ昇進したかとかは書いてないの。ただ人間界のどこから来たか、いつどういう理由で来たか、今は享域のどこに住んでいるのか書いてあるだけ。その目的はひとつだけ。親戚友人と管理者が探し出せるようにするため。このセンターを作ったのは霊魂の便利のため。もちろん、神様が霊魂の数を把握するために便利ということもあるけど」

「神様はよく考えたもんだ」

「あなたのおじいさんは中国の南陽に住んでいたから、まずは中国南陽の地区を探すわよ」僕は彼女について空を飛びながら探した。南陽の標識の地区を見つけ、それからおじいちゃんが亡くなったのは一九九二年だから一九九二の通りを見つけ、四月七日の建物を見つけ、時間ははっきり覚えていなかったが、甄域の鏡で服の上に書いてあった数字を思い出して一四四〇の建物に入ったらおじいちゃんの檔案のある部屋はすぐに見つかった。部屋に入ってみると、その一分間に南陽で亡くなった人がこんなにも多いということがわかった。部屋いっぱいに名前の書かれたプレートがあった。僕は粼粼の案内に従って、入口のモニターにおじいちゃんの名前を書くと、名前の書かれたプレートの一つが光り輝いて、行って見てみると、おじいちゃんのプレートで、中国河南鄭州構林鎮西街、七日五時十三分二十四秒肺病でここに到る。現在享域五六一八九二区の依《い》楓角《ふうかく》在住。

「見つけた！　おじいちゃんだ！」

父さん、僕がおじいちゃんに会えたのは次の日の午前だった。またしても薄粼粼にご足労願って一緒に五六一八九二区を探しに行ってもらったんだ。彼女本当に熱心で優秀なガイドで、何をお願いしても決して断らないんだ。僕は無茶苦茶感激してる。彼女に会えてなかったら、きっといろいろ面倒だったと思う。五六一八九二区に向かって飛んでいるとき、僕は笑って薄粼粼に言ったんだ。「天国の神が君をお隣さんにしてくれたことを本当に感謝してるよ」彼女は答えた。

「あなたが来てから寂しくなくなったの。観香角に新しく入ってくる霊魂は割と少なくて、あなたと方進が観香角に住んでくれて私ほんとに嬉しいの」

僕たちが依楓角を見つけたのはお昼近くだった。依楓角は大きな楓の林に囲まれ、日の光が降り注ぎ、蝶の大群がいたるところ舞っていて、おじいちゃん、こんな所を選ぶなんていいじゃないかと心の中で言った。僕らが着いたときは、ここに住んでいる霊魂たちがちょうど外で活動しているときで、みんな木の下で将棋を指したり、門の前の庭で草花の世話をしたり、川縁を散歩しながらおしゃべりしたり、一カ所に集まって一緒に歌を歌ったりしていた。僕はおじいちゃんが岳飛の『満江紅』を歌うのが好きだと知っていたから、特に歌を歌っている霊魂たちを注意して見ていると、その中におじいちゃんがいるのを見つけた。おじいちゃんはちょうど胡弓の伴奏に合わせいい調子で唸っていた。「……望眼を抬《もちあ》げ、天を仰ぎ、長へに嘯《うそぶ》く、壮懐激烈。三十の功名、塵と土、八千里路、雲と月。等閒にする莫《なか》れ、白く了《なりおおせ》たる少年の頭、空しく悲切（頭を上げて遠くを望み、天を仰ぎ、心の奥底の懐《おも》いを声に出せば、雄々しい思いが激しく湧いてくる。三十余歳までに立てた功名は取るに足りない。八千里の道のりを昼夜を問わず戦った。なおざりにするな、白くなってしまった少年の頭を。悲しく空しい。）……」僕は急いで駆けていっておじいちゃんに向かって叫んだ。

「おじいちゃん！」精神的に何の準備もしていなかったおじいちゃんは驚いてあっけにとられると、歌うのをやめてぼんやり僕を見て、しばらくして僕だとわかると、急いで近寄って来て言った。「寧、どうしてここに？　父さんや母さんと一緒のはずじゃ？」

　僕が簡単に状況を説明すると、おじいちゃんは僕を胸に抱きしめて言った。「寧、たいへんじゃったのう。おまえの身にそんなことが起こっていようとは。じゃがここに早くやって来たのもいいことじゃ。もう現世のようなひどい目に遭うこともない。行こう、家に行こう」おじいちゃんは僕の手を引っ張って行こうとしたとき、美しい薄粼粼が目に入って、慌ててきいた。「一緒に来たのかい？　人間界のときの恋人か？　それとも奥さんかの？」僕は薄粼粼が機嫌を損ねたらと首を振って言った。「違う、違う、彼女は観香角のご近所さんで、亨域に来てから知り合ったんだ、僕の良きガイドなんだ」

　薄粼粼は別に不快な様子も見せず、澄んだ声で言った。「おじいさん、こんにちは。私、薄粼粼と言います。周寧さんとは生前知り合いではありませんでした。でも今ではお友達です」

　おじいちゃんは笑って言った。「そうか、そうか、友達か。亨域では友達が多いと寂しくない。行こう、行こう、家でゆっくりしよう……」

　おじいちゃんの家に着くと、僕たちに何か飲ませなくては気がすまなくて、でも享域には飲むものなんてなくて、おじいちゃんは僕と薄粼粼にスープを作ってくれた。僕たちがスープを飲んでいると、中年の女性が部屋に入って来た。おじいちゃんと一緒に住んでいる人かなと思ったら、おじいちゃんはそのご婦人を見ると、慌てて立ち上がって紹介してくれた。「寧、これはおまえのおばあちゃんじゃ。先に死んでしまったもんじゃから、わしより若いが、おばあちゃんもわしがここに来たときには別の所に住んでおったのを探し出して、今はこの依楓角に引っ越してきて一緒に住んでおるんじゃ」

僕はもちろん大喜びだった。昔母さんが、おばあちゃんは早くに病気で亡くなったんだよと話すのを何度も聞かされていた。物心のついた頃には会えなかったのに、ここで会えるなんてね。僕は急いでおばあちゃんに向かって声をかけた。「おばあちゃん、こんにちは！」おばあちゃんは僕を抱きしめて泣いた。「ああ、可愛い子、私が早くに死んでしまったから、おまえを抱きしめることもできなかった。ああ、おばあちゃんにおまえを抱かせておくれ」おばあちゃんが僕を抱きしめて泣いているとき、一人の男性が外でドアをノックしてきいた。「ここは楊清俊《ようせいしゅん》の家でしょうか？」おじいちゃんはその声を聞くと答えた。「そうですが、どちらさ……、おお、文本《ぶんほん》、息子よ、どうしたんじゃ？」

おじいちゃんの声を聞いて僕も驚いた。おじさん？　おじさんも享域に？　おばあちゃんの胸から飛び出して、外へ出ると、間違いなかった。おじさんがおじいちゃんの前に立って涙を流していた。僕はおじさんの胸に飛び込んで行った。おじさんの話から、おじさんは心筋梗塞でこっちにやって来たとわかった。発病から死ぬまでわずか十数分だったって。今は三五七八九二区の聴美角《ちょうびかく》に住んでいるとのことだった。「でもよかったんじゃ、あまり苦しまずに逝けたのじゃから。それにわしら一緒に住めるようになったんじゃから」おじいちゃんはおじさんの肩を叩きながら慰めていた。

この日、僕と薄粼粼は依楓角でおじいちゃん、おばあちゃんそしておじさんと暗くなるまでずっと話した。僕たちはおじいちゃんもおばあちゃんも明るく、おじさんもユーモアたっぷりで、大好きだった。依楓角というこの場所も気に入った。周りは赤い葉っぱの楓でおめでたいムードだった。僕はおじいちゃんおばあちゃんとおじさんに観香角に引っ越して来ないかと持ちかけた。おばあちゃんは同意してくれたけど、おじいちゃんはもうひいおじいちゃんとひいおばあちゃんが引っ越してくることになっているのなら、さらに自分たちが引っ越したら、考え方の違いでいろいろ起こるかも知れないから、お互い行き来するのが、新鮮だし余計なことで腹を立てることもないしと言った。薄鄰鄰が言った。「そうですね、会いたいと思えばひとっ飛びで会えるんですから、近くに住むこともないですよね……」

寧、おまえがこんなにたくさんの親戚と会えるなんて思ってもみなかった。おじいちゃんはおまえを一番かわいがってくれた人のひとりだ。当時、母さんはおじいちゃんとおまえを連れて東は済南、西は西安へと私に会いに来てくれて、それこそ東奔西走《とうほんせいそう》だった。あのときおまえはまだほんとに小さくて、誰かがだっこしてやらなくてはならず、私にはお金がなくて一等寝台の切符を買ってやることができず、ひどいときには座席の切符さえ買えないこともあった。おじいちゃんたちは列車の車内で長い道のりを立ったままだった。仕方がないので、母さんとおじいちゃんが交代でおまえをだっこした。おじいちゃんは太っていて、少し動いただけでも息を弾ませていたから、おじいちゃんが肩で息をしながらおまえをだっこしていると思うたびに心が痛んだ。良かった。おじいちゃんと天国で会えて私も本当に嬉しい。これでおまえはおじいちゃんの世話をして恩返しができることになったわけだ。おばあちゃん、おじさん、ひいおじいちゃんとひいおばあちゃんもしっかり面倒見てあげるんだ。今は少し辛いかも知れないが、私ももういくらもしないうちに天国へ行く、そのときにはおまえの荷物も軽くなるから……。

父さん、おじいちゃんとおばあちゃんは一週間後に観香角四六九号に引っ越してきた。この家には別の霊魂が住んでいたんだけど、もともとの住人もどこか自分の親族を探して引っ越して行ったとか。引っ越しできるという知らせが届いて、おじいちゃんとおばあちゃんはすぐにやって来た。享域では引っ越しはとても簡単で身軽なんだ。何も持って行く必要がなくて、決まった家にそのまま行って住めばいいだけだ。家はカディ、方進、薄粼粼と一緒に片付けた。片付けといっても、ちょっと掃除して、机や椅子を拭くぐらいのことだ。薄粼粼はよく気が利いて、花を何鉢か持って来てくれた。中には面白い形をしたきれいな花があってとてもいい香りをさせていた。人間界のどんな花よりもいい気持ちになった。おばあちゃんは絶賛した。「薄粼粼の気の利くこと。寧、この娘さんを大切にしなくちゃね」僕は慌てて言い訳した。「おばあちゃん、からかわないでよ。ただの友達で奥さんじゃないんだから、大切にしろだなんて」「あたしゃ別にからかってなんていないよ。今奥さんじゃないんなら奥さんにすればいいじゃないか」薄粼粼はおばあちゃんの言葉を聞いて、顔を真っ赤にした。僕はおばあちゃんに言うしかなかった。「享域では妻も婚姻もないんだ、夫婦は人間界でのちぎりで、そのときには肉体があり、結婚することで肉体の快楽と跡継ぎを手に入れるんだ。天国ではただ霊魂同士お互い近づくことができるだけ、男女もお互い思いやるだけなんだ」

「それじゃ、おまえたちなんで一緒に住んでお互い思いやり合わないんだい?」おばあちゃんはさらに突っ込んできた。薄粼粼はそれを聞くと、ただ笑って逃げていった。

方進とカディも楽しんでいて、二人は面白そうに言った。「おばあさんの言うことももっともだな。おまえ、どうして粼粼と一緒に住まないんだい?」最後にはおじいちゃんが包囲網を解いてくれた。「おまえはここの風紀を乱すんじゃない。ここは人間界の男女関係とは違うんじゃ。一方が一方をカネや権力やモノで無理矢理ものにするようなことはない。ここの男と女が一緒に住むのは、完全にお互いが望むからじゃ。ここは一切が平等じゃ。衣食住も便利で、誰も人に頼る必要がないんじゃから」

おじいちゃんとおばあちゃんが越してきてから、僕の生活に新しい習慣が加わった。毎日二人に会いに行っておしゃべりし、ときには二人に付き添って外へ遊びに行く。一緒に飛んで景色のいいところを見に行くんだ。ある日、ご近所さんに教えてもらって、二人を連れて近くにある幼楽角《ようらくかく》を見に行った。幼楽角に住んでいるのは二歳以下の幼子の霊魂で、どの子にも女性の使者がひとり付き添って面倒を見ている。僕たちが行ったのは午前だったけど、使者が子どもを抱いてお日様の下の芝生の上で遊んでいた。使者も子どももみんな白い服を着て、彼らの笑い声が緑の上を行き交って、まるで大小の天使の集まりみたいだった。おじいちゃんとおばあちゃんはその様子を見てとても喜んで、彼らの輪の中に入っていくと子ども一人一人にキスしていった。一人の若い使者が話してくれた。享域には子どもの魂が住んでいる似たような所はたくさんあって、三歳の子どもの魂だけ住んでいる所もあれば、四歳だけが住んでいる所、五歳だけ、六歳だけのところもある。七歳以上の子どもは自分のおじいさんやおばあさんを探すことができるので、一所にまとめて住まわせる必要はないと……。

さらにある日、薄粼粼が僕に二人を連れて天曠湖《てんこうこ》を見に行ったらとせっついた。彼女が言うには天曠湖は人間界のどの湖より美しくて一度は見てみる価値があると。おじいちゃんもおばあちゃんも早くに享域に来ているのに、天曠湖の名前は聞いたことがなかったという。薄粼粼にガイド役を頼むと彼女は喜んで引き受けてくれた。観香角から天曠湖までは飛んで三時間の距離だった。天曠湖の岸辺に着いてその巨大さに驚いた。この湖に比べたら、北アメリカのオンタリオ湖や中国の洞庭湖《どうていこ》や滇池《てんち》などほんの水たまりに過ぎない。粼粼が言った。「天曠湖の遊覧は人間界の湖の遊覧のように船に乗って景色を楽しむのではないの。ここに来たらまず第一に湖の蓮の花が開くのを見ること、第二に湖の魚が跳びはねるのを見ること、第三に天女が花をまき散らすのを見ることね」この湖の蓮の花が開くのは一日一回、時間はお昼ちょうど頃で、ここの蓮の花は人間界のバスケットボールほども大きくて、その美しさときたら絶品だった。開花の時間になったら、無数の巨大な蓮の花がゆっくり開いて天を仰ぎ、それはもうまるで童話の世界のようだった。魚が跳ねるのは午後。みんな岸辺に立っていると、湖岸の木の鳥の大群が一斉に鳴いて、続いて湖の水面が揺れ始め、続いて鳥の鳴き声の中、湖の中で群れを成した魚が水面から飛び出して舞い踊り始める。千万の大小様々な魚が水面を飛んで、それは五分間続く。その様子は壮観で、魚の群舞のようで、おじいちゃんおばあちゃんも僕も驚きっぱなしで、笑い声が絶えなかった。

天女が花を撒くのは天曠湖の管理者が行なうプログラムで、プログラムが始まると、三十六の近くの居住区から選ばれた美女の霊魂たちが、花をいっぱいに詰めた籠を提げて、空の果てからゆっくり飛んできて、岸から数十メートルの所で止まると、美しい音楽の中で一斉に竹籠の中の花を摑むと湖面に向かってまき散らすんだ。あっという間に湖の上には花びらの滝ができあがり、その情景に見学者たちは感動し、驚き喜ぶ声がいつまでも続いた。

　こういう見学も享域への理解を深めてくれる。

　あちこち見学に行くのは日々の生活を豊かにしてくれた。おじいちゃんおばあちゃんと外へ遊びに行くときは、薄粼粼が自らガイドを買って出てくれたので、もちろん僕は嬉しかった。彼女はガイドの専門家だったし、専門的に学んでいるので、享域については僕よりよく知っていたし、彼女の引率と説明をおじいちゃんもおばあちゃんもとりわけ楽しみにしていた。でも薄粼粼の時間を占領しているのは良くない、彼女に嫌がられてしまうのではと心配だった。まだ知り合って間もなかったし。ある日、おじいちゃんがお芝居を観たいと言い出した。天国劇場でどんな演目が演じられているのか観てみたいので、おばあちゃんと一緒に連れて行ってくれないかと。もちろんうなずいて同意したけど、天国劇場なんてまるで聞いたことがなかったし、どこにあるのかも知らなかったので、仕方なく、厚かましく薄粼粼のところへ行って、連れて行ってくれるようお願いするしかなかった。

　薄粼粼は観香角の真ん中に住んでいて、カディの家とも近くだった。彼女の家のドアをノックすると、彼女の鈴のような爽やかな声が聞こえた。「いらっしゃい」僕は心の中で認めるしかなかった。彼女の声を聞くと、言いようのない気持ちの高まりがある。もしかして彼女を本当に愛しているのだろうか？　彼女はドアを開けて僕を見ると驚いて叫んだ。「あら、あなただったの?!」

　彼女のこの反応は受け入れがたかった。「どうして？　歓迎されざる客だった？」

「違う、違う、意外だったのよ。これまで私ばっかりあなたのところに行っていたでしょ？　私があなたのガイドの仕事をするばっかりで、あなたがここに来たことなんてなかったから。ちょっと変だと思っただけよ。さ、早く中に入って」

　彼女の庭と部屋は僕のよりきれいに片付いていて、庭も部屋も間取りや家具は同じだったけど、彼女の庭や部屋は人の気分を良くさせた。庭は限りのある空間に水の流れや橋を作り、水は外の小川から自動で上下する二つの桶で汲み上げられ、庭の壁に開けた穴から引き込み、くねくね曲がりながら、もう一つの穴から外へ流れ出して、小川へと帰るようになっていた。橋の架かっているそばには享域の花木が植えられていて、木には羽のきれいな鳥がたくさん止まっていた。彼女の部屋に木と石で作った簡単な書斎机があって、机の上には天国の書庫から借りてきた亀甲、竹簡、帛書《はくしょ》そしてデータベースの本が並べてあった。さらにたくさんの盆栽や花があった。壁やベッドには彼女が自分で指した刺繍製品があって、本と花の香りが入り交じり、素朴さと優雅さが相混じり、興味を引き立ててやまなかった。「これは本当に美しい穴蔵だなあ」「気をつけて、言葉の使い方がよくないわ」彼女はすぐに不愉快そうに指摘した。「どう見たって家なのにどうして穴蔵なんて言うの？」

「わかった、わかった、間違った。本当にきれいな家だよ。引きつけられたよ」

彼女はわざとわからない振りをしてきいた。「引きつけられるって、どういう意味？」

「僕もここに住みたいってことさ」

「本当なの？　それじゃ報告しなくちゃ」

「報告って？」なんのことかわからなかった。

彼女は笑った。「私にここに来て住みますという報告を出して」

「許可してくれるのかい？」僕も冗談で笑った。

「それは理由が信用できるかどうかによります。十分信用できるものであれば、許可される可能性もあります」

「わかりました。それではしっかりその理由を考えるとしよう」彼女の冗談は楽しかった。「でも今日は君に助けてもらいに来たんだ。おじいちゃんとおばあちゃんを天国劇場に連れて行かなきゃならないんだ。二人とも芝居が観たいって」

「お芝居を観に劇場へ？　いいわよ。ただどうして私にお願いに来たのか理由が知りたいわ」

「だって君は学域でガイドを専門に学んで、享域については僕より詳しいし、君にお願いするしかないんだ」

「そうだったの。いいわ」彼女は少し不機嫌な様子でうなずいた。「それじゃ引き続きガイドをいたしましょう！」

僕には彼女の気分がどうしてコロコロ変わるのかわ

からなかった。でもその日彼女は僕とおじいちゃんとおばあちゃんを連れて天国劇場に連れて行って、十分に楽しませてくれた。天国劇場は人間界の北京の国家大劇院くらいの大きさかと思っていたら、その大きさたるや、数万倍は大きくて、中には大小の劇場が数万あり、同時に何万という演目が演じられていて、舞台劇もあれば、オペラもあり、バレエもミュージカルも、お笑いもあって、人間界のありとあらゆる劇が演じられているんだ。その中で中国のお芝居を演じている劇場は四千あまりあって、京劇、越劇、豫《よ》劇《げき》、黄梅戯《こうばいぎ》、河《か》北梆子《ほくほうし》、秦腔《しんこう》、楚劇、晋劇、呂劇それに少し名の知られた地方劇までここで見ることができる。僕たちは薄粼粼に連れられて、まず劇場の外を一回り飛んで、飛びながら眺めた。その金色に輝く劇場の外観と劇場ごとの特色ある入口は、目がチカチカして驚くばかりで、さすが天国享域の建築、その壮大さ美しさは人間界のどんな劇場もかなわない。どの劇場の入口にも当日演じられる演目のポスターが貼ってあって、ポスターには演目と出演者の名前が書いてあった。僕はある劇場の入口のミュージカルのポスターにマリリン・モンローという名前を見つけ、薄粼粼にどういうことかきいた。「不思議なことはないわ。天国には映画やテレビドラマはないの。天国の神様が嫌いだから。それにマリリン・モンローはお芝居が好きだったから、仕方なしにミュージカルに鞍替えしたのよ。ほら、見えるでしょ。あの劇場ではチャップリンが出ているわ。それにあっちの劇場ではシェークスピアが新しく書いた劇『恐怖』を上演しているわ。シェークスピアは享域に来てからも戯曲を書くのをやめず、彼が今書く新しい劇は、たくさんの劇場が上演権を争っているのよ。ほら、この劇場ではオリガ・レペシンスカヤが『白鳥の湖』を演じているわ。当時彼女はロシアで〝魂のダンサー〟と称されたけど、今でも魂で踊っているわ」

おじいちゃんもおばあちゃんも粼粼の紹介には興味がなく、ただどこに行ったら豫劇が観られるかきいた。おじいちゃんは、小さい頃から豫劇を観るのが好きで、「打金枝」や「轅門斬子《えんもんざんし》」、「秦香蓮」、「樊梨花《はんりか》」は、何度も観ているうちに台詞を全部覚えてしまったと話した。そこで僕は急いでどの劇場で豫劇をやっているかきいてもらい、ついに六七八六号劇場でちょうど豫劇「花《か》木蘭《もくらん》」を演じているというのがわかった。二人の年寄りの芝居好きと薄粼粼を連れて中に入ったとき、舞台で花木蘭がちょうど有名な一段を歌っているところだった。「誰が女は男に如《し》かずなんて言ったのかしら……」二人の老人はすぐに芝居の世界に浸り込み、椅子に座ったまま頭を揺らしながら演者と一緒に歌詞を唸っている。僕と薄粼粼は顔を見合わせて笑った。どうやら地方劇の文化は二人の中に深く深く浸透しているようだった。薄粼粼は僕の耳元で囁いた。「お二人が羨ましいわ。亨域でもこんなに仲良くできるなんて。世の中にはどれほど憎み合って最期を迎え、死後は二度と会いたくない夫婦がいかに多いことか」僕は黙り込んだ。自分が人間界にいたときに一日中ケンカしていた夫婦のことを思い出していた。もしこの天国の亨域でまた顔を合わせることになったらどうなるんだろう。夫婦の間の感情は、社会の開放性が高まれば高まるほど、薄くなってしまうものなのか？

寧、亨域に劇場があるとは驚きだ。これは本当にすばらしい情報だ。たぶんおじいちゃんからの遺伝だろう、私も小さい頃から河南の地方劇が好きで、豫劇、曲劇、越劇のこの三つは私が最も好きなものだ。小さい頃、周りのどこかの村でお芝居があると聞いたら、何キロ離れていようとも、苦労をいとわず走って観に行った。その頃の村には電気もなく、夜に演じるときは、村人たちが、溲瓶《しびん》に灯油を入れ、綿を撚《よ》って太い芯を作り、溲瓶の中に入れて火を灯し、夜風で溲瓶が揺れると、灯りも揺れて、役者の顔も動作も見えたり見えなかったりで、電気もマイクもなかったから役者の歌も夜風で途切れたりしたが、それでも私は夢中になって観ていた。最初の一場から最後の一場まで頑張った。歌の一部分は歌えるようにまでなった。今でも一番リラックスできるのは、お芝居を観ているときだ。微かに目を閉じて美しい旋律を聴きながら、体をゆらゆら揺らして……。いつか天国に行っても芝居を観に行くことができるなら、特に「寇准背靴《こうじゅんはいか》」、「穆桂英挂《ぼくけいえいかい》帥《すい》」「趙氏孤児《ちょうしこじ》」などの演目が観られるなら、私には特別な慰めだ。天国にそんな大きな劇場があるのなら、人間界から離れるのは少しも怖くなくなった。寧、おまえがじっと我慢しておじいちゃんとおばあちゃんを連れて芝居を観に行ったのはちょっと予想外だった。おまえの世代の人間は芝居が嫌いだったからな。めったにないことだ……。

父さん、今日の午前、観香角でちょっとしたことが起こったんだ。珍しくて父さんに教えたくて教えたくてね。朝御飯のあとすぐに、美しい、背の高い金髪の若い女性が　僕たちの観香角にやって来て、自分はイギリスから来た、カディを探していると言うんだ。僕は彼女がカディを探していると聞いて、すぐに彼女を連れてカディの家に向かった。歩きながら一体どういう人なのか考えていた。お姉さん？　似てない。おそらくカディは彼女より年上だ。妹？　そんな感じじゃない。彼女はあんなにきれいなのに、カディはというと平々凡々だ。ということはカディの彼女かも！　僕はカディの家の扉を叩いているときに考えた。カディがもし僕が彼の彼女を連れて来たのを見たら、舞い上がってどうなるだろう？　やっぱりドアが開いてカディはその女性を見るなり、驚いて後ろに飛び下がり、すごい声で叫んだ。「どうして来たの？」

その女性は別に怒るでもなく、笑って言った。「ダーリン、私があなたに会いに来ないわけないでしょ？　バリ島への旅行で津波に遭って、享域に来てからずっっとあなたを探していたのよ。ついに見つけたわ。カディ、愛してるわ！　またあなたのそばに置いてちょうだい、ここで一人で住むのはとても寂しいの」

「ありがとう。でももう僕は君を愛してないんだ。僕は君に僕のそばに戻って来て欲しくないんだ。どうか行ってくれ！」隣近所にはあんなに遠慮深くて優しいカディのこのときの変わりように驚いた。まるで別人のようだった。

「私になぜそんなに冷たく当たるの、カディ？　仲良くしていたときにあなたが私に言った甘い言葉を忘れたの？　しょっちゅう私に花を買ってプレゼントしてくれたことも忘れたの？」

「全部過ぎたことだよ。今は君に少しの愛情もないんだ。すぐに立ち去ってくれ。元の居住地に戻ってくれ」

「部屋の中にも入れてくれないの？　そんなひどいことってないわ」

「だめだ！　もし行かないのなら、七人の隣近所に頼んでこの件について判断してもらう」

「お願い、カディ、私たちの間のあの不愉快なことは忘れて、私をここに置いてちょうだい。私初恋のときのようにあなたを愛してあげるから」

カディは僕の方に向き直って言った。「周寧、お手数だが、七名の観香角の住人を呼んでくれ。審査会を要求する。君は僕の友人だから公平を期するためにも審査には加わらないでくれ」

僕はカディがどうして一人の女性に対してこのような態度を取るのか、人助けを喜んでしている普段の様子とは合わなかった。しかし彼が審査会を要求したのだから、ここの規則に則って、彼の要求に応じるしかない。僕はすぐに七人の観香角の住人を集めてきた。

「各位、私、観香角の居住者カディは、丁重に審査会を要求します。私と一緒に住みたいというリサの要求についてご審議をお願いします。まずは私の訴えを聞いて下さい。私は人間界にいたとき、リサと知り合いました。二十一歳、大学三年生のときです。すぐに彼女を愛し、しょっちゅう彼女に花を贈り、彼女はすぐに私の愛を受け入れてくれ、デートしました。付き合って五年後、結婚しました。ハネムーンが終わってすぐ、私は激しい腹痛に襲われました。病院に行って検査してみると、膵臓《すいぞう》癌だということがわかりました。私はすぐに入院して治療を始めました。私が癌だということを知って、彼女は何度も涙を流しながら、病気があったのに何故自分と結婚したのかと私を責めました。私が故意に彼女を傷つけているというのです。実際は自分が癌だとわかったそのときから私は彼女と離婚しようと決心していました。彼女の生活に負担にならないようにと。ただし私が最も望んでいたのは彼女が私に付き添ってくれて、手術を乗り切らせて欲しかったのです。だからすぐには離婚のことは持ち出しませんでした。思いも寄りませんでした。やがて彼女は病院に見舞いに来なくなりました。私は毎日彼女が来てくれるのを待ち望んでいましたが、私の望みはかないませんでした。のちに妹から聞いて知ったのですが、わずか二週間後、彼女は別の同級生とデートし始めたというのです。私はベッドに横たわったまま離婚申請に署名しました。半年後人間界から離れる一日前、彼女は私の同級生と喜んで結婚しました。その日、私はもちろん彼女のために喜び、祝福しました。しかし彼女がこんなにもあっさりと私たちの愛情を捨て去ったのは辛く悲しいことでした。今、彼女は津波に遭ったためにこの享域に来て、私を訪ねてきて一緒に住み、孤独を解消したいと言います。私にはこの要求は受け入れがたいものです。これは私が人間界で受けた苦痛を繰り返し思い出させます。だから私はあなた方に審査をお願いします。私はあなた方の決定に従います」

「リサ、あなたもあなたの考えを話して下さい」僕が呼んできた七名の隣人の一人がリサに言った。

「私はカディの話が本当であることを認めますわ。でもあのときああしたのは間違いじゃないわ。みなさんご存じでしょ、人間界で膵臓癌は最も凶悪な病気で、治る見込みはないんです。当時お医者様にきいたら、カディはよくもって半年だって。その結果を聞いて、私の父と母も私に早く決断するように急かしたわ。一刻も早くカディと会うのをやめ、離婚の手続きをするようにと。私は両親の考えを受け入れたわ。だって私は私の生活を続けなくちゃならないんですもの。なんで彼の病気のせいで私の生活を台無しにしなくちゃいけないの？　当時、ちょうどもうひとり別の同級生が好意を示してくれていたの。これを逃す手はないと思って彼を受け入れたの。カディは私のこのときの決定を理解すべきだと思います。ずっと私の生活のこと考えてくれてたんでしょ？　私が幸せになるようにって思ってくれてたんでしょ？　私が幸せを追求することを選んだのをなぜ恨むの？　それでも男って言える？　私が彼を探して来たのは、彼がいいと思ったから。彼なら私の面倒を見てくれると思ったから。絶対もう一度愛を始めることができると思ったからよ。私たち享域で一番のカップルになれるかもよ。どう？」

二人の話が終わって、七名の審査員が審査を始めた。遠く離れるわけにもいかなかった。リサを連れて行ったのは僕だったし。それに審査の結果は知りたかったし。半時間ほどして審査員たちがまたやって来た。その中の一名が言った。「審査の結果を私から言い渡します。リサが人間界でカディとの婚姻を放棄したのは、自分の新しい生活を始めるためである。正しい。カディが天国享域でリサと同居するのを拒絶し一人で生活することを堅持すること、これも正しい。これに鑑み、リサはすぐに観香角を立ち去ること」

リサはあっけにとられていたが、すぐに腹を立ててフンと鼻を鳴らすときびすを返して行ってしまった。

カディは笑った……。

甲申《きのえさる》（二〇〇四）

寧、天国の享域にこんな審査制度があるとはとても面白い。この制度のいいところは享域に入ることのできたどんな幸せものも、いつでもその制度によって公正を求められるということだ。同時に、享域のどこに住んでいるものでも裁判官になって、公正な審査をすることができるということで、これは真に権力の平等を実行するということだ。この審査制度が享域で実行できるのは、そこの住人がすでに肉体の束縛や制限から解放され、欲望のコントロールを超越し、もう厳しい選抜をくぐり抜けてきているからだ。もし人間界でその審査制度を行なえば、審査にかけられるものが審査するものを買収しどれだけの冤罪が生まれることか。

父さん、享域での新鮮なことはだんだんと少なくなっていった。時間が経つにつれて、観香角の環境や細々としたことがわかってくると、何もすることがなくなりちょっと手持ちぶさただ。家でずっとぼんやりしているわけにもいかないし、おじいちゃんおばあちゃんたちの相手ばかりもしてられないし、芝居を観に行ったり観光に行ったりばかりもしてられない。こうなって初めて天国の神様が霊魂一人一人に享域に入る前にまず何か一つ技術を学ばせたのも納得した。そして学域で身につけた技術をまだ使っていないことに気がついた。どうして享域の死者たちは何も言って来ないんだろう。天国の神様は僕のことを忘れちゃったのかな。そんな風に疑い始めたある日の朝、薄粼粼が中年の女性を連れて僕の家の門を叩いた。「もう何かしなくちゃいけない時期にきたわね。そうでないと空しさにまとわりつかれちゃうわ」不思議に思ってどうしてわかるのときいた。「どの霊魂もそうなの。来たばかりは新鮮で、あちこち行って見て回るんだけど、そんな新鮮な気持ちはいつかは終わるの。今日、こちらの聖域の使者があなたを訪ねていらっしゃったの。あなたにすべきことをしてもらうためよ」その中年女性は笑った。「周さん、私は達雅《たつが》といいます。聖域と享域の間の情報伝達の使者です。享域で続けて遊んでいただくのは、まったく自分で決めていただいて構いませんが、私が今日来たのは、一般的に霊魂が享域に入ってからの情緒変化の周期に従った場合、あなたがそろそろ何かしたいと思っているのではないかと思いまして」

「はい、はい」僕は慌ててうなずいた。「もうすでに少し退屈だと感じていたところなんです。何か私にやることが?」

「私たちはあなたが学域で霊魂取材の方法について学んだと知っています。天国の神はあなたに享域の精鋭を取材し、彼らの人間界での真実を明らかにすることを望んでいます。人間界では言いたくなかったことも、今なら言えるでしょうから」

「はい、僕にはできます。精鋭たちが人間界で感じた真実は何か、それが享域の霊魂たちにとってどんな意義があるのか、僕たちが肉体の束縛から徹底的に抜け出すことはできるのか、はっきりさせたいです」

「取材の結果は直接天国の神に報告してもらわなくてはなりません。神がどうして知りたがっておられるのかは、私にもはっきりとはわかりません。誰も神がどうしてそうしたいのかききに行くことはできません。質問はやめて、始めて下さい」

「考えるのを手伝っていただけませんか。取材するのに何も見えないままでというわけにはいかないし、面白いものにしたいし、頑張り続ける原動力にしたいし、簡単に途中であきらめたくないし」

「私が思いますに、神はおそらく人類の思考能力について、人類が自分に対して、社会や自然界に対して、その理解がどこまで到達したのか知りたいと思っておられるのではないかと。他にもあるでしょうか？　私は一介の伝達者に過ぎません。神の心の内など無数の秘密でいっぱいです。わかりません」

「僕が学域で学んでいたとき、誰もどの精鋭を取材するのかは教えてくれませんでした」

「そう、あのときはあなたに言えなかったのです。取材は何回かに分かれています。はい、これが最初の取材グループの名簿です」彼女はそう言いながら僕に一枚の紙を手渡した。手に取って見てみると、三つの名前が並んでいた。ダーウィン、ハレー、李《り》昌達《しょうたつ》。

「うわ、全然知らない。後の二人は何をしたかも知らないし、ダーウィンの学術的見解もよく知らない」

「あなたが知っているはずがありません。しかし訪ねて行くことはできます」

「ダーウィンは人間界でも知られた精鋭だけど、残りの二人はなあ……」疑問が口から出た。

「人間界の誰が精鋭かは神が決めます。名簿に従って取材して下さい。ああ、これは取材の道具です。録音も録画もできますし、自動で二十一の言語で記録しますし、すぐに送ることもできます」

「どこに送るんですか？」

「きかなくてよいことです。あなたは取材をして下さればそれで良いのです」

「わかりました。期限はありますか？　どのくらいの間に取材を終わらせなくてはなりませんか？」

「すべてあなたが自分で決めて下さい。あなたにとって天国の生活を楽しむことが最も大切なことなので、やりたいと思ったらやって下さい。この仕事の目的はあなたの退屈で空しい感じを消して、あなたの生活を面白くするためです。人間界のようにお金を稼ぐためではありません」

「ありがとう。気がだいぶ楽になりました。誰か連れて行っても、たとえば薄粼粼は学域でガイドを学んだので、連れて行くと私も大いに助かるのですが」僕はずっとそばに立っていた薄粼粼を指さして言った。

　彼女は薄粼粼をちらっと見て笑って答えた。「神は誰かを一緒に連れて行ってはならないとはおっしゃっていません。ご自身で決めて下さい。私や他の霊魂にきく必要はありません」

「名簿の三人の取材が終わったあと、どうやってあなたと連絡を取れば？」

「これを押して下さい」彼女はそう言いながら僕に呼び出しボタンのようなものを手渡した。「これを一回押せば、私はすぐにあなたに会いに来ます。もう一度言っておきます。私は達雅といいます。そのまま名前で呼んでいただいて結構です。でもちょっと振り返っていただければ、私のことを思い出して下さると思います。私たちは会ったことがあるのですから」

「どこで？」僕はちょっと狼狽《ろうばい》した。聖域で会ったことのある使者をここまですっかり忘れるなんてありえる？

「思い出せませんか？」彼女は笑った。「それではこれではどうですか？　思い出せますか？」彼女はそう言いながらポケットから白い頭巾を取り出すと頭にかぶった。

　その白い頭巾が僕の記憶を一瞬で蘇らせた。なんと、僕を人間界から天国へ連れて来てくれたあの女性の使者だった。彼女は人間界の病院まで来てくれて、肉体から離れたばかりの僕の手を取って、僕を甄域まで連れて来てくれ、懲罰域を見せてくれ、そのまま滌域まで送り届けてくれたのだ。「あなたでしたか」僕は興奮して彼女の手を握って振った。

「あのとき私の名前をきかれましたが、天国の規則で言えませんでした。今はもう達雅ということがわかったのですから、達雅と呼んで下さい」

「いつ聖域の使者になったのですか？　達雅」僕は矢継ぎ早にきいた。彼女は僕の来歴を一番よく知っている使者で、とても優しかった。

「来たばかりです。私が聖域に戻って来て受けた最初の使命が、あなたに取材の仕事をお願いすることだったのです。あなたに会いに行けると聞いてどれほど嬉しかったかおわかりでしょう？」

「思いも寄りませんでした」僕は彼女の手を握ったまま何度も振った。

　その日、達雅を見送ったあとも、僕は長い間感動に浸っていた。薄粼粼に僕と一緒に取材に行ってくれるかどうかきいたとき、薄粼粼が笑って「正式に要請の手紙が来たら考えるわ」と言ったことをあとになって思い出した。


　寧、天国の神はおまえを信頼しているようだが、気を抜かずにしっかり取材するのだ。物事をするに当たっての我ら周家の伝統は、いったん引き受けたら、力を尽くし、いい加減にしてはならない、だ。私はおまえが真面目にしっかりやる子だとわかっている。きっと任務をきちんと全うしてくれると信じている。少し心配なのは、まだ人生経験が浅く、学識も抱負でなく、人間界で鍛えられた精鋭たちに、おまえのことを見抜かれて、おまえをまともに相手にしてくれないのではないかということだ。こいつはわかってないと思い、おまえを拒絶するのではないかと。

　冷たくあしらわれる準備をしておかなくては。


　父さん、父さんが心配してるところは僕も心配している。でも物事はやってみなきゃね。僕はまずダーウィンを訪ねてみることにした。行く前に時間をかけて準備した。天国図書総庫に行って、彼が生前書いたすべての書籍を借りて、主要な著作『種の起源』、『育成動植物の趨異』、『人及び動物の表情について』、『よじのぼり植物――その運動と習性』、『人間の由来と性に関連した選択』は読んで、彼の一生の経歴もだいたい理解した。天国の図書総庫について言うと、その大きさは鄭州くらいで、目録の建物だけで三ブロック分ほどある。

　それから粼粼の助けを借りて、天檔センターでダーウィンの住所を見つけ、粼粼と彼の住んでいる和楽角へと飛んで行った。僕たちがダーウィンの家に着いたとき、彼は庭の二種類の草の長さの違いを測っていた。彼の様子は七十三歳のときのままで、長い髭を蓄えていて、本の写真とほとんど同じだった。人に邪魔されるのが嫌なようで、怒った顔をして言った。「今日は誰も呼んではおらぬが」

　僕は慌てて笑顔を作って言った。「その通りです、先生、招かれざる客で、お騒がせしたことをまずお詫びします」

「なら立ち去るが良い。仕事があるんじゃ」彼は遠慮がなかった。

「でも、あなたが招待してくれるのを待っていたら、私は永遠にあなたとお会いできません。僕が人間界で生まれたとき、あなたはもう亡くなって百年、私は無名の輩で、学術界にはなんの縁もありません。享域で私のことなどお聞きになったことはないし、私のところに来たいと思われたことなどないはずです。でも僕は人間界にいたとき、あなたの進化論の信奉者であり、擁護者であり、享域であなたに会って教えをうかがいたいと思っていたのです」

　彼は僕がそういうのを聞くと、振り返って僕を見た。表情が少し和んだ。「それじゃどうぞ中へお入り下さい」

「本で知ったのですが、あなたのおじいさんとお父さんはどちらも有名な医者で、あなたを医者にしたかったとか。僕とよく似ています。僕の父は軍人で、僕を軍人にしようとしました」中に入って座ってこう口火を切って彼の話を引き出した。

「私は医学を学ぶのは嫌いでな。父親は私をエディンバラ大学の医学部に入れたが、私はいつも海へ行って、生物標本の採取の仕方や解剖の仕方、分類や観察記録の仕方を学んだ」

「これも私とよく似ています。私は兵隊は嫌いで、バスケが好きで、兵隊になったとき一番好きなのはバスケでした」

「のちに父親は私をケンブリッジ大学へ入れて神学を学ばせたが、神学にも興味が持てなかった。そこで友達が何人かでき、地質鉱物の発掘と鑑定の技術を学んだ」

「人間は若いときの趣味が大切ですよね。両親はみな自分の子どもの趣味を尊重するべきですが、それがその人を成功に導くかどうかはわかりません。私はあなたが自分の趣味を堅持し続けたのが羨ましいです。でも私の場合、父親が固執したため、バスケの道はきっぱりあきらめました」

「人生の中のチャンスはとても大切だ」ダーウィンの顔には興奮した様子が表れ、僕に乗せられ話の気分が乗ってきたようだった。「二十二歳のとき、友人が博物学者の身分でビーグル号に乗るよう勧めてくれた。船と共に五年間科学的考察を行なった。五年間、船がどこかに着くたびに、私は船を下りると、そこの動植物について詳細に観察した」

「私は高校のとき、先生から進化論の観点を教えてもらって、大学に入ってからまたあなたの本を読みました。人類の起源に関する観点はすでに人々の間に浸透していましたが、この観点はあなたがいろいろと考察していたときに生まれたのですか？」

彼の表情に少しからかうような感じが表れた。「天国で人類の由来について話して誰に聞かせるのかな？」

もちろん天国の神が僕を派遣したと言うわけにはいかない。そんなことを言ったら彼は二度と心を開いて話してくれないだろう。「聞かせて下さい。私の肉体はもう存在しませんが、魂はやはりはっきり知りたがっているのです。もしそうでなければ、天国で何もしないのはとても耐えがたいのです」

彼はようやく笑った。「いいだろう。それではあなたの好奇心を満足させてやろう。あの船に乗る前は、生き物は神が作ったと信じておった。しかし考察したたくさんの実例が私に考えさせたのだ。南アメリカで、私は古いアルマジロの化石を発見した。今のアルマジロとよく似ていたが、違うところもあった。それなら今の動物は古代の動物が発展して来たものなのではないか？　ガラパゴス諸島は、島ごとに特徴があり、これは私に種が絶えず変化し続けている可能性があると思わせた。航海から戻ってきて、私はさらに多くの資料や証拠を集め、農夫や種苗店の店主や家畜や家禽を飼育している人を訪問して、農作物や動物を育てる上で、どのような変化があるのか教わり、自分でも鳩を飼って、人工飼育の中での変化を観察した。私は徐々に、生物の進化の原因は自然の選択になると断定できると感じ始めた。そこで『種の起源』を書いて、〝神が作った〟観念と徹底的に決別した。続いて人類がどこから来たのか考察を始め、『種の起源』を基礎に、人間は猿の進化したものだと考え、『人間の由来と性に関連した選択』を書いたのだ。心の中では、人類の出現にはゆっくりとした進化の過程があり、最初は原始的な単細胞生物でしかなく、のちに多細胞の微生物となり、海中の低等生物から、有殻生物、魚類、両生類、は虫類、鳥類、ほ乳類、霊長類へと変化し、そして猿に進化し、猿から人へと進化したのだ。のちに私の考えを受け継いだ人は、猿から人への進化には五つの段階があって、ラマピテクスの段階、アウストラロピテクスの段階、直立二足歩行の段階、早期知的人類の段階、晩期知的人類の段階となっている」

「本によると、あなたの研究の結論は今に到るまで論争を巻き起こしています」

「その通りだ。神学界からの反対には心の準備ができていたので、私は徹底的に彼らの論を覆したが、一部の科学者の反対は意外だった。しかし彼らが指摘した問題は私の注意も引いた。たとえばカマキリは地球上にすでに五億年も生きていて、人類よりもずっと長いのに、彼らはどうして進化しないのか？　何の使い道もないのに、どうして自然界で淘汰されなかったのか？　カモノハシとウサギはなぜ何億年も進化せず淘汰されていないのか？　ある動物学者は、地殻の岩石層で、動物の埋まった状況を見ると、年代的には高等の魚が先で低等の魚が後になっていることを発見した。私が生きているとき、私は自分の理論にはまだまだ証明しなくてはならないところがたくさんあるのを発見した」

「自分の発見に疑念を持った？」

「疑うとは言えないが、ただ残念、すこぶる残念だった。自分で進化の理論と猿から人への理論を徹底的に証明できなかったのがな。当時私は深い無力感に陥ったよ」

「無力感？　何を指して？」

「一人の人間が、生きている間に地球上の生物の世界をはっきり説明するのは難しすぎるということだ。そこには幾多の謎がある」

「あなたは死ぬまで人は低等生物から次第に進化したものだと考えていましたか？」

「そうだ。自分の考えを放棄するのはとても難しかった。疑問が多すぎて私も合理的な解釈を出せず、とても苦しんだ。一瞬後悔したこともある。どうして人類の由来など追い求めなくてはならないのだ？　追い求めなくてもよいではないか、とね」

「一人の人間としては追い求めないこともできるが、人類として追い求めなくてもいいのか、と」

「そうだ。人類は自分の来歴をはっきりさせるべきだし、誰かが人類を代表してこれをやらなくてはならないのだ」

「彼らはあなたをこの問題を追い求める代表に選びました」

「いや、他の人間が選んだんじゃない。選ばれたのではなく、自分で選んだのだ」

「その選択を少し後悔していませんか？」

「この選択が私にもたらした苦痛はかなりのものだった。それに私の妻、彼女もこのためにひどい苦痛を味わった」

「本によると奥さんのエマは敬虔なキリスト教徒だったとか」

「神が人を造ったことを否定したので、本が出てから教会は私に猛烈な攻撃と批判を行なった。彼女は私の妻として当然それらの批判を嫌がり反発したが、キリスト教徒としてはその批判に賛同せざるを得なかった。彼女は生活の中に大きな矛盾を抱えて苦しんだのだ」

「でもあなたに退散する気はなかった」

「どうして退散できる？　一生をかけた研究の成果なのだ」

「今までたくさんの賛美は聞いていると思いますが、やはり私はあなたに賛美を贈りたいです。なんといってもあなたは人類の由来に説明を与えたのであり、あなたの功績を人類は決して忘れはしません」

「ありがとう。天国でそんな褒め言葉を聞けてとても嬉しいよ」

「あなたの研究の結論では、人は生物の進化の結果であるということですが、そうするとこのように言うことはできませんか？　人は今後も進化し続けると」

「もちろん、人は進化の歩みを止めるはずがない」

「今後の進化の方向を予測することはできますか？」

「できる。しかし正確ではないだろう。幸い今日はあなたと私の二人だけで第三者はいないから思い切って言おう。人類は今後、背がだんだん低くなり、小さくなって平均の身長は今の半分くらいになるだろう。人が自然の力に対抗するのに体力に頼らなくても良いからだ。たぶん、人の脳はますます発達し、知的レベルはますます高まる。人工知能にますます頼り、ますますこの方向は発展していくだろうから。生殖能力はゆっくり退化する。子どもを育てることはだんだん負担だと思われるようになり、自然環境が男性の精子と女性の卵子を破壊しているからだ」

「人の脳はますます発達し、知力もますます高くなると言いますが、どのくらいのレベルまで行くのでしょうか？」

「人類と地球を簡単に滅亡させてしまうハイテク製品を作り出すほどまでに」

「核兵器のことですか？」

「いや、核兵器はまだ制御できる。爆発の条件を与えなければそれはまだ安全だ。人は現在高い科学技術でより威力のある武器を製造し始めている。たとえば、生物兵器、遺伝子兵器では、無人機で相手の国に致死量の毒素に汚染された鳥やネズミを投下し、その毒素は特定の遺伝子に強烈な伝染力があり、あっという間に一国の人を全滅させることができる。この毒素は制御することがはなはだ難しい。その毒素が変異して、他の国に伝染したのち、それを発明したものの所に戻って来ないと誰が言える？」

「発明者はあらかじめ解毒剤を準備するのでは？」

「伝染する中で変異するのを制御することはできない。発明者も完全な解毒剤を使える保証はどこにもない」

「恐ろしい話ですね」

「人が進化をやめず、知力がますます高まり、自分の作ったハイテク製品の能力を制御できなくなったら、いつかその日はやってくる。今その兆候はたくさん表れているだろう？」

「あなたが進化をそのように見ていることに恐怖を感じます」

「進化の最後は人類の滅亡だ」

「なんと」

「私は悲観的すぎるかも知れないが」

「もし今、人類と交流できたら、何を一番言いたいですか？」

「人類の由来について引き続き探索してくれと。私の理論を証明できれば一番だが、もし私の進化論を否定できないのなら、人の脳の進化と知力に警戒し、人が壊滅性のハイテク製品を生産する能力を制御する制度を整備するのだ。そうでなければ人類の未来はひどいものになる」

「これがあなたが人間界で感じた一番重要なことでし

ょうか？」

「そうだ。人に最も恐れなくてはいけないのは、人だ。人類が最も用心しなくてはいけないのが、人類だ」


　寧、人それぞれに追い求めた来歴があることに感動している。私は小さい頃、おまえのおばあちゃんに私はどこから来たのときいたことがある。おばあちゃんは言った。「おまえは私が産んだんだよ」

「じゃあ、母さんはどこから来たの？」

「おばあちゃんじゃないの」

「おばあちゃんはどこから来たの？」

「ひいおばあちゃんだよ」

「ひいおばあちゃんはどこから来たの？」

「その前は山西省洪洞のご先祖さまだよ」

「そのご先祖さまはどこから来たの？」

「この子ったら、いい加減にしなさい！」

　おばあちゃんの答えはここまでだった。幸いダーウィンが彼の『人間の由来と性に関連した選択』でおばあちゃんの答えの続きを書いてくれた。この本を読んで、我々の最も早い祖先はアフリカ人で、アフリカ人もまた猿が進化したもので、猿の前はもっと低等な動物だと知った。実を言うと内心、人は猿が変わったものだという言い方は受け入れたくないのだが、ダーウィンは一つの説明、彼が苦労し見つけ出してくれた、基本的にボロの出ない説明を私に与えてくれたのだ。だから私は彼に感激している。どうか私に替わって彼への敬意を伝えてくれ。しかし人類の進化の結果についての彼の説明には驚かされた。人が進化して自分を滅ぼす？

　あり得るだろうか？


　父さん、僕は続いてハレー博士を訪ねて行った。ハレー博士を探すのに僕と薄粼粼はたいへんな時間を費やした。主な原因はハレーという名の人が世界中にいることだった。中国も同姓同名は多いけど、他の国も同姓同名って無茶苦茶多いんだ。僕たちの探しているハレーは薄粼粼が見つけてくれた。粼粼がいることでどれだけ助かってるか。

　ハレーは八八六五三区の聴愛角に住んでいた。会いに行く前に図書総庫で彼に関する資料を調べてみると、フランスの歴史学者で、人間界での最大の特徴は好色だということだった。彼は十七回結婚して十七人の奥さんがいたわけだけど、子どもはいなくて、著作もない。この享域に来てからは、毎日絵筆を持って女性の裸体を描いている。僕と薄粼粼が彼の家のドアをノックして挨拶すると、彼が粼粼をじっと見つめるもんだから、彼女は僕の後ろに隠れた。そのときおかしいなと思った。肉体がなくなってもまだ女性に対する欲望があるのかな。

「ほう、この子きれいじゃないか。目鼻立ちも整ってるし、いいケツしているね。胸がちょっと小さいが、だいじょうぶ。胸は大きくなくていい。人間界だったら絶対ものにしてるよ」これが彼が僕たちに言った最初の台詞だった。粼粼がとても決まりが悪そうにしているので、僕は茶化して言った。「うかがったところによると、あなたは十七人の奥さんをめとったようですが、まだ満足していないのですか？」

「美しい女性に会って、彼女をものにしたいと思うのは当たり前のこと。お二人は今日は私の絵を見に来られたのかな？　ようこそ、最近ここに私の絵を見に来る霊魂が増えてきてね。どうやら私の絵の腕前が上がってきているらしい」彼は僕たちを中に入れた。彼の部屋には女性の裸体画がいっぱい掛けてあって、正面からのもの、横からのもの、後ろからのもの、立っているもの、うずくまっているもの、座っているもの、横になっているもの、何かしているもの、いろいろなポーズがあった。

「全部あなたが描いたんですか？」僕はそれらの絵を見ながら驚いていた。

「学域にいたときに、女体を描くことを学んだのは、今は歴史学に何の興味も持っていないからだ。人類の歴史なんて天国では誰も気にしない。人の世とおさらばしてから、人類の歴史を研究の対象にしていたことを後悔したよ。どうだい？　まあまあだろう？　美感を備えてるかな？　女性の体ってうつくしいだろう？」

「すばらしい、本当にすばらしいです」僕は心から賞賛した。彼の描く女性は表情も違えば、造形も同じでなく、背景もいろいろだったけど、どれも伸びやかな自然体の美しさを持っていた。

「目にした美女を次から次へと自分の筆で作り上げていくのは、本当に楽しい。やってるなという感じだ。神様が人を作ったときの感じがわかるよ」

「人は神が作ったとお考えですか？」

「他に誰が作るって言うんだ？　人間の体は、皮膚、筋肉、骨格、血管、靭帯、神経、心臓、脾臓、腎臓、肺、胃、腸、それぞれが繋がって見事に組み合わさって、どれがひとつ欠けても、どれがひとつ余分でもだめだ。これほど精密なものを、神以外の誰にこの複雑な工程を完成させる能力がある？」

「自然の進化は？」彼を突いてみたくなった。

「ダーウィンの考えだな。まやかしだ。進化論で私を騙したいのか？　証拠を出してみろ！　私には反論の証拠を出せるぞ。『聖書』にはっきり書いてある。〝われわれのかたちに、われわれにかたどって人を造り、これに海の魚と、空の鳥と、家畜と、地のすべての獣と、地のすべての這うものを支配させよう〟そして神は地上の泥で人を作り、命の気をその鼻に吹き入れ、人は生きたものになった。アダムという名前を付けた。アダムには配偶者がいなかった。世の中には男だけで女がいない。それでアダムを眠らせ、その肋骨を一本取って女を作り、イブと名付けた。それから生殖が始まり地球に人類が誕生したのだ」

「それはキリスト教の言い方ですよね」

「別にキリスト教だけではない。似たような言い方はたくさんある。ニュージーランドのマオリ族には、タネという神がいて、川縁で取った赤い土に自分の血を混ぜて自分の形を作り、目、手、足などすべて揃えてから、その泥人形の口と鼻に向かって息を吹きかけるとその泥人形は生命を持ち、くしゃみを一つした。オーストラリアには人間創造についてこんな話がある。天地創造者が大きな刀で木の皮を三枚切り出し、一枚の上に泥を置いてその刀を使ってよく混ぜ、それから泥の残りの二枚に分け、人間を作り始めた。まず足を作ってから体、腕、頭を作り、二人作り終えると、また木の皮を取ってきて、髪の毛を作ってくっつけ、それから人形の口と鼻とへその穴に息を吹きかけると、その人形はすぐに動き始めた。アフリカのナイル川のシルック族は言う。天地創造者は人類を造ることにし、泥を持ち上げると、自分に向かって言った。私は人を造る。走り回れるようにフラミンゴのような二本の長い足を与えよう。足を造ったあと、彼はまた考えた。人にはきびやあわを植える能力を与えなくてはならない、だから二本の手を与えよう。一本は鍬を持ち、一本は雑草を抜けるように。そこで二本の手を造った。それから二つの目と一つの口、一つの舌と二つの耳を造った。ボルネオ島のダヤク族では、神は最初石で人を造ったが、石では話すことができないので捨て、鉄で人を造った。鉄の人の舌は石の人よりももっと硬かった。三度目は泥の人を造った。泥の人は利口で、造ったとたんに話し始めた。北アメリカのアリゾナ州ピマ族では、大地の主が人も含め世界のすべてを造ったという。最初はきれいな泥の人形を作ってそれを人と呼んだ。しかしこれがとんでもない代物で、病気になることも死ぬこともなく、世界のあらゆるものを食い尽くし、次は互いを殺し合って食べた。大地の主は悲しんで、天を下に向けて引っ張り、すべての人と動物を粉々にし、それから杖で大地に一つの穴をあけ、大地のもう一方へ行くと、新たに人類を造った。東アジアの中国人は、盤古《ばんこ》が天地を開闢《かいびゃく》し、体を使って太陽月星そして山川草木を造り、天地の間に残っていた汚れた空気をゆっくりと鳥獣虫魚に変え、女神の女媧《じょか》が原野を歩いているときに寂しくて池の畔に座って水に映った自分の影を見ていた。そのとき、木の葉が水に落ち、水の中の影がゆらゆら揺れると、彼女は世界には自分のようなものが欠けている、自分が孤独であると意識した。そこで彼女は池の畔の土を掘り、水を加え、自分の形に似せてこね、ついに小さなものを作り上げた。それは五つの器官と七つの穴、両手両足を持ち、地上に降ろすと、元気に動き始めた。彼女はそれを見ると嬉しくなって次から次へと作り始め、それを人と呼んだ。古代ギリシャ人は、人類はオリンポス山の神々が造ったもので、まず黄金で人類を造って神々と同じような生活をさせたが、悲しみも恐怖もなく、死ぬのも熟睡しているようだった。続いて神々は銀で人類を造った。彼らは黄金の人類には比べられないが、やはり幸せで穏やかだった。続いて青銅で造ったら、欲望と争いが頻繁に起こり、神々の愛を必要としなかった。そこで最後に鉄で人類を造りそれが私たちになった。アラブの創造神話はもっとはっきりしていて、泥を取ってアラビアにやって来て、まず泥の人を造り、それをゆっくり乾かした。四十日後、神は乾いた泥の人形に命を与え、理性と霊魂を与えた。マヤ人の聖書『ポポル・ヴフ』には、世界には最初何もなかった。造物主のテペウとグクマッツがあらゆる動物を造ってから、泥で人を造った。人は話はできたが、思想がなかったので、仕方なく壊してまた新たに造るしかなかった。今度は玉蜀黍《とうもろこし》で人を作り、思想と霊魂を持たせるためのものを探して中に入れ、そして人は地球上で繁殖していったと書かれている。これら人類の起源の伝説は、距離を隔てた様々な場所で、皮膚の色や人種も違い、言葉も相通じることのない状況の中で、なぜこれほどまでに一致しているのか？　これはその中に隠れている真相を表している。それは人は神によって造られたということだ！」

「そう結論づけるのはちょっと強引だな。各地に人類創造の話があるからといって、それを説明していると証明することはできませんよ」彼の話を引用すると話はもっと長くなる。

「それではどう結論づけるのだ？　こんなに多くの場所で同じような話があるのに、ダーウィンの言い方だけを信じるというのか？　ダーウィンの信者ならなぜ私の所に来たんだ？　帰れ！　私は絵を描きたいいんだ！」彼は腹を立てて手を振った。

「怒らせてごめんなさい」僕はそそくさと頭を下げた。「僕は誰の信者でもありません。ただ人がどこからやって来たのか、知りたいだけなんです」

彼も自分の失態を笑った。「私は人間界のことに今更なに腹を立てているんだ？　もういい、もういい、私は本当に絵を描きたいんだ」

「ハレー博士、もしあなたの言う通り、人は本当に神が造られたものなら、神は自分のしたことに誇りを持っているでしょうね」僕は学域で学んだ方法に従って、彼の観点に沿って話し始めた。

「必ずしもそうではない！」

「必ずしもそうではない？」

「神は自分が人類を作ったことを深く後悔しているかも知れないと言ってるんだ」

「どうして？　あなたは人は美しく造られたと思ってるんでしょう？　これは神の功績じゃないですか？」

「私が言っているのは外見だけだ。中を見てみればわかるだろう。それがどれほど汚れて汚く、恐ろしいか」

「何のことを言ってるんですか？」

「たとえば欲望だ。多くの人間が自分のものでないカネやモノを自分のものにするような凶悪なことをし、人が貧乏だったり病気だったり苦しんでいるのを見て喜ぶ。たとえば権力欲。たくさんの人間が権力を得るために陰謀を巡らし、人の命を奪うことまでやってしまう。たとえば性欲。自分の性欲を満たすためにあらゆる手段を使う。ナイフを相手の喉につきつけたりまでする。たとえば嫉妬。人の才能が自分より優れているからといって、あらゆる手を使って害を加え相手を悲惨な境地に陥れる。人間の心は底が見えない。相手が微笑みかけていても、その陰で墓穴を掘っているのかも知れない。人間の心の毒は計り知れない。今注がれている酒にすでに毒が仕込んであるかも知れない。これは人と人だが、部族と部族もある。強い部族や民族が小さい部族や民族の土地や資源を無理矢理奪い取ろうとする。渡さなければ戦いとなり、血の川が流れ、目的を達するためには相手を滅ぼしてしまう。国と国もある。力の大きな国が、別の国を臣下として従わせたい、その国のものが欲しくて、相手が望まなかったら戦争だ。相手が泣き叫び地面に頭をこすりつけて許しを請うまで戦いをやめない。神は盲目ではない。我々凡人もみな物を見ることはできる。神に見えないことがあるか？　それが見えるとすると、どう考えるだろうか？　自分が造った男と女が騙し騙され、ある部族がある部族をいじめ、群衆が群衆を弄び、侮辱し、抑えつけ、殺害し、国が国を攻撃する、神がそれを見て、心が痛まないだろうか？　心が痛んでいるとするときっと彼は後悔しているはずだ。最初に人を造ったときに急ぎすぎて、外見ばかりで心のことまで気が回らなかったことを、人を造るということについて深く考えなかったことを後悔するはずだ。人を造る前、ぼうぼうたる大地を見ているときは寂しさだけだったが、人を造ってからは痛みを感じているはずだ。後悔してないことがあるか？」

「そんな風に考えていたんですか？」僕は驚いて彼を見ていた。

「そう考えただけじゃない。いつも神が、私は間違えた、人を造るのではなかったと独り言を言うのが聞こえるんだ」

「ほんとに？」

「たぶん」

「たぶん？」

「たぶん聞こえるような気がする」

「人間界でどんなことを感じていたか、もう少し話してもらえませんか？」

「人類はいまだ幼年期から抜け出せていない」

「もう少しわかるように話してもらえますか？」

「大部分の人は自分の同類に正しく対応することが身に付いていないし、その命に正しく向き合う方法を身に付けていない。さらに彼らの頼るべき生存環境に正しく向き合う方法も身に付けていない。人間界でもし警察と監獄がなくなったら、そこは空恐ろしい場所になってしまうだろう……」

寧、ハレー博士の話は意外だった。神が人を造ったと信じているのに、神は自分が人を造ったことを後悔していると信じているんだから。神が後悔しているかどうかはわからないが、私は人間として人類のやっていることにはとても不満を持っている。まずは他人を軽蔑する行為は確かにひどい。豊かな国が貧しい国を、大きな部族が小さな部族を、白人が黒人を、西洋人がアジア人を、学問のある人が無学な人を、男が女を、沿海部の人が内陸部の人を、都会の人が農民を、文化レベルの高い人が低い人を、標準語を話せる人が話せない人を、背の高い人が背の低い人を、文章のうまい人が下手な人を、いいところに住んでいる人がそうでない人を、高級官僚が下級官僚を、北京に戸籍がある人がない人を……人と人の間にはいつも軽蔑が存在していて、平等などどこにもありやしない。それから環境汚染だ。じっさい本当にでたらめだ。地球の空気を誰が汚しているのか？　人だ。工場の排気、車の排気ガスが空気を無茶苦茶にしている。地峡の水を誰が汚している？　人だ。化学物質の廃液を垂れ流し、生活ごみを水辺に積み上げ、水は安心して飲めなくなっている。地球上の土地を誰が汚した？　人だ。化学肥料、放射能汚染、建築廃材、耕せる土地はどんどん少なくなっている。それから人と人の争いも恐ろしい。夫婦間、同僚同士、官僚同士、民族同士、国同士、どれほどの争いがあることやら。イスラエルとパレスチナの民族同士の争いを見ただけでも、一体どれだけ戦い、どれだけの人が死んだことやら……。

父さん、次に僕と鄰鄰が訪ねたのは、李昌達という中国の法律家だ。彼は五五八三二区の目美角に住んでいた。五十一歳で癌でこっちに来た人だ。彼は石を集めるのが好きで、享域のたくさんの場所を巡って、たくさんの美しい石を集め、それを自分の家の庭や部屋に置いて、様々な情景を造っている。彼の家はいわば石の世界だ。玄関の壁、床、ベッドの横、椅子の横、至る所が石だらけなんだ。彼に会ってから彼が最初にしたことは僕たちにどこから来たかきくことじゃなくて、自分の集めた石を見せ、その来歴や珍しさを話すことだった。僕はもともと石なんかに興味はなかったけど、彼の話には引きつけられ、その収蔵品を細かく見てみると、ガチョウの卵に見えたり、犬に見えたり、虎に見えたりした。いくつかの石が並べられ、船のように見えた。積み重ねられたものは楼閣に見えた。

「お気に召しましたか？」

僕はうなずいた。「人間界のときから好きだったんですか？」

「もちろん。残念なことにあそこで集めた石はこっちには持って来られませんでしたがね。その中に一つ、とても貴重なものがあって、その形が男のあそこにそっくりなんです」

「そうですか」僕は笑った。

「笑わないで。あれはおそらく異星人が地球にいたときに造って捨てていったものです」

「えっ、あなたは地球の外の異星人が造ったと思ってるんですか？」興味が湧いた。

「そうです。約五、六万年前、異星人が新しい棲家を求めて地球に来たのですが、地球の引力が彼らが住むには不適合だとわかって、彼らは出発する前に実験的目的で、彼らの持っている先進的な遺伝子技術を使って、地球上の生命力が旺盛で知力がある猿、狼、海洋生物を選んで、その遺伝子を取り出し、それを切り貼りして組み立て直し、新しい種を作り出した、それが人類なのです」

「それはあなたのお考えなんですか？」

「アメリカのＮＡＳＡのダニングが長い研究の末に出した結論です。彼は一九六八年に『神は異星人である』という本を出しました。その中で『聖書』の中の神ヤハウェは実は上古代の異星から来た宇宙船の指揮官で、天使たちは彼と一緒にやって来た異星人なのです。ダニングの他にも同じようなことを書いた人がいます」

「根拠はどこにあるんですか？」

「最初の根拠は『聖書』の中にあります。聖書を開いて人を造った一節を探すとこういうのがあります。〝われわれのかたちに、われわれにかたどって人を造る〟と。ここでは二度にわたって複数形の〝われわれ〟が使われています。西洋の宗教では神は唯一のもの、唯一人なのに、なぜ〝われわれ〟なのでしょう？　このとき一体神は誰と話をしていたのでしょう？　明らかに異星人の指揮官やその他の異星人たちと話をしていたのです」

「〝われわれ〟をそのように」

「ほかにどう解釈できますか？　二つ目の証拠は人の体にあります。人間の顔を見ると、猿とよく似ているでしょう？　人間の性格を見ると、自分勝手で狡猾《こうかつ》で貪欲でまるで狼みたいでしょう？　人間の体の七十パーセントは水分で、まるで水生生物みたいでしょう？　人間の皮膚、とりわけ女性の皮膚は本当になめらかでイルカみたいでしょう？」

「それも進化論で説明できると思いますが？」

「進化論はやめて下さい。私は信じていません」

「他の根拠は？」

「三つ目の根拠はフランスの記者クロード・ボリロンの経歴です。一九七三年十二月十三日、彼は得体の知れない感じがして、車を走らせてある火山に向かうと、そこで、濃い霧の中に一筋の赤い光が現れ、続いて平べったい形をした円盤が彼の前に降りてきて、中から宇宙服を着た百二十センチくらいの人が出てきて、頭には不思議な光を纏っていた。その異星人が自分こそはヤハウェだと言ったのです。一九八三年、台湾では『私は異星に到達した』という本も出ています」

「でっち上げじゃないですか？」

「いつも受け入れられない事実が出てきたとき、私たちは嘘だと言う習慣が身に付いているのです。一人の記者がまともなことを捨てて、とんでもない嘘をでっち上げそれを擁護してなんの得がありますか？　意味がありますか？」

「いいでしょう。有力な証拠ということにしましょう」

「もうひとつ、有力な根拠があります。中国古典の中に暗示があります。老子の『道徳経』の中にこうあります。〝道生一、一生二、二生三、三生万物。〟これによると万物は道から変化したものです。すると道とは何か。おそらく静物を造る方法のことです。その方法を使って一つのものを造り、それが二つへ三つへそしてたくさんの種類を造り、万物になったのです」

「老子をそう解釈するのはちょっと無理が」

「それはあなたの感覚です。私は妥当だと思っています」

「わかりました。異星人が地球人を造ったということで、それじゃ人類の未来についてどう考えていらっしゃいますか？　どっちの方向に発展するのでしょうか？」

「人類の未来は良くない」

「良くない？　どういうことですか？」

「人間が人間を造る方向に邁進《まいしん》していることです。今、人々はクローンのヒツジや牛を造り出し、すでに幹細胞から人間の器官を造り出すこともできるようになりました。まもなく人体を売る店が出現しますよ。そのときには事故に遭ったり病気になったりしたら、その店に行って自分の細胞を培養してできた器官を買うことができるようになるかも知れません。もし性交渉なしで交配し人を造り出すことができるようになったら、人類の今ある倫理や清浄な秩序はすべて変わり、地球の今の生態系は根本的に変わってしまいます。それを喜ばない人がいます」

「誰です？」

「もちろん、異星人です。地球人はもともと彼らが造ったものですから、彼らの創造物、発明した権利は彼らにあります。その事実が変えられるとなると、当然彼らは嬉しくないでしょう」

「そうですか」彼の奇妙きてれつな考え方に我慢できずに笑ってしまった。

「何がおかしいのですか？」彼はとても不機嫌になった。「あなたとは話したくない。帰って下さい。来ないで下さい」

　僕は取材のタブーを犯してしまった。直接相手の言論がくだらないものだと表明してしまった。

「私は自分はまともだと思っている人間が一番嫌いです。聞いたことのないことや考えたことのないことをすべて拒絶して受け入れない人です。ここでそんな人と会うとは思いませんでした。帰って下さい、さあ」

「すみません。笑ったのは考え方が違うからじゃなくて、あなたの考えが新鮮ですばらしかったからなんです」僕は一生懸命とりつくろった。

「本当に？」

「もちろんです。もっとお話ししましょう。あなたのお話は本を読むよりずっと面白いです。異星人はどうするでしょう？」

「彼らのやり方はたくさんあります。地球に大きな地殻変動を起こして津波を起こすのも一つのやり方です。もし怒りの程度が一定の所まで積み重なれば、惑星を衝突させ人類を徹底的に滅亡させるかも知れません」

「恐ろしい！」

「また作り直すんです」

「なんと」

「杞憂であって欲しいです」

「人が異星人によって造られたと固く信じておられて、人間界では最も目覚めた人のひとりだったと思いますが、人の一生を過ごされてどのようなことを感じていらっしゃいますか？」

「誰も好き放題やる人を立派だと思ってはいけません。そうでないと必ず罰を受けます。人類も同じです。勝手し放題やってふんぞり返っているとひどいしっぺがえしを食らうことになるでしょう」

乙酉《きのととり》（二〇〇五）

寧、異星人の噂は途切れることはないが、本当に見た人は限られているし、ほとんど事実を証明するものは何もない。だから異星人が人を造ったという説も疑わしい。しかし李昌達が指摘した、人が今まさに技術を使って人を造る道を進んでいるのは本当だ。今現在到達しているレベルから見ると、人を造ることも不可能なことではなさそうだが、いったん一つ造り出したら、社会には天変地異が起こるかも知れない。それが私の心配しているところだ。現在の社会は血縁関係を基本的な単位として成り立っており、人間関係も多くの部分では血縁関係を元にして倫理も法律も成り立っている。もし人が生まれてくるのではなくて、造り出すことになったら、家庭は解体し、社会には家庭という基礎、最も小さな単位がなくなり、人と人の間のいろいろなタブーもなくなり、大混乱が起こる可能性がある。そうなったらどうしたらよいのだ？　年の功も、両親への愛情もなく、人は工場から出てきて、誰も責任を負わない、そんなことになったら、どうしたらよいのだ？

父さん、この取材が天国の神が僕にやることを望んでいるのか、取材の内容が天国の神の役に立つのかどうかはわからない。どっちにしても、僕はあの取材用の機器を使って三人の取材対象者との対話の内容をすべて録音・録画し、中国語・英語・ドイツ語など二十一の言語で記録し、聖域から来たあの使者達雅の説明通り、もらった機器のボタンを押して最初の結果を彼女に送った。

連絡を取る機器はほんとに便利で、一時間もしないうちに、達雅が僕と粼粼のそばに立っていた。

「お二人さん、こんにちは。はい、これが次の取材対象者のリストです」彼女はそう言いながら僕に一枚の紙を渡した。受け取ってみると、やはり三人の名前が書いてあった。魏源《ぎげん》、李叔同《りしゅくどう》そしてアインシュタイン。

みんなほとんど知らない人物ばかりだ。

「達雅、最初の取材が天国の神様の要求通りにできたかどうかわからないので、この録音機を持って帰ってもらえますか。取材の内容はすべてこの中にあります。神様に見てもらい、意見を聞いてから次の取材を始めたいのですが」

達雅は笑った。「前回言いませんでしたか？　この録音機にはもうひとつ機能があって、即時に発信することができるのです。すなわち、あなたが取材を行なっているとき、すでに取材の内容は聖域に送られ、天国の神は取材の状況をすべて知っていらっしゃいます。だからこの録音機は持ち帰る必要はないのです。続けて使って下さい。天国の神からの伝言は一つだけ、受け身になってはいけない、相手と論争することで、相手が真実を話すようにしむけるのです」

僕は慌ててうなずいた。なんだ神はもうとっくに全部知っていたんだ。

「ほかに神様へ伝えることは？」帰る前に彼女はきいた。

「ありません」

やっぱり薄粼粼に一緒に取材に行って欲しかった。これだけ長い時間一緒にいると実際の所、もう彼女と離れたくなくなってるんだよね。彼女は僕の願いを聞いて、いつものように笑って言った。「いいわよ。あなたと一緒に取材に行ったら寂しくないから。ただ最後にはお返ししてもらわなきゃね」

「お返しって？」

「今はまだ漏らすわけにはいかないの」

僕たちはまず魏源を訪ねて行った。

彼は僕たちの隣の区に住んでいた。前回の取材の経験から、対象者を探すのは簡単にできるようになった。会う前に天国の書庫に行って彼の履歴を調べた。乾隆《かんりゅう》五九年（一七九四年）三月二十四日生まれ、実家は湖南省邵陽《しょうよう》県金潭、七歳のときから私塾の先生から経学史を学び、九歳で県城に行って童子試を受ける。十六歳で秀才の資格を取る。二十八歳で挙人。三十一歳で江蘇省の布政使・賀長齢の要請を受け、『皇朝経世文編』百二十巻を編纂。四十七歳で、両江総督・裕謙《よくけん》の軍指令部に入り、抗英戦争に参与する。四十八歳で『聖武記』を書き上げ、清初の道光年間の軍事の歴史・制度について叙述し、「今は税源不足で国貧しく、人材は競い合いがなく貧弱である」と言った。五十歳で令部の会試に参加、進士となり、知州に採用され、江蘇に派遣され、東台、興化の知県を歴任し、その間に『海国図志』五十巻を編集し、後に修訂増補し、五十八歳のときに百巻本となり、世界の地理・歴史・政治制度・経済・宗教・暦法・文化・文物を網羅し、国を強化し外国の侵犯に抵抗し、時弊を正し、国を振興させるための手立てを模索し、〝外敵を以て外敵を攻める〟、〝外敵の優れた技術を使って外敵からの侵略を抑制する〟の観点を出した。五十九歳のとき、『元史新編』を完成させた。のちに軍事行動を起こすチャンスを逃したとして免職、復職後辞職。晩年は仏学に専心し法名は承貫《しょうかん》。六十三歳杭州東園僧舎で死去。変法革新を主張し、外敵侵略に反対し、事業振興を提唱し、過酷な課税を指摘し、君主・王侯を置かない政治制度を讃えた、当時の中国では珍しい世界的視野を持った人物。

彼に会ったのはある日の午前だった。

彼は痩せ細り、長い髭をなびかせ、払柳角というところに一人で住んでいた。晩年仏教を学んだためか、享域に来てからもずっと来客を拒み、僕たちの突然の訪問にも対応できず、扉を開けて僕たちを見ると、驚いてしばらくぼんやりしてから言った。「お二人、来るところを間違えられたのではないか？　この家の主人は魏という者じゃが」

僕は慌てて清代の人たちの儀礼に則って礼をした。

「間違いではありません。わたくしは魏先生にお目にかかりにうかがったのであります」

「お二人は……」

「わたくしたちは『海国図志』の愛読者でありまして、今日はあなたに教えを請いに参った次第です」

「ああ、そんな古い本を。ありがたいことじゃ。まあ中へ入りなさい」

「先生の『海国図志』は中国の歴史学上、最初の詳細を究め系統立った世界史の著作です。当時鎖国していた中国人にまったく新しい近代的世界の概念を知らせ、その功績はとても大きなものです」僕は部屋の様子を見ながら言った。彼は人間界にいたとき同様、本が好きなようで、部屋の中には糸綴じ本が置いてあって、自分が書いたり編纂したものの他にも天国の書庫から借りてきた本がたくさんあった。

「ああ、当時はアヘン戦争に負けて、心中穏やかならず、本を書いて国民の目を見開かせ、外敵を以て外敵を攻撃するなどと言ったのじゃ。今から見ると、浅はかなことじゃ」

「『海国図志』は内外に大きな影響を与えましたよ。のちの洋務運動はこの本の〝外敵の優れた技術を使って外敵からの侵略を抑制する〟の考え方に大きな影響を受けています。さらにのちの変法維新は、それに関わった重要人物たちがみな、この本の影響を受けています。また日本に伝わり明治維新に大きな力を与えました」

「ありがとうよ。おまえさんは若いのに、物書きを慰めるすべを知っておるようじゃの。物書きにとって書いたものの影響が大きいというのは一番の褒め言葉と慰めじゃ。じゃが、おまえさんが今日やって来たのは、決してこの前世紀の年寄りを慰めるためではなかろう。話しなさい。他に何が？」

僕は恥ずかしくなった。どうやら彼の前であれこれ策を弄してもうまくいかないだけのようなので、もう直接来意を告げた方がいいと思った。そこで言った。

「わたくしが今日参りましたのは、先生が人間界で感じていた本当のことを話していただき、わたくしに手ほどきしていただければと思いまして。ご存命中は途切れることなく本をお書きになって説を述べられ、人生については見通しておられると存じます。どうかお話しいただけますでしょうか」

「もはや天国の享域におるというのに、人間界で生きていたときのことなど話してなんの意味があると？」

「純粋にはっきりさせたいのです。今、人の一生は長くて百年前後、それは苦難に満ち、それでも人は生きたいと思います。その理由をはっきりさせたいのです」

「ハハハ、そのようなことか。それならわしの考えをお話しするとしようか」

僕はホッと一息ついた。彼は拒絶しなかった。

「わしが人間界を一回生きて、得たものと言えば、

『海国図志』の編纂を除けば、人が生きる理由がほとんどわかったということじゃろう。人が生きる一番の理由は本能じゃ。一人の人間が両親から命を授かれば、命の本能によって何がなんでも生きていくのじゃ。他に理由なぞありはせん。ただ生きていくのじゃ。これは他の動物と同じじゃ」

「生命体の一種の慣性ということでしょうか」

「そんなところじゃ」

「人生には楽しみの誘惑がありますが、それも生きていく理由の一つになりますでしょうか」

「そうじゃ。人は小さいときは、生きることすなわち食べることじゃ。子どもは両親が翌日にもっと美味しい物を食べるのを許してくれたとき、とりわけ喜ぶのは生きることが充実することへの期待からじゃ。人は成長し、体の中に異性への欲望が目覚め、自分の満足する異性を見つけることが生きる理由となる。続いて跡継ぎを欲しいと思うことが生きる理由となる。そして誰もが安心して住める場所を欲しいと思う、これも生きる理由となる。人は体の生み出す要求に基づいて自分の生活の目標を定め、その目標が生きる理由となるのじゃ」

「おっしゃる通りです。わたくしは人間界でたくさんの村の子どもたちと接しました。そのとき一生懸命苦しんで畑仕事をするのはどうしてかときくと、彼は奥さんをもらうためだと答えました。僕が奥さんをもらったあとは？ときくと、みんな子どもが欲しいからと答えました。子どもができたらときくと子どもの家を建てるためと答えました。家を建てたあとはときくと、子どもの相手を探すと答えました。さらに続けて子どもに相手が見つかったらそのあとはときくと、また子どもを産むためと答えました。このように循環するのが生きるすべての理由でしょうか」

「結局のところ、それは生命の本能なのじゃ」

「人はすべて本能に基づいて生きているのでしょうか？」僕は達雅からきいた天国の神からの伝言を思い出して議論をふっかけた。

「もちろん、本能と生命体の慣性だけでは、人が自分が受けておる苦難に耐え、それでも頑強に生き続けることを説明するのは難しい。人はその他の理由を見つけなくてはならない。多くの人が見つけた理由は親友が自分を必要としているからというものじゃ。自分がいなければ親友が苦しみ頼るべき者がいなくなるということじゃ。多くの人が恐ろしい人生の苦しみに耐えるためこれに頼っておるのじゃ」

「おっしゃる通りです。わたくしはいつか両親や祖父や祖母の面倒を見たいと思って生きていました。祖母も自分が今生きているのは、息子や娘が幸せな生活をしているのを見たいからだと言っていました」

「じゃが、この理由では更なる追求には耐えられはせん。親友が必要としているから生きる、親友を必要としているから親友は生きなければならない、相互に頼り合い、因果を成しているが、自分自身が存在する理由にはなってはおらん。これでは根掘り葉掘りきいてくる人や見識の高い人を納得させることはできやせん」

「もっと範囲を広げて探してみましょう」

「よろしい。そのほかに、自分の人生をさらに大きな時空に置き、自分の命を政治運動や社会運動の一部とする人がおる。その運動は民族や国家や世界をよりよくするため、自分の生活活動は人々の幸せのため、後代の人々に幸せな日々を送ってもらうためじゃ。そのため彼らは重圧に耐え、決して万難をいとわず生き抜くのじゃ。私が敬服しておる林則徐《りんそくじょ》先生のように、彼は極端に困難な状況の中で耐え続け、アヘンを根絶し清の庶民の生活を良くしようとしたのじゃ」

「すなわち事業のために生きると？」

「そうじゃ。いわゆる事業といっても、様々なものがある。わしがさっき話したのは、政治運動や社会運動を自分の事業としておるが、ある領域の様子を変えることを自分の事業にしている人がおる。たとえば寺院の住職や教会の牧師などじゃ。彼らは仏教やキリスト教の教義で信徒を増やすのを自らの事業としておる。医者は医学を学び新しい薬を探し、医療で病人を治すことを自分の事業としておる。陶芸家はより美しい陶芸作品を作ることを自分の一生の事業としておる。これらの人々は万難辛苦を耐えて生きておる」

「彼らはすでに本能を超越しています。生きる理由も十分です」

「じゃがそれよりももっと大きな時空に対して追求をする人もおるのう。現代の宇宙学では、宇宙は第一次ビッグバンから始まり、そのビッグバンのあと、一部の学者は宇宙は銀河系の間の引力の作用で膨張が減速し始めたことを発見し、一部の学者は銀河系の反発力で膨張を始めていることを発見し、前者は新しいビッグバンがやって来ると言い、一方は比類のない寒波をもたらすと言い、太陽系の寿命は数十億年、人類が生きることのできる年数は十の四十一乗で、その後地球は滅び、いつか宇宙も滅び、すべては無に帰するという。人類が地球で幸せな生活を送ろうと、事業が成功しようと、地球が滅亡するなら何の意味があるというのかの？」

「人類が生きていく理由が成り立たないと？」

「どんな問題も、追求し続けると答えがなくなってしまうぞ。人にすべてを解釈することなぞできやせん。これが人類の苦境なのじゃ。この苦境は両親が子どもに矢継ぎ早に質問されて陥る苦境と似ておって、知識が豊かな両親であっても、幼い子どもの続けざまの質問には答えを見つけることができんようになるじゃろう？　ではどうすればよかろう？　困った両親と同じように子どもにそれ以上質問させないことじゃ」

自分の耳を疑ったよ。こんなにも博学な人が質問させないなんて。

「わしの答えが意外だったのかの？」彼は優しい目で僕を見ながらきいた。

僕はうなずくしかなかった。

「どんな問題でも、最後の答えを見つけようと意図してはならぬ。最後の答えは神秘の領域に置いておくのじゃ」

何か言って欲しくて粼粼の方を見た。

冷たく聡明な笑顔をして彼女は言った。「魏先生のおっしゃっているのは、目線を下げて現実に戻りなさい、自分が直面してる生活の現実に戻りなさい、上ばっかり見て質問し続けるのはやめなさいということよ」

「お嬢さんはわかっておられるようじゃの」魏源は笑った。「下ばかり見ているわけにもいかず、上を見上げて星空を追い求めることもしなくてはならん。じゃが、星空の方ばかり見上げずに下の現実も見なくてはならんのじゃ。そうすることで人は平衡を保つことができ、疲れた挙句に一生を終わることはなくなるのじゃ。当然じゃが、この道理はここで生活しておる霊魂にはあてはまらんがの……」

寧、私もおじいちゃんもおばあちゃんも一緒だ。普段は自分が何のために生きているかなんてほとんど考えたこともない。ただそれぞれが起こった問題に忙しく対応しているだけだ。若い頃は、学校に行って大学に合格し、将来は町で仕事をしたいとだけ考えていた。のちに文化大革命が始まって、大学へ行く夢は破れたが、せめて兵隊になって苦しい農村の生活から抜け出したかった。農民にだけはなりたくなかった。士官になってからは都市で商品穀物を食べている妻をめとり、子どもには正式の都市戸籍を持たせたかった。母さんと結婚しておまえができてからは、おまえをどうやっていい小学校に入れようと考えた。おまえが小学校を卒業すると、今度はいい中学に入れたいと思い、次はどうにかして北京に配属されておまえを北京の大学に入れたいと思った。大学院を卒業したら北京でいい仕事を見つけてやりたかったし、おまえが病気になってからはどうやって病気を治そうかと考えていた。もちろん軍が毎日私に割り当てた仕事も国のためと思って力を尽くし……私はそうやって今に到っている。私は常に自分に人生の目標を課し、ひとつひとつの小さな目標を達成するために努力し、生きるのに疲れたから、生きている意義や理由を考える時間などなかった。私の人生は他の人に比べたら、おそらく最もつまらない、最も価値のない生き方だ……。

父さん、自分を貶《おとし》めないで。この世のほとんどの人は父さんと同じように生きてるんだから。人は生きるだけで自分なりの理由と価値を持ってしまうんだ。人と比較しちゃだめだ。人生は比べることなんてできない。僕がこう考えるのも、僕と粼粼が李叔同を取材に行ったとき、彼が僕のこの考えに同意してくれたからだ。

李叔同は七七九八五区の鶯鳴角《おうめいかく》というところに住んでいた。彼の住居を探し当てて彼に会ったとき、彼は享域の服は着ていたけど、頭はつるつるで、仏教式の挨拶をし、僧侶の様子を保っていた。部屋には仏教の本が並んでいた。

「お二人は何の用事でこちらに参られたのですか？」

彼は合掌して礼をしてから僕と粼粼にきいた。

僕は慌てて言った。「僕は天国に来てまだ間もなく、二十九年間しか生きられませんでしたが、小さい頃から詩が好きで、中学に行っていたとき、あなたの〝送別〟〔ジョン・P・オードウェイ作曲、日本では『旅愁』で知られる楽曲〕を聞きました。

長亭の外《はずれ》、古道の辺《あたり》、芳草碧《みどり》天に連なる

（宿場の外れの古道のあたりは、草花が緑をなし天まで続いている）
晩風は柳を払《はら》い笛声　残りて、夕陽は山外の山
（夕方の風が柳を吹き揺らし、笛の音は微かに残り、夕陽は山の向こうの山に）
天の涯《はて》地の角《すみ》に、知交半《なか》ば零落す
（天の果て地の果てで、友人ももう半分は死んでしまった）
一觚《こ》の濁酒余歓を尽《つく》せど、今宵別夢寒からん
（一杯の濁酒で最後の楽しみを尽くしても、今宵の別れを告げた後の夢は、寒々としているだろう）

当時、別れの心情をこれほど鮮やかに書くことのできる作者に会えたらどんなにいいだろうと思っていました。しかし残念ながら私たちの間は長い年月に隔てられ、現世で会うことはできませんでしたが、天国に来てからあなたに会うチャンスをいただきました。このチャンスを逃すわけにはいきません」

「褒められるようなものではありません。あれはこの弘一〔李叔同の号〕が人間界にいたときに作ったもので、この享域で聞くと、格調も何もあったものではありません」彼の態度には仏教の信徒がみな持っている優しさと謙虚さがあった。

「法師様はたいそう謙虚でいらっしゃいます。〝送別〟の中に書かれている別れの心情は、人間界の美しい縁です。禅の思想が内包され、偽りのない心情にあふれ、人が朗読しているのを聞いたとき、まさに〝一音耳に入れば、万事心から去る〟でした。法師様がこの詩を書いたのには何か理由があると聞いたことがありますが」

「ああ、あれは大雪が舞う冬のことでした。親友の許《きょ》幻園《げんえん》が突然門の外で私と葉子《ようし》を呼んだので、私たちが外に出てみると、幻園は言いました。『家が破産してしまった。いつかまた会おう』そう言い終わると、涙をぬぐいながら去って行きました。家の門をくぐることもせずに。彼の後ろ姿を見ながら、雪の中に立ったまま心は切り刻まれるようで、門を閉めて部屋に戻ると、葉子に琴を弾かせ、涙を浮かべながらこの詩を書いたのです……」

「法師様の一生は、人間界で光り輝いております。中国の学術界では多方面に精通した鬼才であると称され

ています。書は素朴にして野性的、柔和にして清廉と言われ、『哀国民之心死』などの詩歌は、長きにわたって歌い継がれ古びることなしと言われ、油絵の裸婦はまるで生き写しと言われ、篆刻《てんこく》は独自の道を切り開いたと言われ、『椿姫』の舞台で演じたマルグリットは精細この上なしと絶賛され、作った曲はすべて美しいと言われています。多くの人が中国のこの百年あまりの文化史の中で、あなた以上の才能を持つ者は数人もいないと言っています。そこであなたにうかがいたいことがひとつあります」

「どうぞきいて下さい。世間の人々は私に高い評価を与えていますが私は欲しくありません。しかしこの若い霊魂の問いなら喜んでお答えしましょう」

「人間界にいたとき、人生とは比べることのできるものだと感じておられましたか？」

「これはまた答えにくい問題を。そのような難しい質問をされるとわかっていたら、お答えするのを遠慮していたところですが」

「法師様は人間界で俗世間と仏教界の二つの世界で生きられました。きっと私のこの問題についてもお考えになったことがあるのでは。法師様、どうかお教えいただけないでしょうか」

「人生をどうやって比べるというのですか。まず最初に人はそれぞれ人生の起点からして同じではなく、人生のスタートラインに立ったとき、すでに優劣があるのです。宦官や富豪の家に生まれ、小さい頃から着るもの食べるものに何不自由ないものもいれば、高い文化的素養のある家に生まれて小さい頃から文化的知識の薫陶を受けるものもいます。辺鄙《へんぴ》で貧しい山村の農家に生まれ、生まれ落ちたときから腹を空かせ、その日その日をやっとの思いで生きるものもいます。体の発育、心の成長、知識や世界の見方など、最初から同じではありません。それらの人生を比べることができるでしょうか。私のように、父親が同治四年に進士となり官吏の主事を務め、官を辞してからは商売に転職して天津で巨大な富を成し、小さい頃から家で学問を学び、英語を勉強しに行くことも、篆刻を研究しに行くこともできたものを、同じ天津で衣食もままならない野菜売りの子どもと比べるのは公平と言えるでしょうか？」

「おっしゃる通りです」僕はうなずいた。

「次に人はそれぞれ生きる長さが違う。人生の山に達する時点も違う。私は六十三まで生き、あなたは二十九歳まで生きた。私たち二人を比べられるだろうか？　私が六十三で感じたものをあなたはもちろん感じることはできません。それは私が聡明であなたが愚昧だということでしょうか？　そんなはずがないでしょう？」

　僕はまたうなずいた。

「さらに、従事する職業も違えば、報いも違うものになります。仕途の道を歩めば官職、化学研究であれば発明、教育に従事すれば人材、芸術に従事すれば作品、土地を耕せば作物の収穫。まるで違うこの報いをどう比べようというのですか？　良い収穫を得た農民とひとつ昇進した役人の人生をどう比べるのですか？　役人の人生は農民よりすばらしいですか？　必ずしもそうではありません。一人の役人が人生で得た快楽は一人の農民が人生で得た快楽より多いのですか？　必ずしもそうではないでしょう？」

「しかし人間界の専門家は人生の価値の大小を比べれば価値を数値化できると考えています」

「これはまた反対にとても新鮮な見方ですね。彼らがどのように人生を数値化するのか知らないが、ハカリでも使うのでしょうか？　省長の人生の価値は教育家のものより重いのでしょうか？　軍の士官の人生の価値は化学者のものよりも軽いのでしょうか？」

「やはり比べることはできないと？」

「そうです。私は天国の神のやり方が最も良いと思っています。彼は霊魂が天国の享域に入れるか入れないかは、人間界のときにどんな職業に就いていたかではなく、どれだけ長く生きたかでもなく、人間界でどれほどたくさんのものを得たかでもなく、その人が努力して人生を全うし、他人や家庭や民族や国家や人類に有益なことをしたか、自分なりの美徳を得たことがあるか、他人の人生に悪い影響を及ぼさなかったか、で決まるのです。私はこれこそ人生の公正公平な評価の仕方だと思っています……」

　寧、私も弘一法師の話には道理があると思う。人間界には不公平なことが多すぎる。生まれたときから何でも持っている皇室の後裔。一生奮闘し続けても楽な暮らしができない貧困地区の農民。もし人生を評価する標準が不公平ならば、人が生きることは苦しく絶望的なものになるだろう。もし人生が比べられないという観点が成立するとすれば、それは多くの人の慰めとなるだろう。あなたはあなたの人生を、私は私の人生を生きる、あなたの生き方もひとつ、私の生き方もひとつ、あなたの人生もすばらしい、私の人生もすばらしい、それぞれがそれぞれの人生の行程を歩き、お互い邪魔もせず、排斥せず、傷つけることもないだろう……。

父さん、僕たちが弘一法師は正しい、人生は比べることはできないと感じても、実際の生活の中で人々はいつもあっちとこっちを比べてる。こっちの方があっちより成功している、こっちの方があっちより輝いている、こっちの方があっちの方より活き活きしている……。僕が生きた二十九年間、僕はほとんど毎日そういった比較を見てきた。人々がどうしてそうするのかわからなくて、僕は困惑していた。まあいい、粼粼とアインシュタインを取材しに行けば、彼は自分の経歴と感じたことから、僕のためにこの問題を解釈してくれるに違いない。

アインシュタインは享域の一番辺鄙なところに住んでいた。そこは不名角《ふめいかく》という所だった。聞くところによると、彼は住むところを選ぶとき、わざわざ使者にどこが一番辺鄙なところかきいたそうだ。使者はずいぶん長い間考えて、この不名角を思い出した。不名角は聖域から最も遠く、その他の居住地からも最も遠く、全部で三人の霊魂しか住んでいなかった。

粼粼がいても不名角を探すのには無茶苦茶時間がかかった。でもなんとか見つけ出した。彼は外に出ていなかったので、粼粼と一緒にドアをノックすると返事がした。「はい、はい」これはちょっと意外だった。

彼は扉を開けたら見知らぬ霊魂が二人並んでいるのを見て、ふいを食らったようだった。「申し訳ない、かみさんのミレヴァが来たかと思ったんだ。ちょうど彼女を待っていたもんでね。また最近人間が発見した超光速現象についてどう思うかききにきたんだろ？ もう何遍も言ったが、私はその問題には興味がない、興味がないんだ！ 話すことはない！ もう煩わせないでくれないか？ 静かに過ごさせてくれないか？ どうして私を困らせるんだ？」

僕と粼粼はしばらくそこであっけにとられていた。二人とも人間界で超光速現象が発見されたことなど知らなかったし。

「そうだ、私は昔、相対性理論の中で言ったよ。光の速さは毎秒三十万キロで、どんな物体も光速を超えることはできない、これは物理学の基礎だって。しかし最近イタリアのグラン・サッソの研究所の実験施設が、欧州原子核研究機構の飛ばしたニュートリノを受け取ったが、両地は七百三十キロ離れていて、ニュートリノはその距離を光速より六十ナノ秒速かったんだ。このせいで、天国の享域の化学者の霊魂たちがみんな私に会いに来て、この発見は広い意味でも狭い意味でも私の相対性理論に疑問符を付けたと言い、私にどうするんだときくんだ。私にどうしろって言うんだ？　過去の人間がどうにかできるって言うのか？　新しい発見なんだから新しい理論を打ち立てりゃいいんだよ。私と何の関係がある？　私は天国にいるんだ。もう人間界で起こったことには二度と関わりたくない、静かな暮らしを乱さないで欲しいんだ！」アインシュタインはとても興奮し腹を立てていた。「お二人さん、帰って、帰ってくれ。私を静かにしておいてくれ！」

「ごめんなさい。僕たちはその問題を討論しに来たんじゃないんです。超光速には興味はありません」

「それじゃ君たちは」

「あなたの崇拝者です」

「まただよ！　私の何を崇拝するというんだ！　崇拝する価値なんてないし、崇拝なんてして欲しくないんだ！　私は今、君たちと同じ、享域の普通の霊魂に過ぎないんだ。帰ってくれ。前のかみさんのミレヴァを待ってたんだ。人間界にいたときも招かざる客にはさんざん悩まされたんだ。私は崇拝者などいらない。じゃ、また！」

「先生、ちょっとだけ話を聞いていただけませんか」

「わかった、わかった。言わないのが一番だが、どうしても言いたいんなら言うがいい。ただ短くな。長篇論文を聞かされるのはごめんだ。我慢強くないんでね」

「先生、私たちは天国の享域に来る前、人間界では中国にいて、小学校の先生が僕が十一歳のときに話してくれました。アインシュタインは世界で最も偉大な科学者なんだよ。彼は一九二二年十一月十二日に日本に講演旅行に行く途中で、中国の上海に立ち寄り、上海の〝梓園《しえん》〟の主人が所蔵している金石の書画を見て賞賛したんだ。彼は中国人の良き友人だ。君たちも大きくなったらしっかり勉強して彼のようになるんだ。先生はあなたの写真を教室の壁に貼って、僕たちは毎日それを見てました。ありがたいことに今日、あなたに会うことができました」

「ほう、君たちは中国から来たのか？　上海は強烈な印象が残ってるよ。私を見て失望しただろう？　ハンサムでもない不細工な老人で。二人には有名な霊魂には会いに行かないことをオススメするよ。失望するだけだ。みんな人間界にいたときも普通の人間だったんだ。天国に来てからはもっとごく普通の霊魂だ。心の中で美化しちゃいかん。若いお二人さん、私に会いに来てくれて嬉しいんだが、今日はほんとうにミレヴァが話しに来たいと言ったので、約束してしまってるんだ。今日は君たちの相手をしていられないんだ。別の時間に約束して会うわけにはいかないかな」

「そうですか」とてもきまりが悪かった。あらかじめ約束もせず、身内の約束があるときに来てしまうなんて。これ以上いると彼を困らせ、不機嫌にさせることになるだろう。ではおいとますべきか？　そう考えているとき、後ろから女性の声がした。「あら、アルベルト、どうしてお客さんを玄関に立たせているの？　客間にお通ししたら？　まったく失礼な人ね。ちょっと忙しいとすぐにこれなんだから」僕と鄰鄰が声のする方を振り返ってみると、堂々とした若い女性が立っていて、申し訳なさそうな顔をしていた。

　今度はアインシュタインがドギマギする番だった。彼は肩をすくめた。

「アルベルト、なぜお客様を紹介してくれないの？」その女性はアインシュタインに言った。

「ああ、こちらの若いお二人は中国の方で、まだ名前はきいていない。これが私のかみさんでミレヴァ」

　ミレヴァはそそくさと僕たちと握手すると、手を握りながら言った。「アルベルトの紹介の仕方は正確じゃないわね。正しくは前妻よ。妻じゃない。お二人と知り合えて嬉しいわ。中国の友達は多くないから、お会いできてほんと嬉しいわ。どうぞ入って、さ、入って入って」

　僕は慌てて言った。「ミレヴァさん、ありがとうございます。アインシュタイン先生は今日あなたとお話しがあるとか、それなら僕たちはまた日を改めてうかがいますので。今日お邪魔したのはある問題について教えていただきたかっただけなので」

「来ちゃったんだから、帰らなくていいの、入って座って。私がアルベルトと話したいことは簡単なことだから、時間なんてかかりゃしないわ。彼にきいてもらって全然だいじょうぶよ」

ミレヴァがそう言うもんだから、僕と鄰鄰も遠慮せずに中に入って座った。アインシュタインの部屋はとても簡素でベッドと椅子とバイオリン以外、何もなかった。

「ひどい部屋だと思ったでしょ？」ミレヴァは僕たちが部屋をじろじろ見ているのに気がついたんだと思う。「彼ってずっとこうなのよ。簡単にできるものはとにかく簡単に。生活を心地よくしようという気がないのね。いつも自分が今考えている問題にすべての精力を集中させているの。最初に彼と同居し始めたときにその習慣に気がついたのよ、ね、アルベルト、そうでしょ？　別にあなたのこと悪く言ってないでしょ？　私の言い方に賛成するでしょ？」ミレヴァはアインシュタインにたたみかけるように言った。

アインシュタインは笑って椅子に座った。「今はもう考える問題も研究するものも何もなくなった。で、もう本は読むまいと決めたんだ。部屋に本がないと、部屋が広くて、今は毎日バイオリンを弾く以外は川沿いを散歩したり、たまに近くの山を登ったりするだけだ」

「話して、今日はアルベルトに何をききに来たの？　私が彼と話したいのは急ぎのことでもないし、時間だけはあるんだから、享域で時間がなくなることはないんだから、十分でしょ、ささ、先に話して。どうぞお先に。遠慮しないで」ミレヴァは僕と鄰鄰に向かって手を振った。

これは絶好の取材のチャンスだった。僕はここぞとばかりに口を開いた。「僕たちが今日来たのは、人間界の人間たちは生活の中で常にお互いを比べ合い、その比べ合いが人々に多大な苦痛をもたらし、ときにはそれが原因で心のバランスを失い、自殺や人殺しや社会的な混乱まで起こりますが、人はどうしていつもお互いを比べるんでしょうか？　人がそうする原因って結局なんなんでしょうか？」

「あら、いい問題ね」ミレヴァの方が先に口を開いた。「私はまさにいつも人と比べて苦痛を感じていたのよ。お二人はおそらく知らないでしょうね。私とアルベルトとの間には結婚前にリーゼルという娘が一人いて、あの子は一歳ちょっとで病気になって死んでしまったの。今でも思うわ。どうして私に母親にならせてくれなかったの？　不公平じゃないって。私、ほかの女性たちと比べるたびに、ますます腹を立ててたわ」

「そうそう、その通りです。僕たちはどうしていつも生活の中であれこれ比較するのかをはっきりさせたいんです。アインシュタイン先生は経験が豊富で、感受性も豊かなので、きっと僕たちに答えを出してくれるんじゃないかと」鄰鄰が続けた。「今日はミレヴァさんの助けもあって、取材もとても順調です」

「君たちは訪ねる人間を間違ってるよ」アインシュタインは笑った。「私が人間界でやったのは、自然科学の研究だよ、君がきこうとしているのが、相対性理論や質量エネルギー方程式、あるいは光電効果や量子力学についてだったら、どれでもだいじょうぶだが、君たちが私にきいているのは、人に関する問題で、私の弱いところだ。イスラエル初代大統領のヴァイツマンが死んだとき、イスラエルのワシントン駐米大使が電話で私に言った。イスラエルの総理の代理でおうかがいします。もし大統領に立候補して欲しいとお願いした場合、受けていただけますか？　私は当時こう答えた。私は自然のことならわかりますが、人のことは少しもわかりません。私のような人間がどうして大統領などになれますか？　この大使への返答がお二人への回答だ」

「もちろんあなたが自然科学を研究したことはわかっています。でもこの問題はそんな深遠なものではありませんし、先生の人生の経験で感じたことから考えて、先生のお考えを話して下さればそれでいいんです。どうして回答を拒絶なさるのですか？」鄰鄰は少し焦れていた。

「そうよ、あなたが人間界で有名だったから来て下さったんでしょ？　そんな深遠な問題でもないのに、なんであなたの考えてることを話してあげないの？　なに威張ってるのよ。ここは天国の享域よ、人間界じゃないのよ、誰に威張ってみせてるのよ。いつ威張ることを覚えたの？　二番目の奥さんが教えたのかしら？」ミレヴァが言った。

「わかった、わかった、話せって言うのなら話すよ。でもあらかじめ言っておくが、これは純粋に個人の意見であって、私自身が人間界で感じたことで、何の科学的な根拠もないから。私が思うに、人間界の人々が生活の中であれこれ比較を行なうのは生存のための一種の本能の欲求だ。人間界の規則は優者がより多く手に入れ掌握するためのものだ。体力が人よりあれば、力仕事でより多くの報酬を得ることができ、知力が人より優れていれば知的労働でより多くの見返りがある。外見が人より良ければ、相手を選ぶ自由度が広がる。これが人をあれこれ比べることに向かわせ、比べる中で自分の位置を見つけるのだ。さらに、社会がこれを奨励する。人類社会が発展しようとするその動力は人々の現状への不満だ。で、その不満がどこから来るのか、その源の一つは比較だ。このため、社会はいつも人々に比較することを奨励する。幼稚園では子どもに歌を競わせ、上手に歌う子は褒められる。中学の試験では成績のいいのが大学へ行ける。スポーツ選手は試合に参加し、成績が良ければ表彰される。官僚は昇格試験を受け、できが良ければ抜擢される。化学研究者の研究は社会を発展へと大きく動かした者が奨励される。社会は休むことなく選択と選抜を行なうのだから、個人がもし比べることをしなかったら、どうやって社会に適応できるというのか？」

「比べることは避けられないと？」僕はすぐにきいた。

彼を止めてはならない。

「そうだ。避けられない。君たちが心配するのはわかる。人類の苦痛の多くは比べることから始まるからね。しかし大切なのは比べないよう提唱することではなくて、どう比べたらいいかを説明することだよ」

「先生はどう比べたらいいと思ってますか？」

「比べるなら二つのことを比べる。その一、喜びと幸せ。人は生きている時間は長くなく、しかも一度きりだ。これが人が生きる目的を決定する。悩みや苦しみを得るためじゃない。だったら、喜びと幸せの多さを人生の状態を測る大事な指標とすれば、職業がなんであろうが、権力や名声がどれほど大きかろうが、物質的にどれほど豊かであろうが、喜びや幸せを感じる時間が短く、強さが弱ければ、その人の人生はいいとは言えない。その二、心だ。人の肉体は比べようがない。それは両親からもらったもので、自分で選ぶことはできない。人の運命を比べることはできない。様々な要素でできあがっていて、自分にはどうこうできない。心が美しさを保っていれば、主となることができる。だからこれは人生の比べることのできる指標となる。どんな状況に出遭っても、人に善をなし、族に善をなし、自然に善をなす、そのような心であればすばらしい。そうでなければ、自分勝手で他人を傷つけ、族を傷つけ、自然界を傷つけ、その心は汚れてしまっている。両者を比較すれば、前者の人生は後者のものより価値がある」

「先生がおっしゃるこの二つを比べるのは簡単ではないですよね。どちらも形のないものですから。どうやって比べるんです？」鄰鄰が質問した。

「いい質問だ。喜びや幸せは人の感覚で、固定し把握することはできない。じゃあどうやって比較するか？　心の善し悪しは外には極めて出にくい。どうやって比べる？　どうやってもこの二つを比べる方法はない。しかしこの二つはずっとあるのだ。おたくたち中国の皇帝たちはいつも恨み言を言っている。私の人生は一介の平民に及ばないと。何を恨んでいるのか？　彼らは平民と比べて、喜びと幸せが多くないと思っているのだ。それから私よりあとに死んだマザー・テレサは一生善を施し、死ぬときには何も持っていなかったが、全世界の人がみな彼女に敬意を表した。人々がなぜ自分の敬意を彼女に与えたのか？　それはやはり彼女の心が美しく、その人生に価値があったからなのでは？」

丙戌《ひのえいぬ》（二〇〇六）

寧、アインシュタイン先生の言うことももっともだ。人が生活の中であれこれ比較するのは天性のもので、自己愛の表現の一種で、人はそうすることで心理的な満足を得て、前に向かって奮闘努力するのだろう。もちろんこういう比較は痛みを伴ったり、絶望をもたらしたりするかも知れないが、試しに考えてみよう。もし人がもうお互いに比べることをやめたら世界はどうなるのだろう？　きっと流れない水のようになって、創造は出現しないだろうし、社会は発展への歩みを止めるだろう。しかしこの生活の中で行なわれる比較は、人生の価値の比較ではない。人生の価値の比較は一人ではできず、他者が比較する必要があり、第三者が比較して評定を下さなくてはならない。しかもこの比較は通常人生が終わってから行なわれるもので、いわゆる〝人の真価は死後に初めて定まる〟ものだ。

　父さん、アインシュタイン先生への取材が終わった翌日の朝、あの天国の神の使者、達雅がまた僕の住居を訪れた。扉を叩く彼女の音は本当に軽くて、四回目にやっと聞こえた。

「あら、粼粼さんがここに住んでいるのを私に知られるのが怖いからドアを開けたくないの？」

　僕がドアを開けると彼女は冗談を言って笑った。

　僕は笑って返事をした。「たぶんいつか、あなたに同居の儀式の司会をしてもらうことになるかも知れませんね。そういう儀式は天使にとって意義のあるものでしょう？」

「すばらしいわ、いつ？　いつでも呼んで下さいね」

　彼女が大真面目なのを見て、慌てて言った。「冗談だよ。薄粼粼の意見をきいたこともないし。取材のことを話しましょうか」

「話さなくていいです。あの取材機器のおかげで、私たちは取材の現場にいたようなものです。今日私が来たのは、三枚目の取材リストを渡すためです」彼女はそう言いながら僕に紙を一枚渡した。受け取って見てみると三人の名前が書いてあった。袁世凱《えんせいがい》、ソクラテス、薛濤《せっとう》。

「この三人のことは知っていますか？」

「袁世凱は知ってる。河南省の生まれで僕と同郷だ。他の二人はよく知らないな」僕は正直に答えた。

「ソクラテスは古代ギリシャの思想家、薛濤は唐代の詩人よ。私が今言えるのはここまで。詳しいことは天国の書庫で調べて下さいね」

「わかりました」

　その日の午前、僕は粼粼を呼んで天国の書庫に行って、三人の基本的な知識を仕入れてから天国調査センターに彼らの住所を調べに行った。

　思いも寄らないことに袁世凱は僕と同じところ——観香角に住んでいた。彼の住所を見つけた僕と粼粼は驚いた。彼の家は僕の家から五軒隣にあって、彼の家の前を通るときには何度となく挨拶を交わしていた。袁さんだということは知っていたが、まさかあの有名な袁世凱だとは思いも寄らなかった。

「袁先生、こんにちは。ご近所さんなのに、あなたがあの有名な大人物だとはほんと、思いも寄りませんでしたよ。どうしてわからなかったのかな」

　彼は実直そうに笑った。「何が大人物ですか。私たちは今は一緒、天国の享域の普通の霊魂、観香角の普通の住人ですよ」

「私が言っているのは人間界でのことですよ。あなたは人間界では足をどんと鳴らせば中国全土が震える人物で、僕は小さいときに読んだ歴史の本であなたのことを知りました。史書によると、あなたは小さい頃から兵法が好きで、いつも金に糸目を付けずいろいろな版元の兵法の戦術の本を購入し、十三歳のときには、すでに楚の覇王の豪気を表す聯《れん》を作っていました。二十三歳のときには通商大臣兼朝鮮総督の身分で属国朝鮮に駐在し、のちに天津に行って練兵を行ない、新軍を作りました。それから山東の大学堂を創建し、鉱工業を発展させ、京張鉄道を作り、警察を作り、清の皇帝に退位を迫り、五族共和を強く主張しました」

「アハハ、全部空っぽだ」

「どうして空っぽなんて言えるんですか？　中国の歴史書にははっきり書いてありますよ」

「歴史書には別のことも書かれてあるよ。ハハハ、お若いの、メンツを立ててくれてありがとう。いいことばかり言ってくれて。私が栄禄《えいろく》に密告して譚嗣同《たんしどう》を菜《さい》市口《しこう》で死なせたことは言わなかったし、宋教仁《そうきょうじん》を暗殺したことを責めなかったし、民意に背いて皇帝を名乗ったことを罵らなかったし、女好きで何人もの妻を持ったことも咎めなかった」

「人が一生で過ちを犯さないことはありません。特にあなたは政界にいらっしゃったわけだし、そこはもともと権謀術数の張り巡らされたところです」

「ご理解感謝する。そんな寛容で心温まる言葉は初めて聞いたよ。実を言うと、天国に来る途中、甄域に着いたとき、懲罰域に送られる心の準備をしたよ。懲罰域に行くのが怖くないなんて言ったら嘘だ。私は心底怖かった。私の人間界での一生の落ち着き先はどこなんだ？　もし懲罰域に送られたらどうしよう？　しかし天国の神と使者が、別に自ら手を下したのではない、重穢の魂に属するだけだと言って、享域に来ることを許してくれたことに、本当に感謝している。今はとても満足しているよ」

「袁先生、人間界にいたとき、もともと光り輝くはずだったと考えたことはありませんか？」

「何のことかな？」

「もしあなたが中華民国大総統に就任したあと、中華民国暫定憲法に従い、孫文先生の承諾を得て、独裁は行なわず、国会を強固にし、選挙を行ない、総統の任期を厳格にし、任期を全うしたあと、新しい総統に受け渡していたとしたら、中国は安泰だったのでは？

軍閥の混乱で人々が塗炭の苦しみを舐《な》めることもなかったのでは？　あなたは共和制の元の開国総統としてその名を歴史に残したのでは？」

「当時の私にどうしてそんな遠大なことが考えられよう？　私が受けたすべての教育、すべての経歴が、権力というのはいったん手にしたら手放してはならないと私に教えたのだ。私の一連の行動はすべてそのためだ。実際、あのとき、中国の政界に、孫文以外に権力のことを見透かした心の広い人間はいなかった」

「若造が好き勝手に言うことをお許し下さい。あなたが皇帝を名乗ったことは流れに逆らった賢明とは言えないことで、これがあなたの名声を打ち砕き、人生最大の汚点にしてしまったのでは」

「それは一言では言いにくい。今日ここまで話したのだから、三点について話そう。ひとつ、皇帝を名乗ったのは確かに私心だった。総統の権力では結局限界があった。皇帝の権力だけが最高の権力で、しかも世襲制だったから、私の一家が代々栄えると思ったのだ。権力を渡すのが惜しかったのだ。あなたは若いし、大きな権力を持つことがどんなものか味わったことはないだろうと思うが、本当に美味なのだ。自分ですべてを決めることができ、すべてのやりたいことを気ままにすることができ、他人の命を自分の手に握っているのだ。その誘惑ときたらとても抵抗できないのだ。誰でも手放したくなくなる。二つ目。楊度《ようたく》や厳復《げんふく》らの推戴も間違いなく作用を及ぼした。実際の話、皇帝になるのがいいと思っていたが、政体に関わることには多くの人が目を光らせているわけで、でたらめをやるわけにはいかない。楊度と厳復らは何度も私に進言した。今、国民の気持ちは共和を嫌い、立憲君主に向かっている。立憲君主制度を行うべきだ、イギリスや日本はみな、立憲君主制で、事実上民主的な政体だ、我が国もそうすべきだと。これが私が皇帝を名乗ることも民意に添うもので、安心してやればいいと思わせたのだ。三つ目。長男の袁克定《えんこくてい》が暗に大きな作用を及ぼした。克定は長男で、彼は皇太子になりたがり、私が皇帝を名乗らないことをひたすら恐れ、そのため『順天時報』を偽造して、日本も私が皇帝になることを支持していると言って、皇帝を名乗る決心を固めさせたのだ。のちに次男の克文《こくぶん》と娘の淑楨《しゅくてい》が自分たちの兄が嘘を言っていることを見つけたが、事すでに遅し、父親に国を誤らせたと私は克定に大激怒した。まったく、親不孝の息子め」

「もう過ぎ去ったことですから、袁先生が今更腹を立てることはありませんよ」

「そう、そう、そうだな。どうやらまだ気持ちの整理がついてないようだ。まだしこりが残っていて、人間界のことを持ち出されると心が動揺するんだな。お笑いぐさだな。家族はたくさん享域にいて、私と一緒に住みたがっているのだが、私はずっと断っているんだ。一人で静かに暮らしたい。人間界でやったことは考えたくないんだ。人間界のこととはすっぱり縁を切りたいんだが、まだまだ修練が足らないようだ」

「何をおっしゃるんですか。お笑いぐさなんて。あなたの経験してきたことはどれも大きなことばかりで、忘れられないのも仕方ありませんよ。僕たちのような凡人は、人間界のときのこととなると、心がざわつくのを抑えられませんけどね」

「ありがとう。お若いのに、よくわかってらっしゃる。この年寄りを慰めてくれて、ほんとに嬉しいよ。さあ、言ってくれ、今日私に会いに来たのは私を慰めるためだけじゃないんだろう？　どんなことで？」

「そんな大真面目な急ぎのことでもないのです。ただ時間はたっぷりあるし、好奇心も旺盛な方なので、ききいてみたいことがあって。人間界で暮らしてみてどんな感じでしたか？」

「いろいろあるが、お二人が今日来たのはそれをきくため？」

「そうなんです」

「これは意外だな。二人は私が人間界にいたときの政敵の末裔かと思ったよ。天国まで追っかけてきて私を辱めようとね。私の一生は今更顔向けできない人でいっぱいだ。だから天国で辱めを受ける心の準備はできているつもりだ。わかったわかった。質問してくれたんだから正直に答えよう。もしもう一度人間界で生きろと言われたら、決して前のような生き方はしたくない」

「官僚にはならない？」

「そうだ。軍隊から政界に入って得意だったあの年、短い期間だったが、昇進するたびにただ嬉しいだけだったが、すぐに戦々恐々とし始めた。今の地位を失うのではないか、下手をすると命を落とすのではないかと。戊戌《ぼじゅつ》の変法のときは、処理を間違えれば頭をかち割られかねなかった。西太后の気性は後世の君たちにはわからないだろうが、それはもう恐ろしくて、彼女にちょっとでも疑われたら、すぐに首をすげ替えられるかも知れなかったのだ。ほんと、彼女に会うたびに、恐ろしくて仕方がなかったよ。官僚の地位はもちろん快適だった。食べるも飲むも思いのまま、天下の美味しいものが欲しいときに味わえる。住むところもどれだけでも広くりっぱに、どれだけたくさんの部屋でも思いのままだった。女性についても勝手放題だった。目をつけた女性はみな手に入れることができた。一生に一人の妻と九人の妾を持った私のようにね。人間界の男の多くが、私のこの点を羨ましがるのだが、政界の大きな精神的抑圧の中では、どんな女性が一緒にいてもどれほども楽しくなかったし、彼女たちはすぐにあれが欲しいこれが欲しいと言い始め、あれで泣き、これでわめき散らし、うっとうしいことこの上なかった。それに政界での腹の探り合いは、どっちかがやられるわけで、上辺は笑っていても、実は歯をギリギリ言わせるほど憎み合っているのだ。ご健康をお祈りしますなどと言われたら、それは明日の朝にでも死んで欲しいと思われているのだ。ほかの職業でももちろん焦ったり心配したりすることはあるだろうが、官僚は常時そうなのだ。寵愛を失うのではないか、味方が寝返るのではないか、部下が失態をやらかすのではないかと。年越しは、庶民は美味しいものを準備すればいいだけだが、官僚はあらゆる手を尽くして上司に贈り物をしなくてはならず、しかもその贈り物は上司が気に入る物でなくてはならない。そうでなければ無駄に贈ることになる。南海の真珠が好きな人に蘇州杭州の絹を贈っても、それは罵られるだけだ。すなわち上司の好みについて苦心惨憺しなくてはならないということだ。まったく、たまったもんじゃない。それから政界の勢力争いだ。勢いのあるときならみなに取り囲まれ、満面の笑みを向けられ、あれこれ贈り物をもらい、あれもすばらしいこれもたいしたものだと持ちあげられ、挙げ句には兄上、伯父上、父上などと呼ばれるが、いったん権力を失うと、取り巻きは、他の所に撒いた餌に飛んで行く鶏のように、あっという間に散っていく。その上、とばっちりを受けるのを恐れるあまり、ひどく罵り、一切の関係を断とうとする。この仕事のどこが面白い？」

「それではどうして中国の一般の人々は娘や息子を官僚にしたがるのでしょうね？」

「まずその一、中国は官位の高い低いで人生の価値の大きさを測るお国柄であり、官僚、大官僚になりさえすれば、人々から敬慕され賞賛され、人生に成功を収めたと感じられるのだ。その二、中国の官僚、特に正の職位は、現地の資源をほとんど握っていて、官僚になることが、個人にとってだけでなく家族親戚にとっても、利益を得る一番の近道だからだ。その三、官僚になって権力を握り、自分の政治的抱負を実行し、国や庶民の利益を図ろうとする人もいるが、それはごく少数だ。ただいることはいる。その四、中国政界の黒幕は普通外に出てこない。中の人間は自分が中にいるので言い出しにくく、外の人はわからないので何も言えない。だから普通の人は政界の華やかな一面だけ見て、その闇の一面は見えないので、前者が倒れたら後者が続いて、次から次へと政界に向かって行くのだ。しかし仔細に観察するとわかることだが、官僚になった人、政界の苦しみを味わった人は、普通自分の二代目三代目は商売人にして、官僚にはさせない」

「あなたのこの分析では納得できませんね」僕は反発した。「人間界では中国以外の国でも、人はどうして官僚になるのが好きなんでしょう？　大統領、州長、省長、選挙のときになると、どうして血を流してまで争うのでしょう？」

「それはおそらく人間の本性について言わなくてはならないだろう。人の本性の中には統治欲があって、人を統治する欲望は人を権力の面前に立たせる。一種の摑まえたいという本能だ。これは動物と少し似ている。猿の群れでは、王の地位を巡って命がけで嚙みつき争う。狼の群れでは、リーダーの地位を嚙みちぎり争う。それからだ、さっき話したような政治的抱負を持ち、官職が目的ではなく、私心からでもなく、自分で国を治め、州を治め、省を治めたいという願望を持つのは」

「その考えは、人間界にいたときにはもう？　それともここに来てからですか？」

「私は五十七年をほとんど政界で生きてきた。死ぬまでわからなかったとでも？」

「それではどうして早いうちに、政界から身を引こうとしなかったのですか？」

「さっき話したように、政界の誘惑の力は特別なんだ。あらがうことなんて私にできなかった。人間は一度官僚になったら、たちまち呼べば集まり、他人の運命を決定することができ、管轄区内のあらゆる資源を掌握することができるのだ。その気持ちよさ、達成感、誇りに思う気持ち、満足感、高みにいる気持ち、クラクラした感じは、本当に人を酔わせるのだ。アヘンのようなものだ。吸い始めると、やめたくても抜け出せないのだ！　昔から今まで、中国から外国まで、自分からやめるようなのがどれだけいる？　権力を放り出せる者が何人いる？」

「本当にもう一度人生を生きるとしたら、どんな生活をしたいですか？」

「牛を育てたい」

「牛を育てたい？」

「そうだ。牛をひと群れ飼って、何日かにいちど一頭売って、食べるものや着るものに変えるんだ。牛は従順だし、逆らうことを知らない。牛といれば、背かれる心配もないし、危害を加えられる心配もないし、侮辱される心配もない。きっと苦しい生活だろうが、安全で静かで快適に暮らせるはずだ……」

寧、袁世凱との会見はとても面白かった。もし私が将来天国の享域へ行くことができたら、私も必ず彼に会いに行こう。河南生まれとして、本来私たちに彼を誇りに思うようにしてくれないといけないのだが、逆に恥ずかしいと思わせている。私は自分の口で彼に残念だと言いたい。歴史は彼に偉人になるチャンスを与えたが、彼はそれを摑むことができなかった。これで他の人を責めることはできない。責任は主に彼にある。もちろん中原の土にも多少の責任があるだろう。何と言っても彼は中原で育ったのだから、この土地に染みついている毒素が食べ物や水と一緒に彼の血液に入り込み、彼の視野を狭め、思いを抑えつけ、彼の心に影響を与えたのだ。彼の今の心境は理解できる。一生奮闘し続け、多くの画期的なことを成し遂げたが、晩年の行為が苦労して得た名声をすべてだめにしてしまった。どうやら人にとっては晩年が大切なようだ。晩年はそれまでの半生の評価を変えることができる。青年時代、中年時代と苦労して突き進み、たどり着きたいと思っていた終点が見えていても、晩年に深い穴に落ち込んでしまったら、もくろみは当てがはずれ、苦労して得た名誉も雲のように流れていってしまう。そして永遠に苦しみと後悔の中に沈んでしまう。

晩年は長い人生の最後の一章だ。袁世凱はその一章をうまく書くことができなかったのだ。

父さん、ソクラテスに会いに行ったのはある日の午後で、やはり粼粼が一緒に行ってくれた。粼粼は自分から毒酒を飲んで死んだ思想家がどんな風貌か見てみたいと僕に言った。ソクラテスが享域に来たのが早かったからか、自分で選んだからなのか、彼の住居は僕たちのところから一番遠かった。僕と粼粼がその宇之角という居住区を探し当てたときは、黄昏が迫っていた。享域の服をまくり上げて両足を剝き出しにしたソクラテスは、自分の庭でチューリップを植えているところだった。庭の扉は開いていて、僕たちの姿が見えたとき、花の苗をもらいにきたお隣さんだと思ったらしく、高い声で言った。「悪いね、残りは四つ五つになってしまった」粼粼が笑った。「四つでも五つでもいいわ。いくらで売ってもらえる?」ソクラテスは驚いて仕事の手を止めて言った。「花をお金とつなげるのはどうかな。花は美の化身だ。お金は物質の変種だ。二者を交換することはできない。お二人は天国にいるのになぜ人間界のやり方で考えるんだ?」

粼粼と僕は二人とも笑った。

ソクラテス先生はそこでやっと体を起こして、僕たちが花の苗を取りに来たお隣さんでないことがわかり、長い鬚《ひげ》を撫でながらきいた。「お二人は――」

「僕たち先生の学生になりたくて、今日は特に会いに参りました。苗を植えるのをお手伝いしましょう」僕と粼粼は中へ入っていくと、有無を言わせず苗を植えるのを手伝い始めた。

「もう何百年もお客さんはいなかったのに、二人はどうやって私を見つけたのだ?」

「天国の調査センターであなたの家を見つけたんです」

「こんな無用の年寄りを覚えていてくれてありがとう。あっという間に、天国の享域に来てから二千四百年も経ってしまったよ」

「天国だろうと人間界であろうと、みんな知恵者であるあなたのお名前は覚えていますよ。あなたは人間界の市場やグラウンドや街角など公共の場で対話と弁論を行ない、それは今でもまだ書籍で伝わっています。あなたは間違いなく精神的助産師で、人々がたくさんの知恵を生み出すのを助けたのです」僕は天国の書庫で見つけた彼の評価を持ち出した。

「ハハハ、知恵者だと? 私が当時言ったことなど、今から見れば、みんなが知っている普通の理屈だ」

「しかしあなたが二千四百年あまり前に言ったたくさんの話が、今でも人間界のたくさんの人々が自分の生活を導くものとしています。たとえば、最も熱烈な愛情には最も冷たい結末がある。たとえば、欲しい物が少なくなればなるほど、われわれは神に近くなる。たとえば、天下の人を動かしたいと思ったら、まず自分を動かすことができなくてはならない。たとえば、男が生きるのはすべてを忘れるため、女が生きるのはすべてを覚えるため。たとえば、誰でも体に太陽を持っている。大切なのはそれをどのように輝かせるかだ。たとえば、この世界で、太陽の光、空気と水と笑顔のほかに、何が必要なのか？　たとえば、人は過ちを犯すが、同じ過ちを繰り返してはいけない――」

「よしよし、若いの、私の古くさい戯言《ざれごと》を取り出してくれて本当にありがとう。もし私の言ったことが本当に今の人間界の役に立っているなら、この上なく嬉しいよ」

「私は本で、あなたが当時人間界にいたとき、自ら清貧の暮らしを望み、厳寒酷暑でも普通の一重の着物を着ているだけで、靴を履かず、食事も質素だったと知りました。しかしいろいろなところへ出かけて人と話し、問題について討論し、人に最も有用な真理と智恵を探求しました。私が知りたいのはその原動力はどこから来ているのかということです」

「そんなことをきいてきた人はこれまでなかったよ。いい質問だ。見ての通り、私は見てくれは平々凡々で、醜いと言ってもいいくらいだ。鼻はぺしゃんこだし、唇は厚ぼったくて、目は飛び出しているし、背は低くてどんくさいし、これで考えることも言うこともしなかったら、他人に対して、アテネに対してどんな役に立つというのか？」

「自分のしていることが人々やアテネのためになっていると信じていたのなら、どうして他の人があなたを伝統的な宗教を蔑視しており、新しい神を引き込もうとしており、青年を堕落させ、民主に反対しているという罪で告訴され、死刑判決を受けたとき、反抗せずに甘んじて毒を飲んで死んだのですか？」

「当時の状況は、弁論はすでに無用、赦免を請うのは自尊心を傷つける、自分にできることはアテネの法律に則って死ぬことだけだったのだよ」

「もし私が今、あなたに、人にとって最も役に立つ真理は何だと考えていますかときいたら、人間界にいたときの感じで答えていただけますか？」

「人に有用な真理は多い。どれが最も有用かは言いにくい。もしどうしても選べということなら、これかな。コントロールしない欲望は災難を引き起こす」

「欲望すべてを指していますか？」

「もちろん」

「食欲、性欲、金銭欲、権力欲、出世欲、不滅欲、発展欲、収蔵欲、支配欲、探索欲、探検欲はすべてその中に入りますか？」

「ああ」

「自分が最初に選んだこの生活に満足しましたか？」

「満足しなかった！　いつも心持ちが楽しくなかった。私の生活には融通が利かなかった。私は常に考え話さなくてはならなかった。話すことはときに攻撃や罵倒を引き寄せた」

「それは本当の話ですか？」

「私は心の中で自分を騙したことがあるが、他者を騙したことはない」

「心の中で自分を騙したというのは、どういうことですか？」

「人はときに、自分を説得するために長期にわたってやることがひとつある。自分のために理由を探し続けるのだ。たとえば私はいつも考え話していたが、心の中ではずっと自分を騙して言っていた。人々は私がこうであることを望んでいる」

「人々は確かにあなたがそうであることを望んでいたのですから、自分を騙してなんかいないですよ」

「しかし私が死んでこの世からいなくなっても人々はいつもと同じように生活したではないか？」

「あなたが模範になったからですよ。あなたのあとには続けて考え話す人がいて、あなたの継承者がいるじゃないですか」

「慰めをありがとう」

「人間界で本当に感じたことで、もしもう一度人生を選べるとしたら、どんな選択をしますか？」

「種を植えるのを選ぶよ。穀物や野菜、果物を植えるんだ。確かなことをやりたい。穀物、野菜、果物など人々に必要な食料を生産するんだ」

「どうして？」

「人は最も基礎的なことをして、やっと最終的に人のことが理解でき、自分を本当に認識できるんだ」

「やはり自分を認識したい？」
「もちろん、自然と自分を認識するのは、人が生きる上で重要な目的のひとつだ。もし本当にもう一度人生を選べるなら、自分に関する考えを書く、言うだけじゃなくて。プラトンらに記録させるよ、記録ミスがないようにね」

寧、ソクラテスについての知識は少ないが、若い頃、彼の名言を座右の銘にして、私が書いたのはこんな言葉だ。物を贈ることで友人を作ってはならない。運命はチャンスの影、すべての人の災難を積み重ねて一つにして再び分配すればほとんどの人が満足して自分がもともと持っていた分を取りに行くだろう、待ち望むのを少なくしさえすれば最高の幸せに近づくことができる、怒ったときは口を閉じて怒りが増えないようにする。私は彼こそ真の知恵者だと思う。彼の思想は間違いなく我々一般人に啓発をもたらしてくれ、すっきり明るくしてくれる。彼が後世のたくさんの人たちの尊敬を得ることができたのに、自分の人生に満足していなかったというのは意外だった。私は彼に是非会ってみたい。住所をしっかり書き留めておいてくれ。私がそっちに行ったら教えてくれ、訪ねていくから。

父さん、次の薛濤の訪問はとても気が楽だった。彼女が住んでいる柳緑角は僕と粼粼が住んでいる観香角とはそれほど遠くない。食事の時間程度で行けるほどだった。僕と粼粼が彼女の家に着くと、門の上に三つの字が書いてあった。吟頌居。僕と粼粼は顔を見合わせて笑った。「間違いない、ここだ」

彼女はちょうど詩を作っていたのか、筆を持ったまま扉を開けに来て、僕たち二人を見ると眉を顰めてきいた。「お二人で何事？」

どうもじゃまされたのが気に入らなかったみたいだ。

粼粼が先に口を開いて、笑いながら言った。「薛さんのお宅はこちらとうかがいまして、訪ねて参りました」

「また別の日に来てちょうだい、私、忙しいの」彼女は遠慮のはしくれもなくそう言うと扉を閉めようとした。粼粼は思いがけず相手のメンツをつぶして顔が真っ赤になっていた。それを見た僕は慌てて言った。

「ごめんなさい、申し訳ありません。私たち来る前に何度も迷ったんです。おじゃまになるのではないかと。

しかし私たちもうすぐ一緒に住もうと考えていて、これは享域ではめでたいことなので、あなたは中国唐代の四大女性詩人のお一人、蜀の四大才女のお一人とうかがって、あなたに詩を作っていただいて客間に飾ろうかと思いまして」

　薛濤はそれを聞くと冷たい表情は消え、言った。

「それでもあらかじめ言っておくべきよね」

「すみません、すみません」僕は粼粼を部屋の中に引っ張り込もうとしたんだけど、さっき怒らせて冷たい仕打ちをされたもんだから、手を振り回して入ろうとしないんだ。僕はさりげなく無理矢理引っ張りこんだ。

「二人の様子を見ると、釣り合いが取れてる感じね、人間界だったら、きっといいご縁だったはずね、享域でも純情ないいお話ね」客間に座ると、彼女の語気は熱くなっていった。

「褒めていただいてありがとうございます。私たちが一緒に住むのは、寂しさをまぎらわすためです」そう言いながら僕は、彼女が着ているのは享域の女性用の服だが、髪型が唐代の女道士のものだということに気がついた。本には彼女が晩年女道士の格好をするのが好きで、碧鶏坊《へきけいぼう》に吟詩楼を建て、清らかで静かな晩年を過ごしたとあったけど、どうやらそれは本当らしい。

「薛さん、彼のでたらめを聞かないで下さい。一緒に住むのを私まだ決心してないんです」粼粼は恥ずかしさから僕に食ってかかった。

「こういうことでかんしゃく起こしちゃだめ！」彼女は含み笑いをしながら粼粼に言った。「チャンスがいくつもあると思って？　失ったら二度とないのよ。この子、一緒に住むにはいいお相手だと思うけど？　ほかの女の子に取られないようにね！」

「そうでしょうか？」粼粼はクスクス笑うと僕をじっと見て言った。「他の女性が彼を奪うでしょうか？　奪ったらいいわ、欲しい人がいるなら奪いに来たらいいわ！」

「そんな風に言わないのよ。あなたが好きになった男なら、他の女の子が好きになる可能性はあるわ。あなたが大切にしないなら、彼を他の女の子の胸の中に押し込んでしまうことになるわよ。そういうことは私、人間界で腐るほど見てきたんだから」

　雰囲気はこうして軽くなった。

「私たちのために詩を書いていただけますか？」もう一度お願いしてみた。

「いいわよ。客間に飾りたいのなら一首作りましょ」

彼女はそう言いながら机の前まで行くと、さっき置いた筆を手にとって、桃色の付箋を一枚はがして、ちょっと考えると書き始めた。

那ぞ堪えん　花　枝に満を
(花が枝一杯に咲いているのを見るのは耐えられない)
翻《かえ》って両相思を作す
(却って両思いの気持ちが心にあふれてくる)
玉箸　朝鏡に垂れる
(朝鏡をのぞくと涙が流れている)
春風は知るや　知らずや
(春風には私の気持ちがわかるのだろうか)

「新しい詩を書くには時間がいるから、これは私が人間界にいたときに書いた旧詩の中の句を選んだものよ。二人へのお祝いになってるでしょ」

前に進み出て見ると、その詩には含蓄《がんちく》があって、彼女の行書はとてもすばらしく、筆に力があって、女性らしさは微塵もなく、王羲之《おうぎし》の技法だった。僕と粼粼は見つめ合って同時に言った。「ありがとうございます。薛校書！」

「その校書という言い方はやめて。人間界で朝廷から賜った肩書きで、韋皋《いこう》先生のご厚意に過ぎないんだから。もう二度とその呼び方はしないでね」

「わかりました。わかりました。しかし当時の王建《おうけん》の詩『寄蜀中薛濤校書』の中で、あなたのことを校書と書いたので、それでみんな薛校書と呼ぶようになったのです。あなたが亡くなって剣南の節度使の段文昌《だんぶんしょう》が自ら墓碑銘を書き、そこには〝西川女校書薛濤洪度之墓〟と刻まれました。実際のところ、さすが女性校書ですよ！」

「人間界でのことはほっておいて。ここは享域なんですから、あんな肩書きなんか聞きたくもないの。薛先生と呼んでくれたら嬉しいわ」

「それでは薛先生と呼ばせていただきます。薛先生、今日は詩を書いていただきたいという私たちの希望を叶えていただきありがとうございました。もうおいとましなくてはなりませんが、この二人の詩歌愛好家ともう少しおしゃべりして教えを請うわけにはいかないでしょうか」

「何を話すの？　あなたたちが天国の享域に来て間もないってことは見てすぐにわかったわ。私が人間界で生きた時代とあなたたちとの間には千年あまりの開きがあるのよ、共通の話題があるかしら？」
「私たちの共通の話題は唐詩ですよ。唐詩は時代を超えることができます」鄰鄰が口を挟んだ。
「いいでしょ。それじゃ私たち唐詩についてお話ししましょ。二人は唐代の詩人で誰の詩が好きなのかしら？」
「一番はあなたの詩です。『十離詩』の中の〝犬離主〟は、一匹の犬を紙の上に活き活きと描き、しかもそこには深い意味が含まれています」

　朱門に馴擾し四、五年、毛香り足浄く主人は憐む
　（お金持ちに飼われて四、五年、いい匂いがして足もきれいで主人にとても可愛がられた）
　端し無く咬着す親情の客、紅絲の毯上に眠ることを得ず
　（しかしお客さんにむやみに噛み付くので、赤い絨毯の上で寝させてもらえなくなった）

「面と向かって持ち上げられてはかなわないわね」彼女は笑いながら手を振った。
　僕は慌てて首を振って言った。「決して心にもなく持ち上げているわけではありません。ほんとに好きなんです。唐代の詩人の中で、僕が好きなのは他に元稹《げんしん》がいます。彼の『行宮《あんぐう》』はとてもすばらしいです。

　寥落《りょうらく》たり古《いにしえ》の行宮
　（荒れ果てて寂しげな昔の行宮に）
　宮花寂寞の紅
　（宮中に咲く花がひっそりと赤い花をつけている）
　白頭の宮女在りて
　（白髪頭の女官がいて）
　閒坐して玄宗を説く
　（玄宗皇帝の盛んだった御代のことを暇に飽かせて説いている）

　この五言絶句には深いイメージがあって、宮女の哀しみと怨みの気持ちを切々と訴えかけ、詩人の盛衰の感覚を託しています」

薛濤は元稹の名前を聞くと、顔をちょっと不自然な笑いがかすめ、ため息をついて言った。「彼が書いた詩で一番いいのは『明月三五夜』ね」

月を待ちて西廂の下
（西廂の下に立って月が昇るのを待っていると）
風を迎へて戸半ば開く
（風が扉を半分押し開ける）
牆《しょう》を払ひて花影動く
（壁に映っている花影が揺れるのは）
疑ふらくは是れ玉人来るかと
（私の愛しい人が訪れたのではないか）

粼粼がこのとき口を開いた。「それから『離思』も

——

曾て滄海《そうかい》を経れば水と為し難く
（かつて大海原を渡った者にとっては他のものは水でなく）
巫山《ふざん》を除却すれば是れ雲ならず
（巫山の雲をのぞけば、他のものは雲ではない）
取次《しゅじ》たる花叢《かそう》回顧するに懶《ものう》し
（次々と花開く草むらを振り返って見るのも億劫だ）
半ば修道に縁《よ》り半ば君に縁る
（それは半分は修行のせい、もう半分は君のせいだ）

この詩は物に情を託していて、言葉は親しみやすく思いは遠く、情趣にあふれていて、心を動かされます」

「元稹に替わってお二人にお礼を言うわ。二人がこんなに彼の詩を好きなことを知ったら、とても喜ぶはずだわ」

「享域でお二人は会ったことはあるのですか？　生前は天地を感動させるほど愛し合ったとうかがいましたが」怒らせるかもと思ったけど、試しにきいてみた。

　幸い、彼女は怒らず、すごく苦笑いをして言った。

「会ってなんの得があるかしら。今は人間界の妻の韋《い》叢《そう》と一緒に住んでるとか聞いたけど。二人仲良くやっていることを願うわ」

「薛先生、あなたの一生は、女性として、あんなにも

たくさんの美しい詩篇や伝説を残し、長く語り継がれる存在となりました。まさに光り輝いていたと言っていいと思います。人間界で生きていたとき、どんな感じでしたか？」

「今更そんなことをきいて意味があるの？　人間界から消えて千年あまりにもなるのよ」

「純粋に好奇心からなんです。話していただけませんか？」

「人はねえ、まともな日々を送るのが一番よ！」

「自分の人生を少し後悔しているんですか？」

彼女は何度もうなずいた。「もしもう一度人生を送れるなら、絶対あんなのはイヤ」

「それじゃ何をしたいですか？」

「普通の男性に嫁いで、子どもをたくさん産んで、質素な暮らしの中で、妻としての母親としての静かで穏やかな喜びを楽しみたい。歌い手や食客にはならない。役人に詩を作ってやったり酒を酌んでやったりしない。詩を書くなら仕事の合間。書けるとき書いて、書けなきゃそれまで。一日中うんうん唸って詩を書いたりしない。両思いの苦しみは味わいたくないし、人の顔色をうかがうのはたくさん」

「ええっ？」

「あの日々はほんとに辛かったわ……」

丁亥《ひのとい》（二〇〇七）

寧、世の中の人から絶賛されている薛濤にも口にできない苦しみがあったとは。元の人生はやり直したくないとは。私が読んだ彼女の詩は『謁巫山廟』だ。

乱猿《らんえん》啼《な》く処に高唐を訪《とぶら》へば、路は煙霞に入って草
木香《かぐわ》し
（猿がそこかしこで鳴き声をあげるようなところにある巫山の高唐を訪ねていくと、道は霧の中に消え草木の香りが強くなる）
山色未だ宋玉を忘るること能《あた》はず、水声猶《な》ほ是れ
襄王を哭す
（巫山の景色は依然宋玉の描いた様子を忘れることなく、水の流れる音もいまだ襄王のために泣いているようだ）
朝朝夜夜陽台《ようだい》の下、雨と為り雲と為って楚国亡ぶ
（朝ごと夜ごと石台のあたりは、巫女が雨となり

雲となって楚国は滅びた）

惆悵《ちゅうちょう》す廟前多少の柳、春来空しく画眉《かきまゆ》の長きを
闘はす

（嘆き悲しむ廟の前にはたくさんの柳があり、春が来たというのに空しく眉毛の長さを競っている）

私は本当に彼女には敬服するよ。真の才女だと思う。彼女のような人になったら、千年後に伝わる詩篇を残し、それでこそ生きている価値があり、心も満たされているはずだが、しかし……。

父さん、薛濤への取材が終わってから、僕は粼粼に言った。「達雅が依頼に来ないから、休みにしてひと息入れよう。一日中天国の調査センターに行って取材対象の住所を探し、天国の書庫に行って対象者の資料を探し、取材対象の家までほうぼう出かけ、取材対象へ気を遣い、本当に疲れたよ」粼粼は笑いながらきいた。「どうやって休むの？　家で寝るの？　天国劇場にお芝居を観に行く？　それとも旅？」

「薛濤先生に詩を贈ってもらったんだから、この機会に同居の手続きを正式に始めない？」彼女の意見をおそるおそるきいた。

彼女は何も言わず、ちょっと考えてからきいた。

「あなた本当にしっかり考えたの？　寂しさを紛らわせる相手を探しているだけなの？　本当に私が好きなの？」

「もちろん本当に君が好きだ」

「言っとくけど、ここは人間界じゃないのよ。あなたが私をきれいだと思ってくれていても、それは単に殻に過ぎないわ。本物の肉体が触れ合いキスするような喜びはなくて、ただ私という霊魂と付き合うだけよ。間違いなく私という霊魂が好きなの？　私は人間界にいたとき知ったの、男が女に近づくのは、まず女性の肉体が美しいことが男性の興味と欲望を引き起こし、そのあとで女性の心に興味を持つって」

「そんなこと言う必要ないんじゃない？　君が僕に喜びを与える肉体がないのなら、僕にも君を喜ばせる肉体はない。僕が好きなのは君という霊魂だよ」僕は笑いながら彼女を見た。彼女がこの件について妙に慎重になっているのに興味を覚えた。「同居することは天国で当たり前のことじゃないか」

「はっきり認識しておかないとね。純粋な霊魂同士の付き合いと肉体と霊魂共に持った者同士の付き合いはまったく別物だってね。そこがちゃんとわかっていたら同居してからあなたを失望させることはないわ」

「もちろんわかってるよ。君が僕を失望させるはずがないと確信してるよ」

「それならいいわ。あなたが私の所に来る？　それとも私があなたの所に行く？」

「君が決めてくれ。言う通りにするよ」僕は彼女に合わせた。

「それじゃあなたが私の所に来て。私のことが嫌になったら元の所に戻ればいいわ。お隣さんたちも何も言わないでしょ。もし私があなたの所に行って、あなたが私を嫌になったら、私を追い出して。私の感情は最悪でしょうけど」

「そんなことにはならないよ。でも君が心配なら僕が君の所に行くよ」

「あなた以前、達雅に私たちの同居の証人になってもらいたいって言ってたわよね。彼女に話す？」

「彼女が来たら、また僕たちに取材のリストを渡すかも知れない。それだといつも何かしなきゃいけない感じで気が休まらないよ。同居するなら徹底的にリラックスしたいんだ」

「わかったわ。おじいさまやおばあさまには、あらかじめ伝える？」

「先に同居してから呼ぶことにしよう」

鄰鄰はうなずいて言った。「いいわ」

僕は翌日の朝御飯の後、わずかばかりの物を持って鄰鄰の所へ引っ越した。出る前に門の上に紙を貼った。〝私に御用の方は薄鄰鄰の所まで〟。それから門を閉めて行った。亨域では、すべての同居者の家はそのまま残され、同居が終わったらいつでも帰れるようになっている。

鄰鄰の家は庭も家の中も僕の家よりきれいに掃除されていた。持って来た物を置き、薛濤先生が僕たちに贈ってくれた詩を客間に張り、それから決まりに則って、赤と黄色の布を庭の門の両側に掛けた。これで同居の儀式は終了だ。

鄰鄰が僕の胸に飛び込んできて、僕たちは長い間抱き合っていた。女性の霊魂にも香りがあるようだ。僕は芳しい香りを嗅いで、天国に来て初めて温かく幸せな感じに包まれているのを感じた。

僕たちが抱き合って甘い感覚を味わっているとき、庭の門から突然二胡の音が響いて来た。何だろうと思った僕たちは抱き合っていた腕をゆるめて、外に出て見てみると、やつれた顔の中年の男性が門の柱に寄り掛かって二胡を弾いていた。天国に二胡の弾き語りが？　僕がいぶかしんでいると、粼粼が高い声で叫んだ。「劉おじさんじゃない、早く入って！」

「誰？」僕は小さい声で粼粼にきいた。

「西のお隣さんで、劉おじさん、二胡が弾けるの」

「あんたの家の門に二色の布が掛けてあったんで、観香角にまた一組同居する男女ができたと知ってな、こうして二胡を抱えてお祝いに来たんだ」劉おじさんは笑いながら弓を引く手を止めると言った。

僕は普段から二胡の演奏が好きだし、何曲かは自分でも弾けるだろ？　同好の士がやって来たと興味が湧いたんで彼にきいた。「どんな曲が弾けるんですか？」

「何がお聴きになりたいのかな？『閑居吟』？『良《りょう》宵《しょう》』？『光明行』？『空山鳥語』？　それとも『燭影《しょくえい》揺紅《ようこう》』？　聴きたい曲を弾いて差し上げるが？」

「ええっ、劉天華《りゅうてんか》の二胡の独奏曲、全部弾けるんですか？」僕は驚いた。「冗談でしょう？」

「ちょっと、劉おじさんはその劉天華なのよ！」粼粼はそこでやっと僕に紹介してくれた。

「劉天華？　どう見てもあの国楽宗師の劉天華じゃないですよね」僕は冗談を言った。

「どうして？　らしくないかな」

「本当に劉天華先生？」驚きがどんどん大きくなっていった。

「二胡のことはよくご存じのようだから、何曲か弾いて進ぜよう。中国江陰生まれの劉天華かどうかお聴きなされ」彼は言い終わると弓を動かした。すぐに美しい『良宵』の曲が、緩やかな弓の動きと共に流れてきた。

「なんと、これ、僕が聴いた中で一番きれいな『良宵』だよ！　粼粼、もう、なんでもっと早く劉天華がお隣さんって教えてくれなかったの？」

「私はただ二胡の愛好者だと思っていたのよ。そんな有名な演奏家だったなんて。私、普段音楽はあまり知らないから」粼粼は笑っていた。

曲が終わると、突然拍手が沸き起こった。そっちの方を見ると、たくさんのご近所さんが彼の二胡の音に引き寄せられやって来ていた。劉おじさんは嬉しくなったらしく、今度は『空山鳥語』を弾き始めた。僕はもうその美しい旋律に酔いしれて、目を閉じて首を揺らしていた。すると突然一人の男性の叫び声が聞こえた。「薄粼粼、周とやらと一緒に住むのは許さないぞ！」

その声に驚いて、どこから聞こえてきたのか探すと、若い男がお隣さんたちの間を割って出てきて、粼粼のそばまで行くと「享域に来てすぐに君を探したんだ。今日やっとこの観香角で君を見つけたんだ。他のヤツと住んじゃだめだ。僕たちもうすれ違うわけにはいかない」

粼粼は驚いて相手を見ると、声を震わせてきいた。

「あなた……どうして来たの？」

「土石流だよ。台湾に旅行に行ったとき、土石流に巻き込まれたんだ。早く来て良かった。もう少し遅かったらまたすれ違うところだった」

彼はそう言いながら粼粼を自分の胸に引き寄せた。粼粼は彼の胸の中で泣き始めた。僕はもうただぼうっと見ていた。この男、一体どこから来たんだ？　しばらくどうしていいかわからなかった。

お隣さんたちも様子を見てそっと立ち去っていった。劉天華も二胡を下げてゆっくりと引き上げていった。僕はもうたまらなかった。こんなことになるなんて思いもしなかった。

「周寧、来て、紹介するわ。彼は万天行《まんてんこう》、私が人間界にいたときに結婚できなかった人。こちら周寧、ここ天国享域での同居者よ」薄粼粼は彼の胸から逃れると、僕たちのために紹介した。

僕は苦笑して万天行に言った。「知り合えて嬉しいです」

万天行は僕に手を振って言った。「悪いけど、もう行ってくれないか、行ってくれ。ここは君のいる場所じゃない。粼粼が一緒に住むのは僕とだ」

薄粼粼はこのとき、突然顔色を変え、万天行に言った。「彼にどうしてそんな言い方ができるの？　誰に彼を追い払う権利があるの？　彼は私が自分で選んだ同居人なの。あなたは私とはもうなんの関係もないの。わかった？」

「じゃあ、僕はどうするんだ？」万天行は明らかに粼粼がそんなことを言うなんて思いも寄らなかったようで、あっけにとられた。

「待ちなさいよ、奥さんと子どもが来るのを！」

「いつまで待てって言うんだ？　それにあいつはイヤなんだ。結婚してからは食って寝てばかりで何もしないで、一日中髪や爪ばかりいじっていて、ほかには何も関心がない。いつも僕と口喧嘩ばかりで、何に対しても不満で、彼女が来ても一緒に住みたくなんかないよ」

「彼女がイヤだから私の所に来たの？　あなたは私を傷つけたことを覚えてないの？　私が死んで半年もしないうちに、あなたは私をすっかり忘れて、私の写真まで全部燃やしたのよ？　私が知らないとでも思ったの？」

「それは君の言う通りにしたんじゃないか」

「私の？」

「君が死ぬ直前に会いに行ったとき、君は僕の手を握りしめて言ったんだ。私の写真は全部燃やして、別にいい人を見つけて結婚して、私のことは全部忘れてって。みんな忘れたのか？」

「あなた、あれを全部本気にしたの？」

「まさか嘘だったのかい？　僕はあのとき、生きていくには君の言った通りにするしかなかったんだ。君を失った傷から抜け出せないと、生き続けるなんてできなかったから。結婚してからもずっと毎日君のことを考えていたんだよ……」

「本当なの？　ああなんてこと」粼粼はまた彼の胸に飛び込むと嗚咽を漏らし始めた。

　その様子を見て、僕はそっと部屋に入って自分の物を持つと、元の家に帰った。父さん、もちろんやりきれなかったけど、ほかに方法がなかったんだ。引き下がって終わりにするしか。もうこれ以上粼粼に辛い思いをさせたくなかったし。どうやら二人は本当に人間界で熱愛してたみたいだし、今またこうして二人が出会ったんだ、僕に割り込むことなんてできないよ。二人を一緒にしてあげることしか……。

　寧、私には天国のことをあれこれ言うことはできないから、自分が正しいと思ったことをやりなさい。一人の女性が本当に一人の男性に心を動かされ、愛したら、二人目の男性には心がいかないものだ。もし二人目の男性に心が動くようであれば、本当は愛していないということだ。天国には物質面のことは考えなくていいから、人間界のこの法則は適用できるのではないか。もし粼粼が本当におまえを愛しているなら、きっとおまえのところを訪ねて行くはずだ。寧、今回のことで傷ついているのではないかと心配だ。おまえは感情的に傷つきやすい子だったから。

あきらめるんだ……。


父さん、あの日の夜は眠れなかったよ。だから次の日は朝起きるのが遅かった。目を覚ますと天使の達雅が僕の窓辺に立っていた。

慌てて服を着て飛び出していった。「お待たせしました。起こしてくれれば良かったのに」

彼女は含み笑いをして言った。「ゆっくり寝てていいんですよ。粼粼と彼女の結婚しなかった男のことは知っているわ。残念だったわね」

「ありがとう。でもだいじょうぶです」一生懸命笑おうとした。「あなたに同居の証人になってもらわなかったのは幸いでした。そうでなければあなたにも嫌な思いをさせているところでした」

「不快な気持ちを解消する方法を教えましょうか。どんな不快なことも快適なことが前に待ち受けていると信じるのよ」

「そうですか？　何かいいことが僕を待ってるんでしょうか？」

「それは私にもわからないわ。私に今わかっているのは、これをあなたに渡さなくてはならないということ」受け取ってみると三人の名前が書いてあった。七七七七区石榴角《せきりゆうかく》の李《り》南行《なんこう》、六六七七九八区丹美《たんび》角《かく》のノラ、三三八八一九区柿《し》樹角《じゆかく》のモーツァルト。

「新しい取材先？」

彼女はうなずいた。

三人の名前を見て、モーツァルトだけは知っていたが、前の二人は全然知らなかった。幸い住所はもうわかっているから、探す手間はない。粼粼に頼むこともない。

それから僕は天国の書庫に行って、それぞれの状況を調べた。

李南行はもともと農民で小麦と玉蜀黍を植えているだけだったが、百三歳まで生きた。中国湖北省武当山の人で、若いときに秀才になっていた。

彼を探すのに手間はかからなかった。

髪も髭も眉も全部真っ白の老人で、僕が訪ねてきたのを見ると、笑って顔中皺でくしゃくしゃにして言った。「この享域に来て長いが、わざわざ私の所に訪ねてきたのは、あんたが初めてじゃ。天国はすべてがすばらしい。座っておしゃべりすることのできるお隣さんは少ないが、この石榴角の住人は、みんな自分のやりたいことをして、人間界で住んでいた村のように、四六時中こまごまとした話をしなくてはならないようなことはないからのう。さ、さ、早くお座りなされ」

「享域に来ていらっしゃるご家族を探して一緒に住むこともできますが」

「いやいや、わしは生きていたとき、家族には嫌な思いばかりさせたでの。やっぱりひとりで暮らすのがいい。寂しいと感じたら縄を編むんじゃ」

「武当山のあたりから来た同郷を探すこともできますよ」

老人はとても嬉しそうに髭をなでて言った。「今日あんたに会って、同郷に会ったような気分じゃよ。あんたの話し方からすると、あんたが人間界で住んでいたのはわしのところとそんなに離れてはおらんじゃろ？」

「河南省の鄭州です。あなたの家からは直線距離で百キロ弱です」

「さて、どんな用事で来られたのかの？　縄をなうのを手伝って欲しいとか？　わしの縄をなう技術はなかなかのもんじゃよ。わしのなった縄は何でも縛れるぞ」

僕は笑った。「僕は縄はないません。ちょっとおしゃべりしたいんです。あなたは人間界のときに若くして秀才になったとうかがいました。その後、官僚になられたのですか？」

「いいや。ただ府県レベルの試験に通っただけでは、直接官職を授かることはできんのじゃ。選抜を経て、一部分の人だけが仕官することができたんじゃ。わしの両親も祖父母もみんなわしと二人の秀才の兄が一緒に省クラスの試験を続けて受けて挙人になって、官僚になって俸禄を受けることを望んでおった。うちはあの頃家の状況が良くて、父親は店をやっておって、あの辺りでは金持ちの家と言えたじゃろう、無理をして三人の子どもに勉強させ試験を受けさせたんじゃ」

「あなたも受けたんですか？」

「いいや、あのとき、年寄りの願いを聞き入れて受けていたら、たぶん受かっておったじゃろう。二人の兄がどちらも通ったからの。二人は普段の勉強の成績はわしに及ばず、わしの先生は日頃からわしを自慢し、二人をバカだと言っておった」

「どうして受けなかったんです？」

「あのとき思ったんじゃ。わしは若くしてすでにたくさんのものを得ておった。裕福で温かい家庭、健康な体、秀才の名誉。喜ぶべきじゃった。家の恩に報いるために何かすべきじゃ。自分のためにあくせくしていてはだめじゃ、すべてを自分の手に入れてはだめじゃ。三人の息子に試験を受けさせるため、家の年寄りたちは苦労して金を稼がにゃならんかった」

「それで何をしたんです？」

「別の金持ちの家の私塾の先生になって、毎月稼いだ金を父親に渡したんじゃ」

「お父上は喜ばれたんでしょう？」

「喜ばんかった。父親も母親も、祖父も祖母も、みなわしが二人の兄と同じように試験を受けて仕官することを望んでおった。みんなわしをいくじなしと罵った」

「二人のお兄さんは、どんな官職に就かれたんですか？」

「上は武昌府の通判に、下は武官で、武昌の驍騎校《ぎょうきこう》になって、どちらも正六品じゃった」

「それからは二人ともいろいろと面倒を見てくれたのではないですか？」

「そこまでいけなかったんじゃ。辛亥革命が起こって、まず下の兄が武昌でクーデターを起こした兵隊との戦いで死に、それから上の兄は武昌から出るときに反乱軍に殺されたんじゃ」

「そうですか。あなたは結婚されたんですか？」

「結婚も両親と祖父母に反対された」

「どうしてですか？」

「当時媒酌人が私に話を三つ持ってきたんじゃ。一つは襄陽《じょうよう》の富豪の黄《こう》家。黄家のご老人が私が襄陽の新聞に発表した何篇かの文章を見て才人と思い、人に頼んでわしのことを聞き、まだ結婚しておらんと知って、娘の婿にと言ってきたんじゃ。もうひとつはうちの近くの丹江鎮《たんこうちん》の郭《かく》という家で、そこのご老人がわしが帳簿を付けられることに目を付けて、娘の婿にしたいと言ってくれたんじゃ。もう一つは隣村の家で、そこの父親は塾の先生をしており、家柄は普通だったんじゃが、わしのことを知って媒酌人を立てだんじゃ。この三つの家の娘は三人ともきれいで、両親祖父母は、水は低きに流れ、人は高みに上る、おまえは襄陽の黄家を一番に丹江鎮の郭家を二番に選ばなくてはならない、隣村のは考える必要はないと言った。しかしわしは黄家も郭家もうちよりも家柄がずっと上で、もしどちらかの婿になったら、ビクビクしながら生きねばならんし、いじめられる可能性が大きいと思うた。もし隣村の娘を嫁にもらったら自由気ままな夫になることができる。じゃからわしは隣村の家との結婚に同意したんじゃ。これでうちの年寄りと大げんかになって、長いこと音信不通じゃった。わしは当時思ったもんじゃ、どうしていいことがみんな自分の頭の上に並ぶんじゃろうと。いいことにはそれなりの代価が必要なもんじゃろう？　しばらくもしないうちに、わしの考えが間違っていなかったことが証明されたんじゃ。襄陽の黄家は政治的に頼る人を間違えて、他の役人にあら探しされて財産を没収され、貧民になってしまった。丹江鎮の郭家は、土地のごろつきに睨まれて、娘を拉致され、娘を取り返すために財産を使い尽くしたものの、結局娘を取り戻すことはできず、娘はごろつきどもに汚されて死んだんじゃ」

「それじゃあなたの結婚生活は幸せだったのですか？」

「まあまあじゃ。うちの妻はなかなか賢くて、わしには家のことで気を遣わせず、子どもが次々生まれてからはもっと忙しくなった。その頃わしはほかの塾の先生と一緒に小学校を始めて金を稼ぎ、生活はまずまずじゃったよ」

「それからずっと学校を？」

「そうじゃ。金を稼ぐと、妻や妻の両親も含めみんな私にもっと土地を買ってもっと家を建て地主になったらと勧めた。じゃが、考えれば考えるほど気になった。家がたくさんあっても全部に住めるわけじゃないのに、どうしてそんな必要があるんじゃ？　わしは金を出して、子どもたちを武漢の学校に入れた。わしと一緒に学校をやっていた塾の先生は金ができると、わしの言うこともきかず、土地を買って家を建て、のちにすっぱり学校を辞め、地主に専心するようになった。思いも寄らず土地改革がやって来ると大地主にされ、つるし上げられた。わしはそれから学校を政府に渡すと、政府は私を中農の身分に割り当て、校長を続けさせたんじゃ」

「校長はどれくらい？」

「一年ちょっとあと、県が私を県政府の教育局長にと言ってくれた。子どもたちはそれを知ると、私にその仕事を受けるように勧めた。じゃがわしは考えた。局長はもちろん祖先の名を上げるものじゃ、しかしもう六十を過ぎて、今から知らない政界でやっても気持ちばかりで力が及ばないだろうと思い、やはりこの光栄な話はやめようと思ったんじゃ。そこで退職を願い出て村に戻ったんじゃ。ちょうどたくさんの人が教育長になりたがっておったから、上もわしを引き留めず、わしの願いを受理してくれたんじゃ」

「いいことが目の前に来ようとしているのに、どうしていつも引き下がるのですか？　不思議に思います」

「引き下がるというわけでもないんじゃ。いいものを目の前にしたら自分の心をできるだけ落ち着かせ、ちょっと待ってみるだけでいいんじゃ、いいタイミングで手を止めるんじゃ。けっして手を伸ばしてまではとらない。わしは長いこと生きたが、一番感じたことは、世の中の良いものを独り占めしようとすると自分一人の身にはあまりにも多すぎる。多すぎると面倒なことが起こるだけだということじゃ」

「当時県の教育局長と言えば、国家の正式な幹部です」

「後で私の代わりに教育局長になった幹部は文革のときに批判されて死んだそうじゃ」

「えっ」

「わしは退職して村に戻ってから、武漢で仕事をしているわしの子どもたちがわしたち夫婦を呼び寄せて楽をしてもらいたいと思ってくれたんじゃ。妻は一生苦労し通しじゃったし、行きたがった。わしは行きたくなかった。舅小姑のそりが合わないのが嫌じゃったしな。のちに妻は一人で行ったよ。行くときわしが善し悪しを知らない頑固者だと抜かしよったよ。わしは村で作物を植えることを学んで、小麦、ソラマメ、エンドウ、トウモロコシ、サツマイモ、いろいろ植えたよ」

「畑仕事は辛いでしょう？」

「辛くないと言えば嘘になるじゃろうの。雨が降らねば水をやらにゃならんし、雨が多すぎたら水を抜いてやらねばならん。風が吹けば作物が倒されるんじゃないかと心配し、雹が降れば作物がだめになっているんじゃないかと心配になり、早起きして畑に出て、暗くなるまで収穫し、雨風日照り、みな受け入れにゃならん、当然辛い。じゃがな、その辛さのおかげで体は丈夫になって、太りすぎでも痩せすぎでもなく、血圧も高からず低からず、目も見え耳も聞こえ、足腰はしっかり、頭もはっきりじゃ。妻は街へ行ってから食べるものは良くなるし、動くことは少なくなって、怒りっぽくなり、ついには心筋梗塞でさっさと逝ってしまいよった。畑仕事の苦労が、わしを長生きさせてくれたんじゃよ……」

寧、この李翁の生活態度は、われわれ河南の農民たちがいつも言っている言葉を思い出させる。「いいものに出くわしたらさっさと手に入れろ」この大体の意味は、いいものを手に入れたら、それですぐにやめて、すぐに立ち去るということだ。これまでこの言葉を気にしたことはあまりなかったが、李翁の行為はこの「いいものに出くわしたらさっさと手に入れろ」に深い意味があると感じさせてくれた。実際、一般人には李翁のようにはなかなかできない。いいことやいいものが目の前にあるのに、すぐに取ろうとしない人はいない。心を落ち着け少しだけ取って満足する人は、とても少ない。おそらく私もできない。李翁は本当の知恵者だ……。

父さん、続いてはノラだ。ノラはドイツの自動車会社の清掃員で、のちに自分で障害児の施設を作ってたくさんの障害児を引き取って育てた人だ。ここに来たのは一昨年で七十一歳。六六七七九八区の丹美角に彼女を訪ねて行ったときは、ちょうどカッターとボール紙で車のおもちゃを作っているところだった。車のおもちゃを作って寂しさを紛らわしているんだとか。定期的に忘憂角に住んでいる子どもたちに自分が作ったおもちゃを届けに行くんだそう。僕にもひとつくれた。彼女のおもちゃはとても精密に作られていて、フロントガラスのワイパーまでちゃんと作ってある。生前ドイツのどこの自動車会社で仕事をしていたのかきいた。

「アウディよ」

「アウディのマークはどうして四つの輪なんですか？」

「あのマークは一九三二年から使い始めて、最初アウディは、ＤＫＷ、ホルヒ、ヴァンダラーと組んで四つの会社が一緒になったものなんです。交わった四つの輪は兄弟四人が手に手を取っているのを象徴しているのです」

「アウディでどんな清掃の仕事を請け負っていたのですか？」

「支社が管理していたホールです」

「仕事は自分で選んだものだったのですか？」

「私は孤児でしてね。両親は私が八歳のときに家のガス爆発で死にました。私は学校にいたので幸い難を逃れましたが、学校は中途退学を余儀なくされました。その自宅のガス爆発は隣近所に損害を与えてしまったので、賠償問題に直面し、そのため親戚は誰も私を引き取りたがらず、私は自分で孤児院を探し、そこに行きました。そこに十八までいたのですが、学んだ知識は良い仕事が見つかるようなものではなかったので、清掃員の仕事の募集に応募したのです。そこで二年仕事をしてるうちに、のちに夫となるゲールと知り合ったのです」

「ゲールもその支社で仕事をしていたのですか？」

「そうです。彼は組み立てラインで、車の右側のドアの取り付けを担当していました」

「結婚まで何年お付き合いされたんですか？」

「一年ちょっとね。彼は優秀な組み立て工で、請け負った工程のことはほかのどの工員よりも熟知していたわ。目をつむっても全部できるくらいにね。もちろん本当の仕事で目をつむるわけにはいきませんけどね。彼はあるとき事務所のある区域のホールの隅のお手洗いで突然倒れたの。わたしがちょうど掃除しようと中に入ったところだった。急いで彼を抱き起こして揺すったの。そこで知り合ってお付き合いが始まったのよ」

「結婚生活は幸せだったでしょう？」

「もちろんです。でも残念なことに時間がとても短かったの」

「短いとは？」

「私が娘を身ごもってすぐ、彼は組み立てラインでまためまいで倒れる事故を起こして、頭を車体に強くぶつけてしまい、血がたくさん流れたの。私が駆けつけたときに彼は一言、僕たちの子どもを頼むとだけ言ったの」

「なんという！　思いも寄りませんでしたね」

「私はまた身近な人の死に出遭ったのです。どうすればいいのか。死ぬほど泣きましたけど、私は生きていかなくてはなりません。会社の援助でゲールを埋葬し、それからはおなかの子どもに十分注意し、ゲールがこの子のことが好きだとわかっていましたから、絶対に元気な赤ちゃんを産もうと思っていました。数か月後、私は順調に出産し、女の子を授かりました。私は自分の仕事とゲールが残してくれたお金で娘を育てました。

しかし思いも寄らないことに娘が三歳になったとき、父親と同じめまいの病気になってしまったのです。あちこちの病院を訪ね歩きましたが、結局わかったのは、このめまいの病気はゲールの家の遺伝性の病気で、遺伝子の欠陥によって引き起こされるもので、治すことができないだけでなく、彼女の知力は発達するのを止めて、永遠の子どもになってしまうということでした」

「なんと残酷な」

「そのときはあまりのショックで死にたくなりました。しかし子どもをほったらかしにするわけにはいきません。彼女は一つの命なのです。生かさなくてはなりません。彼女の面倒を見るために、私はもともとの清掃員の仕事ができなくなりました。仕事がなくなり給料がなくなったので、ぼんやりしているわけにはいきませんでした。そのとき、私は一つのアイデアを思い付いたのです。地域にポスターを貼り出して、自分の娘の面倒を見ると同時に、知的障害児の面倒を見たいと広告を出したのです。広告を貼り出したあと、二つの家から面倒を見てもらうお金は出すから、知的障害児を預かって欲しいと申し出がありました。こうして私はなんとか家族を養う仕事を持つことができたのです」

「本当に嬉しかったでしょうね」

「私が知的障害児の面倒を見ているという噂が広まると、預かって欲しいという家庭がどんどん増えていきました。私個人の家でそんなにたくさんの子どもがいては、ちゃんとした生活をさせることはできません。新聞で私の状況が紹介されると、州政府と二人のお金持ちが私を支持してくださって、知的障害児の面倒を見るための施設を建ててくれ、従業員を雇うお金も出して下さったのです。こうして私の障害児預かりセンターが正式にオープンしたのです。私が死んだときには百二十人の知的障害者がいました。ああ、ごめんなさいね。自分のことばかり話してしまって。あなたが今日いらっしゃった目的をおききしていなかったわ。何か私に?」

「いえ、ありがとうございます。私が今日来た目的は、あなたの経歴や感じたことをおききしたかっただけです」

「人間界での経歴には少しも意味などありませんわ。災難でなければ苦難の連続で、誰にも私のようにはなって欲しくありませんわ」

「いえ、人生の苦しみがあなたを抑えつけようとしたとき、あなたは落ち着いてそれに向き合い、そこにしっかりと立つことができました。これは本当に立派なことです。その上、あなたはそれを少しも恨んでいらっしゃらない」

「優しいお言葉をありがとう。恨んだところでどうにもなりません。最初は同情を得られるかも知れませんが、尊敬されなくなるだけです。苦難が多すぎると恨みたいときは、その苦難に向かって大声で言うのが一番です。来なさい、来るがいい、あなたたちがどれほどのものか見せてちょうだい、ってね。そうすれば苦難の方が驚いて逃げて行くのよ」

父さん、僕は自分の人生は苦しくて残念だと思っていたけど、僕の生き方は意気地なしのクソッタレだ。ノラに会ってようやくわかったよ。神は別に僕にだけ特別に遠慮しなかったわけじゃない、彼が持っている苦難があまりにも多すぎるので、分け与えるしかなくて、僕にはそれでも少し遠慮してくれていたんだ、本気でもっと分け与えてくれていたら、僕に受けとめることができてたかな……。

寧、ノラの経歴には心が痛む。世の中に私たちよりも苦難が多く辛い思いをしている人はたくさんいるのだ。ノラのように、人生において幾多の苦難や苦痛に毅然として立ち向かった人に、神は何か埋め合わせはしてくれないものなのか？　人生には繰り返すことはいくらでもあるのに、どうして人生にはもう一度がないのだ？　神は人の人生を設計するときに細かく考えていない。一過性、不可逆、修正不可、その結果、多くの遺憾を生じさせている。もしそれを修正して、ノラのような人生を送った人にもう一度生きることを許せば、人生は公平に思えるような気がするのだが……。

父さん、次はモーツァルトだ。父さんと母さんは中国の民族音楽が好きで、僕にはあまり西洋音楽を聴かせなかったから、モーツァルトについても音楽家だと知っているだけで、家系や経歴や作品については知らなかった。天国の書庫で調べると、彼は一七五六年オーストリアのザルツブルクに生まれ、父親のレオポルトは宮廷作曲家・ヴァイオリニストで、母親も音楽を愛し、チェロとヴァイオリンを弾くことができた。モーツァルトは七番目の子どもで、三歳のときにはもう優れた音楽の天賦を表し、ピアノで自分の聴いた曲の断片を弾くことができた。四歳のとき、父親が友人と一緒に家に帰る途中、彼が一生懸命五線紙の上に這いつくばっているのを見て何をしているのかときいたら、「作曲しているところ」と答えた。その答えに二人の大人は顔を見合わせて笑った。五線譜の上に音符をぐちゃぐちゃに書いているのを見て、最初二人は子どものおふざけだと思ったのだ。しかし父親はその音符をよく見て、突然目に涙を浮かべて友人に向かって叫んだ。「おい、見てくれ、これ、なんて正確ですばらしいんだ！」彼は五歳で正確無比に、楽器の出す音、和音を判別し、さらにコップや鈴や器を鳴らした音の高さを言い当てることができた。この絶対音感は、ほとんどのプロの音楽家が一生掛けても身につけることができないものだ。彼はまさに神童だった。六歳のとき、父親に連れられて、十歳の姉と一緒にヨーロッパ大陸を回って演奏旅行をした。彼は一生で五百四十九の作品を書き、そのうちオペラが二十二、交響曲が四十一、協奏曲が四十二で、そして六十近くの合奏曲や室内楽、宗教音楽や小夜曲、舞曲がある。彼はヨーロッパ音楽の発展にとても大きな作用を及ぼした。

僕が彼が住んでいる三三八八一九区の柿樹角に着いたとき、彼はちょうどピアノを弾いているところで、僕は少し庭の扉を開けて、入口に静かにたたずんで彼の演奏を聴いていた。どの曲かは区別がつかなかったけど、その曲には純粋な喜びがあるのがわかった。僕は子どもの頃、友達と一緒に草むらの上を転げ回って遊んでいたときのことを思い出し、深く感動した。喜びに浸り己を忘れて聴いていたので、曲が終わって彼が庭に出てきて僕にどちらさんですかと声を掛けるまで、僕は夢の境地にいた。ハッと気がついた僕は、慌ててお辞儀をして言った。「門の前を横切ったとき、あなたのピアノの音が聞こえてきて、思わず庭に入って聴いてしまいました。すばらしい演奏ですね！」

彼は笑って言った。「お褒めいただいてありがとう。君は賢いね。ここは切符を買わずに音楽を聴けるところ、コンサートのチケット代を請求してもよろしいかな？」

僕はからかわれてアハハと笑って言った。「いいですよ。おいくらですか？」

「一万」

「神様はお金を発行していませんが、いかがいたしましょう」

「神様のところへ行け」

僕たちは笑い転げた。

ここに来る前に見た伝記の資料では、彼は典型的な芸術家の天性を持ち、生活を愛し、詩情にあふれ、感情豊かな人で、天真爛漫、単純で、いつもご機嫌、感動しやすく、すぐ涙をこぼし、女性的な柔らかさを併せ持ち、童心を忘れず、子どものように好奇心旺盛で、まるで永遠に大きくなれないかのようだった。天国に来てからもこんなに明るくユーモアがあるとは思わなかった。彼の冗談と若い顔だちで、僕と彼の心の距離は一気に縮まり、この上ない親しみを感じ、彼が僕に会いたがらなかったらどうしようという不安はどこかに飛んで行ってしまった。

「正直言って、僕はずっと中国の友人が僕の音楽を聴きに来てくれるのを待ってたんだ。生きていたとき、妻のコンスタンツェにも言ったことがあるんだ。どうにかして一度中国へ演奏しに行きたいねって。交通が不便だったこととお金がなかったこと、それに運命が僕に生きる時間をたくさんくれなかったこともあって、その望みは実現しなかったけどね。思いがけず、中国から来た霊魂が僕の音楽を聴いてくれて、僕はとても嬉しいよ」

「ありがとう。こんなに歓迎してくれるなんて思わなかった。音楽家はみんな威張っていると思っていたから。人間界にいたとき見た中国の音楽家はみんな傲慢で威張ってて、会いたいと思っても簡単ではない感じでした」

「僕知りたいんだけど、君は僕の音楽を聴いて、最も言いたいことは何？」

「あなたはこんなに早く天国に来るべきではなかった。もっと留まるべきでした。人間界にはたくさんの哀しみや苦しみがあります。あなたの音楽は人々に慰めと楽しみをもたらし、彼らの生活を軽やかにします」

「僕はそうは思わないけど？　僕たち家族はどうしてだか、ずっと死に迫られっぱなしでね。両親は七人の子どもを産んだけど、元気に育ったのは僕と姉さんのアンナだけで、残りの五人はみんな早くに死んでしまった。僕は早くから自分も長くは生きられないと感じていたんだ。ま、結局三十五年しか生きられなかった」

「生きているとき、死の脅威をはっきり感じていたの？」

「もちろん。ザルツブルクの大司教と衝突してからは、死が少しずつ僕に近づいていると感じていた」

「それは具体的には何年？」

「一七七二年だろう。僕は演奏旅行からザルツブルクに帰ってきて、大司教の宮廷音楽隊の首席音楽家に任命され、公演中に大きな栄誉も獲得していたのに、大司教は僕のことを召使扱いして、何かと僕を叱責罵倒し、罰を与え、僕は屈辱と苦しみを味わった。彼に罵られ、罰を受けるたび、食事は喉を通らず、夜は眠れず、その頃から何となく体の調子が悪くなっていくのを感じ始めていたんだ。ときおり黒い影が僕の周りをかすめ始めたんだ」

「おお」

「一七八一年五月、大司教に再度侮辱を受け、もうとても我慢できなくて、自分の人格を守るため、辞職し、宮廷の束縛から抜け出したんだ」

「すばらしい！」

「その後はウィーンに定住して、自分の創作と演奏とレッスンで生活を始めたんだ。でも収入はとても少なくてね、生活のため、創作の衝動を満足させるため、有名な作家の作品を研究しながら、多くの時間を思考と創作に費やし、生活はどんどん不規則になって、たびたび体の不調を感じ、まわりに例の黒い影が見える回数が明らかに増えていった」

「それは警告だったはずだよ、夜昼の区別なく作曲なんかしちゃだめだよ」

「創作が減るとそれだけ収入も少なくなる。でも心の中から湧き出てくる曲を消すわけにはいかなかったんだ。僕は結婚してから収入はもともと多くなかったんだ。それにコンスタンツェは資産運用は苦手だったし、僕たちの生活は日増しに苦しくなり、ときには食べるものにも困るくらいだった。ある日の冬、あまりに寒かったけど、お金がなくて暖が取れず、家の中は寒くてペンを持って楽譜を書くことができなかったので、妻とダンスをして体を温め、体が温まったら座って書いていた。そのときには僕の体は明らかに病気になっていて、全身に力が入らないのを感じていた。あの黒い影が頻繁に見えるようになって、僕は死がどんどん近づいてきているのがわかった」

「怖かったですか」

「恐れて何になる？　誰でもみな死ななきゃならないんだ。長さなんて関係ない。みんな骨になり、その骨さえも腐ってしまうんだ。死を恐れさえしなければ、死はまとわりついて来ないんだ。恐れないに限るんだ。笑って死を迎え、笑って自分のやりたいことをやるのがいいんだ。僕の場合、それは書きたい曲を一刻も早く仕上げることだったんだ」

「それがあなたの曲には哀しみがなく喜びがあふれている原因？」

「おそらくね。死に直面したら、逃げても無駄、願っても無駄、あがいても無駄、泣いても無駄、だったら笑うしかないじゃないか！」

「最後に書いた曲の名前は？」

「レクイエム」

「その曲は知ってる。聴いたことがある」

「死のために作ったミサ曲だ。黒く低い雲が垂れ込めた午後、黒い服を着た、冷たい表情をした見知らぬ男が家を訪ねてきたので、僕は病身を押して彼の相手をした。何の用かときくと、僕にレクイエムを一曲書いて欲しいと言う。えっと思ったが、すぐにうなずいて引き受けた。その客が去ってから妻が言った。あなたは今病気なんだから休むのが先決でしょ、どうして引き受けたりしたの？　僕は彼女に言った。この作品は彼のために書くが、自分のためでもあるんだ。自分のためにこの曲を書かなくちゃならないんだ、と。そのとき、僕にとって一番恐ろしかったのは、私が曲を完成させるのを死が待ってくれないことだったんだ」

「その曲を半分書いたところでペンを持てなくなったと聞きましたが」

「そうなんだ。幸いにも教え子のジェースマイヤーが完成させてくれたんだ」

「私はこのレクイエムを聴いたとき、苦しみは聞こえて来なかった。ずっとあなたの音楽を貫いている喜びが聞こえて来ました」

「死は、一つの生命の終わりに過ぎない。その魂はすぐに天国に入って、別の生活を始めるんだから、もちろん喜びを感じなくては。死が身近にやって来たときも、いつも友達が来たときに言っているように、やあ、来てくれてありがとう、って言わなきゃね」

「あなたは私より七つ上なだけだけど、あなたがたどり着いた精神の境地は私よりずっと広大です。あなたのレクイエムの第一部は〝主よ、永遠の安息を彼らに与え、絶えざる光でお照らし下さい。神よ、シオンではあなたに賛歌が捧げられ、エルサレムでは誓いが果たされます。私の祈りをお聞き届け下さい、すべての肉体はあなたの元に返ることでしょう。主よ、永遠の安息を彼らに与え、絶えざる光でお照らし下さい〟だったと」

「その通り、あなたは今、天国の享域で安らいだ静かな安息の日々を送っているのでは？」

「あなたのレクイエムは両親が呼んだ居士のおばあさんの歌の内容を思い出させます。

すべての得たものを手放しなさい
すべての期待を引っ込めなさい
すべての失ったものを忘れなさい
すべての不快なものを捨て去りなさい

あなたを愛した人を記憶に留め
あなたを助けた隣人に感謝し
あなたの友人に頭を下げ
あなたを育てた土地に跪きなさい

安息とは、捨てないことを投げ出すこと
安息とは、甘んじないことを捨て去ること
安息とは、不満を消し去ること
安息とは、不安をぬぐい去ること

……」

戊子《つちのえね》（二〇〇八）

寧、モーツァルトの死に対する態度には恐れ入った。本当に生と死の関係を悟っていたのだ。K六二六『レクイエム』は、イスラエルを訪問したときに、テルアビブのコンサートホールで聴いたことがあって、安らかで静かな心持ちになって、涼しい風がそよそよ吹く夏の夜に、広大無辺の星空を眺めているような感じで、私はこの曲の作り出したイメージの中に浸りきり、魂が体から抜けていくような喜びを体験し、神の歌声を聴いているかのようだった。そのときはこの曲がモーツァルトが貧しい中、死に瀕して書いた曲だとは知らなかった。この曲が苦しみにさいなまれていた人が書いたものだとはとても想像できない。もしそっちへ行くことができたら、ぜひ会って、敬意を表したい。

父さん、安心して。自分を大切にしなきゃいけないことはわかってる。他の人の様子をきいたからって、自分のこっちでの生活が影響されることはないから。そもそも人間界のこととこっちのことは別物だからね。

モーツァルトの取材が終わってすぐ、達雅がやって来た。新しいリストを持って来たのかと思ったら、彼女は思いがけないことを言った。「すぐに準備して下さい。明日の午前、聖域に連れて行きますから。天国の神があなたに会いたいそうです」意外なことに驚いてきいた。「本当に？」

「ここであなたに嘘をついてどうするのですか？　嘘をつく理由がどこにありますか？」

「僕に会ってどうするんだろう？」

「私にもわかりません」達雅は手を広げて言った。

「あなたにお願いした取材のことに関することかも知れませんし、あなたに別のことを頼みたいのかも知れません」

「どれくらいの間隔で享域の住人を引見するの？」

「神に使者としてお仕えしていたときには、毎週適当に十一名の享域の住人を選んで招いていました」

「どうやって選ぶの？」

「どこかの居住区の、男女関係なく、寿命の長短も関係なく、どの時代から来たかも関係ありません」

「どうして享域の霊魂を引見するの？」

「通常は享域の管理に対する意見を聴取するのです。花園を歩きながらおしゃべりするようなこともあります。もちろん、引見のあと、質問することを許可する場合もあります」

「どんなことでもきいていいのかな？　喜んで答えてくれるのかしら」

「はい」

「今日は僕の他に誰が？」

「私はあなたを呼ぶように言われただけなので、知りません」

「何か準備することある？」

「取材したときのことをよく思い出しておいて、万が一きかれたときに答えられるようにしておいて下さい」

「わかった。会ったときに注意することはある？　神様は気むずかしい？」

「優しいおだやかなお年寄りです。会えば緊張する必要がないことはすぐにわかりますよ」

「聖域に決まりは？」

「享域と違うところはありません。あえて違うところを言えば、もっと静かだということかしら。大切な規則は行きなさいと言われたところ以外には行かないことです」

「へえ、どうして？」

「あそこにあるたくさんの大殿には人間界の秘密がありますから。たとえば〝時間殿〟」

「時間殿？」

「時間は生命の別名で、時間殿とはすなわち生命殿で、そこに置いてある帳簿には生きている人の死ぬ時間と死に方が記載されているのです」

「えっ?!　僕の知ってる限り、人間界の医者と科学者はなんとか人間の寿命を延ばそうとしていて、最近ある人が発見したラパマイシンは、ネズミの寿命を最大で九パーセントから十四パーセント延ばすことができて、たぶん人間の寿命を延ばす薬も遠からずできるんじゃないかと言われているけど、もしそうなったら時間殿に置いてある帳簿の数字に意味があるの？　人間界に影響力はあるの？」

「そのようにきいてはいけません。誰も答えることはできません。言っておきたいことは大殿に入ってはいけないということです」

「聖域まではどれくらい飛ぶの？」

「二、三時間です。明日の朝、スープを飲み終わったら家で待っていて下さい。迎えに来ます」

「他の霊魂を一緒に連れて行くことはできる？」僕は粼粼のことを思い出していた。このことを知らせてやったらきっと喜んで一緒に行ってくれると思った。けど、同居者が同意するかどうかは……。

「だめです。天国の神があなたと話をするのは、天意なのです」

翌日の朝、僕は早々と起き、顔を洗い、スープを飲み、家で待っていると、まもなく達雅が庭の入口に姿を現した。

僕は喜んで彼女に駆け寄った。そしてそのまま彼女のあとについて聖域へと飛び立った。父さん、僕、もうすぐ天国の主宰者に会うよ。どんな感じなんだろう？　どんな態度を取ったらいいのかな？　聖域はどんなところなんだろう？　僕に何を話してくれるだろう？　僕はこれからどうなるんだろう？……。

「金色の光が見えますか？　あれが　聖域が発している光です」達雅が飛びながら前を指さして言った。

「見えたよ」目の前に横たわっている弧を描いた金色の光が僕の目を奪った。

「金色の光の前で降りて、それから境界である南門から聖域に入ります」

　天国の神様、もうすぐお会いできますね。でもひとつ質問するのを許して下さい。そして答えを下さい。僕の両親はいつ天国に来て、いつ一緒になれますか？

二〇一一年一〇月一日第一稿
二〇一〇年一二月二八日第二稿
二〇一二年二月二七日第三稿

訳者あとがき

私が初めて周大新《しゅうだいしん》に会ったのは、二〇一〇年三月に閻連科《えんれんか》に会いに北京を訪れたときのことでした。軍人らしく背筋のすっと伸びた、しかし軍人らしくない常に優しい笑顔を絶やさない穏やかな人というのが第一印象でした。その穏やかな笑顔の裏に、たった一年半前に一人息子を失ったばかりという悲しみが隠されていようとは思いも寄りませんでした。食事会で河南省出身者がたくさん集まると、いつも河南省の食べ物や河南方言の話になり、私にはわからないことばかりでしたが、場は大いに盛り上がり、周大新も本当ににこやかで愉快に楽しそうに話をしていたのが記憶に残っています。息子さんを失った悲しみなど微塵《みじん》も見せることはありませんでした。彼がそんな悲しみを背負っているのを知ったのはこの『安魂』が出版され、中国の文壇でも話題になったことからでした。

周大新の経歴は閻連科とよく似ています。河南省の農民の家に生まれ、中国人民解放軍に入って創作活動を始め、文壇デビューを果たしました。そしてまさに息子さんを亡くされたちょうど二〇〇八年に中国文学界の最高の文学賞茅盾《ぼうじゅん》文学賞を受賞します。

彼が文学に興味を持つきっかけになったのは小学五、六年生のころに読んだ『千夜一夜物語』だったそうです。その物語の面白さに引き込まれ、こんなすばらしい物語を書く作家というものに尊敬の念をいだき、自分もこんな作品が書けたらいいのにと思ったそうです。また話し好きの親戚のおじさんから『三国演義』や『西遊記』などの話をしょっちゅう語って聞かせてもらったことも、自分の文学的素養になったと言っています。中学に入ってからは『紅岩』や『紅旗譜』などの革命小説を読み始めました。そのころちょうど文化大革命が始まって、学校の図書館は閉鎖されましたが、旧友たちと壊れている窓からもぐりこんで、たくさんの小説を持ち出しては読んでいたそうです。

『安魂』が日本の日向寺《ひゅうがじ》太郎《たろう》監督の手で映画化されることになり、橋渡し役を務めた詩人田原《でんげん》から原作翻訳を依頼され、私が翻訳することになりました。映画の脚本でも少しお手伝いをさせていただきました。タイトルの「安魂」は映画に合わせて中国語のタイトルそのままを使いました。日本語の意味は「鎮魂」です。この小説の最後に主人公の寧はモーツァルトに会いに行きますが、この作品自体がまさに息子への鎮魂歌《レクイエム》そのものとなっています。

作品は死んだ息子と対話をする形になっています。前半は父親の後悔と反省が語られます。息子の生まれてから死ぬまでの、あのときああしなければ、あのときこうしてさえいれば息子は死ななくてすんだのではということが語られます。子どもを失った親の気持ちは同じだろうと思います。誰でも自分が子どもにしたことひとつひとつを思い出しながら後悔するのだと思います。ここには子を亡くした親の普遍的な感情があふれています。

後半は息子が天国に行くまでのことが語られます。ここからは中国人らしい想像力が発揮されます。おそらく日本人の読者の皆さんには想像しにくい死後の世界だろうと思います。数字の大きさ、規模の大きさがやはり中国を感じさせます。勧善懲悪《かんぜんちょうあく》で、悪人が次から次へと罰を受ける様子は、悪を許さない周大新の生真面目な性格がよく表れています。またあの世がこんな世界だったら、息子にはこのように活躍して欲しいという親の願望がそのまま反映されています。これもまた親の素直な心情がそのまま描かれていると思います。

息子を失ったとき、周大新は我が子を失うという苦しみに、長い間何も手に着かず、一人机の前に座ってぼんやりし、どこに行っても息子が自分の目の前にいるような気がしていたと言います。しかし彼はこの悲しみから抜け出さないと、元の生活に戻ることはできないと考え、息子と自分を慰めるため、また自分と同じように我が子を失った親のために本を書きたいと思うようになり、この小説を書きました。『安魂』は二〇一二年に作家出版社から出版されました。周大新にとってはまさに自分の心の平衡を保つために書かれた作品と言えるのではないでしょうか。

彼の作品には、長篇小説に『走出盆地（盆地を出でて）』、『有夢不覚夜長（夢さえあれば）』、『第二十幕』、『21大厦（21ビル）』『湖光山色』、『洛城花落（洛陽に花散って）』などがあり、そのうち『第二十幕』は作者が十年の構想を経て書いたもので、作者の故郷河南省南陽にある絹製品を家業とする名門の一族の一九〇〇年から一九九九年まで百年間の浮き沈みを描き出し、中国の『百年の孤独』と評されました。この作品は清末から辛亥《しんがい》革命、列強および日本との戦争、新中国成立、大躍進、三年饑《き》饉《きん》、文化大革命、改革開放と、その都度潰《つぶ》れては蘇った一族の歴史絵巻となっています。『湖光山色』は、作者が故郷に戻って取材したとき、改革開放後の農村の様子、農民の考え方が大きく変わってしまっていることに衝撃を受けて書かれました。河南省と湖北省の省境にあるアジア最大の丹江口ダムが作品の舞台で、かつて北京に出稼ぎに出ていた主人公の農村女性が故郷の村の貧乏な青年と結婚し、二人は改革開放の波に乗り旅行会社を設立します。しかし純朴だった夫は金と権力の亡者となり堕落し、妻とは離婚、果ては警察に御用の身となります。金、権力、政治が複雑に絡まり合った農村の深層を描き出し、この作品で二〇〇八年中国の最高の文学賞である第七回茅盾文学賞を受賞しました。ほかに短篇小説も多数あります。

彼の作品はこれまで六作品が映画やテレビドラマに改編されています。中でも『香魂塘畔的香油坊（香魂湖畔のごま油工場）』は映画にもなり、舞台でも上演されました。映画化された『香魂女』は一九九三年ベルリン国際映画祭で金熊賞を受賞し、日本でもロードショー公開されました。このころは様々な中国映画が盛んに日本でもロードショー公開されていた時期なので、ご覧になった方も多いのではないかと思います。この作品は香魂湖のほとりでごま油工場を営む女性の物語です。主人公の女性は十三歳のときにお金のために今の夫に嫁がされたいわゆる童養媳《トンヤンシー》。ごま油工場は日本企業の出資も決まり順調でしたが、一人息子は知的障害を持っていました。旦那はどうしようもない飲んだくれ。彼女は金を貸していた漁師の娘を借金のカタに自分の息子に嫁がせますが、その娘の姿はまさにかつての自分の姿にほかなりませんでした。繰り返される女性の不幸な結婚と悲劇的な運命を描き出して好評を博しました。

　茅盾文学賞のほかにも、人民文学賞、馮牧文学賞、冰心撮影文学賞など数々の文学賞を受賞。英語、フランス語、ドイツ語、朝鮮語、チェコ語などへの翻訳があります。

　二〇二一年周大新は第十三作目となる長篇小説『洛城花落』を刊行後、体力的に限界を感じたので長篇はもう書かないと宣言しました。

　邦訳に短篇『明の宮女』（原題・『明宮女』、好並晶訳、『火鍋子』第七三号・二〇〇九年）があります。

　今回も河出書房新社の島田和俊さんをはじめ、編集の皆さんには大変お世話になりました。ありがとうございました。そして私にこの作品を翻訳するチャンスをくれた友人田原にもこの場をお借りして感謝の意を表したいと思います。

名古屋経済大学教授　谷川毅

著者略歴

周大新（チョウ・ターシン、しゅう・だいしん）

1952年、河南省鄭州市の農民の家に生まれる。70年中国人民解放軍に入隊。82年初めて文壇に登場し、北京魯迅文学院で学ぶ。88年中国作家協会に加入し、全国委員会委員を何度も務める。軍隊の階級は少将。長篇小説に『走出盆地（盆地を出でて）』、『有夢不覚夜長（夢さえあれば）』、『第二十幕』、『21大厦（21ビル）』『湖光山色』、『洛城花落（洛陽に花散って）』などがあり、『第二十幕』は、故郷の河南省南陽にある絹製品を家業とする名門の一族の1900年から99年まで百年間の浮き沈みを描き出し、中国の『百年の孤独』と評された。2008年『湖光山色』で中国最高の文学賞である第７回茅盾文学賞を受賞。ほかに短篇小説も多数。また映画化作品も数多く、『香魂女』は1993年ベルリン国際映画祭で金熊賞を受賞した。作品は世界各国で翻訳されている。21年には長篇第13作『洛城花落』を刊行後、体力的に限界を感じたので長篇はもう書かないと宣言した。

訳者略歴

谷川毅（たにかわ・つよし）

1959年広島県大竹市生まれ。名古屋経済大学教授。訳書に、閻連科『人民に奉仕する』（文藝春秋）、『丁庄の夢』『愉楽』『硬きこと水のごとし』『白い豚の毛、黒い豚の毛』（いずれも河出書房新社）、『年月日』（白水社）、労馬『海のむこうの狂想曲』（城西国際大学出版会）など。

安魂

2021年12月20日　初版印刷
2021年12月30日　初版発行

著　者　周大新
訳　者　谷川毅
装　丁　山田英春
発行者　小野寺優
発行所　株式会社河出書房新社
〒151-0051 東京都渋谷区千駄ヶ谷2-32-2
電話　(03) 3404-1201〔営業〕(03) 3404-8611〔編集〕
https://www.kawade.co.jp/
組版　株式会社創都
印刷　株式会社亨有堂印刷所
製本　小泉製本株式会社

Printed in Japan
ISBN978-4-309-20847-3